EN MITAD DE LA NOCHE

Planeta Internacional

RILEY SAGER

EN MITAD DE LA NOCHE

Planeta

MIDDLE OF THE NIGHT, © 2024 por Todd Ritter
Traducido por: © Susana Margarita Olivares Bari
Diseño de portada: © Christopher Lin
Pintura de portada: © Alberto Ortega

© 2025, Editorial Planeta Mexicana, S.A. de C.V.
Bajo el sello editorial PLANETA M.R.
Avenida Presidente Masarik núm. 111,
Piso 2, Polanco V Sección, Miguel Hidalgo
C.P. 11560, Ciudad de México
www.planetadelibros.com.mx

Primera edición en formato epub: octubre de 2025
ISBN: 978-607-39-3609-5

Primera edición impresa en México: octubre de 2025
ISBN: 978-607-39-3275-2

Impreso en los talleres de Corporación en Servicios
Integrales de Asesoría Profesional, S.A. de C.V.,
Calle E # 6, Parque Industrial
Puebla 2000, C.P. 72225, Puebla, Pue.
Impreso y hecho en México / *Printed in Mexico*

Para Patricia Cole;
creo que esta te hubiera fascinado.

Sábado, 16 de julio, 1994
6:37 a. m.

La luz de la mañana, con un resplandor apagado, se cuela en la tienda de campaña como una fuga de agua que gotea sobre el chico. El reguero de luz sobre sus mejillas lo despierta de un sueño profundo. Abre los ojos, solo un poco, su vista es nebulosa a través de la telaraña de pestañas aún pegajosas de sueño. Al ver la luz que pinta de anaranjado la tela de la tienda, intenta determinar la posición del sol, se pregunta qué hora es y si es probable que su madre ya esté despierta, sorbiendo un café en la cocina, esperando que entren a la casa para desayunar.

El interior de la tienda es sofocante. El calor de julio jamás terminó de ceder durante la noche y ahora llena el aire, denso y pesado. Quería mantener abiertas las solapas de la entrada de la tienda mientras dormían, pero su padre les advirtió que entrarían los mosquitos. De modo que la entrada quedó cerrada por completo, lo que atrapó el calor que ahora se entremezcla con los aromas propios de dos chicos en verano. Pasto y sudor, repelente de insectos y bloqueador solar, aliento matutino y olor a cuerpos sin bañar.

Arruga la nariz al percibir el aroma y siente una gota de sudor que corre por su frente cuando se da la vuelta en su bolsa de dormir que siente segura, como un abrazo.

Aunque ya está despierto, no quiere levantarse. Prefiere quedarse justo donde está y en la misma posición. Un chico en una perezosa mañana de sábado, a mediados de un apacible verano.

Se llama Ethan Marsh.

Tiene diez años de edad.

Y este es el último momento de absoluta tranquilidad que disfrutará durante los siguientes treinta años.

Porque, a punto de cerrar los ojos de nuevo, advierte otro asomo de luz: una hendidura resplandece desde uno de los lados de la tienda.

Extraño.

Lo suficiente como para que se incorpore, con los ojos ya bien abiertos, mientras estudia la rasgadura de la tela, que corre desde la parte superior de la tienda hasta el piso. Parece un poco irregular, como piel que acaba de recibir un corte. A través del espacio abierto, alcanza a vislumbrar una pequeña porción del jardín de su casa. Pasto recién cortado, cielo color azul claro. El resplandor del sol apenas se asoma por encima de los distantes árboles.

Al verla, Ethan se da cuenta de algo que ha sabido de manera un poco vaga desde que despertó, pero que solo ahora comienza a comprender.

Está en una tienda.

En su patio trasero.

Absolutamente solo.

Sin embargo, cuando se fue a dormir la noche anterior, alguien más lo acompañaba.

Alguien que ya no está.

UNO

Crrrrrrrc.

Me despierto sobresaltado, perturbado por el sonido que atraviesa el cuarto oscuro. Rebota contra las paredes y regresa hasta mí en múltiples olas. Permanezco acostado en la cama, sin moverme, con los ojos bien abiertos, hasta que el sonido se desvanece.

No es que en un principio hubiese existido.

Décadas de experiencia me enseñaron que está solo dentro de mi cabeza. Sueño, recuerdo y alucinación a la vez. Es el primero desde que regresé a esta casa. La verdad, me sorprende que se haya tardado tanto en suceder, en especial con el aniversario de lo que aquí sucedió acercándose de manera vertiginosa.

Me incorporo, veo el reloj sobre la mesa de noche y anhelo que indique mayor cercanía al alba que a la medianoche. Pero no soy tan afortunado. Solo son las dos y cuarto. Me espera una larga noche de insomnio. Con un suspiro, estiro la mano para tomar el cuaderno y la pluma que mantengo junto al reloj. Después de mucho entrecerrar los ojos en la oscuridad, encuentro una página en blanco y anoto cinco palabras frustrantes.

Volví a tener El Sueño.

Arrojo el cuaderno de vuelta sobre la mesa de noche, seguido de la pluma que aterriza con un golpe seco sobre la cubierta del cuaderno antes de rodar y caer sobre la alfombra. Me digo a mí mismo que es mejor dejar la pluma donde se encuentra hasta mañana, que nada le va a pasar durante la noche. Sin embargo, los malos pensamientos no tardan en agolparse en mi cabeza. ¿Qué tal que la pluma se riega y mancha la alfombra color crema con su tinta negra mientras duermo? ¿Qué tal si me atacan en mitad de la noche y lo único que tengo para defenderme es la pluma Bic destapada que ahora yace fuera de mi alcance?

Ese segundo pensamiento, tan alarmante como improbable, es lo que me saca de la cama. Recojo la pluma y la coloco sobre la tapa del cuaderno. Perfecto. Mucho mejor.

Con mi ansiedad apaciguada por el momento, estoy a punto de volver a meterme bajo las cobijas cuando algo del exterior llama mi atención.

Una luz.

Nada inusual en Hemlock Circle. A pesar de la falta de lámparas en la calle, jamás está por completo a oscuras allá afuera. La luz brota por las ventanas saledizas hasta el inmaculado pasto de los patios delanteros e ilumina las habitaciones de los segundos pisos mucho antes de que amanezca y mucho después del ocaso. Las lámparas de pared a cada lado de la puerta principal de los Chen permanecen encendidas desde que anochece hasta que amanece, alejando tanto a transeúntes como a los murciélagos que de vez en cuando tratan de anidar en las vigas. Durante todo el verano, la piscina del patio trasero de los Wallace resplandece con su extraterrestre luminiscencia azul. Durante la Navidad hay lucecitas que parpadean en cinco de las seis casas del vecindario, incluyendo la de los Patel, que ponen las luces desde Diwali y no las vuelven a quitar sino hasta después de que empieza el año nuevo.

Y, además, están las luces de todas las cocheras.

Todas las casas tienen un par de luces de seguridad, sensibles al movimiento, colocadas justo encima de cada cochera. Al activarse emiten una luz tan poderosa como la de un faro marino. Por la noche, se prenden y se apagan alrededor de la calle de la cerrada con la misma frecuencia que las luciérnagas cuando los residentes regresan del trabajo en la tenue luz de las primeras horas de la noche, salen a revisar sus buzones y llevan los botes de basura reciclada hasta la acera.

Ya más cerca de la medianoche, algunas se prenderán de manera repentina cuando los venados crucen el vecindario con cautela camino al bosque, o cuando Fritz Van de Veer salga a escondidas a la calle para fumarse un cigarro después de que su esposa, Alice, se vaya a la cama.

La luz que atrapa mi atención es la que está arriba de la puerta de la cochera de los Patel, a dos casas de distancia. Ilumina una porción de su entrada, el brillo pinta el asfalto color blanco hielo. Curioso, me acerco a una de las ventanas de un cuarto que todavía no considero mío; no en términos oficiales. El cuarto que alguna vez me perteneció y que, en mi mente, sigue siendo mío, se encuentra al otro lado del pasillo y ahora está desocupado. Esta es la recámara de mis padres, donde rara vez me atrevía a entrar cuando era niño. Pero, ahora, a causa de una serie de sucesos recientes con los que sigo tratando de lidiar, es mía.

Las ventanas de esta nueva habitación me ofrecen un amplio panorama de Hemlock Circle. Desde donde me encuentro, puedo ver al menos un trozo de cada una de las casas de la privada circular. A mi izquierda, alcanzo a observar una pequeña porción de la vieja casa de los Barringer, y a mi derecha la esquina de la casa de los Chen. Frente a mí, a plena vista, de izquierda a derecha, se encuentran las propiedades de los Van de Veer, de los Wallace y de los Patel, donde sigue brillando la luz de la cochera.

Lo que no alcanzo a ver es qué pudo haberlas activado. En teoría, Mitesh y Deepika Patel están adentro, dormidos. Ningún animal escapa de la luz. No ha corrido ningún viento que provocara el movimiento de alguna rama cercana con la fuerza suficiente como para activar los sensores de movimiento. Lo único que alcanzo a ver es una entrada de autos vacía en una privada silenciosa en la oscuridad de la noche.

Tras un instante ni siquiera puedo ver eso, ya que la luz de la cochera de los Patel se apaga de manera repentina.

Diez segundos después, las luces de la casa de los Wallace se encienden. La casa está junto a la de los Patel, separada por la única calle que conduce a la privada, que en este momento se encuentra libre de coches, libre de personas y libre de cualquier otra cosa.

Me acerco a la ventana, mi nariz casi toca el vidrio, y me esfuerzo por ver algo, cualquier cosa que pudiera activar las luces encima de la puerta de la cochera de los Wallace.

No hay nada.

Nada visible, es decir.

Igualmente, me mantengo pegado a la ventana, observando, incluso después de que se apaguen las luces de la cochera de los Wallace. Lo único que se me ocurre que podría activarlas es un murciélago. Pululan por esta área, como lo constatan las luces del porche de los Chen, y se alimentan de la diversidad de bichos que viven en el bosque que rodea la privada.

Sin embargo, en ese momento la luz de la cochera de los Van de Veer se ilumina de manera súbita y sé que mi teoría es errónea. Los murciélagos vuelan de manera caótica, en busca de sus presas. No se mueven de casa en casa metódicamente.

No, esto es diferente.

Es… preocupante.

Siento que la intranquilidad se extiende por mi pecho mientras pienso en treinta años atrás. No puedo evitarlo, no después de lo que sucedió aquí.

Cuando se extinguen las luces de los Van de Veer, empiezo a contar.

Cinco segundos.

Diez.

Después, un minuto completo.

Tiempo suficiente para pensar que lo que sea que esté allá afuera pasó de largo, probablemente hacia el bosque, lo que significa que se trataba de algún animal. Uno demasiado pequeño y rápido como para yo poder verlo, pero no tan pequeño ni tan rápido como para evadir las luces de seguridad ultrasensibles de las casas de Hemlock Circle. La presión que siento en el pecho empieza a disiparse y me permito un suspiro de alivio.

Pero, entonces, se prenden las luces de la cochera de los Barringer.

La luz en sí está apenas fuera del alcance de mi vista, pero el brillo que arroja sobre el pasto frente a su casa y la acera hace que mi pulso se acelere de nuevo.

Lo que sea que esté allá afuera no se ha ido.

De hecho, se va acercando.

Varias posibilidades me saltan a la mente, empezando por la peor, porque esa es mi modalidad predeterminada. Siempre pienso en lo más alarmante, en lo más terrible; en este caso, que alguien se mueve alrededor de la privada.

Alguien a quien no logro ver, pero que en definitiva se encuentra allí.

Moviéndose de casa en casa, buscando a otro niño al cual llevarse.

La segunda posibilidad, apenas un poco menos preocupante, es la idea de que quien sea que esté allá afuera hace un reconocimiento de Hemlock Circle, sometiendo a prueba las luces de seguridad para ver qué tan fácil sería allanar alguna de las casas de la privada.

El tercer escenario posible es que solo se trate de alguien que hace una caminata nocturna. Alguien perteneciente a una de las otras privadas localizadas en los cerca de cinco kilómetros cuadrados de esta área suburbana. Alguien que, al igual que yo, sufre de insomnio y decidió dar un paseo para intentar ahuyentarlo.

Pero si se trata de una caminata inocente, ¿por qué no se deja ver quienquiera que esté allá afuera?

La respuesta paranoica, pero lógica, es que *no* se trata de un paseo inocente. Es algo más; algo peor. Y yo, como soy casi la única persona que sin duda está despierta en Hemlock Circle en este momento, les debo a todos los demás el tratar de ponerle un alto.

Cuando se apagan las luces de la casa vecina de los Barringer, entro en acción. Dado que sé que la siguiente casa es esta, espero atrapar a quienquiera que sea en el acto o, por lo menos, dejarle en claro que no todo el mundo de la privada está dormido.

Salgo de la recámara de mis padres y me apresuro por el pasillo hasta las escaleras. Ya en la planta baja, mis pies descalzos resuenan sobre el piso de madera mientras cruzo el recibidor hasta la puerta principal. Le quito el seguro, la abro de par en par y salgo a la cálida noche de mediados de julio.

No hay nadie allá afuera.

Lo sé al instante. Solo estoy yo, respirando con fuerza, vestido con mis bóxers y mi camiseta del concierto de LCD Soundsystem. No veo nada, ni escucho nada al cruzar la parte del frente de la propiedad hasta la cochera. Cuando llego a la misma, mi movimiento activa las luces de seguridad, que se encienden con un leve *clic*.

Por un segundo, pienso que alguien más las activó y me doy la vuelta de inmediato, presa del pánico. Para el momento en que me doy cuenta de que solo se trata de mí, los bichos ya vuelan en torno a las luces. Observo sus volteretas incandescentes y me siento tonto y en alerta máxima al mismo tiempo.

Una iracunda voz dentro de mi cabeza, que lleva años llenando mis pensamientos, se dirige a mí de la nada: «Contrólate, Ethan. No hay nadie aquí afuera».

Solo para estar seguro, me quedo absolutamente quieto, escudriñando la privada en busca de señales de la presencia de alguien más. Me quedo allí tanto tiempo, que las luces terminan por apagarse, hundiendo la entrada de coches, y a mí, en absoluta oscuridad.

Y es cuando la percibo: una presencia apenas detectable en el aire nocturno. Parece persistir de la manera en que lo hacen ciertos aromas. El humo de un puro; perfume; pan demasiado tostado. Es como si alguien hubiera estado aquí apenas hace algunos segundos. Quizá todavía se encuentre aquí, oculto tras los árboles que rodean Hemlock Circle, mirándome.

«Estás siendo paranoico», me dice la voz en mi cabeza.

Pero no es así. Puedo sentirla. De la misma manera en que

siento que hay alguien en la habitación contigua, aunque no esté haciendo ruido alguno.

Lo más perturbador es lo conocida que me resulta la presencia. No sé por qué. No es que sepa quién está aquí... si es que se trata de alguien. Sin embargo, se erizan todos los vellos de mis brazos y me recorre un escalofrío al que poco le importa el aire cálido que me cubre.

Solo entonces me doy cuenta de la presencia que percibo.

Una que jamás pensé que sentiría de nuevo.

—¿Billy? —digo.

Aunque apenas emito un susurro, el nombre parece abarcar la noche entera y hacer eco a través de la inquieta oscuridad, flotando aún mucho tiempo después de pronunciarlo. Una vez que se disipa, me doy cuenta de que estoy equivocado.

Eso es imposible.

No puede tratarse de Billy.

Lleva treinta años desaparecido.

DOS

Me quedo afuera un par de minutos más, esperando en la oscuridad, desesperado por percibir de nuevo la presencia de Billy, pero la sensación se desvanece. No queda ni un asomo de él ni de nadie más.

Cuando vuelvo a entrar, en lugar de regresar a la cama, vago por la casa oscura y silenciosa que siento como mi hogar y no a la vez. No recuerdo la última vez que dormí ocho horas seguidas. Durante la mayor parte de mi vida, el sueño ha llegado a trompicones. Me quedo dormido con rapidez. Me hundo como piedra en un sueño reparador. El problema siempre viene después, cuando despierto apenas una o dos horas más tarde, en estado de alerta, intranquilo y abrumado por una sensación inefable de pavor. Esto puede durar varias horas antes de volver a quedarme dormido. A veces, jamás sucede la parte de volver a quedarme dormido.

Mi doctor dice que es insomnio crónico. Lo padezco de manera oficial desde mis veintes, aunque empezó mucho antes. A lo largo de los años, me he sometido a estudios del sueño, llevo un diario de sueños y he intentado cada remedio sugerido. Sacar la televisión de mi habitación, leer durante una hora antes de irme a la cama, bañarme con agua caliente, beber té de manzanilla y escuchar historias para dormir que me susurran en la oscuridad. Nada sirve. Ni siquiera las pastillas para dormir, que son lo bastante fuertes como para sedar a un elefante.

Ahora, solo asumo que siempre estaré despierto entre la una y las cuatro de la mañana. Ya me acostumbré a esas oscuras y silenciosas horas en mitad de la noche, cuando siento que soy el único hombre despierto del planeta.

En lugar de desperdiciarlas, aprovecho esas horas de desvelo y vigilo los alrededores mientras todos los demás duermen. En la universidad, solía vagar por los corredores del dormitorio y dar vueltas al patio central, asegurándome de que todo estuviera bien. Cuando Claudia y yo compartíamos una cama, la miraba dormir, cosa que siempre le causó desconcierto cuando, al despertar, me encontraba mirándola fijamente. Ahora que solo estoy yo, paso ese largo trecho de la noche mirando por la ventana. Una fuerza policiaca vecinal de un solo hombre.

La Dra. Manning, la última en la larga fila de terapeutas que me atendió desde que era adolescente, me dijo que se debía a una combinación de culpa y ansiedad.

—No puedes dormir —me explicó— porque piensas que podrías perder otra oportunidad de evitar que suceda algo terrible. Y que quienquiera que se haya llevado a Billy regrese por ti.

Lo dijo con absoluta sinceridad, como si no me lo hubieran dicho docenas de veces antes. Como si esa valoración más que evidente de alguna manera me permitiera dormir la noche entera. Fingí que se trataba de una revelación trascendental, le di las gracias en repetidas ocasiones, salí de su consultorio y jamás regresé.

Eso fue hace ya siete años y, contrario a lo que dejé que creyera la Dra. Manning, sigo sin poder dormir.

Por el momento, mi insomnio es manejable. Compenso mi falta de sueño a través de siestas al mediodía, dormito en el sofá mientras escucho el murmullo de las noticias de la noche como ruido de fondo y duermo hasta las doce los domingos. Eso cambiará pronto, cuando el año escolar inicie de nuevo en septiembre. Entonces, tendré que levantarme a las seis de la mañana, haya dormido o no.

Pero esta noche todavía estamos a mitad de julio, lo que me permite pasear de habitación en habitación. No le he hecho nada a la casa desde que me mudé a ella y mis padres se marcharon, por lo que se percibe una sensación inconexa de temporalidad. Es como si todos nosotros, mis padres, los de la mudanza y yo, nos hubiéramos dado por vencidos a la mitad del proceso. La mayoría de mis posesiones, incluyendo la mitad de mi ropa, siguen empacadas en cajas regadas por las esquinas de todas las habitaciones vacías, en espera de que las descargue. Las acompaña todo lo que mis padres dejaron atrás; muebles que eran demasiado grandes como para caber en su condominio más pequeño en Florida o poco apreciados como para llevárselos.

En el comedor, una serie de sillas rodean el espacio vacío que debería ocupar una mesa. En la cocina, los gabinetes se encuentran desprovistos de la mayoría de sus platos, utensilios y vasos, y solo quedan los rezagados, que no hacen juego con nada. En la sala continua el sofá, pero se fue el sillón de brazos que le hacía juego y donde mi papá se quedaba dormido todas las noches. También falta la televisión… y el reloj de piso y al menos una de las mesitas laterales, aunque el tazón de cristal que alguna vez estuvo encima de una de ellas ahora se encuentra en el piso, sobre la alfombra color beige.

Cada vez que lo observo, me recuerda que necesito hacer algo con este lugar. No puedo dejarlo así mucho tiempo más; sin embargo, tampoco tengo ningún deseo real de instalarme de manera definitiva, pues todo esto se sentiría menos como una situación temporal y más como el cambio triste y permanente que temo que sea.

Hasta la semana pasada, llevaba casi treinta años sin vivir aquí. No regresé a la escuela el otoño después de que Billy desapareciera. Más bien, no a la escuela a la que asistía. La de los corredores familiares, los maestros a los que conocía y los amigos que jamás veía durante el verano, a pesar de que vivíamos a menos de dos kilómetros de distancia. En su lugar, mis padres me enviaron a una escuela particular en la zona norte del estado de Nueva York, donde nadie sabía quién era ni lo que había sucedido en mi jardín, o que rara vez había dormido la noche completa desde lo ocurrido.

Era un alivio vivir en ese vetusto dormitorio, rodeado de chicos que, gracias al cielo, no sentían la más mínima curiosidad por mí. Le saqué el máximo provecho a lo anterior y me difuminé entre la muchedumbre hasta que me gradué. Nadie me notó y me esforcé al máximo para que así continuara. Y en cuanto a Billy, seguí guardándome lo que le sucedió, incluso en el caso de los pocos amigos cercanos que sí tuve. Aunque jamás le conté a nadie al respecto, era imposible no percatarse de lo sombrío que me ponía cuando se acercaban las días feriados o las vacaciones de verano, y lo feliz que me sentía cuando regresábamos a clases.

Imagino que mis amigos pensaban que detestaba a mis padres. En realidad, detestaba esta casa. Detestaba que me recordara lo sucedido. Odiaba despertarme en mitad de la noche, asomarme por la ventana de mi cuarto y ver siempre el mismo pedazo de jardín del que Billy desapareció. Más que nada, aborrecía la sensación de culpa que siempre me embargaba cada vez que eso sucedía.

Billy ya no estaba.

Yo seguía aquí.

De alguna manera, no parecía correcto.

Cuando llegó el momento para elegir una universidad, escogí una todavía más lejos de casa. Northwestern. Allí me fue todavía más sencillo pasar desapercibido entre las hordas de estudiantes que se abrían paso a través de los dorados veranos y los crudos inviernos. Caí en compañía de un grupo de inadaptados. El mismo tipo de geeks amantes de los videojuegos y de nerds coleccionistas de historietas que ahora son populares pero que, en definitiva, no lo eran en aquel entonces. Era una especie de exiliado que prefería los libros a los Game Boys y las reuniones íntimas a las fiestas.

Fue en una de esas reuniones que conocí a Claudia, que acompañaba a la amiga de una amiga. Nos encontramos de pie juntos en una esquina, mientras fingíamos disfrutar nuestra cerveza tibia.

—La gran ventaja de las fiestas grandes —comento, de la nada— es que su mero tamaño ofrece un excelente camuflaje para los introvertidos como nosotros. Aquí, simplemente destacamos.

La miré por encima de la orilla de mi vaso de plástico. Era bonita, en un sentido intelectual. Cabello castaño, cuerpo esbelto, una sonrisa tímida.

—¿Y qué te hace pensar que soy introvertido?

—Tu expresión —me contestó—. Tu proceder. Tu lenguaje corporal. El hecho de que estés parado aquí conmigo, la presidenta de Introvertidos Anónimos.

Sonreí ampliamente, sorprendido y encantado de que me descifrara con tanta facilidad.

—Y, sin embargo, tú fuiste la que habló primero.

—Solo porque tengo una debilidad por los chicos que usan lentes.

Esa única frase me dio el valor suficiente como para invitarla a salir. Fuimos a comer pizza de sartén y cerveza, la más trillada de las primeras citas en Chicago. Algo no tan común fue lo que le conté cuando caminamos de vuelta al campus de la universidad; que durante el verano en que tenía diez años, se llevaron a mi mejor amigo de una tienda de campaña en mi patio trasero y que jamás se volvió a saber nada de él.

—¡Dios mío! —exclamó con merecido pasmo—. ¿Quién era tu amigo?

—Billy Barringer.

Claudia reconoció el nombre, por supuesto. Todo el mundo había oído hablar de Billy.

El Niño Perdido.

Así es como la prensa empezó a llamarlo en las semanas posteriores a su desaparición, cuando era imposible que prendieras las noticias sin que lo mencionaran. Y es como le siguen diciendo en esos callejones oscuros del internet plagados de conspiraciones en los que aún hablan de él. Para ellos, Billy entró en el terreno de las leyendas urbanas, aunque lo que le sucedió no fue tan misterioso como lo que les pasó a esas chicas que desaparecieron del famoso campamento de verano, ni tan aterrador como el grupo de adolescentes a los que asesinaron en una cabaña en los Poconos.

El caso de Billy sigue sonando porque sucedió en el callado jardín trasero de un suburbio que suele reconocerse como uno de los lugares más seguros de todo Estados Unidos. Y si podía suceder allí, podía suceder en cualquier parte.

Esa noche, impulsado por mis nervios, por el exceso de cerveza y por la bella y penetrante mirada de Claudia, se lo conté todo.

Cómo, en mitad de la noche, alguien entró con sigilo a nuestro patio trasero, rasgó la tienda en la que dormíamos y se llevó a Billy de su bolsa de dormir.

Cómo no me desperté jamás y no supe lo que había pasado hasta que abrí los ojos la mañana siguiente y divisé el sol a través de la rasgadura en la tienda que, en definitiva, no estaba allí la noche anterior.

De lo extrañas que fueron esas primeras horas de la mañana, cuando ninguno de nosotros alcanzó a comprender la gravedad de la situación, nuestra confusión más intensa que nuestro temor.

De cómo la policía estaba igual de perdida que nosotros, incapaz de encontrar incluso la pista más pequeña de quién podría haberse llevado a Billy. O la razón por la que lo hizo. O lo que le sucedió después.

De cómo nadie sabe nada a pesar de todos los años que han pasado y de cómo lo más probable es que nunca lo sepamos; y acerca de cómo siento que fue mi culpa porque estaba *justo allí* cuando sucedió. Y de que hay ocasiones en que es tan intensa que me descubro deseando que hubiera sido mejor que me llevaran a mí.

—Pero no fue así —afirmó Claudia—. Estás aquí, ahora, conmigo.

Y fue cuando me besó y mi corazón explotó en un millón de mariposas. En ese instante, me juré que permanecería allí, con ella, el mayor tiempo posible.

Eso resultó ser diecisiete años, durante los cuales ambos nos graduamos. Primero yo, dos años después ella. Nos quedamos en los alrededores de Chicago, donde Claudia consiguió un trabajo en el

Servicio de Parques Nacionales y yo de maestro en una escuela particular no muy diferente a la que asistí. Jamás fui el maestro más popular y distaba mucho de esos maestros geniales que ves en las películas, cuya pasión es tan infecciosa que los alumnos terminan parados sobre sus pupitres, recitando poesía. Me presentaba, daba mis clases, y guiaba a los aburridos adolescentes a través de *Grandes esperanzas* y *Matar a un ruiseñor.*

Nuestra vida quizá no era emocionante, pero era buena.

Hasta que dejó de serlo.

Ahora, me encuentro aquí, deambulando por una casa oscura a medio llenar con las cajas que contienen los restos de esa vida que alguna vez fue buena. Tomo mi celular de la cocina, donde lo dejo cargando (otro consejo para insomnes: duerme con tu teléfono en otra habitación) y tecleo un mensaje de texto.

no puedo dormir. por supuesto

Pauso y, después, escribo lo que en realidad siento.

Claude, te extraño

Envío los dos mensajes antes de que me arrepienta, aunque sé que me hacen sonar más que patético. Para nada como me imaginé a mis cuarenta años de edad. En especial, la parte en la que vivo en mi hogar de infancia. Esa fue idea de mis padres y me la anunciaron de manera sorpresiva cuando me avisaron que al fin habían decidido mudarse a Florida.

—Nos estarás haciendo un favor —dijo mi madre cuando me resistí de inicio—. Vender una casa como esta es un dolor de cabeza.

Lo que eso significaba, aunque no se atreviera a decirlo, era que sabía que pasaba por un mal momento, tanto a nivel emocional como económico, y que se sentían más que felices de ayudarme, aunque me encontrara mucho más allá de la edad en que necesitara la ayuda de mis padres o, por lo menos, así debiera ser.

Cedí y me mudé a la casa después de ayudarlos a instalarse en su nuevo condominio en las afueras de Orlando. He habitado aquí desde entonces, atrapado entre mi adultez y mi adolescencia. Algunos días, siento que mis padres van a llegar a casa en cualquier momento, cargados de bolsas del supermercado, con mi mamá anunciándome que me compró el sabor de helado de Ben & Jerry que tanto me gusta. Otras veces, siento como si me catapultaran al futuro, a un tiempo en que hubieran muerto hace siglos y yo heredara todo.

Al final del pasillo, justo después del recibidor y del cuarto de lavado, se encuentra lo que solía ser el estudio de mi papá y que ahora funciona como una oficina improvisada para mí. Todas las cajas de la recámara se encuentran abiertas; un falso intento de desempacar. Mi papá me dejó los libreros, pero se llevó el escritorio, lo que me obliga a utilizar mi laptop sobre una destartalada mesa de centro que hallé en el sótano.

Prendo una lámpara, me siento frente a la mesa y abro mi computadora. Me digo a mí mismo que no tengo la menor idea de lo que busco. Que solo navego por la red sin rumbo hasta cansarme o hasta que salga el sol, lo que suceda primero.

Pero sé de lleno a dónde voy y escribo la dirección con la facilidad irreflexiva de quien retoma un mal hábito: el Sistema nacional para personas desaparecidas y no identificadas, mejor conocido como NamUs. Una base de datos en línea de todas las personas sin localizar, secuestradas o que desaparecieron sin más ni más.

Conozco las estadísticas a la perfección. Cada año, en Estados Unidos, se reporta a más de un millón de personas como desaparecidas. Aunque localizan sanas y salvas a la enorme mayoría de ellas con celeridad, algunas no tienen la misma suerte y terminan en NamUs. Los que siguen desaparecidos después de uno, dos o más años terminan por convertirse en casos sin resolver.

Pero, también están las personas como Billy. Un caso tan irresoluble que parecería imposible que llegara a alguna conclusión.

Mientras escribo el nombre de Billy, no puedo evitar pensar acerca de la presencia que intuí en la entrada de la cochera. Fue como si a un amnésico le hubieran venido miles de recuerdos a la cabeza en un solo instante. Un repentino despertar, tan sorprendente como reconfortante. Una sensación de familiaridad casi olvidada por completo.

Y que bastó para hacerme pensar, por una fracción de segundo que, en efecto, se trataba de Billy.

Que estaba vivo.

Que había regresado.

Pero se sigue desconociendo el paradero de Billy, un hecho que confirmo cuando su página aparece en el sitio web de NamUs. Al tope están su número de caso, su nombre y su fotografía, bajo los cuales aparece una franja roja con letras blancas que anuncia la más terrible de las palabras.

Desaparecido.

La fotografía se tomó en el gimnasio de la escuela el octubre anterior. En algún lugar del condominio de mis padres está una fotografía enmarcada de mí frente a ese mismo telón de fondo azul moteado. En la foto, estoy sonriendo de oreja a oreja, con dientes demasiado grandes para mi boca, una camisa polo arrugada y mi cabello sometido a base de gel.

La fotografía escolar de Billy es el total opuesto. En ella, aparece inusualmente sumiso y formal. Las comisuras de sus labios están al borde de voltearse hacia abajo, como si prefiriera estar en cualquier lugar menos este. Estoy seguro de que fue su madre, y no Billy, quien eligió la camisa azul oscuro y la corbata verde. Incluso es casi seguro que ella haya tratado de dominar su cabello rebelde, pero sin lograrlo. El mechón de cabello que insiste en alzarse en la parte posterior de su cabeza es la característica más encantadora de la imagen.

Cerca de la fotografía está la fecha en que desapareció y lo último que traía puesto: camiseta negra, shorts azules, tenis blancos.

Preciso, en efecto, pero apenas y rasca la superficie. Yo sé, por ejemplo, que esa camiseta negra tenía una pequeña mancha blanca en el pecho, que los shorts eran marca Umbro y que se había quitado los tenis una hora antes de que nos fuéramos a dormir, así como que seguían en la tienda de campaña cuando me desperté. Lo último que comió fueron dos galletas rellenas de malvavisco y chocolate derretido que mi mamá nos preparó en el horno porque pensó que encender una fogata en el patio trasero era demasiado peligroso. Lo que es más, recuerdo las últimas palabras de Billy.

Hakuna matata, amigo.

Más abajo en la página de Billy, una serie de imágenes alteradas muestran una progresión de edad en la que se ilustra el aspecto que quizá hubiera tenido al paso de los años. A los quince, a los veinte, a los veinticinco. Tomando su fotografía escolar como punto de partida, todas lo muestran, de manera desconcertante, con la misma camisa y corbata verde, como si fueran las únicas prendas de ropa que hubiera utilizado y que se expandieron de manera mágica con el resto de su cuerpo a medida que se hizo más alto, más ancho, más viejo.

La última imagen sugiere cómo podría haberse visto hace cinco años, a los treinta y cinco. Su rostro está más lleno, aunque las comisuras de sus labios siguen a punto de voltearse hacia abajo. Su cabello, al fin libre del mechón rebelde, es más oscuro y más abundante. Ya he visto la fotografía antes; demasiadas veces como para contarlas. En cada ocasión, me impacta lo extraño que es ver a alguien que concibo como eternamente joven más que instalado en la mediana edad. Es la misma sensación de pasmo que experimento a veces cuando me veo al espejo. Esas delgadísimas arrugas y el cabello canoso sobre mis sienes y que salpica mi barba me hacen pensar: «¿Cuándo demonios me hice así de viejo?».

Solo que la pregunta, en el caso de Billy, es ¿se hizo así de viejo? ¿Es posible que siga vivo en la actualidad, viviendo de manera por completo anónima, confundiéndose con todos los demás hombres de mediana edad que están allá afuera? Lo dudo mucho. Si Billy estuviera vivo, si de verdad existiera, ¿no lo sabríamos para este momento? ¿Acaso Billy no se lo revelaría a alguien?

En caso de que eso sucediera, al final de la página, hay un número de contacto para comunicarse con las autoridades. Ha cambiado en varias ocasiones con el paso de los años que llevo visitando la página de Billy en NamUs, incluyendo la última. En este momento, el contacto es el detective Ragesh Patel, miembro del departamento de policía local y único hijo de Mitesh y Deepika Patel, que viven a dos casas de distancia. Un retroceso significativo. El contacto solía ser alguien del FBI, lo que me indica que ni siquiera las fuerzas policiacas piensan que algún día encontrarán a Billy.

En cierto sentido, lo entiendo. Todo el mundo, incluyendo su propia familia, piensa que Billy está muerto. Incluso, se llevó a cabo un servicio fúnebre al año de su desaparición. Yo asistí, sudoroso y muriéndome de comezón en un traje que me compraron para la ocasión mientras miraba fijamente la fotografía en el marco de plata que colocaron encima del féretro vacío. En tanto, todos los demás se me quedaron viendo a mí, al chico que *no* se llevaron. Sentí que la congregación entera me estaba juzgando de manera silenciosa, preguntándose qué me había diferenciado lo suficiente como para que un robachicos eligiera a Billy en lugar de a mí. En ese momento, lo único que quería era que pudiéramos cambiar de lugar para que, así, Billy siguiera vivo y yo estuviera en cualquier otro lugar que no fuera aquí; una sensación que se agudizó todavía más cuando la Sra. Berringer empezó a gritar. Aullidos estridentes a todo pulmón, tan atronadores dentro de la iglesia que hicieron vibrar sus vitrales.

Cierro la página de NamUs y busco el nombre de Billy en Google. El vínculo más reciente me dirige al sitio web de un detective aficionado que tiene un buen número de seguidores que discuten casos sin resolver. Hago clic en el vínculo y, de inmediato, me veo confrontado por las dos fotografías.

Las fotografías.

Las dos imágenes que más se asocian con el extraño caso de Billy Barringer. Son famosas en ciertos recovecos del internet. Lo bastante conocidas como para que los utilice cada blog, podcast y sitio web dedicado a crímenes de la vida real. Comprensible, pero, de todas maneras, perturbador si consideras que las dos se tomaron en mi jardín.

La primera muestra una pequeña tienda de campaña color anaranjado sobre un trozo de pasto acordonado por un perímetro de cinta policiaca. La tomó un reportero del *Star-Ledger* que se coló al jardín de atrás de la casa sin el permiso de mis padres y que se ha convertido en la imagen emblemática del caso de Billy Barringer. La foto está tomada desde un ángulo que destaca la rasgadura vertical en el costado de la tienda, la rotura fruncida abierta por la misma brisa que hace que la cinta policiaca vibre como un alambre de teléfono. Por treinta años, esa delgada abertura y la oscuridad detrás de la misma, han hecho que las personas se acerquen para tratar de mirar la imagen más de cerca, esforzándose por ver al interior de un sitio donde sucedió algo horrible. Incluso yo, que estuve dentro de esa tienda apenas algunas horas antes de que se tomara la fotografía, pero que sé tan poco de lo que sucedió, como el resto del mundo.

La otra imagen es la última fotografía conocida de Billy, tomada el 4 de julio de 1994. Lo muestra comiéndose una rebanada de sandía, el jugo rojo escurriendo de sus labios como si se tratara de un vampiro. Es mucho más enternecedora que su adusta fotografía escolar, razón por la que creo que los medios la adoptaron de inmediato. En ella parece un chico común y corriente, cuando la realidad es que Billy era todo menos ordinario.

Alguien está parado junto a él, por completo eliminado de la foto, excepto por el asomo de un brazo desnudo pegado al de Billy en la orilla del encuadre.

Ese soy yo.

Mis padres, consternados de inmediato por cómo me vería afectado por el secuestro de mi amigo, se aseguraron de cortarme de la imagen antes de que la liberaran a la prensa. Al hacerlo, crearon una irónica inversión de la situación.

Billy, el Niño Perdido, se vio por todos lados, literalmente, tan prominente durante ese verano como O.J. Simpson y su Bronco blanco. Y yo me volví invisible. Solo un pequeño trozo de piel que pertenecía a otro chico. Dado que era menor de edad, esa fue la manera en que tanto la policía como los medios se refirieron a mí en ese entonces.

«Otro chico».

Como en «Billy Barringer, de diez años, estaba acampando en el jardín de la casa de otro chico cuando se lo llevaron en mitad de la noche», que resulta ser la primera oración del sitio web que ahora se encuentra abierto en mi laptop. Sigo leyendo, como si no fuera lo mismo que he visto mil veces antes. Hay una pequeña introducción acerca de quién era Billy, dónde vivía, lo que estaba haciendo la noche en que desapareció y lo que sucedió después de que todo el mundo se percatara de que ya no estaba. A lo largo de la narración hay más referencias a mí que hablan de «otro chico», «un vecinito», «el mejor amigo de Billy». Todos esos eufemismos se me hacen de lo más absurdos si consideramos que el sitio web da el nombre de todos los demás involucrados, incluyendo a mis padres.

Fred y Joyce Marsh.

De manera muy similar a lo que eran nuestras casas en aquel entonces, sus nombres están lado a lado con los de los padres de Billy, Blake y Mary Ellen Barringer. Después de todo, fue de nuestro jardín que se llevaron a Billy y fueron mis padres quienes estaban a cargo del cuidado del niño.

El único otro nombre que no se menciona, ni en este sitio web ni en ningún otro lado que haya visto, es el de Andy Barringer, el hermano menor de Billy. Tenía siete años en el momento de los hechos y la prensa también lo ignoró, apenas mencionándolo.

Como la mayoría de las narraciones que he leído acerca de la desaparición de Billy, esta tiene un aire de crítica. Siempre ha sido así. En las semanas posteriores a su secuestro, mucho se dijo acerca de cómo era posible que se hubiera extraído a un chico del patio trasero de un suburbio sin que nadie se diera cuenta de lo que pasó. Todo el mundo, desde las noticias de la noche, hasta el *New York Times,* hasta *Misterios sin resolver*, que transmitió un segmento acerca del caso ese otoño, hacía las mismas preguntas. «¿Cómo pudo suceder?», preguntaban. «¿Cómo es que nadie se dio cuenta?».

Inexpresada, pero más que clara, era la idea de que el vecindario había sido el responsable.

En especial, mis padres.

Y especialmente, yo.

Los pequeños asomos de culpa que no se nos achacaron a nosotros, se dirigieron a las autoridades, que jamás fueron capaces de averiguar qué le ocurrió a Billy. Cada agencia de procuración de justicia que uno pueda imaginar, desde la policía local hasta el FBI, estuvo involucrada en algún momento. Lo único en lo que coincidieron todas estas autoridades diferentes fue que en algún momento entre las 11:00 p. m. del 15 de julio y las 6:30 a. m. del 16, alguien abrió una hendidura de 96.52 centímetros de longitud en el lado izquierdo de la tienda, por la que sacó a Billy.

Lo que pasó después fue, y sigue siendo, un absoluto misterio.

Un análisis detallado del corte indicó que se hizo desde afuera de la tienda. Debido a que fue un corte limpio, la policía dedujo que se había utilizado un cuchillo nuevo o recién afilado. La estrechez del corte los llevó a concluir que se trataba de un cuchillo de cocina y no uno de cacería, cuya hoja es más ancha.

Esta información bastó para incitar una búsqueda por cada rincón de cada una de las casas de la privada. Recuerdo estar sentado en la cocina con mis padres y un agente del FBI, escuchando el sonido de los zapatos que daban vueltas en el piso de arriba mientras los investigadores se paseaban de habitación en habitación. En ese momento, ignoraba qué era exactamente lo que buscaban. Lo único que sabía era que mis padres estaban asustados, lo que me asustó a mí también.

La búsqueda arrojó una variedad de cuchillos de todas las casas de Hemlock Circle. Después de someterlos a prueba, no hubo uno que pudiera señalarse de manera concluyente como el utilizado para cortar la tienda de campaña.

A la par de las búsquedas, vinieron las entrevistas. Todo el vecindario tuvo que someterse a más de una ronda de interrogaciones. Los policías locales cedieron el paso a los detectives estatales que después se convirtieron en agentes del FBI.

Nadie informó escuchar o ver nada sospechoso, principalmente porque los jardines en la parte posterior de las casas de Hemlock Circle son enormes puntos ciegos. Siempre pensé en la privada como una de las piezas circulares del juego de Trivial Pursuit, donde cada uno de los terrenos individuales se parece a una de esas piezas triangulares que tenías que meter dentro del círculo si respondías de manera correcta. Mientras tanto, cada casa se encuentra en un ligero ángulo en relación con las casas circundantes. Todo eso, aunado a los altos arbustos que bordean los patios para proteger la privacidad de cada propiedad, significaba que nadie en Hemlock Circle podía ver con claridad al interior de un jardín que no fuera el suyo. Las únicas personas que podrían haber visto algo de utilidad la noche en que Billy desapareció fuimos yo y mis padres. Pero su recámara estaba al frente de la casa, lo que ofrecía una vista de la privada, no del patio detrás de la casa.

En lo que a mí se refiere, el sitio web que estoy leyendo lo resume de esta manera: «El otro chico que estaba en la tienda afirmó que no vio ni oyó nada».

Una palabra de esa oración me incomoda.

Afirmó.

Como si hubiera cualquier posibilidad de que le mintiera a la policía al respecto.

Como si no me importara lo que le pasó a Billy, cuando la verdad es que haría lo que fuera por averiguar cuál fue su destino.

Sin embargo, no queda nada por hacer. A pesar de todas las búsquedas e interrogatorios, el único indicio del paradero de Billy se presentó cuando una unidad de elementos caninos siguió su rastro por casi dos kilómetros a través del enorme bosque que rodea la privada. El rastro terminó en una muy poco utilizada vía de acceso que divide el bosque a la mitad y que se conecta con dos carreteras más grandes y transitadas, lo que hizo que la policía pensara que se habían llevado a Billy de la tienda a un coche que estaba a la espera en aquel camino.

Lo que pasó después, o quién fue responsable, nadie lo sabe. No había señales de resistencia ni dentro de la tienda ni fuera de la misma. Nadie reportó escuchar gritos o llamadas de auxilio. No se encontró sangre en nuestro patio trasero ni tampoco pisadas frescas, principalmente porque habían cortado el pasto la tarde del 14 de julio y estaba demasiado corto como para que los zapatos de alguna persona le dejaran marcas. Sí se encontraron rastros de evidencia pertenecientes a más de una docena de personas, gracias a la fiesta del 4 de julio que mis padres organizaron al inicio del mes.

Pudo haber sido cualquiera de nosotros.

O ninguno.

Al paso de los años, se identificó a infinidad de sospechosos, ninguno de los cuales pareció prometedor porque, en el mejor de los casos, todos eran improbables, y en el peor, imposibles.

Tomemos, por ejemplo, al Sospechoso Improbable No. 1: Fred Marsh.

Mi padre.

Fue la primera persona en la que pensó la policía porque, ¿por qué no? Después de todo, el delito sucedió en su propiedad y bajo su resguardo. Lo que se evidenció de manera muy clara desde el principio fue que nunca, jamás, habría hecho algo así. Es un hombre decente; un hombre *bueno*. Marido fiel y profesor de sociología en la Universidad de Princeton; un hombre tan dedicado a seguir la ley que ni siquiera tenía una infracción por exceso de velocidad. Además, mi madre, nada despreciable en lo que se refiere a decencia, juró que estuvo dormido a su lado la noche entera. ¿Y por qué mentiría acerca de algo así un ama de casa y afiliada de larga trayectoria en la Asociación de Padres y Maestros?

Las sospechas relacionadas con mi padre se desacreditaron

casi de inmediato y se trasladaron al Sospechoso Improbable No. 2: el padre de Billy, Blake Barringer.

Debido a que la rasgadura de la tienda se hizo del lado que daba a la propiedad de los Barringer, las autoridades supusieron que el secuestrador de Billy vino de esa dirección, lo que condujo a la policía a preguntarse si el responsable era el Sr. Barringer. Pero, al igual que en el caso de mi padre, aquellas sospechas no llevaron a ningún lugar.

Blake Barringer, representante farmacéutico, estaba de viaje en Boston esa noche. Docenas de testigos lo vieron en el bar del hotel, disfrutando de una cerveza Sam Adams hasta cerca de las once de la noche y posteriormente, saldar su cuenta en el hotel a la mañana siguiente después de que su esposa le hablara para decirle que no encontraban a Billy. Hubiera sido imposible que condujera a su hogar, secuestrara a Billy y regresara a Boston de nuevo.

Además, no tenía razón alguna para hacerle daño a su hijo y pareció igual de angustiado por su desaparición que el resto de la familia. Aunado a eso, la mayoría de los secuestros que llevan a cabo los padres se derivan de disputas de custodia, y los Barringer permanecieron juntos hasta la muerte de Blake, en 2004.

Los sospechosos improbables No. 3 a 16 fueron los demás habitantes de Hemlock Circle. Sin contarnos a Billy y a mí, hubo un total de quince personas presentes en la privada esa noche. Nos investigaron a todos de una manera u otra; ninguno de nosotros tenía razón alguna para hacerle daño a Billy ni se nos ocurrió quien pudiera tenerla.

El vacío se llenó por las docenas de personas que, al paso de los años, han afirmado que saben lo que sucedió. Gente enfermiza, necesitados de atención y, en algunos casos, psicópatas genuinos han afirmado que se llevaron a Billy. O que lo asesinaron… o que vieron a Billy embolsando víveres en su supermercado local. Hasta la fecha, se han presentado siete hombres afirmando ser él. Se investigó cada pronunciamiento y confesión. Ninguno resultó ser cierto y nos dejó a quienes conocíamos y amábamos a Billy con nada más que esperanzas rotas y preguntas sin contestar.

Para este momento, casi todo el mundo coincide con que el sospechoso más probable es algún desconocido. Alguien que entró a Hemlock Circle, tomó a Billy y se marchó con la misma velocidad y sigilo con los que se coló. El sitio abierto en mi laptop es un importante exponente de esa misma teoría. Detalla que alguien, aunque nadie sabe exactamente quién, afirmó ver a un hombre extraño, vestido en camuflaje, que estuvo rondando cerca de la privada el día antes de que Billy se esfumara. Sin embargo, las autoridades nunca lograron vincular el secuestro de Billy con delitos semejantes. No coincidió con los patrones de ningún asesino en serie de los veinte años antes de 1994 ni de los treinta que le siguieron. En las entrevistas que el FBI llevó a cabo con personas encarceladas por secuestrar y asesinar a chicos jóvenes, ninguna admitió tener nada que ver con esto.

A treinta años de distancia, así es como se encuentran las cosas. No hay culpables. No hay respuestas. Nada más que el triste y brutal hecho de que Billy sigue desaparecido.

Cierro la computadora y regreso al piso de arriba. En la recámara, vuelvo a tomar el cuaderno y la pluma; el único remedio para mi insomnio que parece servir de algo. Hace dos terapeutas me dijeron que si hay algo que ronda mi mente, que da vueltas a mi cabeza hasta esas altas horas de la madrugada, lo mejor que puedo hacer es escribirlo. Al hacerlo, le permito a mi cerebro que deje de pensar en ello sino hasta después, como si fuera una especie de botón mental de pausa de un despertador. No siempre funciona, pero es mejor que nada.

Abro la página en la que escribí antes.

Volví a tener El Sueño.

Debajo, añado: *Billy NO está allá afuera.*

Con cuidado, coloco el cuaderno y la pluma en la mesa de noche y reviso el reloj. Un poco antes de las cuatro. Todavía tengo la posibilidad de dormir un par de horas.

Sin embargo, cuando cierro los ojos, mis pensamientos

regresan al sitio web de crímenes verdaderos que estuve leyendo. Aunque estaba mejor escrito e investigado que otros que he leído, no contaba la historia completa. De entrada, insinuó que el secuestro de Billy sucedió de la nada. Que las veinticuatro horas antes de que desapareciera fueron como cualquier otro día de ese verano. Que no había nubarrones de tormenta que anunciaran una catástrofe inminente ni sucesos en el vecindario que, a la distancia, anticiparan una tragedia.

Eso era casi completamente acertado. Fue un típico verano de Nueva Jersey. Soleado. Perezoso. Un poco demasiado bochornoso para gusto de mi mamá, pero agradable.

Y, sin embargo, hay más que decir. Siempre lo hay. En realidad, el día que se desvaneció Billy fue todo menos ordinario.

Y supe que algo estaba mal desde el instante en que desperté.

Viernes, 15 de julio, 1994
8:36 a. m.

Ethan percibe que algo está mal incluso antes de que sus ojos se abran de manera repentina. Acostado sobre un revoltijo de sábanas que se quitó a patadas y con las que volvió a taparse de manera intermitente mientras dormía, escucha que Barkely está arañando la puerta del cuarto que apenas hace poco obtuvo el permiso de cerrar durante las noches. Antes de que llegara este verano, su madre lo obligaba a mantenerla abierta para poder echarle un ojo con facilidad durante la noche y así asegurarse de que no se quedara despierto hasta tarde, algo que Ethan le juró que ya no era necesario. Solo después de que su padre le diera un poco de ayuda, «Ya tiene diez años, Joyce. Dale algo de privacidad al chico», fue que su madre cedió. Desde el final del año escolar, tiene permiso de cerrar la puerta de su recámara noche a noche antes de irse a dormir.

Sin embargo, ahora, mientras su beagle sigue olisqueando y rascando a la puerta, rogando que lo deje salir, Ethan reconsidera su decisión. Tal vez, piensa, dejar la puerta abierta otro año más no sea tan mala idea después de todo. Por lo menos, Barkley podría ir y venir a su antojo, lo que le permitiría a Ethan dormir hasta más tarde.

Cuando patea las sábanas para levantarse, percibe el inconfundible aroma a hot cakes y tocino que se filtra debajo de la puerta. Con razón el perro quiere que lo deje salir. El olor de su desayuno favorito también hace que Ethan esté ansioso por hacerlo.

Abre la puerta y deja que Barkley corra por las escaleras hasta la cocina. Ethan está a punto de hacer lo mismo cuando lo detiene un discernimiento tan repentino como confuso: hoy es viernes. Su madre solo hace hot cakes y tocino los sábados. ¿Por qué los prepararía su papá esta mañana mientras su madre estaba en el trabajo?

La respuesta se evidencia cuando Ethan entra a la cocina y encuentra allí no solo a su padre, sino también a su madre; algo de lo más extraño para un día entre semana. Desde que empezó a trabajar, su mamá ya no se encontraba en casa cuando el chico despertaba entre semana. Un cambio de lo más peculiar de cómo fue el resto del año, cuando era su papá quien se marchaba temprano. Su padre daba algunas clases durante el verano, pero no eran sino hasta la tarde, lo que le permitía estar en casa para prepararle el desayuno a su hijo.

Todavía más extraña fue la noche anterior, cuando la madre de Ethan regresó a la oficina dos horas después de la cena. Él y su papá miraban una repetición de *Los Simpson* cuando entró a la sala, las llaves del coche colgadas de la mano, y dijo: «Tengo que regresar a la oficina rápido. Dejé algo allí».

Ethan, que apenas y estaba prestando atención, escuchó que su padre le preguntaba: «¿En este instante? ¿Qué no puede esperar a mañana?».

—Solo me tardaré un minuto —respondió su madre antes de apresurarse hasta la cochera.

Terminó siendo más de media hora. Ethan se dio cuenta porque, para cuando regresó, *Los Simpson* habían terminado e iniciaba *El show de Simbad*. Ahora, se pregunta si su presencia esta mañana tiene algo que ver con que se fuera anoche.

—Buenos días, campeón —lo saluda su padre desde atrás del *New York Times* de esa mañana. Junto a su codo, se encuentran una taza humeante de café y una pila de hot cakes.

Parada frente a la estufa, la madre de Ethan no dice nada.

Aunque jamás se lo han explicado de manera específica, en el fondo Ethan sabe que ha tenido una existencia bastante despreocupada. Vive en una casa agradable rodeada de otras casas agradables, en un vecindario agradable que se compone de más vecindarios agradables; le regalan los juguetes que quiera, aunque se vea obligado a esperar hasta la Navidad o su cumpleaños para recibirlos; sus padres compran un coche nuevo cada par de años y ya han ido a Disney World en dos ocasiones. Las raras ocasiones en que se preocupa es por cosas triviales, como un examen de matemáticas inminente o porque lo elijan hasta el final en la clase de gimnasia; o también por temores vagos y abstractos. Muerte. Guerra. Arenas movedizas.

Pero ver a su mamá con el mandil puesto y una espátula en la mano, cocinando en silencio como si se tratara de un sábado cuando en definitiva no lo es, llena a Ethan de una ansiedad que rara vez ha experimentado en toda su breve vida.

—¿Qué pasa? —pregunta.

—No pasa nada, campeón —responde su padre, todavía escondido detrás de su periódico.

—Pero los dos están en casa.

—¿Y eso qué tiene de raro? —Al fin, su padre baja el *Times* para lanzarle a Ethan lo que conoce como la Mirada de Profesor. Rostro tranquilo. Ojos penetrantes rodeados de armazones de carey; la ceja izquierda levantaba tan alto que se asemeja a la curvatura de un signo de interrogación—. Aquí vivimos.

—Sabes lo que quiero decir —dice el chico mientras acerca su silla a la mesa cuando su madre pone el desayuno frente a él.

—Quiere saber por qué no estoy en el trabajo —le dice ella a su padre, como si Ethan no estuviera allí en absoluto.

—¿Estás enferma? —pregunta Ethan—. ¿Esa es la razón por la que estás en casa?

—Ya no trabajo en ese lugar.

—¿Y por qué no?

Su madre mira hacia donde está su padre. Un intercambio silencioso en el que sabe que están discutiendo cuánto decirle. Su padre finalmente asiente para que su madre le diga:

—Ya no me necesitan allí.

Aunque la tensión en su voz le deja más que claro que ella

no quiere hablar al respecto, Ethan necesita saber más. Empezó a trabajar en mayo, lo que implicó un proceso de adaptación enorme para un muchacho acostumbrado a que su madre estuviera en casa antes y después de la escuela, y todo el día durante el verano. La primera vez que Ethan llegó de la escuela para encontrar la casa vacía, fue tanto atemorizante como emocionante. Claro, únicamente se quedaba solo durante una hora y, sí, terminó viendo la tele y comiendo las mismas galletitas en forma de pescado que siempre comía. Pero de manera muy similar a poder cerrar la puerta de su recámara cada noche, ese pequeño trozo de libertad lo hizo sentir más adulto.

En segundo lugar en sus pensamientos, pero de igual importancia, está el hecho de que como su madre estará en casa todo el día, no habrá necesidad de que vuelvan a contratar a la chica que lo cuida, Ashley. Para Ethan, eso es mucho peor que perder cualquier libertad. Significa que lo más seguro es que no vuelva a ver a Ashley durante el resto del verano… y le *encanta* ver a Ashley.

—¿Vas a conseguir otro trabajo?

—No lo sé. —Su madre toma un trozo de tocino, considera comérselo, pero al final opta por dárselo a Barkley—. Ya veremos.

En la experiencia de Ethan, eso casi siempre significa no, pero no está listo para dejar las cosas en paz.

—Pienso que deberías —responde—. O tal vez podrías pedir que te regresen tu trabajo anterior. Quizá puedas hacer algo diferente allí mismo.

—Esto es lo que más conviene —dice su mamá, que usa otro eufemismo favorito que significa que no—. Además, no quiero regresar a ese lugar.

—¿Por qué no?

—En realidad, no puedo hablar al respecto.

El padre de Ethan vuelve a bajar el periódico.

—¿No puedes, o no quieres?

—Es complicado —responde ella mientras lleva la sartén hasta el fregadero y la llena de agua, una táctica dilatoria que incluso

Ethan sabe que no le servirá de nada. Fred Marsh es la encarnación misma de la persistencia.

Y, claro está, su padre espera a que cierre la llave del fregadero para insistir:

—Me dijiste que te pidieron tu renuncia a causa de recortes de presupuesto. ¿Qué tiene eso de complicado?

En lugar de contestar, la madre de Ethan toma una fibra metálica y empieza a tallar la sartén.

—Joyce, ¿qué es lo que no me estás diciendo? —pregunta su padre—. ¿Pasó algo anoche?

Frente al fregadero, la madre de Ethan hace un gesto hacia Barkley, situado frente a la puerta corrediza que da al jardín con la nariz contra el vidrio.

—Llévalo afuera —le dice a su hijo—. Probablemente necesite orinar.

Ethan, que se le queda viendo al plato medio lleno frente a él, comienza a discutir, pero lo piensa mejor. Algo extraño está pasando con sus padres.

—Anda, campeón —añade su padre—. Solo durante un minuto. Tu desayuno seguirá aquí para cuando regreses.

Ethan abre la puerta y Barkley sale volado, su cola meneándose con locura mientras corre por el pasto, espantando a los pájaros. El chico lo sigue; los adoquines del patio, calentados por el sol, tibios bajo sus pies. En el pasto fresco del jardín encuentra el palo con el que Barkley y él jugaron la tarde anterior.

—¡Vamos, chico! —exclama, llamando de inmediato la atención del perro— ¡Ve por él!

Arroja el palo por los aires y lo observa mientras da vueltas y hace un arco sobre el patio para aterrizar cerca de la orilla del bosque que bordea la propiedad. Barkley lo persigue mientras Ethan voltea hacia la casa. Adentro, sus dos padres están sentados frente a la mesa, a media discusión. Verlos así tensa el nudo de preocupación en el estómago de Ethan.

El divorcio es otro de sus vagos temores, aunque es menos

abstracto que los demás. Ha visto lo que sucede cuando los padres se separan. Hace tres años, la casa de junto estuvo ocupada por su anterior mejor amigo, Shawn. Cuando sus padres se divorciaron, pusieron la casa en venta y Shawn se vio obligado a mudarse hasta Texas con su madre. Ethan no ha sabido nada de él desde entonces.

Se preocupa de que podría sucederle lo mismo pronto, aunque ninguno de sus padres parece enojado mientras los mira a través de la puerta corrediza del patio. Su padre otra vez lleva su Mirada de Profesor, que según Ethan sabe que significa una variedad de cosas: curiosidad, impaciencia, frustración.

La expresión de su madre es más fácil de descifrar. Solo se ve triste.

Ethan desvía la mirada y voltea hacia el jardín. Ve a Barkley todavía en las orillas del bosque, ignorando el juego de atrapar el palo. En lugar de eso, su perro está mirando hacia el bosque, su cuerpo rígido. Cuando empieza a gruñir, con un sonido tan poco característico de Barkley, hace que un escalofrío recorra la espalda del muchacho.

—¿Qué pasa, chico? —pregunta—. ¿Qué ves?

Debe ser una ardilla, piensa, o uno de cualquiera de los otros animales que salen del bosque a todas horas del día. Ethan solo puede recordar una única vez en que su perro empezó a gruñir… a Fritz Van de Veer durante el día de campo del 4 de julio, por ninguna razón que alguien pudiera comprender.

—Ven acá, chico —dice Ethan, tratando de convencer a su perro de ignorar lo que sea que esté en el bosque. Cuando eso no funciona, se acerca a Barkley, cruzando el patio hasta el punto en que el pasto recién cortado se funde con la orilla del bosque. Una clara línea de demarcación. Después, el bosque se extiende por varios kilómetros, solo interrumpido por la vía de acceso que lo parte a la mitad.

Recientemente, a Ethan se le permitió aventurarse con Billy hasta esa vía, alrededor de dos kilómetros dentro del bosque, pero no más allá; cosa que le parece perfecta. No tiene deseo alguno de adentrarse más. No es que le dé miedo, en realidad. Es solo que jamás ha tenido la necesidad de explorar más allá de ese límite; en esencia porque ya sabe lo que hay: muchísimos árboles, muchísimas piedras... ah, y el Instituto Hawthorne, sobre el cual Ethan no sabe más que el hecho de que no tiene permiso de ir.

—Mantente alejado de ese lugar —le dijo su mamá una tarde de otoño, mientras caminaban por el bosque.

—¿Por qué?

—Porque es una propiedad privada y estarías allanándola, cosa que es ilegal.

—¿Pero qué hay allí?

—Nada que te interese.

Ethan confió en su palabra y jamás se acercó al sitio. A diferencia de otros chicos de su misma edad, no siente atracción alguna por las cosas prohibidas. Sospecha que el instituto es igual al lugar donde trabaja su padre, pero más estirado.

Se escucha un ruido detrás de ellos y tanto Ethan como Barkley se sorprenden. Se dan vuelta al unísono, olvidando el bosque vacío por completo y centrándose en el trecho verde esmeralda que se extiende entre ellos y la casa.

Sobre el pasto, a unos metros del seto que separa el patio de Ethan del de Billy, se encuentra una pelota de beisbol.

Ethan la recoge y observa las manchas de pasto y las marcas de las mordidas de Barkley por las docenas de veces que la pelota ha aterrizado en su patio. Hasta este momento en el verano, es un suceso que se repite a diario. Es un código secreto entre Ethan y su vecino.

El mensaje siempre es el mismo.

Billy quiere jugar.

TRES

Crrrrrrrc.

Despierto sobresaltado a las ocho de la mañana, jadeando a causa de El Sueño.

Dos veces en una misma noche.

No es una buena señal.

Por lo menos, El Sueño no está haciendo eco por toda la habitación, como hace algunas horas. Eso se debe tanto al sol que entra a raudales por las ventanas, como al rugido de la cortadora de césped que está dando vueltas por el patio de enfrente.

La mayoría de los suburbios siguen sus rutinas con la precisión de un Rolex, y Hemlock Circle no es la excepción. Los lunes es día de recolección de basura, todo el mundo saca sus enormes contenedores con ruedas hasta la acera por las mañanas y los arrastra de regreso a la cochera por las noches. Lo mismo sucede con la recolección de materiales reciclables cada viernes.

Los martes llegan los equipos de paisajismo, que inundan la privada circular con su ensordecedora cacofonía. Cortadoras de pasto, desbrozadoras, sopladoras de hojas. En especial, las sopladoras de hojas. Si los suburbios tuvieran un sonido oficial, sería el del agitado escándalo del aire comprimido que corre por patios y entradas de cocheras, despejándolos de la brizna de pasto u hoja perdida que se atreva a permanecer sobre cualquier superficie. Cuando las sopladoras se apagan, el silencio resultante desconcierta durante unos momentos. Demasiado silencio, demasiado abrupto.

Sin embargo, por ahora, la cortadora de pasto sigue andando, moviéndose del patio de enfrente al de atrás mientras me baño, me visto y me dirijo hacia la cocina para hacer café. Mientras se prepara, trato de despejarme de mi último encuentro con El Sueño, que no deja de acosarme desde el día después de que Billy desapareciera.

Siempre es el mismo. Empieza con una oscuridad que apenas empieza a disiparse. Luego, mis alrededores se vuelven más claros. Lo bastante como para ver que me encuentro dentro de la vieja tienda de campaña. La misma de donde se llevaron a Billy a mis diez años.

Pero Billy sigue allí, dormido junto a mí.

Por encima de él, de la altura completa de la tienda, está una larga rasgadura.

Al sentir la presencia de alguien que está justo afuera, me asomo por la rasgadura, pero no percibo más que oscuridad al otro lado. Quienquiera que sea, no puedo verlo, aunque sé que está justo allí.

Y, entonces, lo oigo.

Crrrrrrrc.

El sonido de la tela que se rasga, aunque esa parte ya sucedió. Es un ruido demorado, justo como cuando ves el rayo antes de escuchar el trueno que lo acompaña.

Y ese es el momento en que me despierto. Cada maldita vez. Con el horripilante *crrrrrrrc* resonando durante un tiempo donde sea que esté el cuarto donde me encuentre en ese instante.

Por qué sigo teniendo El Sueño y qué puede significar cualquier parte del mismo es un misterio que me fascinaría resolver. Al principio supuse que significaba que, cuando rasgaron la tienda, estuve al menos un poco consciente de lo que ocurría, aunque no del todo despierto. Sin embargo, no tengo recuerdo alguno de haberlo oído suceder. Ninguna vaga recolección de abrir los ojos para ver la rasgadura en la tela.

Honestamente, todavía no sé cómo interpretar todo esto.

todo esto. Un desconocido entró en *mi* patio, rebanó *mi* tienda de campaña y se llevó a *mi* mejor amigo. ¿Es posible que haya permanecido dormido durante todo eso, sin notar nada ni recordar el más mínimo detalle? El yo actual, asolado por el insomnio, diría que no, pero mi versión de diez años de edad contaría una historia muy distinta. En aquel entonces, dormía como los muertos.

De manera que la pregunta sería: ¿en realidad escuché o vi algo o El Sueño no es más que un recuerdo imaginado, formado por las cosas que sí sé? La rasgadura de la tienda, la desaparición de Billy y una persona desconocida responsable de ambas cosas.

Hice mi máximo esfuerzo por responder esa pregunta y darle a la policía al menos un pequeño indicio de lo que sucedió. Con el consentimiento de mis padres, me hipnotizaron una semana después de la desaparición de Billy, con la esperanza de que alguna pequeña pista surgiera de las oscuras profundidades de mi inconsciente. Cuando eso no funcionó, me llevaron con un analista de sueños, quien hizo que hablara acerca de El Sueño y de cualquier otro sueño que pudiera haber tenido desde la noche en que se llevaron a Billy. Eso tampoco nos llevó a nada.

Después todos tuvimos que hacer las paces con la incertidumbre. Quizá no vi nada, quizá sí. Tal vez lo que pasó fue demasiado traumático como para que lo procesara, de modo que lo extirpé de mi memoria, con solo El Sueño para recordarme la autoedición de manera intermitente.

Todo el mundo lo entendió, excepto la Sra. Barringer, quien se convenció a sí misma y trató de convencerme de que la respuesta para encontrar a Billy estaba enterrada en algún oscuro recoveco de mi cerebro. Una mañana, cerca de un mes después de que Billy se desvaneciera, entró a tropezones a nuestro jardín trasero. La preocupación la había envejecido tanto que parecía una persona desconocida; alguien a quien temer.

La Sra. Barringer arrastró al hermano menor de Billy al patio junto con ella, probablemente aterrada de perderlo de vista. Andy, que tenía siete años en ese entonces, no fue capaz de verme a mí ni a su madre. Solo se le quedó viendo al pasto, asustado y avergonzado.

—¡Ethan! —vociferó la Sra. Barringer, su boca formando una O de sorpresa, como si incluso ella se sintiera pasmada por lo violenta que sonaba. Soltó la mano de Andy y se tambaleó dirigiéndose hacia mí, con pisadas resbalando sobre el pasto—. Necesitas decírselos —dijo con suavidad en esta ocasión—. ¿Entiendes, cariño? Solo dile a la policía lo que recuerdas de esa noche.

—Pero es que no recuerdo nada.

Ahora, la Sra. Barringer se situaba a poca distancia de mí. Di un paso hacia atrás, en dirección a la casa, pero se aferró a mis dos hombros. Sus manos bruscas me apretaron con fuerza, en absoluto contraste con la dulzura con que seguía hablándome.

—Es que tienes que recordar *algo*. Aunque no pienses que es así. No es posible que hayas dormido la noche entera.

Sus manos sobre mis hombros se convirtieron en tenazas. Empezó a sacudirme, de manera gentil al principio, pero después con más violencia a cada segundo. De pronto, me jaloneaba hacia atrás y hacia adelante; mi cabeza se bamboleaba sin control alguno. Aunque era joven y estaba asustado, sabía lo que la Sra. Barringer quería de mí. Yo quería lo mismo. Alguna pista, sin importar qué tan pequeña, que sirviera para encontrar a Billy.

Pero no recordaba nada.

No sabía *nada*.

—¡Lo siento! —chillé—. ¡Lo siento!

En ese instante, mi mamá salió de la casa a todo correr y me desprendió de las manos de la Sra. Barringer.

—No sabe nada, Mary Ellen —le dijo, no sin amabilidad. Estoy segura de que podía ver un poco de sí misma en el estado descontrolado de la Sra. Barringer. Por la manera en que contemplaba a nuestra vecina, mi madre parecía entender que, si me hubieran llevado a mí, ella sería la que estaría en *su* jardín, sacudiendo a *su* hijo, rogándole que le diera cualquier información.

Bebo el primer, bendito sorbo de café cuando me percato de

que el sonido de afuera cesó. Nada de podadora, nada de sopladores. En su lugar, escucho el alegre sonido del timbre de la puerta. La abro y encuentro a uno de los paisajistas parado en el porche.

—¿Se encuentran el Sr. y la Sra. Marsh? —me pregunta al tiempo que se limpia el sudor de la frente con un trapo.

—Se acaban de mudar, de hecho.

—¿Es usted el nuevo dueño?

—No —contesto porque, oficialmente, no lo soy. Lo que me hace preguntarme exactamente qué es lo que soy—. Soy su hijo. Me estoy quedando aquí hasta que mis padres pongan la casa en venta.

Me percato de que es posible que ya sepa esta información y que, de manera educada, esté preparándose para cobrarme lo del pasto que acaba de cortar. Trato de evitarle la molestia y le pregunto:

—¿Cuánto le debo?

—Nada —responde—. Sus papás me pagaron el verano completo por anticipado. Estoy aquí porque había algo en su patio esta mañana. El día de hoy no fue problema, pero le voy a rogar que, en el futuro, se asegure de que sus hijos no dejen equipo deportivo tirado en el pasto cuando vengamos a cortarlo.

—No tengo hijos. —Entrecierro los ojos, confundido—. ¿Qué equipo deportivo?

—Esto.

El hombre hurga en uno de los profundos bolsillos de sus pantalones de comando. Saca la mano y sostiene algo para que pueda verlo.

Allí, en la palma de su mano, está una pelota de beisbol.

Viernes, 15 de julio, 1994
8:56 a. m.

Billy contempla la pelota que sostiene en su mano, sorprendido de lo mucho que se ha desgastado después de apenas algunas semanas de uso. El cuero antes blanco es ahora color gris apagado y está lleno de manchas de tierra y pasto. Incluso, hay algunas marcas de los dientes de Barkley por el par de ocasiones en que encontró la pelota antes que Ethan. Eso podría suceder de nuevo el día de hoy si no tiene cuidado. Billy puede oír que el perro está con Ethan al otro lado de los enormes arbustos.

Sabe que todo esto es raro. La manera en que se agazapa detrás del seto para escuchar cómo juega Ethan con Barkley en el patio de junto. Otros chicos solo atravesarían los arbustos y dirían hola, pero ¿eso qué tiene de divertido?

No, Billy prefiere hacerlo de esta manera.

De la manera extraña.

Oculto detrás de los arbustos, con la pelota en la mano, esperando el momento perfecto para lanzar su clave secreta.

La primera vez que lo intentó fue el primer día de las vacaciones de verano. Ya más que aburrido para las diez de la mañana, decidió que iría a la casa de junto para preguntarle a Ethan si quería acompañarlo a explorar el bosque. Billy no está del todo seguro de por qué optó por convertirlo en un juego, pero una vez que vio la pelota colocada sobre su cajonera, intacta desde que la había recibido hace meses como regalo de cumpleaños, supo lo que debía hacer con ella.

Al principio, Ethan estuvo confundido. Se la llevó de vuelta a Billy y le preguntó si la había lanzado sobre el seto por accidente mientras él y Andy jugaban a atraparla. Como si eso fuera algo que sucedía a diario en el patio trasero de los Barringer. Para nada. A veces, Andy lanzaba y atrapaba la pelota con su padre, ¿pero con Billy? Jamás.

—La lancé a propósito —le respondió el chico.

Ethan arrugó la nariz.

—¿Por qué?

—No lo sé. Quise que fuera como una especie de mensaje secreto. Siempre que encuentres la pelota en tu jardín, significa que tienes que venir a buscarme. Lo vi en una película. Un hombre que se mudó a una casa embrujada encontraba pelotas por todas partes; se las dejaba un fantasma.

—¿Y por qué un fantasma haría algo así?

Billy suspiró con fuerza, como si la respuesta fuese más que evidente.

—Para que el hombre supiera que estaba allí.

Ethan sacudió la cabeza y le entregó la pelota.

—Eso de verdad que es raro—, dijo, pero no de manera hiriente.

No como Ragesh Patel o los demás chicos mayores del camión escolar que le escupían la misma palabra como si fuera un insulto. Ethan la dijo solo como observación.

O eso es lo que Billy quiere pensar.

Sabe que no es como otros chicos de su misma edad y hay veces en que eso lo molesta. A veces, incluso desea que pudiera ser distinto. No tan propenso a fantasías o a accesos repentinos de imaginación. Que no fuera tan nerd, una de las tantas palabras que con frecuencia le lanzan, aunque Billy piensa que los nerds son súper inteligentes, algo que él no es en absoluto. Le va bien en inglés, pero no en matemáticas. Los demás niños poco inteligentes que conoce lo compensan siendo atléticos, otra área en la que Billy está más que perdido.

—Es excéntrico —oyó que su padre le dijo a su madre en una ocasión, cuando la Sra. Jensen les pidió que asistieran a una conferencia para padres y maestros porque estaba preocupada por la incapacidad de Billy para encajar con los demás chicos del salón—. No puedo entender por qué eso sea tan malo.

—No es necesariamente malo —dijo su madre—, pero me preocupa. Este mundo no es nada amable con los chicos que destacan.

Eso fue hace tres años y, aunque se mudaron a una nueva casa, a un nuevo pueblo y a una nueva escuela desde entonces, Billy seguía siendo incapaz de adaptarse. Se sentiría completamente solo de no ser por Ethan, a quien jamás parecen importarle las excentricidades de Billy. Razón por la cual a Billy le pareció perfecto intentar de llevar a cabo la estrategia de la pelota de beis como mensaje secreto para su mejor amigo. Y la razón por la que siguió haciéndolo todos los días del verano.

Bueno, excepto por ayer.

Ayer fue un día especial.

Pero el día de hoy, Billy está de regreso en su horario habitual, listo para arrojar la pelota mientras Ethan sigue en el patio trasero. Una entrega sigilosa; como si la pelota la hubiera colocado allí algún fantasma.

Mientras se asoma por el seto, ve a Ethan en mitad del jardín, lanzándole una mirada de preocupación a Barkley. El perro está parado frente a la orilla del bosque; está gruñendo.

—Ven acá, chico —lo llama Ethan.

Cuando Barkley se rehúsa a obedecerlo, Ethan camina hacia el perro. Billy observa a su amigo mientras cruza el patio y espera hasta que llega a los árboles. En un solo movimiento rápido y silencioso, Billy se levanta, arroja la pelota sobre los arbustos y oye cuando golpea el pasto.

Después, corre.

De nuevo, raro.

Ya sabe que Ethan verá la pelota en un par de segundos, por

lo que le convendría quedarse donde está, pero Billy se apresura de vuelta a su casa, corre por la puerta trasera abierta y sube por las escaleras hasta su recámara.

Allí, se sienta… y espera a que Ethan lo encuentre.

CUATRO

Me le quedo viendo a la pelota de beisbol, que ahora se encuentra sobre uno de los muebles de la cocina. Parece nueva, con su intenso color blanco sin mancha alguna y sus costuras rojas.

Esto, pienso, es una coincidencia.

Tiene que serlo.

Billy sigue desaparecido. No ha regresado y, con la más absoluta certeza, no estaba afuera anoche, paseándose por la privada, muy a pesar de esa breve sensación de familiaridad que sentí en el momento.

No, esta pelota le pertenece a alguien más. A algún chico del vecindario que la arrojó con demasiada fuerza, que perdió su pelota en mi patio trasero y que después, no tuvo interés en recuperarla. Esa es la única explicación lógica. Sin embargo, solo conozco a un único niño en este vecindario y dudo que tenga la edad suficiente como para jugar a la pelota.

De todas maneras, tomo la pelota, me dirijo hacia afuera y cruzo el pasto hasta la casa que se encuentra a mi derecha. En el caso de cualquier otro vecino, caminaría por la banqueta hasta la puerta principal y tocaría el timbre, pero como se trata de Russ, me escurro entre los arbustos que separan nuestras propiedades y emerjo del otro lado, como Pie Grande en el jardín de los Chen.

Como esperaba, Russ está afuera, tomando café en el patio trasero. Es una mañana perfecta para hacerlo, el calor de julio mantenido a raya por la suave brisa que trae consigo los perfumes del jardín de la Sra. Chen. Rosas, fresias y madreselva.

Cuando me ve, Russ me saluda con la mano y levanta su taza.

—¿Quieres un poco?

—Acabo de tomarme uno.

—Genial —dice Russ, con ese aire relajado de surfista que lo rodea. Algo que adquirió después de que me marchara al colegio particular. Antes de eso, era ansioso, agitado y siempre inquieto.

Claro que, por cierto, nada acerca de Russel Chen se parece en absoluto a su versión de diez años. Siempre fue un chico flacucho, de una manera casi vergonzosa. Sus extremidades del grosor de un espagueti, junto con su baja estatura, lo hacían ver más joven de lo que era. Todavía sigue pareciéndolo, pero ahora de una forma que no inspira más que envidia. Es alto y muscular, y para nada parece ni cercano a su edad real de cuarenta años. Su rostro está libre de toda arruga y su amplio pecho sobresale de una camisa polo que tiene bordado el logotipo de su tienda de artículos deportivos.

Russ y yo fuimos amigos de niños, aunque no como Billy y yo. Era el tercero en discordia al que a veces le permitíamos acompañarnos, aunque a regañadientes. Después, Billy se fue y solo quedamos los dos, unidos por el hecho de que éramos vecinos y nuestros padres estaban repentinamente aterrados de que nos alejáramos de su vista.

Jamás olvidaré la primera vez que pasamos el rato sin Billy. Para ese momento, llevaba desaparecido tres semanas y traté de ocultar mi tristeza y mi miedo de manera temporal jugando basquetbol con un aro que colgaba sobre la entrada para coches. Russ salió de entre los setos y me preguntó si podía acompañarme. Le dije que no, que quería estar solo.

—Sé que preferirías estar con Billy —me dijo—, pero en este momento soy tu única opción.

Incluso en aquel entonces me pareció triste, a un nivel casi insoportable, que un chico supiera que no era la primera elección de nadie como amigo. Sin embargo, también pensé que era de lo más valiente que lo reconociera.

—Claro, ven a jugar —le dije.

Pasamos el resto del verano tirando canastas al aro de la entrada y seguí en contacto con él cuando me fui al internado. Seguimos siendo amigos durante la universidad, aunque para ese momento ya no teníamos casi nada en común. Mientras que yo me hundí en mí mismo, Russ se expandió, tanto en tamaño como en estatus social. Estrella de futbol americano, rey del baile de bienvenida; incluso, modeló un poco después de la universidad. De todas maneras, me aseguraba de pasar tiempo con él cada que regresaba a casa durante las fiestas o las vacaciones de verano. Ver a Russ era un recordatorio más que bienvenido de que no todos los chicos de Hemlock Circle se habían marchado o estaban desaparecidos.

Las pocas veces que sí se fue, regresó poco después; la última vez que volvió fue después de que su padre muriera y Russ y su esposa, Jennifer, se mudaran aquí para cuidar de su madre. Ya hace cinco años de eso y tuvieron un hijo desde ese entonces, con otro más en camino.

—¿Eso es para Benji? —me pregunta, haciendo un gesto hacia la pelota que tengo en la mano.

—¿No es suya? El tipo de los paisajistas la encontró en el jardín. Pensé que quizá Benji la arrojó hacia allá.

—Tiene cuatro años de edad; si ya puede lanzar con esa fuerza, Jen y yo no tendremos que preocuparnos por pagar sus estudios universitarios.

Jennifer sale al patio con una taza de café en una mano, mientras ayuda a su pequeño a bajar las escaleras de atrás con la otra.

—¿Preocuparnos de qué?

—Ethan encontró una pelota de beis —le explica Russ—. Pensó que era de Benji.

Sostengo la pelota para que Jennifer pueda verla. Sacude la cabeza.

—No, no es suya. Benji tiene una pelota, pero es como del doble de tamaño; para pequeñitos. ¿Dónde la encontraste?

—En el jardín de atrás.

Jennifer se sienta con cuidado junto a Russ, sosteniendo su creciente vientre.

—Tal vez le pertenezca a alguien que vino a ver la casa de los Barringer.

La antigua casa de Billy cambió de manos en diversas ocasiones desde que su familia se mudó de allí a mediados de los noventa, sin que nadie se quedara en ella durante mucho tiempo. Todos han sido parejas sin hijos o familias con adolescentes. Al parecer, nadie que tenga un hijo quiere arriesgarse a que se repita una nueva desaparición. Los últimos dueños, Bob y su pareja, Marcel, la habitaron por cinco años antes de ponerla en venta hace cerca de seis meses. Desde entonces, puede verse el cartel de «SE VENDE» clavado en el pasto del patio delantero.

—No he visto que nadie se acerque a la casa —digo.

Benji jala mi brazo para poder examinar la pelota él mismo. Me hinco para dársela, nervioso de esa manera en la que siempre me pongo alrededor de cualquier persona por debajo de cierta edad. Los niños me dan la impresión de ser demasiado indefensos y frágiles, y Benji no es la excepción. No por primera vez, me pregunto cómo es que Russ y Jennifer no parecen torturados por la ansiedad cada segundo de cada día. Una vez, durante una visita que les hice poco después del nacimiento de Benji, le pregunté a Russ por qué no parecía nervioso ahora que se había convertido en padre.

—No, bueno, estoy nerviosísimo —me dijo—. Solo que me he vuelto experto en fingir que no lo estoy.

En este momento, Russ es todo sonrisas mientras observa cómo Benji intenta arrojar la pelota. Vuela alrededor de 30 centímetros antes de caer en los adoquines del patio, lo que prueba que, en definitiva, no fue Benji quien aventó la pelota a mi jardín.

Después de agotar su curiosidad en cuanto a la pelota, Benji camina con toda calma hasta su padre, y se trepa a su regazo.

—¿Qué hay allí? —dice, ojeando la taza de Russ.

—Café. ¿Quieres una probadita?

Jennifer manotea su brazo de manera juguetona.

—¡No te atrevas!

En este instante son la viva imagen de la familia perfecta. Papá, mamá e hijo, todos adorables más allá de lo posible, con otro pequeño a punto de llegar. Una niña, me contó Russ mientras bebíamos una cerveza en este mismo patio hace un par de noches. Verlos juntos a los tres, tranquilos y felices, me recuerda lo que pude haber tenido, pero elegí no tener.

Fui yo quien no quería tener hijos, aunque por un tiempo pensé que era algo en lo que tanto Claudia como yo estábamos de acuerdo. Recuerdo todo acerca del momento en que me di cuenta de que estaba equivocado, desde las paredes color crudo del restaurante hasta el aroma del salmón a la plancha que acababan de colocar frente a mí. Una mezcla incitante a limón y a humo de madera. Estaba a punto de tomar mi copa de vino cuando, de la nada, Claudia dijo:

—Quiero tener un bebé.

Me congelé; mis dedos todavía en torno al fuste de mi copa de vino, incapaz de responder.

—Ethan, ¿me oíste? —Había un toque de preocupación en la voz de Claudia. Sabía que sus palabras eran como una granada de mano que estaba arrojando al interior de nuestro matrimonio; ahora, se estaba preparando para la explosión.

—Claro que te oí —respondí con absoluta calma.

Claudia se inclinó hacia adelante, insegura.

—¿Y?

—Me dijiste que no querías tener hijos —respondí, cosa que era cierta. Después de un mes de salir, justo antes de que las cosas se pusieran serias de verdad, decidimos poner todas nuestras cartas sobre la mesa. La más grande, la absolutamente definitiva, implicaba no querer tener hijos—. Estuvimos de acuerdo con eso.

—Lo sé y sí, así fue; y yo no tenía ningún problema con ello. De verdad. —Claudia mira a su regazo, donde supuse que sus manos arrugaban la servilleta. Era un tic nervioso que conocía a la perfección. Hasta ese momento, pensé que lo sabía todo acerca de ella—. Pero, durante el último par de años, empecé a pensar que tal vez sí los quería.

—¿Qué cambió?

—Yo —me respondió—. *Yo cambié*. Al menos, cambió mi forma de pensar.

Suspiré. Una exhalación colmada de tristeza, porque yo *no* había cambiado mi forma de pensar, aunque era evidente que Claudia esperaba que hubiera ocurrido de alguna manera.

—Estás alterado —afirmó.

Y sí, lo estaba; pero no con ella. No podía enojarme con Claudia por sentirse como se sentía. Me daba miedo lo que eso significaría para nuestro matrimonio.

—Estoy sorprendido, eso es todo.

—Lo sé —siguió ella—, y lo siento. Debí decírtelo antes.

—¿Y por qué no lo hiciste?

—Supongo que pensé que se me pasaría, pero mientras más pensaba al respecto, más me di cuenta de que eso deseaba. No puedo dejar de pensar en nuestro legado. Lo que dejaremos atrás cuando hayamos muerto. En este momento, no hay nada, pero si tuviéramos una familia…

La voz de Claudia se apaga, lo que me obliga a llenar el vacío.

—Somos una familia. Tú y yo.

—No, Ethan; solo somos nosotros.

Y, entonces, empezó a llorar, justo allí en mitad del restaurante, y supe que nuestro matrimonio estaba en serios problemas.

Me veo arrancado de mis recuerdos por la aparición de la madre de Russ, que sale de la casa con un sombrero de paja de alas suaves y flexibles, y una pala de jardinería llena de tierra. Incluso a sus más de setenta años de edad, se mueve con una grácil elegancia.

—¿Qué tal, Sra. Chen? —le digo, igual que cuando era niño.

—Hola, Ethan —exclama mientras sigue su camino hasta las gladiolas que se mecen en el aire a la orilla del patio—. ¿Te estás acordando de regar las flores de tu mamá?

—Sí.

Mentira. No he regado nada; ni adentro, ni afuera. De todos modos, eso agrada a la Sra. Chen, que asiente y me dice:

—Eres un buen hijo. Igual que mi Russel.

Russ se avergüenza por el cumplido, lo que me hace preguntarme si está pensando en su hermano mayor, Johnny. El hijo malo. El hijo que podría haberse vuelto bueno si no hubiera muerto de una sobredosis cuando Russ tenía nueve años.

Fue una devastadora pérdida para Hemlock Circle.

—Oye, se me acaba de ocurrir a quién más podrías preguntarle acerca de la pelota —me dice Russ—. A los Wallace.

—¿Y eso? —Recojo la pelota que Benji arrojó, confundido acerca de por qué Russ piensa que debería dirigirme a una de las casas al otro lado de la privada; en especial, dado que la única persona que queda allí es Vance Wallace.

—Ashley acaba de regresar. Ella y su hijo se mudaron aquí desde el mes pasado.

—No lo sabía —afirmo, tratando de ocultar la sorpresa que me atraviesa como un relámpago.

Ashley Wallace está de vuelta en Hemlock Circle.

—Seguro que no te lo dijeron tus padres porque sabían que estabas ultra enamorado de ella, allá por las épocas del Oscurantismo —afirma Russ con una sonrisa de oreja a oreja.

—Claro que no.

—Pero clarísimo que sí. Todos nosotros lo estábamos.

Jennifer le lanza una mirada.

—Ah, ¿de veras?

—¿Dije «nosotros»? —Russ toma un sorbo de café para salvar la situación—. Me refería a Ethan y a Billy.

—Se refiere a que ninguno de nosotros lo estaba —añado—. Era mucho mayor.

Cinco años, para ser exactos. No era una enorme diferencia de edad a estas alturas, pero cuando tenía diez estaba completamente fuera de mi alcance. A pesar de mi ferviente negación, estuve perdidamente enamorado de Ashley Wallace; y con buena razón. Ashley era divertida y graciosa y, durante esa época de mi vida, la chica más preciosa que jamás había visto. Además, era genial de esa manera en la que un niño algo torpe de diez años solo puede aspirar a ser. Usaba camisetas con los nombres de bandas que no conocía, pero a las que quería escuchar: Smashing Pumpkins, Violent Femmes. Su camiseta favorita era blanca con letras negras sobre un rectángulo que solo decía «NIN».

—¿Y eso qué quiere decir? —le pregunté una vez.

Me brindó una sonrisa a medias.

—Nine Inch Nails. Son fantásticos.

A la semana siguiente, mis padres me llevaron a la tienda Sam Goody y me dijeron que podía comprar el CD que quisiera; tomé el disco *The Downward Spiral*. Mi papá me detuvo antes de que llegara a la caja. Al ver la etiqueta de advertencia para los padres que estaba pegada sobre el estuche, me dijo:

—Hey, un momento. Es un poco demasiado adulto para ti, ¿no crees, campeón?

Yo no lo pensaba así, pero obediente como siempre, regresé el CD y elegí la banda sonora de *Forrest Gump,* no porque la quisiera, sino porque era un disco doble que les costaría más dinero a mis papás. Una hueca victoria.

Sin embargo, la verdadera razón por la que me gustaba Ashley era porque, de hecho, era agradable. No agradable falsa, como algunas de las chicas de la escuela, ni agradable condescendiente, como la mayoría de los padres de esas mismas chicas. Ashley era agradable de verdad. Cualquier chico de mi edad no podría evitar enamorarse de ella aunque fuera un poco.

—Supongo que también se lo preguntaré —dije, de repente ansioso ante la perspectiva. Ya pasaron casi treinta años desde la última vez que vi a Ashley Wallace y, cuando se trata de personas, me he dado cuenta de que hay veces en que es mejor dejar que los recuerdos se queden intactos.

—Buena suerte, amigo —dice Russ con un guiño.

Sacudo la cabeza, me despido con la mano y atravieso el pasto hasta la acera que le da la vuelta a la privada. Giro a la izquierda, que me lleva primero frente a mi casa y después frente a la anterior casa de los Barringer. Mi caminata despierta el recuerdo de que tomé esta misma ruta cuando desperté para encontrar que Billy ya no estaba.

En esa confusión inicial, con la tienda cerrada, pero con la rasgadura en uno de sus costados, lo primero que pensé fue que Billy la había roto para abrirla. Una idea ridícula por un sinfín de razones, pero tenía diez años.

Y una vez que la idea se instaló en mi cerebro, no pude deshacerme de ella, lo que me condujo a idear las razones por las que rasgaría la tienda para salir. Lo único que se me pudo ocurrir es que tuviera una emergencia relacionada con el baño. De modo que salí de la tienda de la manera adecuada —abrí el zíper de las solapas, salí a gatas y me puse de pie una vez que estuve sobre el pasto— y me metí a la casa. Estaba en silencio cuando entré, mis dos padres todavía dormidos en el piso de arriba y Barkley haciendo lo mismo sobre el sofá de la sala. Escuchar la puerta corrediza del patio lo despertó y ocasionó que empezara a ladrar de manera enloquecida, lo que despertó a mi mamá de inmediato.

—Qué temprano te despertaste —dijo mientras bajaba las escaleras con sigilo, una bata sobre su camisón.

—¿Dónde está Billy?

Mi mamá respondió alzándose de hombros con cansancio.

—¿No está allá afuera?

—No.

No se me ocurrió hablarle acerca del estado en el que se encontraba la tienda y cómo ahora uno de los costados tenía una rasgadura lo suficientemente grande para que pasara un pequeño de dos o tres años de edad. Estaba más interesado en saber dónde se encontraba Billy. Había empezado a preocuparme, aunque no pude percatarme en ese momento.

—Voy a revisar el baño —dije.

—El de arriba está vacío —me respondió, lo que hizo que volteara la cabeza hacia el pasillo más allá de la cocina para revisar el baño de visitas del piso de abajo. También estaba vacío.

Mientras lo hacía, mi mamá salió al patio, supongo que para asegurarse de que no estuviera equivocado y que de alguna manera no me hubiera percatado de que Billy aún estuviera dormido en la tienda junto a mí. Una señal evidente de que tampoco pensaba con claridad en ese momento.

—¿Y esto qué es? —me preguntó cuando yo también salí al jardín. Estaba cerca del lado de la tienda, asomándose por la tela rasgada de la misma manera en que yo lo había hecho minutos antes, pero desde adentro.

—Creo que lo hizo Billy.

A diferencia de mí, mi madre supo que el daño a la tienda no era obra de un niño de diez años.

—Ethan, corre a la casa de los Barringer y ve si Billy está allí.

Eso tenía tanto sentido como cualquier otra cosa. Parecía más que razonable que Billy regresara a su casa para utilizar su propio baño y no el nuestro. O que hubiera tenido problemas para dormir en la tienda y optara por regresar a su propia cama.

Por razones que todavía no tengo del todo claras, regresé a la casa y salí por la puerta delantera en lugar de escabullirme por los arbustos hasta el patio trasero de los Barringer. Sospecho que, muy en el fondo, sabía que había sucedido algo terrible, cosa que despertó una aversión a nuestro jardín que persiste hasta el día de hoy. Esa fue la razón por la que me encontré siguiendo la curva de la acera para caminar por la entrada que dividía nuestros patios delanteros y subir los tres escalones hasta la puerta principal.

La Sra. Barringer abrió la puerta. Verme parado allí, sin su hijo, hizo que una de sus manos revoloteara hasta su garganta.

—¿Dónde está Billy? —me preguntó.

—¿No está aquí?

—No, Ethan. ¿Qué no está contigo?

Cuando sacudí la cabeza, el temor se despertó en los ojos de la Sra. Barringer. Ver su pánico silencioso me aclaró el hecho desconcertante que estuve tratando de mantener a raya desde que me desperté dentro de la tienda.

Bill no estaba.

Treinta años más tarde, sigue desaparecido, como también lo está su familia; la casa que alguna vez ocuparon está vacía. Me detengo sobre la acera, impactado por lo abandonado que parece el lugar. No me sorprende que nadie quiera comprarlo. Las contraventanas están desteñidas por el sol y las ventanas parecen tan oscuras y vacías como los ojos de un cadáver. La única señal de vida son las flores que bordean la entrada. Brillantes y en pleno florecimiento, me queda claro que son obra de la Sra. Chen, la experta jardinera de Hemlock Circle. Sin duda, no pudo soportar ver las plantas desatendidas y se dio a la tarea de cuidar de ellas.

Después de una última mirada a la casa de Billy, camino hasta la siguiente casa de la privada, la residencia Van de Veer.

Fritz Van de Veer y su esposa, Alice, fueron los primeros en establecerse en Hemlock Circle después de que construyeran el desarrollo a finales de los ochenta. Pronto los siguieron los Wallace, los Patel, los Chen y mi propia familia. De las seis casas originales, solo la de los Barringer fue hogar de más de una familia. Primero los Remington, que pasaron tres años allí antes de que se divorciaran y se mudaran, después los Barringer y luego varias otras familias que fueron y vinieron. Esa rotación, aunque normal en la mayoría de los vecindarios, es inusual en un sitio como Hemlock Circle, donde muy pocas personas terminan por marcharse.

Sin duda, es de lo más raro que cinco de las seis familias que vivían en la privada cuando Billy se desvaneció sigan aquí treinta años después. Incluso los Barringer, que tenían todas las razones para mudarse, se quedaron algunos años después de la desaparición de su hijo. La noche antes de que se fueran a Florida, les pregunté a mis padres por qué se quedaron tanto tiempo. Por qué todo el mundo se quedó.

Mi padre citó la diversidad del vecindario, su limpieza y tranquilidad, las excelentes escuelas y las bajas tasas delictivas, muy a pesar de lo que pasó con Billy. A tiro de piedra de Princeton y a la mitad del camino entre Nueva York y Filadelfia, su localización la convertía en uno en los vecindarios más deseables de todo el país.

A pesar de la manera en que estaba hablando, yo sé la verdadera razón que mantuvo a todas las familias en este mismo sitio todos estos años. Nadie quiso ser el primero en marcharse, no fuera que pareciera sospechoso. Ahora que mis padres se sintieron lo bastante cómodos como para mudarse, no me sorprendería que otros lo hicieran. En especial Vance Wallace, quien perdió a su esposa a causa del cáncer hace algunos años y quien, antes de que Ashley regresara, vivía en esa enorme casa en la más absoluta soledad.

Para llegar a la propiedad de los Wallace debo pasar frente a la de los Van de Veer. Cuando lo hago, alcanzo a ver a Fritz Van de Veer dándole la vuelta a la casa, con una manguera en su mano. A pesar de que está regando sus flores, Fritz parece un hombre de negocios vestido para el viernes casual: pantalones caqui planchados y una pulcra camisa blanca fajada para presumir su físico todavía esbelto. La única señal de que lleva años jubilado son sus tenis, que son del mismo blanco reluciente que su camisa.

Pronto lo acompaña su esposa, Alice, que porta un vestido veraniego con flores y sandalias. Se ve igual de delgada y elegante que cuando la vi por última vez, que debe haber sido hace más de una década. Al igual que el de su marido, su cabello está teñido de un tono *beige* que se rehúsa a traicionar su edad. No es del todo rubio, ni del todo encanecido. Parados lado a lado, los dos irradian unas distintivas vibras de sofisticados anfitriones de programa de concursos.

Me acerco más a su patio y me detengo junto al seto que separa su propiedad de la de los Barringer.

—¡Hola, Sr. y Sra. Van de Veer! —exclamo, con lo que sueno treinta años más joven y no de la edad que ellos tenían cuando alguien se llevó a Billy. Tal formalidad puede excusarse. Como la única pareja en Hemlock Circle que jamás tuvo hijos, Fritz y Alice rara vez ingresaron en mi órbita infantil. Fuera de aparecerse a nuestra fiesta anual del 4 de julio, no recuerdo ninguna otra ocasión en la que los Van de Veer visitaran nuestra casa; ni puedo recordar haber puesto pie en la suya.

Claro está que, después de lo de Billy, la atmósfera general de Hemlock Circle cambió. El vecindario se tornó más sombrío y menos amistoso. Los padres de Russ dejaron de celebrar el Año Nuevo Chino a puertas abiertas y Ashley interrumpió sus fiestas de alberca para celebrar el Día de los Caídos. Los Patel siguieron celebrando Diwali, pero solo con amigos cercanos y familia. Incluso mis padres dejaron de organizar su día de campo anual para el 4 de julio y, en lugar de eso, optaron por llevarme a visitar parques nacionales y sitios históricos.

—¡Ethan, hola! —exclama Alice mientras su marido me saluda con la mano en la que tiene la manguera, con lo que lanza un chorro de agua que hace un arco sobre el pasto. Alice lo esquiva de camino a la acera, donde presiona ambas manos, manicuradas a la perfección, sobre mis mejillas—. ¡Hace siglos que no te vemos! ¿No es cierto, Fritz?

Detrás de ella, Fritz asiente.

—Así es.

—¡Y ya estás tan crecido! Debes tener, ¿cuántos?... ¿treinta?

—Cuarenta —respondo.

—¡No! —exclama Alice con un grito ahogado que se convierte en una risita—. Pues eso me hace sentir como una verdadera antigüedad.

Le da un manotazo juguetón a mi brazo que podría considerarse amistoso, pero también como una especie de coqueteo. Para aclarar el punto, miro a donde se encuentra Fritz, que no me aclara nada. En lugar de eso, me dice:

—Veo que has estado haciendo un rondín esta mañana.

—¿Cómo?

—Te estás paseando de casa en casa —dice Fritz, gesticulando de nuevo con la manguera, el agua chorreando primero en dirección a los Chen, después a la vieja casa de los Barringer y deteniéndose en la casa de los Wallace, que está junto a esta.

—Ah —respondo, un poco desconcertado. ¿Acaso me ha estado observando Fritz Van de Veer? De ser así, quizá vio a quien haya lanzado la pelota a mi jardín. La sostengo en alto para que la vea—. Solo estoy tratando de averiguar a quién le pertenece esto. Estaba en el patio de atrás esta mañana.

Alice le lanza una mirada a la pelota.

—Qué raro que apareciera algo como eso.

—¿Han visto alguna otra cosa extraña recientemente?

—Nada que yo recuerde —responde Fritz antes de voltear hacia su esposa—. Amorcito, ¿podrías ir a la casa y servirme un vaso de limonada? No tardo nada.

Al principio, no sé qué es lo que más me sorprende; que Fritz le diga «amorcito» a su esposa o que no pueda conseguirse su propio maldito vaso de limonada. Lo que me sorprende todavía más es que Alice asiente de manera obediente, se despide con la mano y se dirige al interior.

—Supongo que tú *sí* has visto algo raro —dice Fritz una vez que su esposa se va—. O, de lo contrario, no estarías preguntando.

Debato cuánto contarle porque sé que todavía podría haber una explicación lógica de lo que vi anoche y porque la pelota en mi patio podría no tener nada que ver con que las luces de las cocheras se prendieran y apagaran en todas las casas de Hemlock Circle. Decido que es demasiado complicado como para explicárselo, de modo que solo digo:

—No, Sr. Van de Veer.

—No hay necesidad de ser tan formal, hijo. Llámame Fritz.

—Fritz —repito el nombre, que se siente de lo más extraño después de pronunciarlo—. Es solo que estoy tratando de familiarizarme con el vecindario ahora que estoy de regreso.

Asiente de una manera que me hace pensar que no me cree.

—¿Planeas quedarte un tiempo?

—Tal vez; todavía no me decido.

—Sería una lástima que no lo hicieras —sigue Fritz mientras dirige su manguera al arbusto de hortensias que domina una de las esquinas de su patio delantero, sus flores azules vibrantes bajo el chorro del agua—. Este sitio no sería igual si no viviera aquí alguien de la familia Marsh. Me dio tristeza ver partir a tus padres. ¿Se están instalando bien?

—Sí, así es.

—Es bueno saberlo —me dice—. A la siguiente que hables con ellos, mándale mis saludos a tu madre.

Fritz apaga el agua y empieza a enrollar la manguera. Me despido con un gesto de la cabeza y sigo dirigiéndome a la casa de los Wallace, con mi encuentro con los Van de Veer borrándose ya de mi memoria. Dado que no los vi mucho cuando vivía aquí de niño, sospecho que tendremos todavía menos interacciones ahora que estoy aquí de nuevo. No es sino hasta que llego a los escalones de la puerta de entrada de los Wallace que me percato de algo raro acerca de la conversación.

¿Por qué Fritz mencionó a mi madre, pero no a mi padre?

Viernes, 15 de julio, 1994
9:22 a. m.

Después de tirar su desayuno a medio comer en la basura y de meter el plato manchado de jarabe de maple en el lavatrastes, Joyce Marsh le dice a su esposo que va a salir. Su pelea anterior fue intensa, pero breve, y aunque desde entonces las cosas han estado tranquilas, por lo menos hasta ahora, Joyce necesita establecer un poco de distancia entre los dos antes de que lo admita todo.

En efecto, hay mucho mar de fondo en cuanto a la razón por la cual perdió su trabajo.

Algo que ni siquiera le puede contar en su totalidad.

—¿Te vas a reunir con la Parvada? —pregunta Fred mientras ella se quita los zapatos de casa para calzarse el par de alpargatas colocadas junto a la puerta del recibidor.

Se refiere a las demás esposas de Hemlock Circle, que a menudo se reúnen durante algunos minutos de cada día en el patio de quien quiera que resulte estar afuera primero. El día de hoy se trata de Trish Wallace, que utiliza una botella con aspersor para rociar un poco de agua sobre las azucenas que bordean el frente de su entrada. Deepika Patel, quien vive a un lado, ya está con ella y Joyce sabe que solo es cuestión de minutos antes de que las demás las acompañen.

Nadie está del todo seguro de cómo empezaron estas reuniones. En definitiva, no fue nada planeado y carece de organización alguna. Es solo un grupo de amigas y vecinas que se ven unas a otras dentro de la privada y que salen a saludarse. De todas maneras, Fred insiste en llamarla la Parvada, de una manera que suena más condescendiente de lo que Joyce piensa que es su intención. Como si de verdad todas fueran un grupo de chismosas sin nada mejor que hacer. Lo atribuye a celos; los hombres de Hemlock Circle nunca se reúnen así.

—¿Por qué no? —responde ella con un suspiro—. Supongo que es momento de regresar a mis viejos hábitos.

Una vez afuera, ve que además de Trish, Deepika y Misty Chen, Mary Ellen Barringer se unió al grupo. Una sorpresa. Su vecina de al lado rara vez participa en la Parvada. Por lo menos, no solía hacerlo. Quizá eso haya cambiado desde que Joyce dejó de estar allí.

Mientras atraviesa la privada, no puede evitar pensar en lo molesto que será dejar de ir a trabajar. Sí, solo estuvo allí un par de meses, pero bastó como para que se metiera en una cómoda rutina. En este momento, por ejemplo, se estaría acomodando frente a su escritorio con una taza de café después de una plática de cinco minutos con Margie, la asistente principal. Margie estará allí en este momento, platicando con quien sea que hayan contratado para llenar el puesto de Joyce. Reunirse con la Parvada en el patio de enfrente de los Wallace la hace sentir… En realidad no está del todo segura de cómo se siente. «Fracasada» sería una palabra demasiado extrema, pero se siente como algo parecido a eso. Decepcionada, supone, de que esté retomando sus viejos hábitos con tanta velocidad.

—¡Miren quién está de regreso! —exclama Trish—. ¿Día libre?

—Pero de forma permanente —responde—. Simplemente no me acoplé del todo a los horarios. Ya saben cómo es eso.

Joyce sonríe mientras pronuncia la mentira. Si no le puede contar nada a su marido, menos se lo va a contar a estas mujeres. Porque, por más condescendiente que sea, hay cierta veracidad en el nombre con el que Fred bautizó al grupo.

—El trabajo de una madre nunca termina —dice Trish, mientras las demás asienten para coincidir con ella. El subibaja de sus cabezas hace que Joyce se pregunte si no la estarán juzgando en silencio por tratar de tener un empleo y hacerse cargo de un hogar al mismo tiempo.

En Hemlock Circle no se espera que las mujeres trabajen. No necesitan hacerlo. Es un vecindario lujoso en una esquina lujosa de un estado costoso. Todas viven allí porque pueden costearlo, gracias a sus maridos. Todas son esposas de profesionistas y científicos, de ingenieros y banqueros. Se les da todo lo que pudieran desear.

—Es mejor así —le dice Misty a Joyce—. Ethan te necesita en casa... Es solo un rato más.

Joyce no estaría del todo de acuerdo con eso. Últimamente Ethan actúa como si no la necesitara en absoluto, que fue una de las razones por las que decidió conseguirse un empleo. Extraña los días en que dependía de ella para todo. Ahora que las cosas han cambiado, hay un vacío que esperaba que el trabajo pudiera llenar.

—Supongo que tienes razón —responde Joyce; no quiere debatir el punto con Misty, cuya alegre sonrisa y cutis perfecto no muestran asomo alguno de que en los últimos doce meses tuvo que superar una de las peores cosas que le pueden pasar a una madre. Pobre, atormentado Johnny... Qué tragedia.

—¿Tiene la razón acerca de qué?

Joyce se da la vuelta y ve que Alice Van de Veer acaba de unirse al grupo; la última persona a la que quiere ver en este momento. Por la apretada sonrisa de labios cerrados que Alice le brinda, Joyce se pregunta cuánto sabe. No solo acerca de lo que su marido, Fritz, ha estado haciendo, sino acerca del papel que Joyce representó en todo ello. Duda que Fritz le haya dicho nada a Alice de manera abierta, pero las esposas tienen formas de averiguar las cosas; aunque sean cosas que no deberían saber.

—Alice es una buena mujer —le dijo Fritz en alguna ocasión mientras los dos viajaban en su auto—. Mientras menos sepa, mejor.

—De estar presente para los hijos —dice Trish con cierto

desdén. Resulta evidente que supone que Alice no lo entendería. Ella y Fritz son la única pareja de Hemlock Circle que no tiene hijos, lo que los excluye del resto del vecindario de manera extra-oficial, aunque hayan sido los primeros en llegar.

—Por supuesto —murmura Alice.

Para cambiar de tema, Trish Wallace se acerca a las demás y dice:

—No sé si siquiera debería mencionarlo porque lo más probable es que no sea nada, pero alguien ha estado rondando el vecindario.

Sigue hablando y les dice que la tarde anterior se vio a un hombre, a un desconocido, que estuvo merodeando por Hemlock Circle y Willow Court. Lo oyó de Sally Seitz, que lleva el mismo tiempo viviendo en Willow que Trish lleva en Hemlock.

—¿Y salió del bosque? —pregunta Mary Ellen.

Trish asiente.

—Eso parece. Sally oyó que salió del bosque que está detrás de Willow antes de caminar hasta aquí, a Hemlock. También me dijo que traía ropa de camuflaje… y si eso no es sospechoso, no se me ocurre qué lo sería.

O podría no tratarse de nada, piensa Joyce. No es ilegal caminar en el bosque que rodea las privadas. El bosque entero es una reserva ecológica que el condado adquirió con fondos estatales a finales de los ochenta cuando Nueva Jersey se dio cuenta de que se le iban a acabar los terrenos silvestres si no se hacía nada al respecto. De allí la densa pared de árboles que está detrás de su casa. Más de kilómetro y medio de bosque hasta la vía de acceso y, después, otro kilómetro y medio más hasta los límites del Instituto Hawthorne.

—Tal vez haya sido un cazador que se extravió —sugiere.

—Está prohibido cazar en el bosque.

—Un senderista, entonces.

Joyce asume que hay gente que hace senderismo en el área de manera constante. Que una de ellas termine en uno de los jardines de atrás es inusual, claro, pero nada por lo que ponerse histérico.

—¿Crees que haya estado fichando nuestras casas? —pregunta Alice.

—Deberíamos iniciar un buen programa de vigilancia vecinal —tercia Deepika—. Llevo años diciéndolo.

—Solo mantengan los ojos bien abiertos, señoras —dice Trish de modo terminante—. Este mundo se está poniendo cada vez más loco.

Después de eso, la Parvada se dispersa y cada una de las mujeres regresa a su propia casa. Parada a solas en el asfalto justo al centro de la privada, Joyce se le queda viendo a la casa que comparte con su esposo y su hijo. Se ve enorme desde la calle. Una casa mucho más grande que la que jamás pensó que tendría. Construidas por la misma inmobiliaria al mismo tiempo, todas las casas de Hemlock Circle se ven algo parecidas, con acabados de ladrillo, ventanas de gablete en el segundo piso y cocheras para dos autos.

El vecindario del norte de Nueva Jersey en el que ella creció estaba lleno de casas altas y estrechas apretadas una contra otra, como libros en una repisa. Siempre supuso que viviría en un sitio parecido. En lugar de ello, está aquí, en lo que técnicamente es un suburbio, pero que se siente mucho más remoto que eso. Como si la privada fuese una especie de isla autónoma. No por primera vez, Joyce se pregunta si merece vivir en un lugar como Hemlock Circle. Si es digna de estar aquí. En este momento, siente que no lo es.

Sabe que las demás señoras de la Parvada dirían lo contrario. Que ser un ama de casa es igual de esencial que cualquier otro trabajo. «Tú eres el maldito pegamento que mantiene unido tu hogar», imagina que diría Trish Wallace.

Y quizá sea cierto, pero Joyce quiere más que eso. ¿Por qué tiene que ser solo el pegamento? ¿Qué no podría además ayudar a construir la casa?

Justo cuando está a punto de entrar a su casa, Joyce escucha que alguien pronuncia su nombre desde el patio vecino. Es Mary Ellen Barringer, que está de pie junto al seto de privacidad, igual de silenciosa y seria que siempre. Joyce trata de fingir que no la oyó y sigue caminando hacia su puerta. No está de humor para lidiar con Mary Ellen. No es que no le agrade su vecina; le cae bien... en dosis pequeñas. Pero ahora que Ethan y Billy Barringer se han vuelto inseparables, esas dosis se están haciendo cada vez más grandes.

Mary Ellen vuelve a llamarla, con más fuerza en esta ocasión, y Joyce no tiene más opción que detenerse a medio patio, sonreír y darse la vuelta.

—Hola, Mary Ellen —dice.

—¿Crees que siga siendo buena idea que Billy se quede con ustedes esta noche? —pregunta su vecina; como siempre, va al grano de inmediato.

—No veo por qué no. A Ethan le fascinan sus acampadas semanales.

—¿No crees que pueda ser peligroso? ¿Con todo eso del tipo que anda merodeando por allí?

Joyce estudia a Mary Ellen y, al principio, se pregunta si está haciendo una broma acerca de la manera tan ridícula en que se portó la Parvada en relación con el tema del desconocido que se suponía había estado rondando el vecindario. Por la manera en que reaccionaron, dirías que Trish Wallace les dijo que Pie Grande estaba viviendo allí con ellos.

—Ah, eso —responde Joyce—. Es una tontería, ¿no crees?

—Para nada —dice Mary Ellen, dejando en claro que no es ninguna broma. Claro que no. En la experiencia de Joyce, Mary Ellen Barringer siempre lo dice todo con absoluta seriedad—. Hay alguien allá afuera, planeando solo Dios sabe qué. Todos deberíamos estar preocupados hasta que lo atrapen.

«Pero no ha hecho nada malo», piensa Joyce. «Si es que existe en absoluto. Es más probable que Sally Seitz lo haya inventado para darse importancia».

—Creo que necesitaríamos tener más información antes de empezar a preocuparnos —responde Joyce—. Además, no es como si los muchachos fueran a acampar en el bosque. Estarán en el jardín todo el tiempo. Estarán perfectamente a salvo.

—¿De verdad lo piensas?

Joyce le lanza el mismo tipo de sonrisa tensa que le brindó Alice.

—No hay nada de qué preocuparse. Todo estará más que bien.

Veinticuatro horas después, Joyce se arrepentirá de cada una de sus palabras, pero por ahora, en este momento, cree de manera fehaciente todo lo que está diciendo; al menos en cuanto a que Billy y Ethan acampen en el patio. Todo lo demás sigue siendo preocupante. En especial cuando llega a la puerta principal de su casa y ve que un vecino sigue afuera. Alguien que no estuvo allí antes.

Fritz Van de Veer.

Vestido en un traje negro, está parado frente a su cochera abierta mientras la observa con fijeza desde el otro lado de la privada. Joyce se porta como buena vecina y lo saluda con la mano, en caso de que alguien más los esté viendo desde sus casas.

Fritz no le regresa el saludo.

En lugar de ello, levanta un dedo y lo coloca frente a sus labios, un mensaje del otro lado de Hemlock Circle silencioso pero aterradoramente claro.

«No le cuentes a nadie acerca de anoche».

CINCO

Mis pasos se hacen cada vez más lentos mientras subo hasta el porche de los Wallace, bastante inquieto por el tipo de amistad que Fritz Van de Veer pudo haber tenido con mi padre; si es que tuvieron alguna que fuera más allá de la buena vecindad. El hecho de que haya especificado a mi madre, pero no a mi padre, sugiere que no se llevaban del todo bien, cosa que me parece imposible.

Mi padre le cae bien a todo el mundo. Es un tipo decente y agradable. La clase de padre al que quise enorgullecer, parte de la razón por la que me dediqué al magisterio, aunque un maestro de inglés a nivel preparatoria dista mucho de ser un catedrático de Princeton.

Tal vez eso no le parezca muy importante a Fritz o, quizá, lo haga sentir inseguro. O, casi con toda certeza, no se trata de nada en absoluto y Fritz solo mencionó a mi madre porque en ocasiones ella platicaba con Alice y las otras mujeres en diversos puntos de la privada. Después de concluir que lo más probable es que esta sea la razón, toco el timbre en la casa de los Wallace.

Abre la puerta un chico como de diez años con cabello castaño rebelde y armazones de color oscuro que se deslizan por su nariz. Me mira a través de las lentes sucias y parece tanto un poco curioso como algo molesto por haber interrumpido lo que sea que hagan los chicos de diez años en épocas recientes.

—¿En qué lo puedo ayudar? —me pregunta de una manera tan precoz y seria que le resultaría graciosa a todos excepto a mí. En su lugar, mi estado de ánimo general es de intranquilidad. El hecho de que me sienta incómodo alrededor de los niños escandaliza a todo el que sabe que soy maestro. «De adolescentes», les recuerdo. «No de niños».

Sostengo la pelota hacia él y le digo:

—Ehhh, este, hola. ¿Esto te pertenece? La encontré en mi patio y pensé que podría ser tuya.

—No lo es —responde el chico sin siquiera ver la pelota. Su mirada sigue fija en mí, curiosa.

—¿Henry? ¿Con quién estás hablando?

La voz femenina que sale del interior de la casa hace que me pare un poco más derecho. Aunque es distinta a la última vez en que la escuché, en ella sigue habiendo una calidez que reconozco al instante.

Ashley.

—Es un desconocido —responde el chico que, aparentemente, se llama Henry.

—Por favor, dile que se marche.

Henry voltea su mirada hacia mí sin sonreír.

—Se supone que le diga que por favor se marche.

—Sí, ya oí.

De repente, Ashley está allí, acercándose con prisa a Henry, demasiado preocupada con ponerse un arete como para percatarse de mí. Cuando lo hace, hay un breve momento en el que parece reconocer al chico que alguna vez conoció en el hombre en el que me convertí desde ese entonces, y trata de procesar si somos uno y el mismo dentro de su cabeza. Cuando concluye que así es, una amplia sonrisa se extiende por su rostro.

—¿Ethan? ¿De verdad eres tú?

Transcurren algunos segundos de incomodidad durante los que Ashley abre sus brazos para darme un abrazo al tiempo que yo extiendo la mano, lo que nos obliga a cambiar de táctica. El resultado es un abrazo a medias, que deja en Henry un gesto de confusión.

—¿Entonces *no* eres un desconocido? —pregunta el chico.

—Este es Ethan Marsh, amor. Solía cuidarlo cuando era un niño… hace mucho, pero mucho tiempo.

—Treinta años —añado, lo que hace que Ashley haga una mueca.

—¿Así de tanto? Dios mío.

Sonríe con timidez, como si se avergonzara por el paso del tiempo. No es necesario. Vestida en jeans oscuros y una blusa color mandarina, es tan bella como la recuerdo. La misma Ashley, pero diferente. Ahora, su cabello es un poco más oscuro; color café castaño, en lugar del rubio casi plateado de su adolescencia; su rostro y figura son más delgados, más angulares, como si la vida la hubiera endurecido un poco. Es mi caso también, pero ha tenido el efecto contrario sobre mi apariencia. Me veo más suave, como si mi cuerpo intentara amortiguar los golpes de la vida.

—No te he visto desde…

La manera en que se apaga su voz me dice que recuerda justo la última vez en que nos vimos. Durante el servicio funeral de Billy. Debido a que la iglesia estaba a reventar, no pudimos sentarnos juntos ni hablar siquiera. Pero al final de las exequias, logré atraer la mirada de Ashley cuando se estaba yendo. Me brindó una de las sonrisas más tristes que jamás he visto, se despidió de mí con la mano y se marchó.

—¿Y qué estás haciendo por aquí? —me pregunta ahora.

—¿Dices en este momento o en general?

Ashley se ríe.

—Las dos cosas, supongo. Tus padres se acaban de mudar, ¿no es así?

Le doy un breve resumen de mis últimos meses. La mudanza de mis padres a Florida y la noticia de que yo estaré en la casa hasta que me establezca en mi nuevo trabajo como maestro de literatura inglesa en una escuela particular cercana.

—Yo más o menos igual —dice Ashley cuando termino—. A papá no le está yendo muy bien que digamos y Henry y yo necesitábamos empezar de nuevo, de modo que regresamos al viejo vecindario. Te invitaría a que entres para platicar, pero voy a mostrar la casa en unos quince minutos y necesitamos más tiempo. ¿Te la debo?

—Por supuesto —respondo—. De hecho, solo pasé a ver si esto le pertenecía a Henry.

Al igual que su hijo, Ashley tampoco mira la pelota que sostengo en la mano.

—No creo que haya arrojado una pelota en toda su vida.

—Soy descoordinado —añade Henry.

Ashley le lanza una mirada sorprendida.

—¿Quién te dijo eso?

—Todo el mundo.

—¿Incluso tu abuelo?

—*En especial* mi abuelo.

Como si lo hubiéramos invocado, Vance Wallace aparece detrás de Ashley y de Henry, lanzando un confuso y algo molesto:

—¿Quién me habla?

—Nadie, papá —responde Ashley con un suspiro—. Estamos hablando con Ethan Marsh.

—¿Ethan?

El Sr. Wallace se acerca a la puerta, de manera un poco más lenta de lo que esperaba, pero viéndose tan pendenciero como lo recordaba, aunque ya está cerca de cumplir los ochenta. Antiguo boxeador, abrió diferentes gimnasios regionales durante los ochenta a los que les fue muy bien antes de venderlos todos a una cadena nacional. Ahora, parece una especie de mezcla entre un clásico pensionado y un sargento de instrucción. Brazos enormes, pecho enorme, vientre enorme y un bronceado que no puede ser natural. Sin embargo, a medida que se aproxima observo cierta vaguedad en su mirada. Aunque sus ojos están fijos en los míos, parece que miran a través de mí hacia algo que se encuentra detrás.

—¿Tus padres llegaron enteros a Florida? —me pregunta.

—Así es.

—Excelente. Los vamos a extrañar —parece detectar la pelota que tengo en la mano—. ¿Y qué tienes allí?

—Es una pelota, papá —dice Ashley con cierto nerviosismo, lo que me da la impresión de que no es la primera vez lo ayuda a identificar objetos. Me hace preguntarme exactamente qué quiso decir cuando me contó que a Vance no le iba muy bien.

—¡Eso ya lo sé! —espeta—. Quería saber por qué la tiene.

—La encontré en mi jardín de atrás —le explico—. Trato de regresarla a su dueño. ¿Alguna idea acerca de su procedencia?

—¿Ya le preguntaste a tu vecino? —responde el Sr. Wallace.

—¿A Russ? Sí, acabo de salir de allí.

—No, a él no. —Señala hacia la casa de Billy con un dedo algo tembloroso—. A tu otro vecino. Al chico Barringer. Lo vi afuera anoche.

—Papá —dice Ashley con un susurro preocupado—. Billy no estaba afuera anoche.

—Claro que estaba. Lo vi atravesar el patio de atrás corriendo.

—¿A qué hora? —pregunto, repentinamente interesado.

El Sr. Wallace lo piensa durante una fracción de segundo.

—Poco después de las dos.

A pesar del calor del día, siento que me recorre un escalofrío. Esa es más o menos la misma hora en que noté que la luz de los Wallace se prendía sin razón aparente.

Miro a Ashley, cuya expresión es escéptica, con toda razón, además de angustiada, preocupada y abrumadoramente triste.

—Billy no ha estado por aquí en décadas, papá —le dice—. Lo sabes.

—¡Y también sé lo que vi, con un demonio!

Ashley toma a su padre del brazo.

—Vámonos adentro. Recuerda lo que te dijo el doctor acerca de que necesitas descansar. —A mí me lanza una sonrisa de disculpa antes de decir— De verdad me tengo que ir. ¿Nos vemos después?

—Claro —digo. Por más agradable que sea volver a ver a Ashley de nuevo, todos los recuerdos y sentimientos de nostalgia me abruman tanto que, para ser honestos, me da gusto que hayamos interrumpido la reunión. Habrá más que tiempo suficiente para ponernos al corriente después. Además, lo único en lo que puedo pensar es en lo que el Sr. Wallace acaba de decir... y la manera en que sustenta mi propia experiencia de anoche.

Me despido de Henry con la mano y, pelota en mano, me dirijo hacia la casa. En lugar de utilizar la banqueta, cruzo el centro de la privada y le doy vuelta a la jardinera situada a la mitad del círculo. Ya en mi propio patio delantero, me abruma un recuerdo alucinatorio en el instante en que piso la acera. Yo, anoche, en la entrada de la cochera, percibiendo a alguien allá afuera, presente pero oculto. Y la única persona en la que he pensado es la misma que el Sr. Wallace afirma haber visto en su propio jardín.

¿Existe aunque sea la más mínima posibilidad de que ambos tengamos razón?

Dentro de la casa, me dirijo de inmediato al estudio de mi padre. Una vez allí, abro mi laptop y busco la entrada de Billy en NamUs. Todavía desaparecido; sin embargo, solo porque así lo indique la base de datos no significa que sea precisa. Solo quiere decir que nadie, ni siquiera las autoridades, sabe dónde se encuentra.

Eso deja abierta la posibilidad, por más pequeña y remota que sea, de que Billy siga vivo.

De que haya regresado a Hemlock Circle anoche.

De que siga aquí ahora mismo.

Estudio la pantalla de la laptop y busco el número de contacto que anuncian en NamUs. Allí, junto al nombre de Ragesh Patel, está el número al que hay que hablar con cualquier información relacionada con el caso. Sin pensarlo, tomo mi teléfono y marco.

Ragesh contesta al segundo timbrazo.

—Detective Patel. ¿Cuál es la naturaleza de su llamada? —contesta con un tono agobiado.

Pauso, impactado por lo diferente que suena desde la última vez que hablamos. Ya no está el sarcasmo adolescente que siempre asocié con el chico mayor que vivía a dos puertas de mí. En su lugar, oigo una voz más profunda, ronca y en extremo cansada.

—Hola, Ragesh. Soy Ethan Marsh... de Hemlock Circle.

Ragesh pasa un instante haciendo lo mismo que yo acabo de hacer. Intenta hacer coincidir el nombre con una voz que ha cambiado de manera radical. Sin duda, me imagina como el larguirucho y torpe niño de diez años que solía ser y no como el cuarentón ya no larguirucho, pero de todos modos algo torpe en que me convertí.

—Ethan..., hola —responde— ¿En qué te puedo ayudar?

—Estoy hablando por Billy Barringer.

—¿Qué hay con él? —dice Ragesh, su reticencia extendiendo la pregunta a dos veces su tamaño.

—¿Hay alguna actualización?

—¿Y por qué estas interesado en el caso de Billy?

Una pregunta de lo más desconcertante. Se lo llevaron de mi patio trasero mientras dormía junto a mí. ¿Por qué *no* seguiría interesándome?

—Me acabo de volver a mudar a la casa de mis padres —le digo— y dado que estar de regreso me ha traído a la mente tantísimos recuerdos, pensé en preguntar si había alguna noticia.

No es una mentira, pero dista de ser toda la verdad.

—¿Qué has oído? ¿Cuánto sabes? —me dice Ragesh mientras baja la voz.

Me quedo paralizado. *Sí* hay noticias. Y es información importante por la manera en que me lo dice Ragesh. Y, por un segundo, me permito creer que lo sentí anoche y lo que vio el Sr. Wallace fue real. Lo imposible, en efecto, sucedió.

Billy *regresó*.

—No he oído nada —le digo—. ¿Por qué, qué está pasando?

—Ayer por la mañana se localizaron restos humanos en el área —Ragesh pausa y el cuarto entero parece ladearse de repente—. Un niño. Probablemente de alrededor de diez años de edad. Todavía están revisando los registros dentales, pero estoy bastante seguro de que lo encontramos, Ethan. Encontramos a Billy Barringer.

SEIS

Billy está muerto.

Aunque siempre supuse que lo estaría, se siente muy diferente que la suposición sea confirmada porque, en el fondo, jamás quise creerlo. Por décadas albergué vagas esperanzas y anhelos. Ahora que sé que estuve equivocado todo este tiempo, siento como si estuviera flotando; una extraña sensación de ingravidez que pareció embargarme en el instante en que Ragesh me dio la noticia por teléfono, y que no me ha abandonado en todo el día.

Por cómo se ven los demás, me doy cuenta de que se siente de igual manera. Russ está aferrado al brazo del sofá, como si temiera deslizarse del mismo. Ashley, apretujada entre los dos, solo parece sentir náuseas.

La única persona que no parece afectada por la noticia de hoy es quien nos la comunicó: Ragesh Patel, quien ofreció pasar a darnos mayores detalles cuando tuviera la oportunidad. Llegó finalmente a las 7:30 p. m., y ahora nos habla de manera lenta y calmada, muy diferente al adolescente de la voz cruel y con risa burlona de mis recuerdos. Cambió tanto que, cuando llegó a la puerta, apenas lo reconocí. Su aspecto es mucho más grande que antes, con un pecho y un vientre abultados, canas tiñendo su cabello y amplia barba. En aquellos tiempos, cuando era el bravucón del vecindario, su rostro era angular y bien afeitado, para exhibir mejor su constante mueca de desdén.

—No puedo decirles mucho —nos anuncia—. De hecho, es probable que ni siquiera debiera hablar con ustedes en absoluto.

Todavía no hemos difundido la información en los medios porque nos falta notificar a la familia de Billy. Ayer intentamos comunicarnos con el hospital estatal donde cuidan a la Sra. Barringer. Nos dijeron que uno de sus médicos se lo informaría, pero es poco probable que entienda una palabra de lo que le digan. En cuanto a Andy Barringer, no conocemos su paradero. La última información de contacto que alguien tuvo de él data de hace más de diez años. Mantuvo una breve relación con una de las enfermeras que cuidaba a su madre en aquel entonces. Trató de comunicarse con él, pero no me queda claro si logró hacerlo o no. De modo que toda esta es información altamente clasificada... que no puede salir de la habitación.

No necesita explicarnos más. Me queda claro que lo hace como un favor para mí, Ashley y Russ.

—¿Y qué con el resto del vecindario? —pregunta Russ, que ha tratado de empequeñecerse lo más posible para que los tres quepamos en el sofá. Lo hace parecer extrañamente frágil. No más que un chico que recibe una mala noticia—. Los demás también deberían oírlo.

—Y lo harán —responde Ragesh—, y muy pronto; pero no queremos que la noticia se filtre a la prensa antes de que localicemos al hermano de Billy, así que no se lo pueden contar a nadie. No puedo revelarles mucho. El Buró de Investigaciones Estatales se acaba de hacer cargo del caso.

Estudio el rostro de Ragesh. Si le molesta que lo hayan hecho a un lado, no lo demuestra.

—Lo único que tengo permitido decirles es que ayer en la mañana se encontraron restos humanos dentro del área. Un antropólogo forense los examinó y concluyó que parecían ser los restos de un juvenil masculino.

—¿Estás seguro de que se trata de Billy? —le pregunto, aferrado a la idea de que Ragesh podría estar equivocado.

—Los registros dentales ya nos confirmaron que se trata de él. Cosa que ya sabíamos; con base en la condición de los restos y de dónde se encontraron, resultaba evidente que eran de Billy Barringer.

Mis pulmones se vacían de aire hasta desaparecer mi último atisbo de esperanza. Por un momento siento que me ahogo. Me obligo a respirar hondo antes de preguntar:

—¿Dónde lo encontraron?

—En la base de las cataratas del Instituto Hawthorne —anuncia Ragesh con la brusquedad de quien se arranca un trozo de tela adhesiva de un tirón. Y con buena razón. El instituto se encuentra apenas a poco más dos kilómetros y medio de aquí, separado de mi jardín solo por un trecho del bosque.

Billy ha estado allí todo este tiempo. Tan cerca y, sin embargo, más allá de toda salvación.

La sensación de ingravidez aumenta, al grado de que tengo que sostener mis pies contra el piso para asegurarme de que no empezaré a levitar sobre el sofá. Para contrarrestarla, cierro los ojos y visualizo las cataratas en mi mente. Agua a raudales, de un color blanco turbulento que se precipita por un risco de granito hacia un lago de profundidad indeterminada. Todo ello creado no por la naturaleza, sino por el hombre hace más de cien años.

Mientras crecía, escuché rumores de que el lago no tenía fondo. Que, años atrás, la gente brincaba al interior y jamás volvía a salir. Que sus fantasmas rondaban las cataratas, flotando como filamentos de neblina alrededor del agua que se precipitaba desde arriba. Una leyenda suburbana, pero, al parecer, lo suficientemente veraz como para que mis padres me prohibieran ir allí. Hasta el día de hoy, he visto las cataratas una sola vez.

Con Billy y las tres otras personas que están en esta misma habitación.

La tarde anterior a la desaparición de Billy.

—¿Cómo es que terminó allí? —Mantengo los ojos cerrados mientras lo digo, como si eso hiciera más fácil plantear la pregunta. No es así, porque parte de mí no quiere saberlo, aunque lo necesito; es tan solo para constatar si es mejor o peor que mi propia imaginación—. ¿Creen que pudiera haberse caído allí para después ahogarse?

Mientas las palabras siguen flotando en el aire, me doy cuenta de la improbabilidad del escenario. Aunque existe la posibilidad de que Billy regresara a las cataratas por su cuenta, escabulléndose a las mismas bajo el manto de la oscuridad, ese caso resulta improbable. El lado de la tienda estaba rasgado, que es razón suficiente como para pensar que Billy no se marchó por voluntad propia. Sin embargo, lo que termina por desacreditar dicha teoría son sus tenis. Todavía estaban dentro de la tienda cuando me desperté a la mañana siguiente. Si Billy hubiera decidido caminar casi tres kilómetros a través de una espesa área boscosa, se hubiera puesto los zapatos.

—Es muy poco probable —afirma Ragesh—. Tanto el antropólogo forense como los investigadores que analizaron la escena encontraron evidencia que sugiere que se perpetró un acto delictivo.

Su afirmación arroja una sombra sobre la habitación, donde no se oye nada más que el zumbido del aire acondicionado y el chillido de una chara azul que habita en el olmo del patio delantero.

Acto delictivo.

—No puedo compartir ningún detalle, pero creemos que lo mataron primero y que después utilizaron algo pesado para arrojarlo del tope de las cataratas al lago.

Junto a mí, Ashley se cubre la boca.

—Creo que voy a vomitar.

Corre al baño de visitas que está en el pasillo junto a la cocina, los recuerdos de hace treinta años le muestran el camino. Sigo a Ashley y me quedo esperando en el pasillo, a distancia suficiente como para ofrecerle cierta privacidad, pero, por desgracia, lo bastante cerca como para escuchar sus arcadas detrás de la puerta cerrada.

Cuando sale, algunos minutos después, me ve y se congela. Después, su rostro parece desmoronarse y estira sus brazos hacia mí, envolviéndome en un abrazo tanto desesperado como triste. Mientras llora con su cabeza sobre mi hombro, dice:

—Oh, Ethan... todo este tiempo quise pensar que seguía vivo. Sabía que no podía ser así, pero quería aferrarme a esa idea.

La rodeo con mis brazos y no puedo mantener alejados los recuerdos. De nosotros dos, una semana después de que Billy se desvaneciera. Para ese entonces, todos los padres del pueblo estaban aterrados de dejar a sus hijos fuera de su vista por más de un segundo. A mí me daban permiso de salir a jugar, pero solo en el patio delantero, donde estaría vigilado por todos los demás habitantes del vecindario.

Allí es donde me encontraba esa tarde, sin jugar. Ni siquiera me pasaba el pensamiento por la cabeza. En lugar de eso, pasaba mi mano sobre el pasto, arrancaba algunos trocitos del mismo y los veía alejarse en el aire. Cada vez que una hoja se levantaba de mis dedos, pensaba en Billy que, esencialmente, hizo lo mismo.

Voló lejos.

Desapareció.

Aunque ningún adulto ni la policía y mucho menos mis padres me lo habían dicho, también sabía que había grandes probabilidades de que Billy estuviera muerto. Algo horrible que pensar para un niño de diez años.

Justo en eso estaba pensando cuando un Camry color café, que brillaba como un centavo pulido en la luz del sol de media tarde, se acercó a la acera. Me paré y, al instante, volteé hacia la casa. A pesar de no decir nada acerca del probable destino de Billy, los adultos a mi alrededor no dejaban de hablar del peligro que representaban los desconocidos. Estaba a punto de echar a correr cuando la ventana del pasajero descendió y reveló a Ashley sentada detrás del volante.

—Compraron un coche nuevo —dije, porque así era. El coche anterior de sus padres era un Chevy Malibú color azul náutico.

—Ajá —confirmó Ashley—. Y, entonces, ¿te vas a quedar parado viéndolo el día entero o te vas a subir a acompañarme?

Para entonces, mi mamá estaba fuera de la casa, acercándose amenazante al coche. Sus ojos brillaban de terror, pero su boca estaba torcida en una mueca de furia, literalmente mostrando los dientes. La hacía parecer tanto vulnerable como muy peligrosa. Supuse que así se veían las madres osas cuando alguien se ponía entre ellas y sus oseznos.

—¡Ethan, aléjate de ese coche! —gritó mientras arrojaba uno de sus brazos frente a mí, como si eso en sí pudiera protegerme del mal que pensaba que residía dentro del Camry encendido.

—Hola, Sra. Marsh —dijo Ashley a través de la ventana abierta.

Mi madre casi se derritió del alivio. El terror abandonó sus ojos y su rostro pareció vaciarse de toda expresión. Solo quedó el brazo que tenía frente a mi pecho y ese no tardó en caer a un lado.

—Pensé que eras un desconocido —afirmó mi madre, aliviada.

—Solo pasé a saludar a Ethan —dijo Ashley mientras pensaba en algo—. Podría llevarlo a comprar un helado para darle un tiempo a solas.

De haberse tratado de cualquier otra persona, estoy seguro de que mi madre hubiera dicho que no; o que por lo menos lo considerara por más de cinco segundos. Sin embargo, tratándose de Ashley, su respuesta fue inmediata.

—¡Mil gracias! —exclamó—. Eso sería maravilloso.

Me subí al coche y me aseguré de ponerme el cinturón de seguridad. La preocupación aleteaba en mi estómago. Hasta donde recuerdo, fue la primera vez en que me subí a un coche sin que hubiera un adulto al volante. Una idea atemorizante, pero también emocionante.

—¿Puedes manejar?

—Claro —me responde Ashley mientras se aleja de la acera—. Mi papá me enseñó a manejar este verano.

—Me refería a si podías hacerlo de manera legal.

Esta vez, Ashley, que yo sabía que apenas tenía quince años, no dijo nada.

—¿A dónde vamos? —le pregunté una vez que salimos de Hemlock Circle.

—*No* por un helado. —Ashley apretó la quijada y se quedó viendo por el parabrisas—. Quería hablar contigo acerca de Billy.

Me agité en el asiento del pasajero, sintiéndome molesto, triste y culpable. Quería olvidarme de Billy, aunque fuera por un momento. Cosa que me hizo sentir todavía más culpable... y más molesto y triste de que no pudiera evitar la sensación.

—¿Qué te han dicho los adultos?

—Que se lo llevaron.

Volteé por la ventana y miré las casas y patios delanteros del vecindario; la forma en que parecían deslizarse frente a mí antes de desaparecer de mi vista me hacía pensar en Billy. Sabía que yo volvería a ver esos patios y esas casas cuando Ashley se diera la vuelta y me regresara a casa. ¿Pero Billy? Muy en mi interior, sabía que no lo volvería a ver. Un discernimiento tan terrible que empecé a sollozar allí mismo.

—Creo que está muerto —dije mientras sorbía, triste.

—¿Quién te dijo eso?

—Nadie. Solo sé que lo está.

Ashley pisó el freno con fuerza, y el Camry se detuvo con un chirrido en mitad de la calle.

—Mírame —ordenó.

No quería; no podía. No con lágrimas corriendo por mi rostro y mocos goteando de mi nariz. Quería que Ashley pensara que era mayor, más fuerte, más sabio más allá de mi edad. En lugar de eso, parecía el chillón debilucho que sabía que era en realidad.

—Ethan —repitió con mayor gentileza en esta ocasión—. Mírame.

Lo hice mientras me resistía al impulso de mostrar temor cuando me vio a los ojos. La compasión que vi reflejada en ellos me hizo sentir más que patético; pero, entonces, se acercó y me tomó entre sus brazos.

—No pienses eso —me dijo—. ¿Me oyes? Jamás pierdas las

esperanzas, Ethan. Si sigues pensando que Billy está vivo y a salvo, así lo estará; aunque solo sea dentro de tu cabeza. Aunque jamás averigües lo que le haya pasado.

Y, ahora, aquí estamos, repitiendo el mismo momento, solo que con los papeles invertidos y ambos enfrentando la cruda realidad de que cualquier esperanza que nos quedaba se acababa de esfumar. Ashley se separa de mí y rompe el encanto del recuerdo. Se aleja un paso e intenta secarse las lágrimas teñidas de rímel que corren por su rostro con la mano.

—Carajo, estoy hecha un desastre.

—Todos lo estamos —le respondo.

—No, tú no. Estás manejándolo súper bien.

Si tan solo supiera lo de El Sueño; y lo del insomnio, y lo de la culpa y la pena, y la larga lista de terapeutas que se extiende hasta por allá a inicios de mi adolescencia y que, a pesar de sus valerosos esfuerzos, no pudieron ayudarme en absoluto.

—Las apariencias engañan.

—Supongo que deberíamos regresar —me dice Ashley al tiempo que entrelaza su brazo con el mío—. Recibir malas noticias siempre es más fácil con un amigo.

Regresamos a la sala y volvemos a apachurrarnos junto a Russ, que sigue haciendo preguntas.

—¿Y qué tipo de evidencia encontraron?

—No estoy en libertad de decírselos —explica Ragesh mientras se aclara la garganta.

—¿Y cómo es que lo encontraron? —pregunto al tiempo que trato de acomodarme en el sofá. Algo de esto no se siente bien. Billy estuvo ausente durante treinta años, sin pista alguna en cuanto a dónde podía estar ni en cuanto a lo que le había pasado. Después, de buenas a primeras, lo encuentran a menos de tres kilómetros de aquí, poco después de haber pensado que alcancé a percibir su presencia allá afuera.

—Fue un par de científicos asociados al Departamento de Protección Ambiental —explica Ragesh—. Estaban tomando muestras de agua y de tierra. Cosas rutinarias que hacen todo el tiempo. En una de las muestras, encontraron un fragmento de hueso. Eso ocasionó que dragaran el lago y fue cuando encontraron a Billy.

—¿Pero no buscaron en esa misma área hace décadas?

Ragesh sacude la cabeza.

—Tengo entendido que no fue así.

—¿A causa del instituto? —pregunta Ashley, refiriéndose al Instituto Hawthorne, que se encuentra en el mismo terreno que las cataratas y el lago. Cuarenta y media hectáreas en total. Todo propiedad de Ezra Hawthorne, el último miembro sobreviviente de una antigua familia cuya fortuna podía rastrearse incluso hasta los días del *Mayflower*.

A pesar de estar a tiro de piedra de Princeton, el Instituto Hawthorne era independiente de ese sagrado recinto del conocimiento. Era silencioso, discreto y privado, casi en exceso. Por décadas, pasó casi desapercibido porque nadie sabía del todo bien qué es lo que era, qué hacían allí y por qué necesitaban un terreno tan vasto.

Aunque solo fui en una ocasión, recuerdo de manera vívida lo extraño que me pareció el lugar. Una mansión de piedra rodeada por diversos graneros y otras edificaciones aledañas. Alrededor de todo eso estaba el lago y las cataratas, los jardines formales y los espesos cúmulos de árboles, todos ellos diseñados de manera deliberada. Una versión idealizada de la naturaleza que no podía suceder sin planeación de por medio.

Como un Central Park que no ha visto ni un solo turista en décadas.

—Más por el hecho de que Ezra Hawthorne era tan rico que se hicieron de la vista gorda —explica Russ.

Ragesh aprieta los labios hasta formar una delgada y apretada línea.

—No tengo idea de por qué no se realizó una búsqueda en aquel entonces, pero, sin duda, se está haciendo ahora.

—¿Qué los terrenos del instituto dejaron de ser privados? —pregunto.

—Sí y no —contesta Ragesh mientras corre una mano a través de su formidable barba—. Ahora le pertenece al gobierno. Es un espacio verde. El instituto cerró a finales de los noventa, cuando el Sr. Hawthorne murió. Donó las tierras al condado con la estipulación de que no se tocaran. Nada de demoler edificaciones ni de convertirlo en parque público ni nada por el estilo. De modo que, en teoría, son terrenos públicos que siguen estando completamente vedados. El único momento en que se permite que haya personas allí es cuando de vez en cuando rentan la mansión para fiestas privadas y bodas.

—¿Y cómo era en aquel entonces? —dice Russ—. ¿Qué hacían allí?

Había hecho la misma pregunta treinta años antes, mientras estuvimos parados a las orillas de las cataratas. Solo Billy sabía la respuesta y el recuerdo planta una semilla de intranquilidad en mi estómago de por sí alterado.

Ragesh se encoge de hombros.

—No tengo idea. Lo que sea que fuera, el instituto lo mantenía en el más absoluto secreto. Muy pocas personas tenían acceso al sitio.

Y, sin embargo, nosotros lo tuvimos.

Los cuatro.

Fue idea de Billy, y el resto accedió porque no teníamos nada mejor que hacer. Solo éramos un grupo de chicos en pleno verano, envueltos en el letargo de nuestro mundo suburbano de casas bonitas y patios perfectos. Era natural que quisiéramos rebelarnos contra los límites que nuestros padres nos habían impuesto.

Terminamos con más de lo que anticipamos. Billy, en especial; quizá mucho más de lo que jamás imaginé.

—¿Creen que esto tenga algo que ver con ese día? —pregunto, porque alguien necesita hacerlo—. Estuvimos allí... y Billy terminó en ese mismo lugar, pero muerto, menos de 24 horas después. Eso no puede ser una coincidencia.

Ragesh, que estuvo parado todo este tiempo, se acuclilla hasta que queda al nivel de los ojos de los que estamos sentados en el sofá. Es un gesto cautivador, sin duda completamente intencional. Algo que deben enseñar en la academia de policía para tranquilizar a la gente.

—Comprendo por qué te precipitarías a pensar eso —dice, aunque no me estoy precipitando para nada. En el mejor de los casos, no es más que medio paso que me lleva de un hecho, nuestra presencia en las cataratas, a otro: el cuerpo de Billy fue hallado en ese sitio—. Pero no parece haber correlación alguna entre lo que pasó esa tarde y el secuestro de Billy.

—Aparte de ti, ¿alguien más que esté investigando este asunto siquiera sabe que estuvimos allí? —pregunto, impactado por el hecho de que ninguno de nosotros habló acerca de lo que sucedió ese día después de que Billy desapareciera—. Es decir, hace todos esos años, ¿alguno de nosotros le contó a la policía lo que pasó esa tarde?

—Yo no lo hice —responde Ashley—. Creo que dijimos que todos estuvimos en el bosque, pero no especificamos dónde.

—Yo igual —indica Russ.

Y fue lo mismo conmigo. A pesar de que me entrevistaron tantísimos policías, detectives y agentes que se convirtieron en una especie de borrón color azul y caqui, jamás mencioné que estuvimos en las cataratas o en los terrenos del Instituto Hawthorne. Me gustaría pensar que se debió a que tenía miedo de meterme en problemas y de hacer lo mismo con los demás, pero sé que la verdadera razón es porque me sentí culpable. Como también estoy seguro de que se sintieron los otros. Por lo que pasó mientras estuvimos allí. Por cómo tratamos a Billy. Y, aunque en retrospectiva me parece imperdonable, en ese entonces nunca pensé que lo que pasó ese día tuviera algo que ver con la desaparición de Billy.

Eso ya no es cierto.

—Así que, en aquel entonces, la policía nunca supo que estuvimos allí —continúo—, o que lo estuvo Billy. ¿Lo saben ahora?

Todos miramos a Ragesh, el verdadero policía en la habitación, quien asiente y responde:

—Lo mencioné el día de hoy.

—¿Y todos siguen pensando que no tiene relación alguna?

—Nuestra intuición, *mi* intuición, es que no existe razón alguna para pensar que la muerte de Billy se conecte con nadie asociado con el instituto.

Ragesh se pone de pie, harto de tratar de tranquilizarnos, cuando ahora lo necesito más que nunca. La sensación perniciosa de ingravidez regresa. Pierdo el equilibrio, me tambaleo hacia un lado y mi hombro choca con el de Ashley. Toma mi mano y le da un apretón tranquilizador.

—¿Por qué no? —pregunto.

—Porque, en sentido estricto, no hicimos nada malo ese día —me contesta Ragesh—. Sí, estuvimos en un sitio en el que no debimos estar, pero solo éramos un montón de chicos divirtiéndonos… y no vimos nada prohibido ni sospechoso.

—¿Pero no te parece para nada extraño que allí haya sido donde terminó Billy?

—*Claro* que es extraño —concede Ragesh—, si no tomas en cuenta que un lago en un área remota a la que pocas personas tienen acceso es el sitio más conveniente en el que deshacerte de un cuerpo en un radio de casi veinte kilómetros.

Junto a mí, Ashley palidece.

—Dios, Ragesh, no tienes que ser así de duro.

—El asesinato *es* duro —Ragesh cruza los brazos frente a su pecho y la mira con fijeza—. Se llevaron a Billy de esa tienda, lo mataron y tiraron su cadáver en un lago. Esa es la verdad, por más brutal que parezca.

«Brutal» es la palabra perfecta para describirlo. Billy no era más que un niño y lo que le sucedió es tan brutal que, al igual que Ashley hace poco, creo que voy a vomitar. Respiro hondo y trago con fuerza, decidido a no perder el control, al menos hasta que los demás se marchen.

—¿Hay algún sospechoso? —pregunta Ashley.

—Ninguno que tenga permitido revelarles —responde Ragesh, con lo que, sin querer, responde a su pregunta. Sí, en efecto, tienen sospechosos.

Russ se inclina hacia adelante, sus codos sobre sus rodillas.

—¿Y qué hay con el desconocido que vieron por el vecindario?

—Todo eso no fue sino una conjetura. Nadie sabe si de verdad hubo alguien que estuviera rondando por el bosque.

—Pero pudo haber sido él, ¿correcto?

—Estamos analizando todas las posibilidades —dice Ragesh.

—¿Te refieres a la policía estatal? —dice Ashley.

—Así es. La detective Cassandra Palmer está a cargo de la investigación. Por el momento, está supervisando la búsqueda en el terreno del instituto, pero estoy seguro de que todos ustedes tendrán noticias de ella pronto.

Mi sensación de mareo aumenta ante el prospecto de todavía más interrogatorios. Aparte del hecho de que todos estuvimos en el instituto, cosa que Ragesh insiste que carece de importancia, no hay nada que pueda decirles a las autoridades ahora que no les dijera hace treinta años.

Nada que pueda recordar, mejor dicho.

Respiro de nuevo y me recargo contra el respaldo del sofá. Quizá porque intuye mi cansancio, o porque se siente de la misma manera, Ashley le pregunta a Ragesh:

—¿Hay alguna otra cosa?

—En esencia, eso sería todo.

En esencia.

Lo que significa que claro que hay algo más y que Ragesh no puede decirlo o no está dispuesto a hacerlo. Sospecho que sea lo primero, porque añade:

—Lo siento mucho. Sé que es demasiado por asimilar, en especial sin tener una resolución verdadera.

Ese hecho es una de las muchísimas cosas con las que estoy lidiando en este momento. Por décadas, lo único que quería era tener alguna indicación de lo que pudo sucederle a Billy. Ahora que tengo la respuesta, se siente tanto horrible como inadecuada.

La certeza de la muerte de Billy solo despierta un misterio todavía mayor: ¿quién le hizo esto? ¿Por qué? ¿Con qué propósito? Sin todas esas respuestas, lo que queda es una sensación de triste decepción. Después de treinta años, debería haber más.

Más información.

Más justicia.

Un maldito final.

En lugar de eso, lo único que podemos hacer es seguir con nuestras vidas, lo que para Ashley y Russ significa regresar con sus familias. Los acompaño a los dos a la puerta.

—Gracias por decirnos lo que pudiste —le dice Russ a Ragesh de salida—. Te lo agradecemos.

En la puerta, Ashley me da un breve abrazo y un beso en la mejilla.

—Es maravilloso tenerte de regreso, Ethan. No te pierdas.

Se marcha y solo quedamos yo y Ragesh, que se queda en la sala con los brazos cruzados.

—¿Qué está pasando, Ethan?

—¿A qué te refieres?

—Sabes más que bien a qué me refiero —me dice—. Tú me hablaste para preguntar por Billy menos de 24 horas después de que encontraran su cuerpo. Esa es una coincidencia que pienso que bien vale la pena discutir.

Me dejo caer en el sofá de nuevo, impactado por otro golpe sorpresivo más. Pienso acerca del tono de sospecha que tuvo al teléfono antes. *¿Qué has oído? ¿Cuánto sabes?*

—¿Piensas que *sabía* que habían encontrado a Billy cuando te hablé más temprano?

—Eso no es lo que estoy diciendo —contesta, aunque se siente como si eso fuera justo lo que está diciendo—. Pero sí me parece que el momento de tu llamada fue más que oportuno. Algo tendría que haberla provocado.

—¿Aparte de estar viviendo en la misma casa en la que todo

sucedió? Es razón más que suficiente, ¿no crees?

—Llevas una semana de regreso… Lo verifiqué —afirma Ragesh mientras sacude un dedo frente a mi rostro, un gesto tanto absurdo como provocador. En ese momento, el estoico detective que estuvo aquí cambia lo suficiente como para revelar un asomo del bravucón que alguna vez fue—. Así que sospecho que hubo algo más que te hizo pensar en el caso de Billy.

Tiene toda la razón, por supuesto, pero decírselo significaría tener que explicarle que, por el más breve de los momentos, pensé que Billy estaba allá afuera, dándole la vuelta a la acera de la privada en mitad de la noche. Confrontado con la elección entre parecer sospechoso o solo perturbado a nivel mental, elijo lo segundo.

—Pienso que lo intuí —digo con mucha lentitud, temeroso de que Ragesh, el bravucón, vuelva a mostrarse—. Su presencia… frente a la casa.

Se lo cuento todo. Lo de El Sueño, lo de las luces de las cocheras, lo de la repentina y extraña sensación de que Billy estaba afuera conmigo. Esa última parte me avergüenza de manera casi intolerable. Que de verdad pensara, incluso por el más breve de los instantes, que Billy siguiera con vida, que estuviera aquí y que estaba, no sé, esperándome.

Ragesh levanta una ceja. No sé lo que pueda significar. ¿Diversión? ¿Desprecio? ¿Preocupación?

—Y, esta mañana —sigo—, apareció esto en mi jardín.

Entro a la cocina, tomo la pelota de beisbol y se la entrego a Ragesh. Le da vuelta entre sus manos y, después, dice:

—No es más que una pelota.

—El mismo tipo de pelota que Billy lanzaba a mi patio trasero casi a diario durante ese verano, antes de que —Estoy a punto de decir, *desapareciera*, pero me detengo y lo reemplazo con algo más adecuado—… muriera.

Sin embargo, eso no me parece del todo correcto. Billy no solo murió; lo asesinaron. Algo que todavía no me atrevo a decir en voz alta. Solo pensar en ello provoca que mi estómago dé otro horrible vuelco.

—Pues Billy no fue quien la puso allí —me dice Ragesh mientras me devuelve la pelota.

—Lo sé. Ahora. Pero no lo sabía anoche. Ni tampoco esta mañana. *Esa* es la razón por la que te hablé.

Parece que Ragesh termina por creerme… o quizá no sea más que una fachada; otra de las tácticas que aprendió mientras avanzaba en su camino de crápula adolescente a policía local. Hacer que la gente piense que estás de su lado, mantenerla hablando, esperar a que cometan algún error.

—¿Crees que alguien pueda estar metiéndose contigo? —me pregunta.

—Es posible, pero no sé por qué, ni quién más podría saber hacerlo de esta manera.

Nadie más conocía el significado detrás de la pelota. Solo yo y Billy, porque ambos juramos por lo más sagrado que lo mantendríamos en secreto.

—Tal vez para recordártelo.

—No necesito que nadie me lo recuerde. Recuerdo suficiente acerca de lo que pasó.

—Pero no todo.

La mueca que le sigue a esa afirmación me da a entender a la perfección que Ragesh sabe todo acerca de los huecos que tengo en la memoria desde esa noche. Porque claro que lo sabe. Sin duda ya leyó cada entrevista e informe que pueda haber acerca del caso.

Pero esa mueca también sirve como recordatorio de que Ragesh y yo no somos amigos. Jamás lo fuimos. De hecho, distamos de ello. Hace treinta años, el resto de los chicos de Hemlock Grove hacíamos hasta lo imposible por no toparnos con él. A diferencia de muchos otros acosadores, Ragesh jamás nos lastimó físicamente. Se especializaba en el tormento emocional. Insultos, apodos, averiguar las cosas que peor nos hacían sentir de nosotros mismos y mencionarlas de manera constante. Como las excentricidades de Billy y la escualidez de Russ. En aquel entonces, Ragesh jamás pudo determinar mi debilidad individual. Ahora, la conoce.

—Recuerdo muy bien lo que en realidad pasó ese día —afirmo.

—Ya te dije...

—Que tu intuición te dice que no tiene nada que ver con la muerte de Billy. Ajá, ya lo sé; pero creo que estás equivocado... y creo que sabes por qué.

Como una vela que está a punto de apagarse, la mueca de Ragesh se estremece y se extingue.

—Mira, lo que pasó esa tarde fue muy desafortunado —dice—. No lo voy a negar y, me arrepiento de todo ello, en verdad; pero es muy poco probable que tenga algo que ver con lo que le pasó a Billy más tarde esa noche.

—¿Cómo puedes estar tan seguro?

—Porque, de lo contrario, Billy jamás hubiera regresado a casa esa tarde —afirma Ragesh—, pero lo hizo. Llegó a casa más tarde ese mismo día, sano y salvo, y sin gran afectación. Carajo, tú estuviste con él esa misma noche. ¿Te pareció que estuviera alterado por ello?

En mi mente, empiezan a aparecer recuerdos como si fueran fotografías polaroid que se están haciendo cada vez más nítidas. La tensión que sentimos esa misma noche en la tienda. La pelea que tuvimos una vez que llegó a su punto más álgido. Mi disculpa inmediata y el intento de Billy por sonreír, pero que jamás acabó de suceder.

Hakuna matata, amigo.

—No —respondo, porque es más fácil que tratar de explicar todo lo que sucedió entre los dos esa noche—. Parecía perfecto.

—¿Lo ves? —insiste Ragesh, su mirada furiosa de «te lo dije» convirtiéndose en algo más parecido a la compasión—. Sé que esto es más difícil para ti que para el resto de nosotros, Ethan. Sé que, en tu caso, es más... complicado. Pero deja las investigaciones a la policía. En este momento deberías enfocarte en hacer el duelo por tu amigo.

Me quedo sentado en el sofá cuando Ragesh se marcha, no

tanto porque el bamboleo de la sala me mantenga allí, aunque sigo percibiéndolo, sino por los recuerdos de esa noche final en la tienda de campaña con Billy. No le mentí a Ragesh; no del todo. Billy de verdad parecía no tener problema con el comportamiento de los demás en el instituto ese día. El de Russ, Ashley y Ragesh. Yo era el único con el que tenía un problema.

Porque yo era su mejor amigo.

Y porque salí corriendo como los demás.

Para dejar que Billy se las arreglara solo.

Todavía puedo escuchar el eco de su voz mientras huía con los demás. Lo desesperado que sonaba; lo solo, triste y asustado.

«¡Ethan, no me dejes! ¡Por favor, no me dejes!».

SIETE

Una vez que la oscuridad se cierne sobre Hemlock Circle como una mortaja, tomo mi teléfono. Aunque no deba hacerlo, siento la necesidad de contarle a Claudia lo de Billy. Más que ninguna otra persona, ella entiende lo mucho que me afectó lo que le sucedió.

El teléfono suena cinco veces antes de irse al buzón de voz. En lugar de hacer que la extrañe, el sonido de su voz diciéndome que deje un mensaje, me tranquiliza. Me siento como en los viejos tiempos.

—Hola, soy yo —digo, sabiendo que no es necesario aclarar más—. Este... Ehhh... Acabo de recibir una noticia acerca de Billy.

Le cuento que encontraron los restos de Billy, que lleva todo este tiempo muerto y que la policía piensa que se trató de un asesinato. Me pierdo tanto dentro de mi narración que hablo por demasiado tiempo y no me detengo hasta que su teléfono decide que ya hablé lo suficiente y me corta con un abrupto bip.

Estoy a punto de volver a marcar para seguir hablando, pero decido no hacerlo y hago una videollamada a mis padres. Una simple llamada telefónica bastaría, pero, últimamente, mi madre prefiere las llamadas por video, aunque aún tiene que dominar las sutilezas de las mismas. Cuando contesta, sostiene el teléfono tan cerca que no logro ver ni su barbilla ni la mayor parte de su frente.

—Hola cielo —me dice—. ¿Pasa algo con la casa?

La pregunta, que plantea con una mezcla de urgencia y resignación, me dice dos cosas: que heredé mi ansiedad de ella y que no piensa gran cosa sobre mis capacidades como adulto, pero para ninguna de las dos tengo ni el tiempo ni el espacio mental de contemplarlas en este momento.

—No —empiezo—, solo quería...

La imagen del teléfono empieza a temblar cuando mi papá entra en la habitación con una playera polo color turquesa y un visor blanco. Me pegunto si, como anterior catedrático de sociología, se da cuenta de que le llevó menos de una semana convertirse en el cliché del jubilado floridano.

—¡Hola, campeón! —exclama—. ¿Cómo te va?

—Te ves cansado —añade mi madre—. ¿Estás seguro de que todo está bien?

La realidad es que no sé qué decirles porque no estoy del todo seguro de por qué les hablé. No puedo contarles acerca de Billy, como lo hice con Claudia. Mis padres tienen contactos aquí y, sin duda, propagarán la noticia en cuanto se enteren. Mejor quedarme callado por ahora.

—Solo quería saber cómo se están aclimatando —respondo—. Mucha gente del vecindario me lo está preguntando.

—Fantástico —dice mi padre—. Ya todo está desempacado.

Mi madre asiente, orgullosa.

—Y ya conocimos a algunos de nuestros vecinos.

Le da una sacudida al teléfono, lo que me ofrece un breve vistazo de la enorme reproducción de un Monet que solía colgar en la sala. Verla adornando las paredes de otro sitio es un recordatorio quimérico de lo mucho que han cambiado las cosas desde hace tan poco. Es demasiado. De manera repentina, quisiera meter mi mano al teléfono y jalar a mis padres a través de la pantalla para que me abracen de la manera en que lo hicieron cuando tenía diez años y Billy acababa de desaparecer.

La sensación me arrastra al borde de confesar lo prohibido. *Encontraron a Billy.*

Incluso, comienzo a decírselos.

—En...

El sonido del timbre evita que diga lo demás. Una sincronía

impecable.

—Alguien está tocando a la puerta —digo—, pero todo va perfecto por acá. Por eso les hablé; para que no se preocupen por mí.

Doy por terminada la llamada y abro la puerta; encuentro a Russ en las escaleras con una botella de *bourbon*.

—Nos vamos a emborrachar —me avisa.

Sin razón alguna para negarme, lo invito a que entre. Nos sentamos frente a la isla de la cocina; el sitio donde solía comer mi almuerzo, atragantándome de sándwiches de queso derretido o quemándome el paladar con raviolis enlatados recién salidos del microondas. Ahora, coloco dos vasos con hielo y dejo que Russ nos sirva dos porciones generosas. Debido a que la noticia acerca de Billy me dejó sin apetito, también agarro un puñado de cereal para no beber con el estómago vacío.

—Allí tienes —dice Russ mientras desliza un vaso hacia mí, el licor café casi llegando al tope. Levanta el suyo para hacer un brindis.

—Por Billy.

—Por Billy —repito antes de chocar mi vaso contra el suyo.

Después, los dos bebemos y Russ se acaba la mitad en un solo trago. Yo únicamente tomo un sorbo mientras disfruto de la inmediata y tranquilizadora calidez que llena mi pecho.

—¿Ya rompiste las reglas con alguien? —pregunta Russ.

—No —miento; pienso que lo mejor es no mencionar mi llamada a Claudia.

—Yo tampoco. Quise decirle por lo menos a mi mamá, pero pensé que lo mejor era quedarme callado por el momento. No es para nada chismosa, pero creo que todavía sigue hablando a menudo con Alice Van de Veer y Deepika Patel —Russ pausa para tomarse otro gran trago de *bourbon*—. ¿De verdad piensas que esto tenga algo que ver con lo que pasó ese día?

—Podría ser —contesto, que es la mejor respuesta que puedo darle—. Si no es el caso, entonces es una coincidencia de proporciones épicas.

Russ agarra un puñado del cereal, pero no hace intento alguno por comérselo.

—Entonces, ¿qué piensas...? ¿Que Billy vio algo que no debía en el Instituto Hawthorne por lo que alguien se lo llevó, lo mató y ocultó su cuerpo?

—Sé que suena paranoico.

—En extremo —añade Russ antes de echarse el puñado de cereal a la boca.

—Pero, al menos, es una posible razón de que se llevaran a Billy.

La ausencia de un sospechoso es una de las muchas cosas que mantuvo el caso en la mente de las personas. He pasado décadas tratando de pensar en quién pudo hacerlo y nunca llegué a ninguna conclusión. Pero, ahora, saber a *dónde* se llevaron a Billy coloca al *cuándo* bajo un reflector novedoso y aterrador.

—¿Aunque la policía no crea que eso haya pasado? —Russ toma otro enorme sorbo de *bourbon* que traga con fuerza—. Ragesh tiene la razón, ¿sabes? No vimos nada extraño ese día.

—Nosotros no vimos nada —digo—, pero quizá Billy lo haya hecho después de que nos fuimos. Nadie sabe lo que pasaba en el instituto, Russ. ¿No crees que eso sea extraño? ¿Qué vivamos a menos de tres kilómetros de ese lugar, pero no tengamos idea de lo que hacían allí?

Después de eso, Russ no dice nada durante un buen tiempo. No hasta que su vaso queda vacío. Cuando se sirve otro trago, dice:

—Solo ten cuidado con ese tipo de razonamiento. O sea, entiendo por qué asociarías ese lugar con lo que le pasó a Billy, pero si la policía no cree que haya ningún tipo de conexión, quizá esa sea la verdad.

Mastico otro puñado de cereal y lo acompaño de un trago de bourbon.

—Y, entonces, ¿tú quién crees que lo hizo? ¿Y por qué razón?

—Todavía pienso que fue el desconocido que estaba en el bosque. Alguien que se llevó a Billy, lo mató y después, se largó muy, pero muy lejos de aquí.

—¿No te parece demasiado sencillo? —le pregunto.

—Es mejor que tu teoría de la conspiración. —Russ hace una pausa; el rubor intenso de sus mejillas me sugiere que este no es su segundo trago de la noche—. Si Billy no hubiera...

Se detiene, lo que me lleva a decir:

—Desaparecido.

Me horroriza el eufemismo que ahora sabemos falso. Alguien asesinó a Billy. Llamarlo una mera desaparición no se acerca en lo más mínimo a la monstruosidad de la situación.

—Eso —sigue Russ—. Si eso no hubiera pasado, ¿crees que seríamos amigos ahora?

—Por supuesto —respondo, aunque no es del todo cierto. Antes de que Billy se desvaneciera, nuestras interacciones eran forzadas en el mejor de los casos. No era que Russ me desagradara en sí, pero tampoco era de lo más divertido pasar el rato con él. Cuando Russ era joven, se frustraba con facilidad y tenía un carácter explosivo. En la escuela, sus berrinches en el patio de juegos le otorgaron el desafortunado apodo de Rosita.

Claro que Russ se había tranquilizado mucho desde ese entonces. Mucho más que yo. Y me gustaría pensar que, si hubiera o no sucedido la tragedia de Billy Barringer, Russ y yo nos hubiéramos encontrado de todas maneras.

—Coincido —me dice—. ¿Pero y Billy? Si las cosas fueran diferentes, ¿hubieran seguido siendo amigos?

Tomo un trago y suspiro.

—Lo dudo.

Aunque me rompa el corazón admitirlo, sé que es la verdad. Billy y yo éramos demasiado diferentes como para seguir siendo amigos por más de un par de años. Hubiera sido una de esas amistades fugaces que nace de la soledad y de la cercanía, no basada en ningún vínculo compartido ni en intereses comunes. Pienso en esos últimos momentos en que estuvimos despiertos en la tienda, cómo en el momento pareció que ya habíamos llegado al final de nuestra amistad, cada uno de nosotros yendo en una dirección diferente. Y, todavía más, recuerdo cómo ambos intentamos fingir que eso no estaba sucediendo.

Hakuna matata, amigo.

—Eso no significa que no lo extrañe —añado—. ¿Y tú?

—¿La verdad? Apenas y lo recuerdo.

Echo un rápido vistazo al vaso de Russ. Ya se tomó más de la mitad en menos de un minuto. De todas maneras, la brusquedad de su respuesta se debe a más que los efectos del alcohol. Un hecho que confirma cuando me dice:

—Siento mucho que eso suene cruel, pero es verdad. Fue hace muchísimo... Décadas.

—Pero era tu amigo —protesto.

—Era *tú* amigo. A mí solo me permitían acompañarlos de vez en cuando.

Asiento, es verdad.

—Siento mucho todo eso. Debimos incluirte más.

—No trato de hacerte sentir mal, viejo —me dice Russ—. Solo digo que tú tienes más recuerdos de Billy que yo. Cuando pienso en él, todo lo que recuerdo, en realidad, es lo que le pasó. No es que le dedique gran cantidad de tiempo a pensar en ello, si soy franco. Antes de hoy, no había pensado en Billy Barringer en mucho tiempo.

Al paso de los años, hubo días, incluso semanas, en los que, al igual que Russ, no pensé demasiado en Billy. Pero, después, tenía El Sueño, recordaba lo que había pasado y volvía a sentirme culpable. Lo considero como lo menos que podría hacer. ¿Acaso no es mi deber recordarlo? ¿No le debo por lo menos eso a Billy? ¿No se lo debe Russ?

—Entiendo por qué lo que sucedió no te impactó tanto como a mí —digo—, pero supuse que al menos pensarías en él de vez en cuando.

—¿Tú alguna vez piensas en Johnny?

Russ me contempla por encima de la orilla de su vaso, sin duda embriagado, pero su pregunta sale más sobria que un juez.

Me hace darme cuenta de que esto no tiene nada que ver con Billy, sino con Johnny Chen y lo que le pasó a él, y cómo la noticia de hoy está despertando todos los malos recuerdos que Russ tiene de su hermano.

—A veces —respondo evasivo, porque la verdad es que no pienso mucho en Johnny Chen. En las raras ocasiones en que lo hago, es de manera abstracta, y pienso menos acerca de Johnny que en la manera en que su muerte afectó a Russ.

—Dime una sola cosa que recuerdes de él —demanda Russ.

Ni siquiera hago el intento porque sé que no recuerdo nada, lo que prueba su teoría y me hace sentir como una persona terrible. Y con justa razón. Que yo espere que Russ se duela de la muerte de Billy tanto como de la de su hermano es absoluta hipocresía.

—Carajo, Russ. Lo siento muchísimo.

—No hay problema —responde, agitando su mano en el aire como si hubiera una mosca en la habitación—. No espero que extrañes a Johnny tanto como yo. Solo que no esperes que haga lo mismo con Billy. Me entristece lo que le pasó, de verdad que sí, pero esa tristeza tiene sus límites. Es algo que necesitas recordar, amigo mío.

Aunque está tomado y ya está arrastrando sus palabras un poco, el mensaje de Russ es más que claro. Se lamentará por la muerte de Billy hasta cierto punto. Tanto como lo haría cualquier otro vecino, pero no va a permitir que consuma su vida. Justo como tampoco debería hacerlo yo.

—Lo intentaré.

—Excelente. —Se bebe lo que le queda en el vaso y se levanta, meciéndose en medio de la cocina—. Pero, seamos francos, amigo. A los dos nos ha tocado perder y los dos hemos llorado demasiado.

Viernes 15 de julio, 1994
10:08 a. m.

Después de la muerte de su hermano, Russ pensó que la casa se sentiría más grande. Después de todo, había menos personas en su interior, lo que les dejaba más espacio a los demás. En su lugar, el sitio entero pareció encogerse. El techo se sentía más bajo y las paredes parecían estar más cerca. Russ encontró que agachaba la cabeza al pasar por alguna puerta, aunque no era necesario que lo hiciera.

Le llevó un tiempo darse cuenta de lo que le había ocurrido. La presencia de Johnny era tan enorme dentro de sus vidas que la casa se había expandido para darle cabida. Ahora que ya no estaba, la casa regresó a su forma original: un sitio para gente pequeña.

Y Russ es el más pequeño de todos.

La única parte que todavía se siente de tamaño normal es el viejo cuarto de Johnny, que Russ supone se debe a que todavía puede sentirse allí la presencia de su hermano. Nada en el cuarto ha cambiado durante el año transcurrido desde su muerte. Los mismos carteles cuelgan de las paredes y los mismos trofeos académicos se apretujan sobre la cajonera. Primer lugar en la feria de ciencias seis años consecutivos. Campeón de la competencia de matemáticas. Campeón de ortografía. Campeón de la competencia de preguntas.

Russ los contempla a todos mientras cierra la puerta con sigilodetrás de sí, y camina de puntitas para atravesar la ventana que da hacia el patio trasero. No se supone que esté aquí adentro; órdenes de su mamá. Desde que Johnny murió, se ocupa del lugar como si fuera un santuario, y si atrapa a Russ aquí adentro, el castigo no tardará en hacerse sentir. Siempre pasa lo mismo. El doble de quehaceres de la casa para mañana. Quizá nada de televisión durante toda la noche. Sin duda, nada de jugar con su SEGA.

Pero, en este momento, la madre de Russ trabaja en el macizo de flores que se ha ido convirtiendo en su máximo orgullo. La ve desde la ventana, centrada en su labor y con su sombrero flexible de sol sobre su cabeza. Ahora que acaba de regresar de chismear con las demás esposas de Hemlock Circle, se dedicará a la jardinería el resto de la mañana, lo que le dará tiempo suficiente a Russ para sentarse en el cuarto de su hermano y habitar el espacio de la misma manera en que imagina que Johnny lo hizo cuando todavía estaba vivo.

La primera vez que Russ se escabulló al cuarto de su hermano fue a los pocos días del funeral, cuando su padre regresó a trabajar y su mamá estaba demasiado apesadumbrada como para hacerle mucho caso. Abandonado a su suerte, Russ entró al cuarto con sigilo, cerró la puerta y se acostó sobre la cama, presionando su peso contra el colchón y llevándose la almohada hasta el rostro en busca de cualquier rastro del aroma de Johnny. Cuando logró detectarlo, un asomo de sudor y de colonia Calvin Klein, sintió como si su corazón se partiera por la mitad.

Un año más tarde, el dolor es menos agudo. Más un dolor sordo que una tormenta de agonía. Russ siente vestigios de tristeza mientras hurga entre las pertenencias de su hermano: ropa, libros y CDs que se arrojaron al interior de los cajones de sus muebles, quedaron olvidados en el clóset o fueron pateados debajo de la cama. No está buscando recuerdos de Johnny, sino cosas que quizá le enseñen a tomar su lugar.

Si pudiera lograrlo, llenar ese espacio vacío en forma de Johnny que está al centro de sus vidas, entonces, quizá, la casa empezaría a sentirse del tamaño correcto una vez más y la gente dentro de ella regresaría a como solía ser.

Russ vuelve a lanzar otra mirada a los trofeos académicos que

Johnny acumuló al paso de los años y sabe que jamás estará ni cerca de obtener algo parecido. Es un estudiante promedio, mientras que su hermano era un genio. Sin embargo, Russ sabe que puede emular a Johnny en otros sentidos. Su estatura, su confianza, su presencia en el vecindario. Todo el mundo en Hemlock Circle conocía y quería a Johnny, y salían a saludarlo cuando lo veían pasearse por la privada con Ragesh Patel, su mejor amigo y vecino de al lado. Cuando menos, eso es algo que Russ puede lograr. No con Ragesh, que es mayor y que, a decir verdad, se hizo más cruel después de la muerte de Johnny, pero quizá pueda lograrlo con Ethan Marsh, su vecino del otro lado, aunque Russ no ha tenido gran suerte con eso en el pasado. Aunque crecieron puerta con puerta, Ethan parece indiferente en el mejor de los casos y molesto en el peor.

—¿Por qué no le caigo bien a Ethan? —le preguntó a su madre en una ocasión. Resultó ser un error garrafal, porque su madre fue brutal al responderle.

—Sí le caes bien —dijo, para después añadir—, pero le caerías mejor si no te enojaras tanto todo el tiempo.

Russ detestó que su madre hiciera un buen argumento y reaccionó de manera acorde, dándole todavía más la razón.

—¡No me enojo! —gritó antes de subir intempestivamente hasta su cuarto para azotar la puerta tras de sí.

Pensar en eso ahora lo llena de vergüenza y sí, de furia. Aunque Johnny era el listo de la familia, Russ no es para nada estúpido. Sabe lo que los demás niños dicen acerca de él tras sus espaldas. Lo rápido que se enfurece. Lo fácil que es alterarlo. Rosita, le dicen. *Eso* es una reverenda estupidez. «Russ» y «Rosita» no se parecen en nada.

Lo que esos otros niños no entienden es que Russ no puede evitarlo. Siempre hay tantos pensamientos que dan vuelta en su cabeza que lo abruman y pierde el control. Los imagina como si fueran canicas, que rebotan entre sí y salen proyectadas contra las paredes de su cráneo. Un torrente casi constante de movimiento y color y distracciones.

Sabe que es un problema porque se lo dijeron sus padres.

—Demasiados pensamientos —le dijo su madre mientras se daba golpecitos en la cabeza con uno de sus dedos—. Malo tener tantos.

Russ se avergüenza al recordar el momento, de la misma manera que lo hizo cuando sucedió. Se pregunta, no por vez primera, si su madre puede oírse a sí misma. Si supiera lo estúpida que suena con su mal inglés y su acento tan pronunciado que los demás niños de la escuela se burlan de ella cuando piensan que él no está por allí. Una vez, lo hicieron enojar tanto que golpeó la pared del baño de los niños hasta que se abrió los nudillos. Cuando su mamá lo recogió de la escuela, vio su mano vendada y exigió saber lo que le había pasado, él arremetió contra ella en lugar de admitir que los demás niños se estaban burlando de su manera de hablar.

—¿Por qué no solo puedes sonar normal? —gritó.

—Claro que sueno normal —insistió su madre.

Pero también sabe que es más fácil culpar a su mamá que admitir la verdad: que sí tiene alteraciones del ánimo y problemas con el enojo. No le gusta enojarse con tanta frecuencia. Trata de no dejar que suceda, pero con todos esos pensamientos como canicas dando vueltas en su cabeza, no hay manera de evitar choques violentos entre ellas.

La única solución que se le ocurre es seguir tratando de parecerse más a su hermano... a las partes buenas. El Johnny que jamás se enojaba. El Johnny que era agradable, confiado e inteligente. En cuanto a los demás aspectos de la personalidad de su hermano —adicto; guardador de secretos; obsesionado por el control, pero a punto de perderlo por completo—, bueno, Russ ni siquiera quiere pensar en eso. Y, sin duda, no planea imitarlo.

Después de completar su búsqueda bajo la cama de Johnny y sin poder encontrar algo que le enseñara a parecerse más a su hermano, Russ echa una mirada entre el colchón y la base de la cama. No espera encontrar nada. Solo busca allí porque una vez en la escuela Peter Bradbury dijo que allí era donde su hermano guardaba sus revistas de chicas desnudas.

Cuando corre su mano por debajo del colchón, Russ se sorprende al encontrar que hay algo allí. Revistas, sí, pero no del tipo que esperaba. Estas tienen nombres como *Músculos y Fuerza* y *Salud Masculina*, y en las portadas pueden verse hombres con pectorales relucientes y torsos esculpidos. La mayoría son blancos; ninguno chino. Pero todos enormes.

Después de un rápido vistazo para asegurarse de que su madre sigue en el jardín, Russ se lleva las revistas del cuarto de Johnny al suyo. Aunque está convencido de que su existencia dice algo acerca de la vida de su hermano, no alcanza a comprender qué podría ser. Quizá Johnny, cansado de que lo admiraran solo por su intelecto, quería volverse más atlético. Y tal vez eso es algo a lo que Russ debería aspirar también.

Ya a salvo en su propia habitación, ojea las revistas y detecta no solo fotografías, sino artículos relacionados con la dieta adecuada, la ingesta de proteínas, la manera correcta de hacer sentadillas y la cantidad de peso que se requiere para hacer que los bíceps se marquen. Abrumado, pero intrigado, Russ empieza a leer un artículo que parece ser el más básico: un tutorial acerca de la mejor manera de hacer lagartijas.

Con la revista abierta sobre el piso frente a él para que pueda consultarla, Russ se pone en la posición correcta: brazos estirados, piernas derechas y espalda y torso rígidos. Se deja bajar hasta el piso, pausa y después, se empuja hacia arriba, sus brazos esforzándose.

Una.

Cinco.

Diez.

Cuando termina, Russ se siente exhausto, pero también extrañamente satisfecho. El dolor ardoroso de sus brazos lo llena de una sensación de logro que rara vez ha experimentado. Por esta razón hace otra serie, aunque le falte el aire y sus brazos se sientan como espaguetis demasiado cocidos.

Una.

Cinco.

Diez.

Russ colapsa sobre el piso, donde la revista se pega a su mejilla empapada de sudor. Ahora respira todavía con más fuerza, y se siente un poco preocupado de que sus brazos caigan debido al esfuerzo. Pero se siente bien. No, se siente mejor que bien. Se siente fuerte. Se siente confiado.

Quizá este haya sido el sentimiento que Johnny buscaba cuando tomó las pastillas que terminaron por matarlo; y quizá eso sea lo que Russ ha querido encontrar el verano entero. No una manera de reemplazar a Johnny, sino un medio a través del cual convertirse en su propia persona.

Russ se despega la revista de la cara y empieza otra serie más.

Una.

Y sabe lo que va a hacer cuando la termine.

Cinco.

Va a salir a la calle, le va a pedir a Ethan que juegue con él y lo obligará a convertirse en su amigo.

Diez.

Y, entonces, su furia se desvanecerá, él se hará cada vez más grande y su mamá empezará a verlo como más que solo una versión inferior del hijo que perdió.

Y todo —la casa, su vida y su familia— se sentirá normal de nuevo.

OCHO

Crrrrrrrc.

Sabía que tendría El Sueño.

Tomando en cuenta los sucesos del día, ¿cómo podría ser de otra manera?

Me preparé de antemano, dejé la televisión prendida y no apagué la lámpara de la mesa de noche para saber de inmediato dónde estaría cuando El Sueño me despertara de manera repentina. Lo que no anticipé fue la manera en que duraría un momento más de lo normal. Lo suficiente para no solo percibir a la persona que acechaba al otro lado de la pared de la tienda de campaña, sino también para *oírla*.

El suave susurro de su ropa.

El movimiento de sus pies sobre el pasto.

Sus exhalaciones lentas y dificultosas.

Entonces despierto y, muy a pesar de todas mis preparaciones, experimento un momento de pánico desorientador cuando mis ojos se abren de inmediato y los sonidos ominosos de El Sueño se desvanecen.

Me incorporo en la cama y estiro la mano para tomar mi cuaderno. Cuando encuentro una página en blanco, garabateo algo que mi primerísimo terapeuta me dijo. En una noche como esta, necesito ese recordatorio.

El Sueño no es más que una manifestación de mi culpa y mi pesar. No es real. No puede hacerme daño.

Quizá sea cierto, pero la realidad es que permanece conmigo

mucho tiempo después de que apago la televisión y la lámpara. Acostado en la oscuridad, temo que cerrar los ojos me precipite de manera directa hacia El Sueño una vez más, que se reinicie y se repita de nuevo. De modo que mantengo los ojos abiertos a medida que se hace cada vez más y más tarde.

Para cuando llegan y se van las dos de la mañana, me levanto de la cama y me dirijo a la ventana. Hay una luz encendida sobre la cochera de la casa al otro lado de la privada.

La casa de los Wallace.

Al igual que anoche, me esfuerzo para ver qué la activó, y al igual que anoche, no parece haber nada allí. La cochera de los Wallace está vacía. Mientras miro atentamente el segmento iluminado de asfalto, solo puedo pensar en Vance Wallace y lo que dijo.

«Lo vi afuera anoche».

Pero algo activó la luz de la cochera antes de alejarse. Lo sé porque la luz se apaga de pronto y vuelve a dejar a Hemlock Circle a oscuras.

Hasta que empieza a resplandecer la luz situada sobre la cochera de los Patel.

Me aferro al borde de la ventana cuando se enciende y sé, en el fondo de mi alma, que está sucediendo de nuevo. Un algo no visto se escabulle alrededor de la acera de la privada; esta vez en dirección contraria. A diferencia de anoche, no espero que la luz se apague en casa de los Patel para volver a prenderse en la casa de Russ unos segundos después. En su lugar, me visto un par de pantalones deportivos, bajo las escaleras y tomo mi teléfono. En pocos segundos estoy fuera de la puerta principal. Para ese instante, la luz de los Chen acaba de encenderse.

Me detengo en el patio delantero, al observar el brillo justo por encima de los setos que separan nuestras propiedades. Alguien, o algo que activa la luz, se encuentra, casi sin duda, al otro lado de esos arbustos en este preciso instante, esperando a cruzar mi propiedad.

Hurgo en mi bolsillo en busca del teléfono y me pregunto si

debería hablarle a la policía. Querrán saber que hay un potencial acechador en el mismo vecindario donde secuestraron a Billy Barringer. Pero, por otro lado, quienquiera que sea podría estar lejos para cuando lleguen. De hecho, es posible que ya se haya marchado. La luz sobre la cochera de Russ se apaga, lo que indica que ya no hay nadie cerca de la entrada de coches. Es posible que quien hubiera estado allí se percatara de mi presencia y huyera.

O simplemente podría estar esperando a que regrese a la casa.

O, peor aún, a que me acerque al seto.

Vuelvo a meter el teléfono en mi bolsillo y cierro los puños, fingiendo saber cómo lanzar un golpe cuando la verdad es que nunca he golpeado a nadie.

Me empiezo a mover de nuevo y doy pasos llenos de duda sobre el pasto.

Después otro.

Esperando a que alguien se escurra de entre los arbustos.

Rezando que no suceda.

Temiendo que sí.

Sigo atravesando el pasto de la misma manera.

Paso, espera, paso, rezo, paso, temor.

Muy adentro del seto, algo se mueve. Escucho el crujido de las ramas, el sonido hace que me acerque aun cuando mi sentido común me indica que haga lo contrario. Que me aleje de allí, entre en la casa y le hable a la maldita policía.

Pero ya es demasiado tarde. Ya estoy aquí. A centímetros del seto mientras el sonido se intensifica.

Cuando un conejo se escabulle del mismo, lo bastante cerca como para que sienta el roce de su pelaje contra mi espinilla, lanzo un agudo chillido, tan estridente que temo despertar al vecindario entero. En definitiva, espanto al conejo, que cruza la entrada de coches como ráfaga. Yo corro en la dirección contraria, hacia la esquina trasera de la casa, y no me detengo hasta que me doy cuenta de dónde me encuentro.

En el jardín trasero.

A la mitad del camino entre la casa y el bosque.

Parado justo en el mismo lugar en el que estuvo la tienda de campaña esa noche.

Tomo una temblorosa bocanada de aire. No recuerdo la última vez que estuve aquí. Años, en definitiva; quizá incluso décadas. Todo este tiempo lo he evitado de manera deliberada, temeroso de confrontar los recuerdos que podría traerme estar aquí.

Y ahora, aquí me encuentro, una vez más en la escena del crimen. Mi primer primer pensamiento es cómo el jardín no ha cambiado casi nada en los últimos treinta años. Sigue siendo una pulcra extensión de pasto que va desde la parte posterior de la casa hasta las orillas del bosque. El árbol de magnolias situado tras la casa está más grande, por supuesto; sus ramas casi rozan el costado y el techo. Sin embargo, todo lo demás parece igual. Incluso el pasto en el que alguna vez se alzó la tienda. Me impacta. Si considero lo profano que resulta este lugar dentro de mi mente, siento que no debería ser más que un tramo de tierra calcinada.

Me hinco y corro mi mano sobre el pasto, las hojas recién cortadas acarician mi palma mientras el aroma verde y arcilloso hace lo mismo dentro de mi nariz. Más allá del pasto, el bosque parece lleno de ruidos. Grillos, insectos y aves que cazan en la oscuridad. Luciérnagas que bailan en círculos perezosos entre los árboles, tan brillantes como las estrellas que titilan en el cielo limpio de nubes.

Todo es de lo más pacífico.

Y amenazante.

Me pongo de pie y camino hacia el bosque, que me atrae hacia él de forma inexplicable. Me asomo hacia la oscuridad del conjunto de árboles, horrorizado por el conocimiento de que, hace casi treinta años, en una noche muy parecida a esta, alguien salió de este bosque, se detuvo junto a la tienda donde dormíamos Billy y yo, rasgó el costado de la tienda, agarró a Billy y…

Me obligo a no pensar en el resto. Es demasiado horripilante como para imaginarlo.

Para distraerme, saco mi teléfono del bolsillo y considero hablarle a Claudia de nuevo, pero casi al instante decido no hacerlo. No dos veces en un mismo día.

Cuando coloco el teléfono en mi bolsillo una vez más, noto algo peculiar.

Los sonidos provenientes del bosque se detuvieron. Nada de grillos, ni de insectos, ni de aves de presa lanzándose a través de la noche con un agitar de alas. Incluso las luciérnagas, tan brillantes hace apenas algunos momentos, parecen haber huido.

En su lugar, quedan el silencio y un cosquilleo en mi nuca que me advierte que no estoy solo.

Hay alguien aquí.

En el jardín.

Justo detrás de mí.

Giro de inmediato y veo…

Nada.

No hay nadie más aquí. Solo somos yo, el pasto y el árbol de magnolias, con su larga sombra estirándose por el pasto hasta mis pies. Mi mirada la sigue hasta la casa, silenciosa y oscura, con su propia sombra rectangular proyectada sobre el jardín.

Y en esa oscuridad, apenas visible sobre un tramo de pasto que apenas hace algunos segundos estaba vacío, hay otra pelota de beisbol.

NUEVE

Esto es una broma. Después de toda una noche en vela pensando en ello, es la única explicación que se me ocurre para esta segunda pelota de beis, idéntica a la primera.

Sé que es una pelota diferente porque la que encontró ayer el tipo que corta el pasto sigue estando en la sala, donde se la mostré a Ragesh. Sentado ahora con las piernas cruzadas sobre la alfombra, las observo atentamente, obsesionado sobre quién pudo colocar una de ellas en el jardín sin que lo notara mientras me encontraba a menos de un metro del lugar. ¿Cómo es que no vi a nadie? ¿Estaba tan distraído por el bosque y mis pensamientos sobre Billy que ignoré por completo que alguien atravesó el jardín como rayo y dejó la pelota en su camino?

Más allá del misterio de quién la puso allí, está la pregunta: ¿por qué? No parecería tener otro propósito más que traerme a la mente el mensaje secreto de Billy. No que lo necesite. Lo recuerdo a la perfección.

De modo que alguien me gasta una broma… Una muy cruel. Alguien que sabe que secuestraron a Billy de este jardín y que, gracias al internet —que trata de todo el universo— decidió que el descubrimiento de su cuerpo sería el momento perfecto para joder a la persona que vive allí…, que resulto ser yo.

Sin embargo, de acuerdo con Ragesh, muy pocas personas, fuera de la policía, saben que encontraron a Billy. Solo yo, Russ, Ashley y cualquier otra a quien se lo hayan contado en secreto, si es que se lo contaron a alguien más.

Cuando restas a quienes no conocen el significado de la pelota abandonada en mi patio de atrás, solo quedan dos personas como posibles responsables: Billy y yo.

Mientras subo a bañarme, considero cuál debería ser mi siguiente paso. Dado que la aparición de las pelotas de beis ha sucedido durante aquellas noches en que las luces se encendieron de manera misteriosa en Hemlock Circle, debo asumir que ambos sucesos están relacionados. Quizá la persona que dejó las pelotas esté activando las luces al ingresar al jardín trasero de mi casa. Algo que todavía desconozco es cómo lograr permanecer casi invisible mientras lo hace; además de quién es y por qué lo hace.

La única manera de responder a cualquiera de estas preguntas es atraparlo en el acto. Por suerte, tengo una idea de cómo podría lograrlo; además sé de un amigo que me podría ayudar.

Me visto con velocidad, me dirijo a la planta baja y tomo mi teléfono y las llaves del coche. Estoy a mitad del camino a la cochera cuando suena el timbre. Regreso hacia la puerta, decidido a decirle a quien sea que se marche, pero cuando la abro, encuentro a Ashley en la escalera de entrada y a Henry cerca de ella con un libro entre sus manos.

—¡Hola! —me dice en ese tono demasiado alegre de las personas que saben que te están importunando—. ¿Estás haciendo algo en este momento?

—Me encontraba a punto de ir a la tienda.

Arruga el entrecejo unos instantes.

—Ah, está bien. No te preocupes, entonces.

—¿Necesitas ayuda con algo?

—Pues, necesito un favor… muy grande. —Ashley se muerde el labio inferior y titubea—. Es que necesito llevar a mi papá al doctor. Está… bastante mal esta mañana. Por lo general, dejaría a Henry con Alice Van de Veer, pero no se encuentra en casa, y como en realidad no conoce a los Chen ni a los Patel, me preguntaba si podrías cuidarlo un par de horas.

Detrás de ella, Henry empuja sus lentes más arriba sobre su

nariz para poder verme con abierto escepticismo. Cosa que no tiene nada de malo, porque estoy haciéndole lo mismo.

—No soy de lo mejor con los niños —digo.

—Es súper bien portado, lo juro —me dice Ashley—. No te dará ningun problema.

—Me han dicho que soy muy poco conspicuo —añade Henry.

Sigue sin ser buena idea. Jamás he estado a solas con un niño desde..., pues, desde que era uno yo mismo. Y me siento abrumado por la propuesta de mantener ocupado a Henry, de mantenerlo *a salvo*, incluso durante el más corto tiempo.

—¿Estás segura de que no hay nadie más? —pregunto.

Ashley se acerca y me susurra al oído.

—Sé que esto es repentino y, bueno, que es muchísimo en este momento, pero lo que le está pasando a mi papá me tiene asustada y quiero proteger a Henry lo más que pueda. Por favor. Eres mi única esperanza.

Le lanzo otra mirada recelosa a Henry y pienso acerca de cuando yo tenía su edad y de cómo Ashley me cuidaba todos los días de la semana hasta que se llevaron a Billy. Si ella podía hacerlo a los quince años, imagino que podré hacer lo propio con su hijo ahora.

—Supongo que puedo cuidarlo un rato —respondo.

—Dos horas a lo más; ni siquiera tendrás que darle de comer.

Eso resulta ser un gran alivio, dado que no tengo la menor idea de lo que coman los niños hoy en día.

Ashley se hinca frente a su pequeño, le endereza el cuello de su camisa polo y alisa sus mangas.

—Ethan va a cuidar de ti mientras llevo a tu abuelo al doctor. Los dos van a ir a...

—A la tienda de artículos deportivos de Russ —termino.

—¡Wow! ¡Qué emoción! —exclama Ashley fingiendo entusiasmo—. ¿No te parece emocionante, Henry?

Henry parece tan emocionado como un gato que se enfrenta a una tina llena de agua.

—¿No podríamos mejor ir a la biblioteca?

—Te llevaré a la biblioteca cuando regrese —responde Ashley—. ¿Qué te parece?

—Aceptable, supongo. —Henry voltea hacia mí, sus hombros caídos en absoluta resignación—. Pues bien, Sr. Marsh, supongo que lo acompañaré.

Diez minutos después, estamos de camino a la tienda de Russ. El ambiente en el coche es incómodo, por decir lo menos. No tengo idea de qué decirle a un niño de diez años al que solo he visto una vez antes y es evidente que Henry no sabe qué pensar de mí. Así que viajamos en silencio, yo manteniéndome casi diez kilómetros por debajo del límite de velocidad.

—¿Todo bien allá atrás? —le pregunto a Henry, a quien puse en el asiento de atrás porque en alguna ocasión leí que los niños estaban más seguros allí.

Por el retrovisor, veo que levanta la mirada del libro que está leyendo. Es uno de la serie Pesadillas. Es *El hombre lobo del pantano*.

—Estoy bien, Sr. Marsh —me responde.

—Me puedes llamar Ethan, ¿sabes?

—Prefiero mantener una relación formal, si no le molesta.

Reprimo una risa. ¿Quién *es* este niño?

—Entonces, eeem, ¿prefieres que te llame Sr. Wallace?

No es sino hasta que lo digo que me doy cuenta de que Henry podría no tener el apellido de su madre. Estoy suponiendo que hay algún padre por allí de una manera u otra, aunque está más que claro que él y Ashley ya no están juntos. Henry no me da pista alguna cuando me responde.

—Puede continuar diciéndome Henry.

—Correcto. Henry. —Trato de pensar en qué más decirle a este chico que apenas conozco—. Puedo prender el radio, si gustas. ¿Qué tipo de música te gusta?

—Mi mamá suele elegir lo que escuchamos —dice Henry, cosa que me hace sentir contento de que haya algunas cosas de Ashley que no han cambiado para nada. Siempre fue una absoluta fanática en cuanto a su música. Años atrás, cuando me cuidaba, pasamos algunas tardes junto a la alberca de su casa. Yo nadaba mientras ella comía paletas heladas y escuchaba la radio. Siempre que tocaban alguna canción que no le gustaba, cualquier cosa de Ace of Base, por ejemplo, cambiaba de estación con un cortante: «Ya basta de esta mierda».

Prendo la radio y encuentro una estación de música de los noventa que toca «Creep» de Radiohead. Ashley la aprobaría. Después de eso, tocan «What's the Frequency, Kenneth?» de R.E.M., otra de las buenas. Para cuando termina la canción, ya llegamos a la tienda.

—¿Puedo pasearme por allí? —me pregunta Henry cuando entramos, todavía aferrado a su libro.

Observo el interior de la tienda, cauteloso.

—Claro..., supongo. Solo que no toques nada.

Henry me mira, insultado por lo que acabo de decir.

—Por favor —protesta, indignado—. No tengo nueve años.

Y se marcha, desapareciendo detrás de una mesa atestada de pelotas de beisbol mientras voy y busco a Russ. En su lugar, encuentro a una dependiente, cuyo entusiasmo me indica que soy el primer cliente del día.

—¿Necesita ayuda para encontrar algo? —me pregunta.

Al igual que Russ, es bien parecida y está en excelente forma, lo que me hace preguntarme si será un requisito. Que, para poder trabajar en este lugar, debes estar sano y fuerte, como una persona que no solo posee una canoa, sino que la utiliza de manera regular.

—¿Se encuentra Russ?

Los hombros de la dependiente se hunden. Literalmente, acabo de pedir hablar con el gerente.

—Voy por él —me dice.

Examino la tienda mientras espero y me avergüenza darme cuenta de que jamás he estado aquí antes, a pesar de que Russ ha sido el dueño desde hace casi diez años. Estoy más que impresionado. Es más grande de lo que esperaba y atascada a más no poder de cosas que ni siquiera sabía que la gente necesitara o usara. Kayaks y cantimploras. Chalecos salvavidas y remos. Mochilas del tamaño de un niño pequeño. Y, colgadas de una pared, una larga fila de bicicletas de montaña.

Al otro lado de la tienda hay un verdadero festival del camuflaje, cosa que me sorprende. Un sitio tan urbanizado como Princeton no tiene necesidad de tanto camuflaje y, sin embargo, aquí está, y abarca de todo: desde botas y sudaderas hasta trajes de cuerpo entero que supongo serían de gran utilidad solo para salir a cazar o para participar en una guerra en medio de la jungla.

Ver todas esas manchas color verde bosque y café tierra me hace pensar en el tipo desconocido vestido de camuflaje que se supone vieron rondando por el vecindario el día antes del secuestro de Billy. ¿Por qué sintió la necesidad de camuflarse? ¿Estaba cazando en el bosque? Y, en ese caso, ¿*qué* estaba cazando?

—¿Ethan?

Me doy la vuelta y veo a Russ, cuyos ojos enrojecidos y piel moteada señalan una cruda bárbara. Cualquiera que haya sido el número de tragos que tomó anoche sin duda lo afectaron, y con ganas.

—¿Qué haces aquí? —pregunta.

—Vine de compras —anuncio—. Estoy pensando en comprar una cámara para el jardín de atrás. Una de esas cosas con visión nocturna.

—¿Una cámara trampa?

—¿Así es como se les dice?

Russ asiente.

—La atas a un árbol y toma fotografías de la vida silvestre que pasa frente a ella. ¿Hay algo en tu patio de atrás?

—Así es —digo sin atreverme a decirle la verdad.

Que no es *algo* lo que está entrando en mi jardín.

Es *alguien.*

Cosa que no le puedo mencionar a Russ. Anoche me aclaró

que no debía permitir que el asesinato de Billy me consumiera y que si lo permitía, no me acompañaría a hacer lo mismo.

—Pues, tengo un buen número de ellas en existencia —me explica—. Todo, desde básicas muy económicas hasta las de tecnología de punta. Sígueme.

Me lleva al interior del almacén, frente a bicicletas y kayaks, y un campamento fingido en una pequeña extensión de pasto artificial. Es de lo más elaborado para ser la exhibición de una tienda. Hay un círculo de piedras de donde saltan flamas de celofán rojo y amarillo, dos sillas de campamento de lona, una hielera, una parrilla y una linterna. Justo a mitad de todo esto se encuentra una tienda de campaña color naranja que se ve justo como la que tenía de niño.

De la que se llevaron a Billy.

Jamás volví a verla después de ese día. La policía se la llevó, junto con todo lo que había dentro. Nuestras bolsas para dormir. Nuestras almohadas. Incluso el par de tenis Air Jordan que me quité a patadas antes de irme a dormir. Todo ello fue evidencia que, después de infinitas inspecciones y exámenes, no arrojó nada acerca de lo que en verdad sucedió esa noche.

La tienda de campaña frente a mí hace que mi pulso se acelere a causa de lo que solo puedo suponer es un ataque ocasionado por estrés postraumático. Al igual que las pelotas de beisbol que aparecen en mi jardín, su presencia casi parece una broma de mal gusto. Volteo a ver a Russ con todas las ganas de acusarlo de ser insensible, por lo menos, y cruel en el peor de los casos. Pero sé que no armó este campamento fingido solo para molestarme. Uno, no haría algo así y, dos, ni siquiera sabía que vendría a la tienda el día de hoy. No cabe duda de que la presencia de la tienda no es más que una coincidencia.

—Está increíble, ¿no crees? —me pregunta Russ—. Jen me ayudó a armarlo.

Observo atentamente la exhibición, su encanto eclipsado por una sensación de *déjà vu*. Apenas y noto que el ventilador oculto dentro del círculo de piedras hace crepitar las llamas de celofán o que una bocina en forma de pedrusco emite el ligero piar de aves. Solo puedo centrarme en la tienda de campaña en sí y en cuánto temo que, si cierro los ojos, habrá una rasgadura en su costado cuando los abra.

Y, entonces, la tienda empieza a moverse; un pequeño temblor que se acompaña de una desconcertante comprensión.

Hay alguien adentro.

Empiezan a abrirse las solapas de la tienda y me preparo para ver a Billy. No se fue; solo estuvo perdido durante los últimos treinta años. Y no se ve como esas fotos de progresión de edad de su página en NamUs, sino justo como se veía la última vez que estuve con él.

Pero, aunque sí sale un niño de la tienda, no es Billy. Es Henry, que me mira con incertidumbre y me dice:

—Hola, Sr. Marsh.

—Hey, hola —dice Russ—. Tú eres Henry, ¿verdad?

—Hola, Sr. Chen.

Henry lo saluda con un ligero movimiento de su mano que Russ no alcanza a ver porque está demasiado ocupado mirándome, confundido.

—¿Viene contigo?

—Ajá. —Me sacudo un poco y trato de regresar al presente. Ashley me pidió que lo cuidara un par de horas. Le dije que podía ver las cosas, pero que no tocara nada.

—Es que necesitaba un lugar tranquilo para leer —afirma Henry mientras sostiene su libro en alto.

—No pasa nada —responde Russ—. ¿Te gusta acampar?

—Jamás lo he experimentado —afirma Henry mientras se pone de pie y se sacude las rodillas como si acabara de moverse a través del piso de un bosque en lugar de sobre pasto artificial en medio de un centro comercial—. Pero como espacio de lectura, la tienda de campaña es un sitio bastante satisfactorio.

—Excelente saberlo —responde Russ antes de juntar las

palmas de sus manos—. Ahora, veamos las cámaras trampa.

Henry y yo lo seguimos y nos alejamos del sitio de campismo hacia una repisa en la parte trasera de la tienda, donde hay infinidad de cajas con cámaras trampa.

—¿Cómo cuánto querías gastar?

Una excelente pregunta. Hasta que no empiece mi trabajo como maestro en algunas semanas, no tendré demasiado efectivo disponible que digamos, aunque, por supuesto, tampoco quiero comprar algo que sea tan barato que en realidad no sirva de nada.

—Supongo que quiero la mejor que tengas.

—Música para mis oídos —responde Russ con una enorme sonrisa antes de bajar una de las cajas de la repisa para mostrármela—. Nuestro mejor modelo. La mayoría de las cámaras trampa necesitan una tarjeta SD donde guardar las imágenes; esta viene con una app que utiliza Bluetooth para enviar imágenes calidad 4K de manera directa hasta tu teléfono. Se activa por movimiento, por supuesto. Un venado o lo que sea se para frente a la cámara y, clic, la imagen se guarda en tu teléfono de inmediato.

Consulto en la parte posterior de la caja las características de la cámara. Cuenta con visión nocturna, que es obligatoria, y tiene un rango de tres metros. En definitiva, suficiente como para capturar a la persona que está arrojando las pelotas en el patio. La cámara también tiene diferentes configuraciones, incluyendo una para luz solar directa y una modalidad deportiva con una velocidad de obturación más rápida.

—¿Cuánto cuesta?

Russ me dice el precio, que desprende un silbido de impacto de mis labios. Mi primer coche costó menos que eso.

—Tengo otras opciones más económicas —me aclara Russ—. Todo depende de lo que estés tratando de hacer. ¿Es un caso de mera curiosidad de si algo está entrando al jardín o quieres prueba definitiva de ello?

Lo segundo, sin duda. Claro, podría simplemente quedarme despierto y vigilar el jardín toda la noche. No es como si fuera a perder mucho sueño. Pero *podría* no ver a quienquiera que esté haciendo esto. Hasta el momento, ha probado ser sorprendentemente sigiloso. Aunque cuesta una pequeña fortuna, esta cámara trampa es mi mejor esperanza de atrapar a la persona que está visitando mi patio trasero.

—Necesito pruebas definitivas —contesto—. Me llevo esta.

DIEZ

Russ termina compadeciéndose de mí y me ofrece su descuento para empleados. Incluso con el diez por ciento menos, la compra hace un hueco considerable en mis ahorros y ahora que saco la cámara de su caja, lo que hace imposible que la regrese, aunque se trate de un amigo como Russ, empiezo a sentirme más que arrepentido.

—¿Dónde la vas a poner? —me pregunta Henry mientras estamos parados en el jardín de atrás.

Estudio la cámara que sostengo entre las manos. Es más o menos del mismo tamaño que un libro de bolsillo, de manera que me parece demasiado pequeña como para que haga todas las cosas que afirma poder hacer. Sin embargo, su tamaño compacto tiene una importante ventaja: puede colocarse casi en cualquier parte.

—No estoy seguro —digo mientras recorro el patio trasero con mi vista en busca del mejor lugar posible. Decido hacerlo en el árbol de magnolia, más que nada porque parece ofrecer la vista más amplia del resto del jardín.

Con la ayuda de Henry, ato la cámara trampa al árbol, y la coloco en dirección al bosque que bordea el patio. La colocamos a la altura de mi pecho, según recomiendan las instrucciones. Tiene sentido; si la coloco demasiado abajo, solo capturará la mitad inferior de alguien que entre al jardín, y si la coloco a demasiada altura, podría permitir que alguien se deslice, imperceptible, bajo la lente del aparato sin que pueda capturar su imagen.

Prendo la cámara y descargo la app correspondiente en mi celular. Después, le digo a Henry que brinque frente a ella, pause un momento y salga de cuadro. Cuando lo hace, la cámara emite un clic tan sutil que nadie se percataría del mismo a menos de que supiera que hay algo que escuchar. Después, le sigue un segundo ruido: el teléfono que sostengo en mi mano emite un sonoro ¡Tin!

Reviso la aplicación, que me acaba de enviar una foto de Henry frente a la cámara, un poco borroso, al momento en que se prepara a saltar fuera de rango.

Por lo pronto, parece que sirve, aunque la falta de nitidez podría ser un problema. Si quien sea que esté entrando al jardín no deja de moverse, existe la posibilidad de que parezca irreconocible. Después de consultar las instrucciones, cambio las opciones del aparato de regular a deportiva, que debe ofrecer una imagen más limpia. Después, le pido a Henry que pase por enfrente de nuevo.

—Sr. Marsh, y a todo esto, ¿para qué necesita tener una cámara en su jardín? —me pregunta Henry mientras salta a la vista, pausa, y vuelve a desaparecer.

Mi celular vuelve a sonar por segunda ocasión.

¡Tin!

—Creo que alguien ha estado entrando al patio por las noches —le digo mientras reviso la app. Esta vez, la imagen de Henry es impecable— y quiero averiguar si está sucediendo o no.

—¿Y por qué cree que lo esté haciendo?

Una pregunta excelente. Una que espero que la cámara trampa me ayude a responder.

—No tengo idea —respondo con absoluta franqueza.

—¿Y no sabe quién es?

—Nop —digo, sintiéndome muy tonto porque hace dos noches pensé que podría ser Billy que regresaba después de treinta años. Pero después, recuerdo cómo Vance Wallace también afirmó verlo afuera más o menos a la misma hora y mi sensación de estupidez se desvanece.

—¿Has visto a alguien en el jardín trasero de tu casa? —le pregunto al niño.

Sacude la cabeza.

—No, en realidad. Solo ardillas y pájaros... ¡Ah! Y un halcón. No me gusta el halcón porque trata de comerse a los pájaros y a las ardillas.

—¿Pero nunca has visto a ninguna persona?

—No —contesta—, pero mi abue sí ha visto a alguien.

Bajo mi celular, intrigado.

—¿Y a quién ha visto? ¿Te lo platicó?

Esta vez, Henry responde con un movimiento lento y dudoso de su cabeza en sentido afirmativo. Al saber lo que estoy a punto de preguntarle, se me adelanta:

—Pero le prometí no contárselo a nadie, en especial a mi mamá.

—¿Qué no puedes contarme? —Ambos nos congelamos ante la súbita aparición de Ashley dando vuelta a la casa y hacia el jardín. Nos ve con cierta curiosidad, su cabeza inclinada, una mano sobre la cadera.

—Es algo de lo que está leyendo Henry —le digo en un intento por cubrir al niño y haciendo un pésimo trabajo. Sin duda, Ashley sabe el tipo de libro que le gusta leer a Henry. Llevaba uno consigo cuando lo trajo a la casa esta mañana, pero fue lo único que se me ocurrió.

—¿Esos? —contesta Ashley con incredulidad—. Son de lo más inofensivos. Además, recuerdo que a ti te fascinaban cuando tenías su misma edad.

Está equivocada. Era Billy quien estaba obsesionado con los libros de Pesadillas. Siempre trató de convencerme de que los leyera, pero me negué y le dije que no me interesaban. La verdad es que me daban demasiado miedo. Las meras portadas me daban escalofríos.

—¿Puedo ir a la biblioteca para conseguir otro? —pregunta Henry.

—Sí, *podemos* ir por otro —dice Ashley mientras agita su mano para despeinar el cabello de su hijo—. ¿Se divirtieron Ethan y tú?

Henry me estudia por unos momentos, como si estuviera analizando los pros y los contras de nuestra mañana juntos. Al parecer, se trata de un empate técnico porque responde:

—Fue adecuado.

Ashley voltea los ojos al cielo y sacude la cabeza en parte para disculparse como tratando de decir: «¿Puedes creer a este niño?».

—Bueno, por lo menos fue mejor que terrible —voltea hacia mí y prosigue—. De nuevo, mil gracias por cuidarlo, Ethan. Te debo una.

Coloca una mano sobre el hombro de Henry y lo lleva a través del jardín por el lado de la casa. Me dirijo al interior, curioso de ver qué tan bien se desempeña la cámara sin que haya un chico de diez años parado directamente frente a ella. Apostado frente a la puerta corrediza que conduce al patio, observo y espero. Cinco minutos después, sale una ardilla del bosque. Después de dar algunos pasos tentativos sobre el pasto, empieza a saltar a lo largo del jardín, su cola en alto. Cuando pasa frente a la cámara, mi teléfono emite la ya conocida alerta.

¡Tin!

Reviso la imagen en la app. Ya sin la presencia de Henry en la imagen, tengo una mejor idea de la vista que me ofrece la cámara; un claro rectángulo de pasto que se extiende desde la base del árbol de magnolia hasta la orilla del bosque. En el centro del cuadro se puede ver lo que hizo que la cámara se disparara: la ardilla, capturada a medio brinco, como si estuviera volando.

Satisfecho de que la cámara funcione, coloco mi teléfono sobre uno de los muebles de la cocina y me preparo una taza de café. Mientras revuelvo la crema en la taza humeante, el celular vuelve a sonar.

¡Tin!

Tomo un sorbo de café y alcanzo el teléfono. La cámara me acaba de enviar la imagen de un cardenal que picotea el piso, su plumaje rojo brillante contrastando el verde del pasto. Vuelvo a colocar el teléfono sobre el mueble.

¡Tin!

Lo vuelvo a tomar, verifico la app y veo una imagen de la ardilla y del cardenal, viéndose mutuamente con recelo desde lados opuestos del marco de la foto.

¡Tin! ¡Tin! ¡Tin!

Dios mío, ¿qué el jardín se acaba de convertir en un zoológico de un momento para otro?

Vuelvo a recoger el teléfono y espero ver a la ardilla, al cardenal o alguna combinación de ambos. En su lugar, la app me muestra tres imágenes de una mujer que jamás había visto, parada en el patio de atrás. Tiene alrededor de cuarenta años y está vestida como abogada. Pelo alisado, traje sastre y camisa blanca almidonada. De su hombro cuelga un bolso del tamaño de una pañalera.

La primera imagen la muestra mirando hacia el bosque detrás de la casa, su espalda vuelta hacia la cámara, su bolso muy evidente al nivel de su cadera. La segunda la pesca de perfil mientras, consciente de la cámara, gira en su dirección. La tercera es la más notable; es ella, que mira con curiosidad directamente hacia la cámara, sus labios con un poco de brillo formando una despampanante sonrisa.

Yo también volteo de inmediato de la cafetera hacia la puerta del jardín. La mujer está parada al otro lado, ambas manos enconchadas contra el vidrio mientras se asoma al interior.

—¡Hola! —dice de manera entusiasta—. No fue mi intención alarmarlo. Solo estaba viendo su cámara. ¡Parece muy moderna!

Me acerco a la puerta con cautela.

—¿Le puedo ayudar en algo?

—¡Uy, qué pena! Por supuesto —la mujer presiona una serie de identificaciones contra el vidrio de la puerta, lo que me permite ver que pertenece a la policía estatal—. Soy la detective Cassandra Palmer. ¿Tendrá un minuto para que platiquemos?

Ahora, su aparición sorpresiva tiene más sentido. Ragesh nos dijo que la detective Palmer pasaría a entrevistarnos.

—¿Debo suponer que usted es Ethan? —dice cuando le

permito pasar.

—Así es.

—Excelente. Siempre vale la pena verificar primero, ¿sabe? —Con su cabeza, la detective hace un movimiento hacia la mesa de la cocina—. ¿Le molesta si me siento?

—Por supuesto que no —le digo mientras jala una silla y se sienta con cuidado—. ¿Le ofrezco un café?

La detective Palmer sonríe de oreja a oreja.

—Eso sería fabuloso, de hecho. ¡Gracias!

Mientras lleno una segunda taza, noto que la detective Palmer mira a través de la puerta de la cocina hacia otras partes de la casa. Después de estudiar la decoración o, más bien, su ausencia, continúa.

—¿Está a punto de mudarse o acaba de llegar?

—Un poco de las dos —le respondo—. Mis padres se acaban de mudar y yo acabo de llegar… Es algo temporal.

La detective sonríe de manera educada, como si no me creyera. Yo tampoco me creo.

La acompaño a la mesa y le paso su taza de café. Toma un sorbo, chasquea los labios y empieza a hablar.

—Así que, Ethan, como sin duda ya lo adivinó, estoy aquí para hablar acerca del caso de Billy Barringer —la detective pausa para tomar otro sorbo de café—, razón por la cual estaba husmeando allá atrás, por cierto. Quería echarle un buen vistazo a la escena del crimen.

Escuchar esas palabras para describir mi jardín es escalofriante, en especial cuando se dicen de forma tan alegre. Y aunque sé que el secuestro en sí es un delito, me encuentro preguntándole:

—¿Cree usted que hayan matado a Billy en mi patio trasero?

—Carambas, no. —La detective inclina la cabeza hacia el pasto que está al otro lado de la puerta corrediza—. Si lo hubieran matado allí, el equipo forense hubiera encontrado evidencia. Salpicaduras de sangre, quizá fragmentos de hueso. Sin duda, mataron a Billy en el bosque y se deshicieron de su cuerpo en el lago.

Pero no ahondemos en los detalles más cruentos.

«Demasiado tarde», pienso mientras tomo un sorbo de café. La detective Palmer hace lo mismo, ahora satisfecha con dejarme hablar.

—Ehm, entonces supongo que querrá que le repita todo lo que recuerdo de esa noche.

—Oh, no; eso no será necesario —responde—. Conozco el caso de Billy como la palma de mi mano. Es lo que hizo que me uniera a los cuerpos de seguridad, de hecho. Tenía doce años de edad cuando sucedió y me acuerdo como si fuera ayer. Crecí no muy lejos de aquí, aunque no lo crea. En Somerville. Y recuerdo que ese verano la mayoría de la gente solo quería hablar acerca de O.J. ¿Pero yo? Yo estaba obsesionada con averiguar lo que le pasó a Billy.

Ya somos dos; la única diferencia es que la detective Palmer eligió obsesionarse.

—No, a mí lo que me interesa es lo que *no pudo* recordar en ese entonces —continúa—. ¿Supongo que la campanita de los recuerdos no ha sonado mucho desde ese entonces?

Miro la taza de café y evito hacer contacto visual con ella. Sé que le debería contar acerca de El Sueño, aunque no quede del todo claro si se remite a un recuerdo o es solo una combinación de imaginación e intensa culpa. Además, no hay ninguna información nueva dentro del mismo. Solo la tentadora posibilidad de que haya estado despierto cuando rasgaron la tienda y se llevaron a Billy; cosa que supongo que es razón suficiente como para hablar al respecto.

—Tengo un sueño recurrente —digo sin mover mis ojos del interior de mi taza, alarmado por la manera en que se sacude y agita mi imagen en la superficie lodosa del café. ¿Así es como me verá la detective Palmer? ¿Así es como me ve el resto del mundo?

—¿Acerca de Billy?

—Acerca de esa noche.

Describo El Sueño con el mayor detalle posible, incluyendo

el horripilante *Crrrrrrrc* que siempre termina por despertarme.

—Interesante —musita la detective cuando termino de hablar—. ¿Y es el mismo en todas las ocasiones?

—Siempre.

—Le preguntaría si ha tratado de deducir qué es lo que significa, pero me imagino que ya lo ha hecho.

Respondo asintiendo la cabeza con gravedad.

—¿Tiene usted alguna idea de quién pudo llevarse a Billy? —me pregunta.

—No, no la tengo —contesto—. No vi nada.

—No le estaba preguntando si vio a quien lo hizo… quiero que me diga quién *piensa* que lo hizo.

Tomo otro sorbo de café mientras lo pienso. Por treinta años me he hecho esa misma pregunta, por lo general mientras estoy acostado, despierto, en mitad de la noche. Aunque se me han ocurrido diversas posibilidades, ninguna termina por convencerme.

—¿Ethan? —dice la detective cuando pasan veinte segundos sin respuesta de mi parte.

—Aquí sigo —respondo, aunque parte de mí se queda perdida en mis pensamientos. ¿Quién *pienso* que se llevó a Billy? La pregunta era casi imposible de responder porque jamás supe las razones por las que se lo llevaron, ni lo que le sucedió después. Ahora que conozco lo segundo, puedo inferir lo primero.

—Alguien del Instituto Hawthorne —afirmo.

La detective se cruza de brazos y se recarga en el respaldo de su silla.

—Es una respuesta intrigante. Me da curiosidad la razón por la que lo piensa.

Y me sorprende su curiosidad. Allí fue donde se descubrieron los restos de Billy. ¿No basta con eso?

—Porque estuvimos allí ese día —le digo—. En las cataratas. ¿Se lo contó el detective Patel?

—Sí, así es.

—¿Y también le contó lo que pasó?

—En efecto; también me lo contó —contesta la detective Palmer.

—Y, de todas maneras, ¿no cree que esté relacionado con la muerte de Billy?

—Estamos analizando toda posibilidad.

Es lo mismo que nos dijo Ragesh. Evidentemente, esa es la versión oficial. Una que se siente como si la hubieran creado para apaciguar a las personas suspicaces como yo, aunque tenga todas las razones posibles por sentirme así.

—Lo estarán haciendo ahora —digo—, pero ese no fue el caso hace treinta años. ¿Sabe por qué no se registraron los terrenos del instituto en aquel entonces? ¿Será porque Ezra Hawthorne tenía más dinero que Dios?

—Era así de rico, en efecto —afirma la detective— y realizó contribuciones generosas a sitios a lo largo y ancho del estado, incluyendo la campaña electoral del gobernador.

Levanto mis ojos al techo con exasperación.

—Claro que lo hizo.

—Pero no creo que eso tenga que ver con nada. Tiene que recordar que todo rastro de Billy parecía desaparecer al final de la vía de acceso al bosque, a casi dos kilómetros del instituto, lo que hizo pensar a todo el mundo que se lo llevaron a un auto que esperaba en ese punto. Y si consideramos que los terrenos del instituto están rodeados por una barda perimetral, la suposición fue que nadie podía ingresar en la propiedad con facilidad.

—Pero nosotros lo hicimos —insisto—. Billy, yo y otras tres personas. Todos ingresamos en la propiedad sin problema alguno.

—Un hecho que ninguno de ustedes mencionó sino hasta el día de ayer —la expresión de la detective Palmer solo podría describirse como «no estoy enojada, solo decepcionada». Con la cabeza inclinada y sus labios así de cerca de voltearse hacia abajo, parece una maestra de kínder que acaba de atrapar a alguien intentando robar una segunda leche de chocolate—. Si mis colegas lo hubieran sabido todos estos años, habrían incluido al instituto en sus pesquisas.

La vergüenza parece apretar mi pecho, al grado de que me cuesta trabajo respirar.

—¿Qué hacían en el instituto?

—No estoy del todo segura; hasta donde sé, algún tipo de investigaciones.

—¿Qué tipo de investigaciones?

—Investigaciones *privadas* —declara la detective—. De esas que no se informan al público.

—Pero usted tiene alguna idea, ¿no es así?

La detective Palmer toma la taza entre sus dos manos y le da vuelta con lentitud.

—Según la información que he reunido, solo se trataba de una colección de excéntricos; unos muy ricos y muy inteligentes. Ciertamente, no del tipo de personas que secuestrarían y asesinarían a un niño.

—Bueno, usted me preguntó quién pensaba que había matado a Billy —afirmo—, y dado que esa no es la respuesta que estaba buscando, supongo que le daremos fin a nuestra conversación.

—Estamos en el mismo equipo, Ethan —protesta la detective y, en esta ocasión, parece genuina—. Los dos queremos atrapar a quien lo hizo y encontrar algo de justicia para Billy, así que tratemos de nuevo: ¿quién piensa que fue? Alguien no asociado con el Instituto Hawthorne.

Me quedo mirando por encima de su hombro al patio más allá de las puertas de vidrio y al bosque más lejano aún. Alguien salió del bosque, rasgó la tienda y sacó a Billy para llevárselo a través del bosque. Quienquiera que haya sido, lo mató y arrojó su cuerpo por las cataratas. Solo pensar en ello me asquea. Y eso sin contar con la posibilidad muy real de que si el asesino se hubiera acercado a la tienda de campaña desde otro ángulo y hubiera rasgado el lado contrario, es probable que yo hubiera terminado secuestrado y asesinado.

—Hubo… —Tengo la boca repentinamente seca, lo que me

dificulta hablar. Bebo un enorme trago de café y vuelvo a empezar—. Hubo rumores de un desconocido que estuvo dando vueltas por el vecindario el día antes de que se llevaran a Billy. Alguien que salió del bosque.

—¿Y usted cree que pudo haberlo hecho? —me pregunta la detective.

—Tal vez —respondo—. Algún asesino en serie que después huyó muy, pero muy lejos de aquí.

—Por desgracia, eso es poco probable. Al paso de los años, se ha entrevistado a cada asesino, secuestrador y asesino de niños en serie y se le ha preguntado acerca de Billy Barringer. Yo, personalmente, se lo he mencionado al menos a una docena de ellos.

Trato de imaginar a la detective Palmer, con sus mejillas de ardilla y su sonrisa de líder de tropa de niñas scout entrevistando a un asesino en serie en alguna prisión de máxima seguridad. Me resulta imposible.

—Ni uno solo ha confesado el delito, cosa que les fascina hacer aunque no hayan sido sus autores —continúa—. Nadie ha insinuado siquiera haber estado a cientos de kilómetros a la redonda de aquí en ese momento. De manera que el asesino fue un psicópata que mató una sola vez, alguna situación enfermiza de búsqueda de emociones, o un delincuente serial al que no conocemos o que aún no hemos atrapado; de lo contrario, fue…

—Alguien de aquí.

Me doy cuenta de que tengo la razón cuando la detective me mira directamente a los ojos desde el otro lado de la mesa. Ahora comprendo por qué no piensa que el Instituto Hawthorne haya tenido nada que ver con la muerte de Billy. Sospecha que se trató de alguien más cercano a la comunidad.

—Esto no lo hizo nadie de Hemlock Circle —digo, tajante.

—Entiendo por qué lo diría. Sé que es difícil pensar que alguno de sus amigos o de sus vecinos sea un asesino.

—No puede ser.

—¿Incluso cuando considera los detalles de lo que sucedió esa noche? —La detective Palmer se pone de pie y se dirige a la puerta que da al jardín. Señala hacia el mismo y dice—: Usted y Billy estaban dormidos en una tienda de campaña; algo que hicieron a lo largo del verano, ¿correcto?

Trago con dificultad, mi boca repentinamente seca de nuevo porque sé a lo que va.

—Cada viernes por la noche.

—De manera que no era ningún secreto —afirma la detective, diciéndolo no como pregunta, sino como el dato innegable que es—. Ahora, piense en el hecho de que usted no se percató de que se llevaran a Billy. En efecto, existe la posibilidad de que haya estado despierto durante el crimen, con base en su sueño recurrente, pero eso parecería ser a causa del sonido de que alguien rasgó la tienda y no por ningún otro sonido.

Pausa un momento para darme la oportunidad de que llegue a una conclusión yo mismo. Cuando lo hago, siento como si alguien me diera una patada en el estómago.

—Billy no gritó —susurro.

La detective Palmer asiente, complacida por mis dotes deductivas.

—Ni tampoco pidió ayuda, ni opuso resistencia. Usted no oyó nada. Sus padres afirmaron que no escucharon nada. Nadie en toda la privada oyó nada. Ahora, ¿por qué cree que haya sido?

Esta vez, no se necesita pausa alguna para que logre unir todas las piezas.

—Porque Billy sabía de quién se trataba.

—Y salió de la tienda de manera voluntaria y siguió a la persona al bosque —termina la detective—. Y *esa* es la razón por la que estoy convencida de que fue alguien que vivía aquí y no un desconocido que, por mera casualidad, entró en su patio trasero y vio una tienda de campaña con dos muchachos de diez años adentro.

Yo no estoy tan convencido. No es poco razonable pensar

que alguien fuera de Hemlock Circle haya sido el responsable. En cuanto a la ausencia de gritos o de peticiones de ayuda, quizá Billy estaba en estado de shock cuando lo sacaron de la tienda. O quizá jamás se despertó hasta que lo cargaron hacia el bosque, cuando ya era demasiado tarde.

—Pero este es un buen vecindario —protesto—. Lleno de gente buena.

—Podrían parecerlo a primera vista —dice la detective Palmer—. Pero cuando se trabaja en mi profesión, se tiende a ver a las personas por quienes son en realidad. La mayoría es gente buena, eso se lo concedo; ciudadanos respetables que solo quieren hacer lo correcto. Yo lidio con el pequeño porcentaje de personas que están allá afuera y que no hacen lo correcto. Hieren. Matan. A veces por razones que van más allá de toda comprensión. Ese tipo de personas, en definitiva, no son gente de bien.

—¿Usted cómo las catalogaría?

Por primera vez desde que apareció en mi jardín, la detective Cassandra Palmer parece devastadoramente seria.

—Son monstruos.

Viernes, 15 de julio, 1994
10:32 a. m.

Billy no cree en monstruos, pero sí en fantasmas.

Bueno, quiere creer.

Casi cree.

Sabe casi todo lo que hay que saber al respecto, la mayor parte gracias a su libro favorito, el que tiene el glorioso título de *El libro gigante de fantasmas, espíritus y otros espectros*. Sin embargo, sigue habiendo una sola semilla persistente de duda. Porque, a pesar de que el libro está repleto de ilustraciones e incluso fotografías reales de fantasmas, lo único que probaría a Billy su existencia más allá de cualquier duda razonable sería ver uno él mismo.

Billy supone que la mayoría de chicos de su edad, incluso aquellos mucho mayores, se asustaría ante la idea de ver un fantasma. Pero él no. Billy es por completo diferente. Teme no ver uno, porque entonces querría decir que siempre dudará un poco de su existencia.

Y quiere que sean reales de manera desesperada.

Porque, si lo son, piensa que se sentirá menos solo.

Fuera de Ethan, Billy no tiene muchos amigos. Supone que debería incluir a Russ Chen, aunque suele ser de lo más molesto, y también a su hermano Andy, que también es de lo más molesto. Pero eso es todo. En el pasado, Billy trató de expandir su círculo de amigos principalmente tratando de encajar. Fingió ser fanático del beisbol y de los videojuegos, e incluso le rogó a su mamá que le comprara el mismo tipo de ropa que utilizaban los chicos populares de su escuela. Shorts de surf marca Billabong y playeras de GAP y relojes G-Shock. Lo único a lo que accedió fue a un par de Air Jordans iguales a los de Ethan. Pero cuando Billy los usó para ir a la escuela, nada cambió; todavía lo consideraban un raro.

Si es que lo notaban en absoluto.

Pero, entonces, encontró *El libro gigante de fantasmas, espíritus y otros espectros*. Se topó con él por casualidad un día en la biblioteca de la escuela mientras buscaba un libro acerca de tiburones porque necesitaba escribir un trabajo para su clase de ciencias naturales. Del tamaño de un directorio telefónico, era en verdad gigante. Sobre la portada había una ilustración de una entidad color blanco azulado flotando sobre un cementerio.

Cuando se le quedó viendo, Billy sintió un estremecimiento a causa de... algo. No era temor, para ser precisos, pero se acercaba. Curiosidad trémula. La suficiente como para que quisiera regresar al estante. Pero, en su lugar, lo abrió y, en ese instante, el resto de su mundo se abrió también. Mientras ojeaba el libro y leía página tras página de espíritus y espectros con nombres como *djinn* y *stafie*, se dio cuenta de que no era el único que se sentía no visto. El mundo estaba repleto de entidades, pero eran invisibles; presentes, pero ignoradas. De hecho, había suficientes como para llenar un libro entero... uno gigante.

Y así es como empezó su fascinación por los fantasmas de todo tipo. Al paso del tiempo, llegó a amarlos. Incluso a los que eran atemorizantes y gritaban en la noche o que se rumoraba se robaban las almas. Billy comprendía que lo único que deseaban era que los vieran, los reconocieran y los notaran.

Igual que él.

Billy sacó el libro en préstamo de la biblioteca y tuvo cuidado de ocultarlo de su madre, que no lo aprobaría. Cuando llegó el momento de regresarlo, lo pidió prestado de nuevo. Y otra vez más y en múltiples ocasiones más hasta que, el último día de clases, la Sra. Charbriar, la bibliotecaria de la escuela, le dijo que podía quedarse con él.

—Te lo ganaste —le dijo con una sonrisa mientras le quitaba

la pegajosa etiqueta de la biblioteca del lomo y deslizaba el libro hacia él por encima del mostrador donde solía sacarlo prestado—. Cuando alguien le muestra esta cantidad de amor a un libro, se merece un ejemplar propio.

Eso había sido hacía más de un año y los padres de Billy aún no sabían que tenía un ejemplar de *El libro gigante de fantasmas, espíritus y otros espectros*, algo que le gustaría que permaneciera así. A su papá no le importa que esté obsesionado con los fantasmas; lo que es más, lo alienta e, incluso, llegó a ayudarlo a disfrazarse de fantasma para las celebraciones de Halloween del año pasado. Sin embargo, su mamá enloquecería por completo si se enterara de que tiene el libro, razón por la cual Billy se ocupa de esconderlo con muchísimo cuidado. Lo cambia de lugar cada par de días, pasándolo de la parte trasera de su cajón de ropa interior, a su escritorio y, después, a un sitio debajo de su cama.

Sabe que lo único que sucede es que se preocupa por él, pero sus inquietudes pueden ser abrumadoras. No podría comprender que ve a los fantasmas como, sin intención de hacer un juego de palabras, sus almas gemelas. Que cuando abre *El libro gigante de fantasmas, espíritus y otros espectros* y mira las ilustraciones de todos esos espeluznantes, fantásticos e incomprendidos espíritus, siente que podrían ser esos mejores amigos que le hacen falta.

Por lo menos, algunos de ellos podrían serlo. Billy comprende a la perfección que no todo fantasma, espíritu y espectro mencionado en el libro existe en la vida real. Más o menos la mitad de ellos provienen de mitos, películas o libros escritos por otros autores que todavía es demasiado joven como para leer: Lovecraft, Poe y King.

Ahora, Billy ojea su libro, lápiz en mano, y encierra en un círculo aquellos que cree reales.

¿*Poltergeists*? Los encierra porque se han dado alrededor de mil incidentes donde están involucrados.

¿*Banshees?* También las marca por alguna razón.

El Jinete sin Cabeza no merece un círculo porque proviene de una historia, aunque Billy sospecha que hay algo parecido.

Si Ethan o el hermano de Billy, o incluso su papá, le preguntaran por qué sospecha que los fantasmas existen, seguramente les contestaría que hay tantos listados en su libro, que sería imposible que todos fueran inventados. Y eso solo por la ley de las probabilidades, que acababa de aprender antes de las vacaciones de verano.

Ahora, lo único que le falta es ver uno con sus propios ojos.

Y Billy sabe cuál es el sitio perfecto para lograr que eso suceda.

ONCE

A las nueve de la noche estoy desparramado sobre el sofá, dormitando frente a un episodio de *Ted Lasso* que he visto al menos una docena de veces antes. Sobre el piso, una botella vacía de cerveza acompaña el plato de papel con la costra intacta de la pizza que pedí para cenar. Mis amigos me advirtieron que habría una fase en la que me dejaría ir y en la que ignoraría todo hábito saludable y rutina de higiene básica. En ese momento no les creí, pero ahora, después de una semana entera de alimentarme con comida de la calle y de hacer lo mínimo indispensable en cuanto a baños y cambios de ropa se refiere, sé que es verdad. En este momento, me encuentro en un punto extremo que va más allá de dejarme ir. Abandono.

Aunque me serviría bañarme, afeitarme y comer alguna verdura, permanezco donde estoy y dejo que mis ojos se abran y cierren de manera intermitente. Quizá esta sea la forma de dormir la noche completa. Sería un cambio de ritmo más que bienvenido.

Estoy a punto de quedarme dormido por completo cuando mi celular emite una alerta.

¡Tin!

Sorprendido, alcanzo el teléfono, situado a pocos centímetros de la botella de cerveza. La actividad de la cámara trampa disminuyó una vez que llegó el ocaso y los pájaros se guardaron en sus árboles mientras las ardillas se dirigían a donde sea que vayan las ardillas. Abro la app y veo una imagen del pasto iluminado por la luna y, en las orillas del bosque, un tlacuache con sus ojos relucientes mirando directamente a la cámara de manera desconcertante.

La vista que me ofrece la cámara trampa por la noche es muy diferente. Más ominosa. Hay profundos pozos de oscuridad al borde del marco, pintados de un enfermizo color verde por la función de visión nocturna. El pasto en sí es gris, como si se tratara de nieve sucia. Más allá del pasto, apenas visible en la oscuridad, se encuentra el bosque, con sus árboles altos y borrosos.

Coloco mi teléfono con la pantalla hacia el piso y reviso la botella para ver si quedan algunas gotas de cerveza restante.

¡Tin!

Echo un vistazo al teléfono mientras la alerta de la cámara lanza una tenue luz por la alfombra de la sala. Lo ignoro y me digo que no es más que el tlacuache. O algo parecido. Un venado, un mapache, un zorro.

Y fantasmas.

Me sorprende un recuerdo de la Sra. Barringer, que llegó a nuestra puerta un verano justo antes de que regresara al internado para el inicio de clases en otoño. Para ese entonces, ya sabía que se iban a mudar del vecindario. Una noche, escuché a mis padres susurrando al respecto. Era demasiado difícil para ellos, afirmó mi mamá. En especial para la Sra. Barringer. Ahora, Hemlock Circle tenía demasiados malos recuerdos. No tenía idea de a dónde se irían ni cuándo. Lo único que sabía era que me sentía parcialmente responsable. Que mi inacción de esa noche en la tienda significaba que los Barringer no solo habían perdido a un hijo, sino que también estaban perdiendo su hogar.

De modo que me sorprendí muchísimo cuando la Sra. Barringer se apareció en la puerta sosteniendo un objeto rectangular envuelto en papel de china.

—Pensé que deberías tenerlo —me dijo cuando me lo entregó—. Así lo hubiera deseado Billy.

Desenvolví el paquete y descubrí un libro. La tapa mostraba la ilustración de una figura translúcida que flotaba sobre un cementerio. Por encima, en grandes letras moradas, estaba el título.

El libro gigante de fantasmas, espíritus y otros espectros.

Le di la vuelta al libro entre mis manos, no del todo seguro de quererlo. Aceptar algo que le perteneció a Billy se sentía mal por cientos de diferentes razones. No quería ver el libro a diario para que me recordara que ya no estaba y que era mi culpa.

—Esto fue muy considerado de tu parte, Mary Ellen —dijo mi madre, decidiendo por mí que debía aceptar el regalo indeseado—. ¿Qué se dice, Ethan?

—Gracias —respondí obediente.

Subí a mi cuarto y guardé el libro en la repisa superior de mi librero, su lomo hacia la pared para que no tuviera que ver el título. Jamás lo toqué después de eso. Ni una sola vez. Quizá siga en mi recámara, enterrado bajo tres décadas de polvo.

Pensar en él en este momento trae consigo otro recuerdo, estremecedor por su brusquedad. Como una película mal editada, que brinca de una escena sin pausa alguna a la siguiente.

Fue mi último Halloween con Billy, cuando salimos a pedir dulces con nuestros respectivos disfraces. Yo me vestí como el personaje que representó Sam Neil en *Parque Jurásico*, aventurándome hacia la fresca noche de octubre vestido con shorts color caqui, camisa de trabajo de mezclilla y un pañuelo rojo alrededor de mi cuello. Billy se presentó disfrazado como fantasma, con todo y pintura facial gris, cabello empolvado de blanco y cadenas de plástico colgando de sus extremidades.

Más tarde, nos sentamos a la mesa de la cocina de mi casa mientras comíamos dulces. Aunque Billy se lavó la cara, aún tenía rastros de maquillaje; anillos blanquecinos alrededor de sus ojos y un rayón gris que atravesaba su mejilla.

—¿Qué harías si te toparas con un fantasma? —me preguntó mientras masticaba una barra de chocolate miniatura.

—Gritaría y saldría corriendo —respondí—. ¿Tú no?

Billy sacudió la cabeza.

—Yo trataría de hablar con él. Es todo lo que quieren, en

realidad que alguien reconozca su existencia.

—Pero, ¿y si tratara de matarte?

—La mayoría de los fantasmas no pueden lastimarte —respondió Billy, como si fuera lo más lógico del mundo.

Eso, más su evidente sinceridad, me incitaron a decir:

—Sabes que los fantasmas no existen, ¿verdad?

—Claro que existen.

—Entonces, ¿por qué no los vemos en todas partes? —le digo—. ¿Por qué no hay, no sé, fantasmas caminando por las calles? ¿O en los supermercados?

—En primer lugar, muchos fantasmas son invisibles, de modo que no puedes verlos —explica Billy, instruyéndome mientras hace movimientos en el aire con su chocolate—. En segundo lugar, sí están por todas partes. Te apuesto a que hay fantasmas rondando el bosque en este preciso momento.

La mera idea hizo que me estremeciera de pies a cabeza. A diferencia de Billy, no soy fanático de los fantasmas; ni entonces, ni ahora. Pasé esa noche de Halloween enterrado bajo mis cobijas, demasiado asustado como para asomarme por la ventana de mi cuarto por temor de ver un fantasma a las orillas del bosque.

—En realidad, lo único que quieren los fantasmas es que sepas que están allí —siguió Billy—. No están tratando de asustar a la gente a propósito.

—Pues a mí me parece que todo el mundo les tiene miedo a los fantasmas.

—Yo no —respondió Billy con orgullo.

¡Tin!

La alerta congela el recuerdo de inmediato y vuelvo a tomar el teléfono, ahora molesto. Cualquiera que sea el animal que ronda mi jardín, me encantaría que se largara; pero cuando abro la app, no veo a ningún animal.

Veo a Vance Wallace.

Está parado entre el árbol de magnolia y el bosque, al parecer ignorante de la cámara. Está vestido como un hombre que se acaba de despertar sorprendido por algo: pantalones de pijama, camiseta gris, el cabello desaliñado y pantuflas sobre sus pies; los trocitos del pasto que se cortó ayer están pegados a las suelas.

Estoy afuera en menos de treinta segundos y cruzo el pasto con cuidado. Cuando Vance me ve, empieza a caminar hacia mí, vacilante. De cerca, parece idiotizado; es la única manera de describirlo. No parece haber ningún tipo de reconocimiento en sus ojos, a pesar de que me vio ayer y me mira fijamente en este momento.

—¿Sr. Wallace? ¿Está usted bien?

—¿Lo viste? —dice en una voz demasiado silenciosa como para ser un bufido y demasiado fuerte como para ser un susurro.

—¿A quién?

—Al chico Barringer ese.

A diferencia de Vance Wallace, yo sí respondo con un susurro.

—Sr. Wallace, Billy está muerto.

Vance estira una mano y toma mi antebrazo con una fuerza mortal. Su mente quizá no sea tan aguda como debería, pero los músculos del Sr. Wallace funcionan a la perfección.

—Lo vi —me dice—. Lo seguí hasta acá. Está de regreso.

Voltea a ver hacia el bosque, ahora lleno de sombras. No veo nada en la oscuridad. Solo árboles que se extienden por kilómetros, pálidos bajo la luz de la luna.

—¿Está seguro de que no fue un venado o algo así?

—Ese no fue ningún venado —gruñe Vance—. Ese chico Barringer trae algo entre manos.

A la distancia, escucho el sonido de pisadas sobre el pasto. Me doy la vuelta y veo a Ashley, corriendo por el costado de la casa con Henry tras ella. De manera instintiva, sé por qué está aquí y por qué trajo a su hijo con ella. De forma muy semejante a Mary Ellen Barringer, cuando se escabulló al interior del jardín junto con Andy, Ashley no quiere dejar solo a su hijo.

—¿Papá? —dice sin aliento por el esfuerzo y la exasperación—. No se supone que salgas de la casa sin decírmelo.

—Pero es que lo volví a ver.

—Ya discutimos todo esto; no viste a nadie.

—¡Que sí lo vi, con un demonio!

—Vamos a llevarte a casa —Ashley trata de tomarlo del brazo, pero Vance se la sacude de encima.

—Puedo caminar solo, por amor de Dios. Deja de tratarme como un maldito bebé, Trish.

Detrás de ella, Henry emite un grito ahogado. La reacción de Ashley es todavía más extrema. Abre excesivamente los ojos, que resplandecen, heridos. Es el mismo dolor que detecto en su voz.

—Soy yo, papá, Ashley. Mamá ya no está con nosotros.

El Sr. Wallace se le queda viendo un momento, la confusión es evidente en su rostro. Pronto, esa expresión desaparece y es reemplazada por algo parecido al más absoluto terror. Abre la boca para hablar, pero Ashley lo silencia y le dice que todo está bien. Vuelve a tomarlo del brazo y, esta vez, el Sr. Wallace le permite hacerlo.

Mientras se marchan, Vance voltea de nuevo hacia el bosque y lo mira fijamente.

—No estoy mintiendo —me dice—. Hay algo allá afuera.

—Ya basta, papá. Regresemos a la casa —Ashley pausa para mirarme por encima de su hombro—. Tú también, Ethan. Me serviría tu ayuda.

DOCE

Mientras Ashley lleva a su padre a su habitación para ayudarlo a acomodarse, yo estoy al otro extremo del pasillo, asegurándome de que Henry regrese a su cama. Resulta que no hay problema alguno. Henry actúa de manera muy diferente a como yo lo hacía a su misma edad cuando llegaba la hora de acostarme. Yo me quejaba, imploraba y rogaba que me dieran permiso de quedarme despierto solo cinco minutos más. Irónico, ahora que añoro dormir una noche entera.

Henry, que quizá anticipa una situación semejante en sus años más maduros, se limita a escurrirse bajo la ropa de cama para tomar un libro de su mesa de noche. Ya pasó a otro volumen de la serie de Pesadillas: *El fantasma de al lado*.

—¿No te espantarás si lees eso antes de irte a la cama? —le pregunto.

—No —contesta Henry—. Es solo ficción. Además, me gusta leer acerca de fantasmas y de monstruos.

—Yo tuve un amigo al que le fascinaban también. Estaba obsesionado con los fantasmas.

—Billy Barringer —dice Henry, y el nombre parece de lo más extraño dicho por alguien tan joven.

—¿Cómo es que sabes de él?

Henry se acomoda los lentes sobre la nariz.

—Mi mamá me lo contó. Me dijo que era un buen chico que

desapareció y que por esa razón siempre tengo que decirle a dónde voy.

No debería sorprenderme que hasta Ashley haya convertido lo que le sucedió a Billy en una historia aleccionadora, pero de todos modos me asombra. Sin duda que Billy significaba más para ella que solo eso. O quizá sea igual que Russ, limitada tanto en sus recuerdos como en su capacidad de duelo. Cuando se trata de Billy, quizá sea el caso de todo el mundo.

De todos, menos de mí.

—No leas hasta muy tarde —le digo mientras apago la luz del techo—. El sueño es muy importante.

Cuando llego a la puerta, Henry me detiene.

—Sr. Marsh, ¿usted piensa que soy raro?

Volteo a verlo y me azora lo joven que se ve debajo de las cobijas, bañado en el cálido resplandor de su lámpara de mesa.

—¿Lo piensa? —insiste Henry cuando no respondo de inmediato.

Me siento algo avergonzado; la verdad es que sí pienso que Henry es raro, pero decírselo sería una crueldad. Por otro lado, no quiero mentirle al muchacho. Una parte excesiva de la infancia se pasa entre las mentiras de los adultos porque piensan que así evitarán herir tus sentimientos.

—¿Importa si lo eres? —pregunto.

Henry asiente.

—Un poco.

—¿Para quién?

—A quién —me corrige—, y supongo que la respuesta es a otras personas.

—¿Cómo a otros chicos de tu edad?

—Sí —concede—. Debí ser más comunicativo en mi respuesta.

Escuchar a alguien así de joven usando un vocabulario así de complejo, y de manera correcta, me hace sonreír. A veces, ser raro no es tan malo.

—Te voy a contar un secreto —digo mientras regreso a su

cama y me siento en la orilla—. Algo de lo que la gente no suele percatarse sino hasta que es mayor: la verdad es que todo el mundo es un poco raro. Algunos lo ocultan más que otros, pero esa es la verdad. Todo el mundo es raro.

—¿Incluyéndolo a usted?

—Incluyéndome a mí —afirmo sin tratar de pensar demasiado en la absoluta veracidad de lo que acabo de decir.

—¿Así que no debería importarme que sea un poco raro?

—Lo único que debería importarte es que seas tú mismo —respondo—. Sin importar cómo sea esa persona. Podrás no agradarles a algunos por quién eres, pero habrá muchísimas personas a las que sí les agradarás. Te lo prometo.

Le doy una palmadita a su pierna por arriba de las cobijas y me levanto para marcharme. De nuevo, Henry me detiene en la puerta.

—Buenas noches, Sr. Marsh —dice, con una formalidad que me obliga a hacer lo propio.

—Buenas noches, Sr. Wallace.

Henry asiente complacido y salgo de la habitación. En el pasillo, encuentro a Ashley recargada contra la pared justo afuera de la puerta de Henry donde, sin duda, escuchó cada palabra.

—Qué bueno eres con los niños —me dice.

—¿De verdad? Jamás pensé que lo fuera.

—Eres todo un profesional. Me impacta que no tengas uno propio.

La sigo abajo, a la cocina, donde abre una de las puertas de la alacena y saca dos caballitos y una botella de tequila. La inclinación de su cabeza es una interrogación. «¿Deberíamos?». Mi respuesta es sí, en especial si vamos a seguir hablando de niños.

Me siento mientras Ashley se mueve alrededor de la cocina, colocando la botella y los vasos sobre la mesa antes de sacar algunos limones del refrigerador. De espaldas a mí mientras los corta, me pregunta:

—¿Tu esposa y tú querían tener hijos?

—Ella sí —contesto—, yo no.

—Me lo puedo imaginar.

Claudia era incapaz de hacerlo. Tampoco que yo fuera —para usar parte del vocabulario de Henry— muy comunicativo en cuanto a mis razones para no quererlos. Cuando peleábamos al respecto, que fue muy a menudo hacia el final, me negué a contárselo. No fue sino hasta nuestra última discusión que se lo revelé todo.

—Dime por qué no quieres tener hijos.

—No existe ninguna razón en específico.

—Tiene que haberla, Ethan.

—Mucha gente elige no tener hijos por un sinfín de razones diferentes.

—¿Es por mí? —preguntó Claudia, su voz herida.

—Por supuesto que no; serías una madre increíble.

Traté de abrazarla, pero se alejó de mí y caminó furiosa hasta el otro lado de la habitación.

—Entonces, ¿por qué? Sabes que quiero un bebé; acabas de decir que sería una madre increíble. Creo que tú serías un padre increíble. Tenemos trabajos excelentes. Tenemos seguridad económica. No hay ninguna razón en absoluto por la que no deberíamos intentarlo, a menos que haya algo que no me estés diciendo.

—Solo no quiero ser padre —le dije—. ¿Acaso eso no basta?

—¿Francamente? No.

—Pues debería bastar, pero supongo que en esta situación lo que yo sienta no tiene importancia.

Había dicho algo terrible; ahora me doy cuenta de ello y probablemente también lo supe en ese entonces, pero el calor del momento me enfureció. Con Claudia, sí, pero más que nada conmigo, por negarme a ser honesto con ella, aunque eso la alterara cada vez más con cada minuto que pasaba.

—¡Es que te niegas a decirme lo que sientes! —gritó, sus ojos bien abiertos y relucientes con las lágrimas recién formadas que aún no terminaban de caer—. Y no tienes la más mínima idea de lo mucho que eso me duele. Soy tu esposa, Ethan. No deberías refrenarte de compartir cualquier cosa conmigo.

—¿Aunque sea algo que no quieras oír?

—En especial si se trata de algo así. Porque, ¿cómo podemos arreglarlo, juntos, si solo uno de nosotros sabe cuál es el problema?

—Es que no tiene arreglo —le dije—. *Ese* es el problema.

—Entonces, solo dímelo. Por favor. —Claudia se me quedó viendo desde el otro lado de la habitación. Una de sus lágrimas se había liberado al fin y se estaba deslizando por su mejilla—. Ethan, necesito saber por qué no quieres tener hijos.

Agotado, me dejé caer sobre la cama, al tiempo que me sentí seguro de que estaba a punto de romperle el corazón a mi esposa.

—Porque los niños desaparecen —le dije y sentí que la verdad no era como un peso que me habían quitado de encima, sino como uno que se había duplicado de manera repentina.

Claudia me acarició la mejilla y me besó en la frente.

—Entiendo —dijo con suavidad y le creí. Sabía lo que le había pasado a Billy. Sabía lo mucho que me había arruinado y sabía que, a causa de eso, nunca, jamás de los jamases cambiaría de parecer.

—Lo siento —susurré.

—Lo sé —dijo ella.

Y se marchó de nuestra habitación por última vez.

—Listo —dice Ashley regresándome al presente mientras coloca un plato con cuartos de limón y un salero sobre la mesa frente a mí. Nos sirve un trago de tequila a cada uno. Cada uno esparce sal en el dorso de su mano y la recogemos con la lengua, nos bebemos el tequila y terminamos con una mordida a uno de los cuartos de limón. El tequila, barato pero potente, deja un rastro de fuego a lo largo de mi garganta. Toso de inmediato. Ashley da un manotazo sobre la mesa.

—Dios, ¡cómo necesitaba eso! —exclama—. Te apuesto a que jamás pensaste que beberías tequila con tu niñera.

—Puedo afirmar, con absoluta sinceridad, que jamás lo pensé.

—La vida está llena de sorpresas, ¿verdad? O sea, jamás

imaginé que estaría de regreso en esta casa... y te apuesto a que tú tampoco lo pensaste. Tú, de entre todas las personas del mundo, tenías todas las razones para mantenerte muy, pero muy lejos de aquí.

—No tuve muchas opciones —respondo, sin meterme para nada en los porqués y los cómos de todo lo que sucedió. Necesitaría más que un trago de tequila para hablar al respecto..

—Da un poco de miedo lo poco que ha cambiado este lugar. —Ashley mira en torno a la habitación y sé que en realidad se refiere a lo que está más allá de las paredes de la cocina; a Hemlock Circle—. Todas las casas son las mismas; la gente es la misma. De alguna manera, es como si jamás me hubiera marchado, cuando lo único que quería hacer era largarme de aquí para nunca regresar.

—¿Y por qué lo hiciste?

—Porque papá me necesita —responde—. Bueno, me necesitó cuando mamá murió y me quedé con él algunas semanas, pero no más que eso. Sabía lo fácil que sería volver a quedar atrapada por el estilo de vida de este lugar y me negué a permitirlo. Pero, entonces, papá empezó a olvidar las cosas y a confundirse, y parecía estar peor cada vez que lo visitaba. Una vez que Deepika Patel lo encontró parado afuera de su puerta diciendo que no recordaba cuál era la casa en la que vivía, se convirtió en algo inevitable.

Vuelve a llenar nuestros vasos y repetimos todo el proceso. Lamer, beber, chupar. Esta vez, logro evitar el acceso de tos, pero el tequila me suelta la lengua lo bastante como para empezar a hablar.

—Entonces, todo eso que tu papá dijo acerca de ver a Billy en el jardín y de seguirlo hasta el mío, ¿no es más que imaginación?

—Más bien cuestión de confusión.

—¿Estás segura?

—Claro. —Ashley me lanza una mirada de curiosidad—. ¿Ya estás borracho?

—No; es solo que pensé... —Me detengo y trato de encontrar alguna manera de decir lo siguiente sin que parezca totalmente loco... y delirante... y absolutamente patético—. Hace algunas noches... pensé haber percibido la presencia de Billy.

—¿Dónde? ¿En tu casa?

—En el jardín... y por todo Hemlock Circle. He visto... cosas.

—¿Y es esa la razón por la que compraste la cámara?

—Ajá —afirmo—. Solo para tratar de averiguar qué está ocurriendo. Porque desde que tu papá dijo que también estaba viendo cosas, me pregunté si...

—¿Si podría ser cierto? —dice Ashley, su tono de voz anunciándome que es evidente que ya pasó de largo lo de loco y delirante para instalarse de lleno en patético—. Ay, Ethan... Es agradable pensar que nuestros seres queridos siguen cerca de nosotros después de que se van, pero, por desgracia, las cosas no funcionan así.

—¿Y cómo puedes estar tan segura?

—Porque es un hecho científico; y en cuanto a lo que mi papá ha dicho, no puedes creerlo en absoluto. Detesto afirmar algo así acerca de mi propio padre, pero es cierto. No se encuentra bien, por esta razón tuve que regresar, a pesar de que era lo último que deseaba.

—¿Y qué me dices de Henry? —digo—. ¿Le agrada estar aquí?

—Creo que sí. Veremos cómo le va cuando empiecen las clases. Como ya lo notaste, es un chico bastante peculiar.

—Eso no tiene nada de malo —afirmo—. Ser diferente era una enorme desventaja cuando nosotros teníamos su misma edad, pero ahora es casi un símbolo de honor.

—De todas maneras, me preocupa. Es muy sensible. Inteligente como no tienes idea; mucho más inteligente que yo, sin duda, pero los niños pueden ser muy crueles. Y ya que soy la única que lo cuida, me encuentro en un estado permanente de pavor al pensar que voy a arruinar las cosas.

Nos tomamos un tercer trago. Después de humillarme hace unos momentos, lo necesito. Ni siquiera me tomo la molestia de hacer el ritual de la sal y el limón. Solo me bebo el tequila de un trago, sin dudarlo siquiera.

—¿Y dónde se encuentra el padre de Henry?

—No está presente —dice Ashley mientras le da otra chupada

a su limón—. Desde el principio. Ni siquiera sabe que Henry existe y, bueno, la verdad es que no estoy del todo segura de quién es.

—Ah —trastabillo al tiempo que desearía no haberlo preguntado—. No quise...

—No, no hay problema. —Ashley exprime el trozo de limón hasta que no queda más que la cáscara—. Es lo que es. Mamá acababa de morir y yo estaba en Los Ángeles, donde estuve viviendo desde que terminé la universidad, y seguía engañándome con la idea de que había alguna manera de entrar a la industria de la música. Pero allá, tener treinta y cinco años es lo mismo que ser una antigüedad. Competía por trabajos con los de veintitantos y, todo ese tiempo, seguí siendo la estúpida niña fiestera que fui en la preparatoria y en la universidad. Nada logra insensibilizarte tanto a la decepción como el alcohol y, entonces, ¡sorpresa!: me embaracé y no tenía idea de cuál de los innumerables idiotas con los que me metía era el responsable. En resumen, estaba totalmente jodida.

—No parece que sea así ahora —comento.

—Eso se lo tendrías que agradecer a Henry. Tan pronto como vi la señal de positivo en la prueba de embarazo que me hice en casa, cambió toda mi manera de pensar. Ya no se trataba solo de mí, ¿sabes?

No puedo evitar escuchar el eco de las palabras de Claudia en mi recuerdo de esa noche, cuando me dijo que quería tener un bebé.

«Solo somos nosotros».

Como si eso no bastara.

—¿Y alguna vez te has arrepentido? —pregunto—. ¿De convertirte en madre?

Ashley sacude la cabeza.

—Ni por un segundo. Criar a un niño como Henry no es fácil, para nada. Y sé que no tenía que seguir adelante con ello; había opciones. Pero cada que lo veo, sé que traje algo bueno a este mundo.

—¿Y, entonces, qué sigue? —digo, mi cerebro vibrando por el exceso de alcohol—. ¿Planeas quedarte un tiempo?

—No estoy segura. —Ashley enrosca la tapa de la botella de

tequila—. Mi papá no está mejorando en absoluto y algo se tendrá que hacer al respecto más pronto que tarde. Después de eso, ¿quién sabe? Resulta que hay lugares peores donde vivir que Hemlock Circle. ¿Y tú?

—Ni idea. En especial ahora que ya encontraron a Billy. Hay demasiados recuerdos aquí como para saber qué hacer con todos ellos.

—Yo pensé que podría alejarme de todo esto —responde Ashley, que es justo lo que he sentido la semana entera, pero que no he podido expresar—. Es como si fuera cosa del destino; que, sin importar qué tan lejos haya escapado, este sitio insistiría en arrastrarme de vuelta.

Viernes, 15 de julio, 1994
11: 52 a. m.

—Dios, cómo detesto este lugar —se queja Ashley, el auricular del teléfono acunado entre su hombro y su cuello mientras intenta colocarse una bandita alrededor del pulgar. Tocaba la guitarra, bueno, *intentaba* tocar la guitarra, cuando oprimió mal una de las cuerdas y se rebanó el dedo.

—No es tan malo —afirma Tara—. Yo mataría por vivir donde tú.

Esto hace que Ashley se sienta un poquitín culpable porque Tara vive en el pueblo, en una casa modesta junto al consultorio de un dentista. En alguna ocasión, se quejó de que no podía abrir sus ventanas durante el día debido al perpetuo chirriar del taladro del dentista. Ashley imagina que eso es peor que despertarse por el parloteo de las esposas de Hemlock Circle reunidas debajo de su ventana, que es lo que pasó esta mañana.

Hoy, en lugar de sus chismes y risas habituales, las mujeres susurraban, por lo que Ashley determinó que hablaban acerca de alguno de sus hijos.

Uno de sus temas favoritos de conversación.

Es decir, sí, lo entiende a la perfección: Hemlock Circle existe en una especie de burbuja. De hecho, es parte de un vecindario más grande, pero al mismo tiempo está aislado, rodeado de bosque, como si se tratara de una comunidad exiliada en alguno de los aburridos libros que la obligan a leer en su clase de literatura. Hester Prynne. La privada le recuerda al libro. A la pobre jodida de Hester Prynne, con letra escarlata y todo, pero sin nada de escándalo. Aquí nunca pasa nada así de emocionante. Claro, está lo que le pasó a Johnny Chen, pero eso fue más triste que cualquier otra cosa.

Ashley todavía se deprime cuando piensa en Johnny. Cuando era más joven y esperaban juntos a que el autobús de la escuela pasara por ellos, estaba un poco enamorada de él, pero ahora está muerto y a veces todavía le cuesta trabajo creerlo. ¿Una sobredosis? ¿A su edad? Esa es la manera en que mueren las estrellas de rock, no los chicos callados y estudiosos como Johnny.

Los susurros de las señoras de la privada cada que hablan acerca de sus hijos, indican que se trata de algo serio, en especial cuando se trata de algo que las afecta a todas. Como hija única, Ashley no sabe cómo sentirse de que la incluyan con todos los demás chicos de la privada, como si fueran primos lejanos sentados juntos en alguna recepción de bodas. No tiene nada en común con los demás, excepto por el hecho de que todos viven en el mismo lugar. Ni siquiera le caen muy bien que digamos.

Bueno, eso no es del todo cierto. Le agrada Ethan Marsh, que es un chico bueno, aunque hay veces en que lo pesca mirándola fijamente, como si fuera Claudia Schiffer o algo. Lo deja pasar porque lo hace de manera inocente y algo anonadada. No es como las miradas lascivas de Ragesh Patel. Hace unas semanas, Ashley lo pescó escondido en el bosque, mirando hacia su casa. La desconcertó tanto que se lo dijo a su papá, que de inmediato fue a la casa de junto y les gritó a los Patel, en su inimitable estilo, «¡Mantengan a su hijo fisgón lejos de mi casa!». Ragesh lo negó, por supuesto, pero Ashley sabe lo que vio.

En cuanto a los demás chicos de Hemlock Circle, le tiene muy poca paciencia al quisquilloso de Russel Chen, que se altera por las cosas más insignificantes cuando ocasionalmente va a jugar a casa de Ethan mientras a ella le toca ir a cuidarlo. Apenas conoce a Andy Barringer, el más pequeño de todos, pero le tiene cierto cariño especial a Billy. Es un niño de lo más raro, lo que le preocupa. En este mundo, los niños raros son como imanes para los bravucones y teme que la vida solo se pondrá peor para Billy si no decide bajarle un poco a sus peculiaridades.

—El mundo se pone más loco a diario —escuchó decir a su madre esta mañana, lo que despertó su curiosidad lo suficiente como para hacer que se levantara de la cama y se acercara más a la ventana. Tal vez no hablaban sobre ninguno de los niños de la privada, después de todo. Sin embargo, para cuando estuvo lo bastante cerca como para oír lo que estaban diciendo, el grupo ya se había desbandado, las señoras se encaminaban a sus cocinas o a sus quehaceres o a cualquier otro trabajo forzado suburbano que realizan a diario.

Ashley se jura que jamás vivirá así; tiene planes: a corto, mediano y largo plazo.

El plan a más corto plazo es juntar el dinero suficiente como para ir a Woodstock en agosto. Puede lograrlo si ahorra cada centavo de su trabajo como cuidadora de niños y si puede convencer a sus papás de que irá a los Poconos con Tara y su familia, no que conducirá hasta el norte del estado de Nueva York con Tara y su prima para colarse a un festival de música. La parte relacionada con mentir es de lo más sencilla. Les miente a sus padres casi todo el tiempo. Lo que más le preocupa es si serán capaces de mantener oculto todo el plan. Aunque sus padres y las mamás de Tara no se llevan, siempre existe el riesgo de que se vean por accidente en el Stop & Shop o en el cine que está en el centro de Princeton.

Igualmente sencillo es su plan a mediano plazo: graduarse de la preparatoria y largarse de aquí. No es la mejor de las estudiantes. La escuela le aburre y, para ser sinceros, es demasiado floja como para aplicarse en algo que no le interesa; pero la Sra. Daniels ya le dijo que sus calificaciones son lo bastante decentes como para que pueda ingresar a una universidad, que es todo lo que Ashley necesita saber.

En cuanto a sus planes a largo plazo… Bueno, esos no van a ser tan fáciles. Su padre ya le dejó en claro que quiere que asista a Rutgers, que estudie ciencias del deporte y que trabaje con él en sus gimnasios. Ashley todavía no ha reunido el valor para decirle que eso no es va a suceder. Pero lo hará, una vez que determine qué es lo que de verdad quiere hacer con su vida. Sabe que tendrá que ver con la música, pero no le queda del todo claro qué podría ser. No puede cantar sin que la maten y el único instrumento que sabe tocar es la guitarra… y mal. Sin embargo, mercadotecnia o relaciones públicas serían una posibilidad, razón por la que se entusiasma cuando Tara interrumpe sus pensamientos:

—Por cierto, me enteré de que Steve Ebberts irá a la fiesta de hoy.

Brent Miller, cuyos padres se llevaron a su hermanita a Cape May el fin de semana, organiza la fiesta. Ashley le dijo a Tara que no iba a ir. La última vez que vio a Brent Miller fue durante la fiesta de graduación de Sherri Benko, se puso tan pesado que Ashley tuvo que propinarle un rodillazo en las bolas. Tuvo suerte de que no hubiera sido peor. Ashley es mucho más fuerte de lo que parece, eso es lo que pasa cuando tu papá es dueño de una cadena de gimnasios. Ha levantado pesas desde los diez años. No es que se vea enorme; no como esas mujeres de *Gladiadores Americanos* que tienen cuellos del tamaño de un tronco de árbol y que podrían levantar, incluso, un auto compacto, pero es correosa.

—¿Estás segura? —dice Ashley, que ahora sostiene el auricular cerca de su oreja a pesar de que le sigue punzando el pulgar.

—Segurísima —responde Tara.

Esto lo cambia todo. No es que Ashley se muera de ganas por Steve ni nada por el estilo. La verdad, tiene un aspecto medio extraño y se porta como un imbécil, pero su hermano mayor trabaja para Warner Music y está más que dispuesta a fingir que Steve le gusta si eso la ayuda a establecer alguna conexión con el negocio, por más tenue que sea.

No va a salir con él. Se niega a ceder su vida entera a los caprichos de un hombre, pero puede aparentar hacerlo si es necesario.

—¿Me puedes dar aventón?

—Imposible —responde Tara—. Mis mamás se van a llevar

el coche para ir a visitar a mi tía de Pensilvania.

—¿Y cómo piensas ir a la fiesta?

—No voy a ir —suspira Tara—, a menos que puedas llevarme tú.

—A ver qué se me ocurre —afirma Ashley con el tipo de determinación que muestra que lo dice en serio.

Y así es. Sabe que todo: la fiesta, un posible ligue con Steve Ebberts, Woodstock, la universidad y una carrera en el mundo de la música son pasos indispensables que la conducirán a su meta verdadera, que es no vivir como su mamá y las demás mujeres de Hemlock Circle. Ama a su mamá y no tiene problemas con ninguna de las demás señoras, pero sus vidas le parecen decepcionantes. Criar niños; llevar una casa; chismear en la calle. Todo le parece demasiado ordenado, demasiado banal. Ashley quiere caos. No demasiado como Courtney Love. Solo el caos suficiente como para, en su lecho de muerte, saber que vivió.

Sin arrepentimientos.

Es el tipo de vida que quiere.

Aunque eso signifique largarse de Hemlock Circle sin nunca mirar atrás.

En el pasillo, Ashley oye a su madre llamarla desde el piso de abajo.

—¿Ash? ¿Estás arriba? Es hora de ir a trabajar, amor.

Ashley revisa el Swatch que rodea su muñeca. Carajo. Necesita estar en casa de los Marsh en dos minutos.

—Tara, me tengo que ir —dice antes de colgar y echar el pañuelo desechable lleno de sangre y la envoltura de la bandita a la basura. Se pone un par de Keds y corre escaleras abajo.

—¡Nos vemos, mamá! —grita, al tiempo que sale por la puerta.

Aunque pudo haber conseguido algún trabajo de verano en uno de los gimnasios de su papá, Ashley no dudó en aprovechar la oportunidad de cuidar a Ethan Marsh. El horario, desde el mediodía hasta las cinco de la tarde, es mucho mejor que en el gimnasio, que la habría obligado a despertarse al rayar el alba a diario. Además, si trabajara en el gimnasio, su papá sabría cuánto ganaría, lo que haría mucho más difícil guardar su dinero en secreto, como lo ha estado haciendo todo el verano. En pocas semanas, el dinero que le está pagando Joyce Marsh —y en efectivo, por cierto— podrá cubrir la totalidad del costo del viaje a Woodstock.

Ashley da la vuelta a la privada hasta la casa de los Marsh y corre desde la entrada hasta la puerta principal. Cuando se abre, espera ver a Ethan, feliz de verla como siempre. Pero, en su lugar, se encuentra la Sra. Marsh, que parpadea confundida al recibirla. Ashley se muestra igual de perpleja. ¿No se supone que debería estar en el trabajo?

—Oh, no —dice la Sra. Marsh de una manera que hace que el corazón de Ashley se hunda un poco—. Olvidé por completo decirle a tu mamá.

El corazón de Ashley se hunde un poco más.

—¿Decirle qué?

—Lo siento muchísimo, pero ya no necesitaremos que vengas el resto del verano.

—Ah... —dice Ashley—. ¿Hice algo?

—No, no, eres maravillosa —afirma la Sra. Marsh—. Ethan te adora. Es solo que..., bueno, ya no voy a trabajar. Y como voy a estar en casa a diario, no tiene sentido que tengamos a alguien para cuidarlo. Siento mucho no haberte avisado antes.

En ese instante, Ashley observa cómo su plan a corto plazo para el resto del verano se deshace como polvo frente a un vendaval. No más Woodstock. De todas maneras, no quiere hacer que la Sra. Marsh se sienta mal, de manera que responde:

—Entiendo. No hay problema.

—Claro que hay problema —insiste la Sra. Marsh—. Acordamos que trabajarías todo el verano y estoy segura de que estabas contando con ese dinero. Lo que puedo hacer es pagarte lo que resta de esta semana y, si necesitáramos a alguien para cuidar a Ethan alguna noche, serías la primera persona a quien le hablaríamos.

—Eso sería maravilloso —responde Ashley mientras, en su cabeza, empieza a calcular cuánto necesita para ir a Woodstock—. De verdad se lo agradezco.

—Gracias a ti por entender.

Y, entonces, la Sra. Marsh la sorprende cuando, de repente, la envuelve entre sus brazos. Ashley le permite que lo haga y espera algo incómoda a que la suelte. Pero lo único que pasa es que todo se pone más incómodo.

Porque es cuando Joyce Marsh empieza a llorar.

Al principio Ashley se queda congelada, con la esperanza de que deje de hacerlo. Cuando se hace evidente que el llanto no terminará pronto y que, de hecho, está empeorando, toma el control de la situación.

—Vamos para adentro —dice, sabiendo lo chismosas que son las señoras de Hemlock Circle, incluyendo a su madre. Y ver a Joyce Marsh hecha una Magdalena en la entrada de su casa es garantía de que empiecen a parlotear.

Ya dentro de la casa, Ashley conduce a la Sra. Marsh hacia la cocina y hace que se siente frente a la isla donde suele darle algo de comer a Ethan por las tardes.

—¿Le puedo traer algo de beber? —pregunta, como si su trabajo hubiera cambiado y ahora fuera la cuidadora de la Sra. Marsh.

—No, muchas gracias. —La Sra. Marsh respira hondo y se limpia los ojos—. Esto es de lo más humillante.

—Entiendo —responde Ashley, aunque no es así. Su principal fuente de ingresos, sin decir nada de sus planes para el verano, se acaba de ir al demonio. Si alguien debería llorar es ella.

La Sra. Marsh toma una servilleta de papel y la usa para sonarse.

—Eres muy dulce por decirlo. De todos modos, siento mucho que hayas tenido que verlo. Es solo que, bueno, estoy alterada porque me corrieron.

Apenas termina de hablar cuando empieza a llorar de nuevo,

esta vez en enormes sollozos profundos que empiezan a preocupar a Ashley. ¿La Sra. Marsh está teniendo una crisis de nervios? ¿Debería pedir ayuda? Además, ¿dónde diablos está su esposo? No suele irse a la universidad sino hasta las doce y media.

—Ya, ya —murmura Ashley, impactada por lo estúpido que eso suena. ¿Alguna vez le ha servido a alguien?

—Dios, pero qué patética —dice la Sra. Marsh entre sollozos—. Sé que debería estar agradecida por lo que tengo: un buen marido, Ethan, esta casa. Pero, es solo que quería contribuir con algo más, ¿sabes? Y ahora me siento tan… inútil.

Ahora, sus lágrimas corren con más fuerza y Ashley se da cuenta de que no hay nada que hacer excepto ser una amiga para la Sra. Marsh. De modo que se sienta en el banco que está junto a ella, la rodea con uno de sus brazos, y deja que llore contra su hombro.

Mientras ve llorar a su vecina en su cocina perfectamente dispuesta, renueva la promesa hecha a sí misma de que jamás se permitirá terminar como la Sra. Marsh ni como ninguna de las demás esposas de Hemlock Circle. No dependerá de ningún marido; no romperá en llanto porque se sienta inadecuada y, más que cualquier otra cosa, sin importar lo que suceda, se largará de los suburbios.

Y nada va a detenerla.

TRECE

Aunque solo mitad de la privada separa la casa de Ashley de la mía, parece una distancia bastante más larga con tres tragos de tequila encima. Me tambaleo un poco mientras trato de caminar por la acera frente a la casa de los Wallace y estoy a punto de tropezarme con los macizos de flores que la bordean. Cuando llego a la cochera, la luz de seguridad arriba del garage se enciende; el repentino e intenso brillo me deslumbra.

Me quedo parado un instante mientras trato de calcular el rango de acción que tiene el sensor de movimiento de luz. ¿Qué tan cerca tendría que estar alguien para activarlo? Para comprobarlo, camino veinte pasos hacia atrás y espero a que la luz de la cochera de los Wallace se apague.

Después, doy un paso.

Y otro.

Al tercero, la luz se enciende.

Calculo que me encuentro a seis metros de distancia. No tan cerca como pensé que sería necesario para que prendiera. Ya van dos veces que veo cómo se encienden las luces de seguridad de Hemlock Circle, al parecer activadas por nada. Pero solo porque no haya visto a nadie, no significa que no hubiera alguna persona allí. Es muy posible que las luces se activaran porque alguien se encontrara a seis metros en la dirección contraria, más cerca de la porción trasera de la casa.

Pero ¿quién podría ser ese alguien?

Según Vance Wallace, era Billy. «Lo vi atravesar el patio de atrás a todo correr», dijo; una afirmación que me gustaría desestimar, pero no puedo. No después de percibir a Billy en mi jardín más o menos al mismo tiempo en que Vance afirmaba haberlo visto.

También debo tomar en cuenta lo de las pelotas de beisbol. Nadie más sabía de ellas. Sí, Ragesh lo sabe ahora, pero no se enteró sino hasta que se lo conté después de que apareciera la primera en el patio trasero. Antes de eso, las únicas personas que sabían de su existencia y de su significado éramos Billy y yo.

Y está el hecho desconcertante de que una de las pelotas apareció, de manera inadvertida, *mientras yo estaba allí.* ¿Cómo pude no ver a nadie entrar al jardín y dejar una pelota? ¿Cómo diablos sería siquiera posible?

En mi mente, vuelvo a ver el aspecto que tenía Vance Wallace hace una hora, parado en mi jardín. No solo confuso y desarreglado, sino algo más. Algo todavía más inquietante. Parecía atormentado; un hecho que empeoró por lo que masculló cuando me acerqué.

«Lo vi. Lo seguí hasta acá. Está de regreso».

A pesar de las aseveraciones de Ashley en cuanto a que solo se trata de la enfermedad que está carcomiendo la mente de su padre poco a poco, no puedo evitar pensar que algo más está sucediendo aquí. Algo demasiado extraño y atemorizante como para ser real.

Me vuelvo a detener, esta vez frente a la anterior residencia de los Barringer, y me acuerdo de la cámara trampa. Más temprano, durante la noche, me envió tres alertas al celular. La primera fue por el tlacuache. La tercera por el Sr. Wallace, quien siguió hasta mi patio a alguien que él juraba que era Billy.

Entre ambas, tenía que haber otra imagen. Una que jamás me preocupé por revisar; una decisión desafortunada porque quizá me muestre quién fue la persona que Vance Wallace siguió hasta mi jardín.

Saco el teléfono de mi bolsillo y abro la app de la cámara, que aún me muestra la confundida figura del Sr. Wallace, parado en el patio, su vista fija en los árboles. La imagen hace que mi corazón palpite de manera sorda dentro de mi pecho. Lo que haya sido que estaba viendo podría estar en la imagen anterior.

Mi dedo empieza a temblar cuando lo deslizo sobre la pantalla del celular. Y cuando reviso la imagen de la app, es a través de ojos entrecerrados y ansiosos.

No que exista razón alguna para ello, porque la imagen que transmitió la cámara trampa muestra… nada. Solo el pasto color verde grisáceo que se extiende hasta el bosque y el hato de árboles más allá.

Vuelvo a examinar la imagen en busca de lo que haya sido que activara la cámara, pero no puedo encontrar nada que lo hiciera. No hay un solo animal que pueda ver. Ni un ave nocturna ni un insecto de gran tamaño ni una hoja cayendo de alguno de los árboles.

Estoy a punto de cerrar la app cuando logro detectar algo en la orilla misma del bosque, apenas visible entre los árboles.

Una sombra.

Una con figura humana.

Lo que no significa que de verdad haya una persona allí. Hasta donde puedo saberlo, es algo que siempre está allí, una sombra provocada por el ángulo de la luz de la luna a través de los árboles. Cambio entre las tres imágenes que tomó la cámara a pocos minutos una de la otra. La sombra solo aparece en la imagen que muestra el trecho vacío de pasto, lo que destruye mi teoría de que sea algo consistente.

Lo que sea que haya sido, se movió.

Acerco el teléfono más a mi rostro e intento ver si hay algún animal parado al borde del jardín. Un venado, sin duda. Aunque la sombra apenas se distingue del resto de los árboles ocultos por la oscuridad, todavía puedo ver la silueta general. Cabeza, cuello, hombros.

Este no es ningún venado.

Es una persona.

Una de baja estatura, por lo que puedo ver. Con base en los árboles cercanos, calculo que la sombra mide cerca de un metro cuarenta centímetros de estatura. Más o menos la altura de un niño…, pero no de cualquier niño. De manera repentina, regresa a mí el recuerdo de estar en el cuarto grado, cuando aprendimos todo acerca de pesos y medidas. Nuestro maestro, el Sr. Richardson, nos formó a todos contra la pared para que comparáramos estaturas. En aquel entonces, yo medía un metro treinta y ocho centímetros.

Igual que Billy.

Me apresuro a llegar hasta mi casa, mis tenis arrastrándose por la acera. Ya dentro, corro por las escaleras y no me detengo hasta que llego a la puerta de mi antigua recámara. No recuerdo la última vez que estuve aquí. Al igual que con el jardín, he evitado el cuarto por años por las mismas razones. Demasiados recuerdos; algunos que me encantaría olvidar. Necesito todas las fuerzas que puedo reunir para darle la vuelta a la manija y entrar en la habitación. Una vez que lo hago, me asomo al interior con cautela, como si mi versión más joven pudiera estar esperándome dentro.

Entrar al cuarto se siente como si me arrojaran al pasado en una máquina del tiempo. Casi todo en la habitación está igual que cuando tenía diez años. El mismo papel tapiz de vaqueros, caballos y árboles de pino que elegí durante mi extraña fase de Viejo Oeste a mis seis. La misma cama individual. El mismo escritorio frente a la ventana, por la que veía al jardín en lugar de hacer mi tarea.

Y el mismo librero.

Abarca la pared completa frente a la cama y sigue siendo tan alto como lo recuerdo. Cuando era pequeño, necesitaba un banquito para alcanzar el estante de hasta arriba. Ahora ya no necesito el banquito, pero todavía tengo que estirarme.

El libro que estoy buscando es fácil de localizar. Es el único cuyo lomo está contra la pared. Lo bajo, quito lo que parecería ser un centímetro entero de polvo de encima, y veo la portada.

El libro gigante de fantasmas, espíritus y otros espectros.

Me siento frente a mi escritorio en una silla en la que apenas quepo por ser para una persona treinta años más joven y abro el libro. Dentro hay página tras página de vívidas ilustraciones.

Algunas de ellas están encerradas en lápiz, supongo que por obra de Billy.

Hojeo el libro y advierto que está organizado en orden alfabético, que inicia con los *amadlozi*, que se originan en el folklore africano, y finaliza con los *zuijin*, espíritus japoneses que se dice protegen las entradas de los templos.

Me paseo por las diferentes hojas y me topo con redivivos, almas errantes y una aparición estándar vestida en ropa antigua y rodeada de un resplandor verde azulado que parece sacada directamente de *Scooby Doo*.

Después, una ilustración me detiene en seco.

Muestra una figura humanoide del mismo color que una sombra, pero con dos puntitos blancos minúsculos en lugar de ojos. El espíritu que muestra la ilustración no es translúcido, como el estereotípico fantasma de película, pero tampoco es del todo sólido. Es como un nubarrón de tormenta con forma humana.

Comparo la ilustración con la imagen de mi teléfono. Aunque la sombra capturada por la cámara trampa no tiene ojos blancos ni ojos de ningún tipo, el resto se asemeja mucho a lo que aparece en el libro.

Algo que resulta todavía más intrigante es que, al igual que algunas de las demás entradas del libro, Billy la encerró en lápiz.

Gente sombra.

Busco en los márgenes de la página, lo que provoca que un escalofrío de terror recorra mi espalda como un reguero de gotas de agua helada. Allí, Billy escribió algo que pudo haber sido insignificante en el momento, pero que ahora me resulta espeluznante.

Esto es real.

CATORCE

Son las doce de la noche y estoy frente a mi laptop en el estudio de mi papá, donde llevo más de una hora recorriendo sitio tras sitio relacionado con lo paranormal. A causa de ello, siento que la cabeza me da vueltas. Resulta que la gente sombra no es tan fácil de clasificar como su nombre sugiere. Es posible que sean fantasmas o que sean imaginarios, invocados por personas que sufren de terrores nocturnos. O quizá no sean nada en absoluto. Solo parte de la visión periférica que le está jugando una broma a aquellos que afirman verlos.

Para añadir todavía más a la confusión, si podemos creerle al internet, hay diferentes subcategorías de gente sombra. Al parecer, la mayoría no le hace daño a nadie. Solo les gusta ocultarse por las esquinas para vernos, a veces al punto de acosar a quienes los ven. Otros no ocasionan daño físico alguno, pero sí una intensa sensación de temor e intranquilidad solo con su mera presencia. Y otros más sí pueden atacar a los vivos; en ocasiones, golpeándolos y asfixiando a sus víctimas dormidas.

Admito que me recorre un escalofrío cuando leo esa parte y que me hace sentir un poco mejor por ser insomne.

Algunas de estas personas sombra vagan por allí, ignorantes de los seres humanos a su alrededor; otras siempre aparecen en un mismo lugar. Incluso, hay animales sombra, aunque mi mente no puede comprender cómo funcionaría algo así. En cuanto a lo que capturó la cámara trampa, parecería ser lo que se conoce como una persona sombra del bosque.

Si es que es algo en absoluto.

No estoy del todo convencido de que la cámara trampa haya capturado la imagen de una persona sombra por un millón de razones diferentes. Podría tratarse de algún problema con la cámara o de la silueta de un animal que, por casualidad, parecía tener forma humana en ese momento o cualquiera de cientos de otras opciones. Solo porque Billy escribió en un libro que la gente sombra era real treinta años atrás, no significa que de verdad exista ni que él se haya convertido en una.

Pero, por otro lado, ¿y si así fue?

Porque algo raro está pasando allá afuera. Eso es innegable. Razón por la cual me sigo paseando por los sitios paranormales con la inquieta intensidad de un adolescente en busca de pornografía en línea. A continuación, hago una búsqueda simple con la palabra fantasma. Error. Sin exagerar, hay miles de sitios relacionados con fantasmas; tantos que hacen que empiece a sentir un dolor ardoroso justo detrás de los ojos.

Trato de parpadear para eliminarlo mientras veo los resultados de la búsqueda y hago clic en una de las páginas de manera aleatoria. Resulta ser una larga lista de todos los tipos de espíritus que se conocen a lo largo y ancho del mundo. Es una lista muy larga. Y apenas y reconozco menos de la mitad. Espectros y sombras blancas. *Djinns* y *mylingar*. *Poltergeists* y ánimas y apariciones como para decir basta.

Después de otra hora de recorrer páginas, abrir algunas y leer, creo que tengo una comprensión bastante decente de la situación. Bueno, de una situación. Una que preocuparía a cualquiera que se enterara de ella por mi estado mental. A decir verdad, yo mismo estoy algo preocupado por mí. Como maestro de literatura inglesa, me siento más que familiarizado con los fantasmas. El padre de Hamlet pidiendo venganza. Los espíritus enloquecedores de la *Hill House* de Shirley Jackson. Todas las ánimas y almas en pena que surgieron de la imaginación de Poe. Pero todos ellos eran inventados, nada más que historias. Lo que contemplo es por completo diferente.

Algo absoluta e imposiblemente real.

A partir de lo que admito sin remilgos que fue una investigación algo chapucera, concluyo que la mayoría de los fantasmas tienen un propósito que va más allá de espantar a la gente hasta enloquecerla. En muchos casos, este propósito es darle fin a algún tipo de asunto inconcluso aquí en la tierra para que logren seguir adelante. Sin embargo, eso es algo que con frecuencia requiere de la ayuda de los vivos, que pueden ignorar la presencia o necesidad de estos espectros. A fin de llamar su atención, hay veces en que los fantasmas recurren a ese más común de los lugares.

Atormentan a los vivos.

Que no es necesariamente el tipo de suceso que puede verse en las películas o en las novelas góticas: puertas que se azotan, cadenas que se arrastran y aullidos de mujeres fantasmagóricas que recorren pasillos. Los fantasmas son más sutiles que eso. También son pacientes y, a veces, esperan a que se dé el momento perfecto para entrar en acción.

Para Billy, este sería ese momento perfecto. Sucesos más allá de mi control me trajeron de vuelta hasta acá, el sitio en el que desapareció Billy. Lo mismo es cierto en el caso de Ashley, que pensó que jamás regresaría a Hemlock Circle. Es un poco diferente para Russ y Ragesh, que jamás se fueron en realidad; pero incluso en su caso, la vida los ha mantenido atados a este lugar.

Los cuatro estuvimos con Billy horas antes de que se lo llevaran y, ahora, estamos de regreso en Hemlock Circle por primera vez en treinta años.

En el momento preciso en que descubren el cuerpo de Billy.

En lo que pronto será el aniversario de su muerte.

Desde ese punto de vista, todo esto no parece del todo predestinado, pero sí algo parecido.

¿Qué tal que todo es obra de Billy?

Una idea loca, sin duda creada por el estúpido libro y por todos los estúpidos sitios web que pasé examinando durante la noche. Sin embargo, de acuerdo con esos sitios, tendría cierta lógica.

Si la meta principal de una entidad sobrenatural es resolver un asunto inconcluso en la tierra para que pueda transitar al otro lado, sería lógico que Billy nos necesite para averiguar quién lo mató y por qué.

Incluso, cabe la posibilidad de que esa sea la razón por la que se hayan encontrado los restos de Billy en este momento y no hace cinco, diez o veinte años. Que él haya permitido que se encontraran porque sabía que los cuatro estábamos de vuelta en Hemlock Circle.

Lo más probable es que solo me estuviera esperando a mí. El mejor amigo que se fue y que jamás volvió a mirar atrás. Explicaría lo de las luces que se prendieron y apagaron alrededor de la privada, además de las pelotas en el jardín. Ese también podría ser Billy, recurriendo a uno de sus viejos trucos para orientarme con cautela en esa dirección.

No tengo idea de lo que tendría que hacer a continuación. El consenso de las sugerencias de los sitios que encontré es que debería tratar de establecer algún tipo de comunicación. De manera cuidadosa, por supuesto. Una sola equivocación y todo podría salir mal. Y uno de los errores más comunes es abordar ese intento de comunicación sin la más absoluta sinceridad.

Cierro mi laptop, saco el teléfono y me comunico con la única persona con la que sé que puedo hablar acerca de algo así de extraño. Cuento los timbrazos, sabiendo que serán cinco antes de que la llamada pase al buzón de voz de Claudia.

—Hola —digo después del pitido—. Soy yo de nuevo. Sé que no debería estarte hablando, pero tengo que contarle esto a alguien antes de que me vuelva loco. Quizá ya lo esté.

No es sino hasta que lo digo en voz alta que me doy cuenta de que bien podría ser cierto. Quizá todo lo que ha pasado en los últimos días, combinado con los sucesos de los años anteriores, me ha llevado a la locura. Explicaría mucho, incluyendo la razón por la que le estoy hablando a Claudia a la una de la mañana. De todos modos, continúo hablando, obligado a tratar de darle algún sentido a todo esto.

—Claude, creo que Billy me está persiguiendo. —Pauso e imagino su reacción de extrañeza absoluta—. Lo sé, es ridículo. Pero están ocurriendo cosas rarísimas que no puedo…

¡Tin!

Al principio, supongo que, una vez más, excedí los límites del sistema de buzón de voz de Claudia y que la llamada se cortó. La certeza de que estoy equivocado viene unos segundos después, cuando escucho el familiar e impaciente bip del buzón de voz de Claudia. Es solo entonces que comprendo el primer sonido: fue una alerta de la única app que tengo instalada en mi celular.

La cámara trampa acaba de tomar otra fotografía.

Me quedo congelado, el teléfono apretado contra mi oreja, paralizado por… ¿Por qué?

¿Incertidumbre?

Tal vez.

¿Miedo?

Sin duda.

Porque, ¿qué tal que todo esto es de verdad real? ¿Qué tal si abro la app y veo al fantasma de Billy parado frente a la cámara?

Tan solo pensarlo me aterra más que suficiente, pero también hay un panorama más general que debo tomar en cuenta. No sé cómo vivir en un mundo en el que los fantasmas sean una realidad. ¿Significa que empezaré a ver más de ellos? ¿Tratarán de comunicarse conmigo? Y más abrumador aún, ¿podré yo comunicarme con ellos?

Me armo de valor y abro la app. En lugar de a Billy, veo el pasto y detrás el bosque; ni una sola persona sombra visible.

Sin embargo, algo activó el sensor de movimiento de la cámara y tengo que averiguar de qué se trata.

Salgo del estudio y me dirijo a la cocina, donde tomo una linterna del atascado cajón de los triques. Ya afuera, entro con cuidado al jardín y paseo el haz de luz de la linterna por el pasto y hacia el bosque. La luz capta algo un poco más allá de la línea de árboles.

Un contorno borroso.

Algo en movimiento.

Verlo me hace emitir un chillido de sorpresa, que provoca mayor movimiento de lo que sea que se esté paseando entre los árboles. En ese instante, lo único en que puedo pensar es en todas las historias de las cataratas, el lago y los fantasmas de la gente que ha muerto en ellas, y que flotan sobre el agua como bruma. ¿Es eso lo que le pasó a Billy? ¿Se habrá convertido en este borrón gris?

Resulta que no es el caso. De entrada, la forma en el bosque se detalla con rapidez y se transforma de una especie de nube grisácea en lo que, sin lugar a duda, es un venado asustado. En el brillo de la linterna me resulta fácil ver su colita blanca, que se agita cuando brinca para adentrarse al bosque.

Con el misterio resuelto, me quedo en el jardín, esperando. No estoy del todo seguro a qué. A Billy, supongo, mientras ingresa en el jardín en forma espectral. O flotando, o haciendo lo que sea que hagan los fantasmas. Quizá esté aquí mismo, en este preciso momento, invisible entre las sombras, esperando en silencio hasta que lo note.

Recuerdo todo lo que ha pasado en los últimos días: las luces, las pelotas, la sombra en el bosque, y me pregunto, no por primera vez, si podría existir alguna explicación racional para todo esto. Si es así, aún no la encuentro. Lo que, supongo, es justo lo que hace que algo sea sobrenatural: la absoluta falta de racionalidad.

Existe la posibilidad de que parte de todo esto no sea más que mi imaginación, motivada por la culpa, el pesar y cierta forma de pensamiento mágico. Aparte, claro está, del desafortunado trastorno de Vance Wallace, que confunde su cerebro y que lo hace pensar que está viendo cosas que no existen. Incluso la pelota que apareció en el jardín mientras me encontraba allí podría tener alguna explicación lógica.

Lanzo una mirada a la vieja casa Barringer, donde una esquina del segundo piso puede verse por encima de los setos. Una sola ventana tiene vista a mi jardín. Quizá alguien haya arrojado la pelota desde allí, aunque no puedo imaginar de quién podría tratarse. En este momento, nadie vive allí y no ha habido un solo Barringer al interior de esa casa desde mediados de los noventa. Pero, por lo menos, es el asomo de una explicación. Estoy seguro de que podría pensar en cosas parecidas para cada una de las cosas extrañas que están sucediendo. No importa que mi intuición me diga que se trata de algo distinto, que todo es obra del mismo Billy.

Estoy en el proceso de darme la vuelta para regresar a la casa cuando escucho algo.

Un crujido en el bosque.

Ligero, pero extrañamente estridente en la oscuridad por demás silenciosa.

Con él, viene la misma presencia que intuí hace dos noches. Esta vez, resulta inconfundible.

Billy.

Y no un mero recuerdo de él. Siento de manera verdadera, absoluta y total como si estuviera conmigo en este preciso momento.

Con la linterna apretada en la mano, me doy vuelta hacia el bosque una vez más.

Lentamente.

Más que eso.

Con tal lentitud que puedo sentir cómo mis pensamientos cambian de aterrados, a curiosos, a casi esperanzados. ¿Y si de verdad es él? ¿Qué podría decirle después de todos estos años?

«Lo siento», de entrada. «No debí decir lo que te dije, ni haber hecho lo que hice. Y, en definitiva, debí ayudarte, aunque no tenía idea de que lo necesitaras».

En lugar de eso, una vez que estoy de frente al bosque, la linterna dirigida hacia los árboles, lo único que se me ocurre decir es:

—¿Billy? ¿Estás allí?

Al principio, no hay nada. Solo el ruido de los insectos, el leve parpadeo de las luciérnagas y una quietud tan vasta que resulta sofocante.

Después, detecto otro leve crujido de entre los árboles y escucho el susurro de hojas. Algo sale del bosque, muy cerca del piso.

Una pelota de beisbol.

Bajo la linterna hasta que está fija sobre la pelota. Me le quedo viendo, hipnotizado mientras rueda por el pasto hacia mis pies.

Cuando toca la punta de mi zapato, corro.

Directamente hacia el bosque, abalanzándome a través de la maleza, buscando a la persona que acaba de lanzar la pelota a mi jardín.

Pero no hay nadie en las orillas del bosque.

Solo estoy yo.

Doy vueltas mientras la luz de la linterna aletea a través del bosque e ilumina el piso, los árboles y las ramas atestadas de hojas.

Regreso al jardín y recojo esta nueva pelota que, en realidad, parece tener décadas de antigüedad. El cuero está amarillento y las costuras rojas están rotas en ciertos lugares. Al darle vueltas entre mis manos, veo algunas manchas de pasto y las marcas de dientes que sin duda hizo algún perro.

Me doy cuenta de que es la misma pelota que Billy arrojó a mi jardín cuando seguía con vida.

Apretada entre mis manos, acabo por comprenderlo todo.

Billy *sí* está de vuelta.

Lleva días aquí, tratando de llamar mi atención de cualquier manera que le es posible. Vagando por la privada, prendiendo y apagando luces, arrojando pelotas a mi jardín. Y el significado es el mismo ahora del que fue hace treinta años.

Es hora de jugar.

Viernes, 15 de julio, 1994
12:15 p. m.

Después de comer, pero antes de salir a jugar, Ethan se da un baño rápido en la regadera; otro nuevo acontecimiento. Hasta mayo, su madre lo obligaba a bañarse en la tina noche tras noche; algo que le gustaba hacer porque el tiempo que pasaba en la tina inspiraba sus ideaciones. Imaginaba que era un monstruo marino o un tiburón o, en ocasiones, se acostaba de espaldas debajo del agua, como alguien que se estuviera ahogando. Pero desde que Russ Chen dijo que solo se bañaba en regadera, la idea misma de meterse en la tina hacía que Ethan se sintiera como un bebé, de manera que le rogó a su madre que lo dejara bañarse en la regadera.

Una vez limpio, Ethan se viste con rapidez; una playera color verde neón, shorts de comando y sus Air Jordans, ya grises por el uso excesivo. La razón de su prisa es sencilla: ya no quiere estar cerca de su mamá. Estuvo actuando rarísima toda la mañana. Enojada. No con él, que debió ser un cambio refrescante, pero que, de hecho, solo desconcertó a Ethan. Sabe que se debe a que perdió su trabajo. Eso es de lo más evidente. Lo que no logra descifrar es qué puede hacer al respecto.

Ethan percibe que su padre se sintió igual, porque se fue a trabajar más temprano de lo habitual; algo que pareció enojar más a su mamá. Solo se puso peor cuando Ethan le preguntó, por segunda vez ese mismo día, cuándo iba a ir Ashley a cuidarlo.

—No va a venir —espetó su mamá—. Tendrás que conformarte conmigo.

Pero, de todas maneras, Ethan puede oír que Ashley está allá abajo. Otra razón para apurarse. Quizá su madre cambió de parecer y decidió que Ashley podía seguir cuidando de él.

Ya abajo, entiende que eso no es lo que sucede. No tiene idea de lo que se trate, porque su mamá está sentada frente a la isla de la cocina con la cabeza recargada en el hombro de Ashley. Cuando Ethan se acerca un poco más, siente que alguien le estruja el corazón dentro de su pecho.

Se da cuenta de que su madre está llorando.

—¡Ay! —exclama ella cuando lo ve, al tiempo que trata de secarse los ojos con velocidad, como si eso pudiera hacer que Ethan olvide lo que acaba de ver.

Pero, entonces, Ashley se le acerca y oculta a su madre de su vista.

—Hola, amiguito —le dice—. ¿Por qué no sales a jugar? En un momento más voy a acompañarte, ¿te parece?

Ethan sale al jardín con renuencia y le lanza a su madre una breve mirada por encima de su hombro mientras va de salida. En los pocos segundos que pasaron desde que él habló con Ashley, recuperó la compostura y ahora parece más avergonzada que triste. Sin embargo, la imagen de verla llorar permanece en Ethan, que se queda parado en el jardín mientras toda una serie de escenarios terribles inunda por completo su imaginación. La principal que tuvo por la mañana, la del divorcio inminente de sus padres, se ve usurpada con velocidad por las demás. Enfermedad, muerte y una mudanza inevitable.

Está tan obsesionado con sus terribles pensamientos que ni siquiera se percata de que Russ Chen se escurrió a través de los setos que bordean sus dos patios. Ethan ni siquiera se percata de su presencia sino hasta que Russ habla, con un agudo:

—Hey, Ethan.

—Hola —responde, distraído.

—¿Qué está pasando?

Finalmente, Ethan voltea a ver a su vecino y, como siempre, queda sorprendido de lo extrañamente delgado que es. Todo piernas y brazos y rodillas y codos. No por primera vez, Ethan se pregunta cómo se mantiene de pie sobre extremidades así de delgadas.

—Nada —dice, que es lo contrario a la verdad. Al parecer, todo es lo que está pasando y no comprende ninguna parte de ello—. Iba a casa de Billy a jugar.

—Súper —dice Russ—. Te acompaño.

Ethan sabe que eso no le gustará a Billy, pero no tiene la fuerza de voluntad para resistirse.

—Está bien —responde mientras recoge la pelota de beis de Billy y la lleva a través de los setos al jardín trasero de la casa de los Barringer.

Allí no se topa con Billy, sino con su hermano menor, Andy, quien pasea un cochecito Matchbox lentamente por el pasto. Andy se entusiasma cuando ve a los dos chicos mayores.

—¡Hola, Ethan! ¡Hola, Russ!

—¿Está Billy por allí? —pregunta Ethan, aunque sabe que la respuesta es sí. Si Billy lanzó la pelota al jardín, significa que, sin duda, está en casa.

Se abre una de las ventanas del segundo piso. Ethan se da cuenta de que es la recámara de Billy. A través del mosquitero, Billy grita hacia el jardín:

—¡Bajo en un segundo!

Cuando sale de la casa, veinte segundos después, Ethan le arroja la pelota.

—Tu pelota.

Billy se lanza por ella, no logra atraparla y la mira decepcionado cuando cae al pasto. Después, ve a Russ en el límite del patio. Pasa un instante en el que Ethan y Billy tienen una larga conversación sin cruzar palabra, intercambian miradas que solo un mejor amigo podría interpretar.

«¿Y él qué hace aquí?».

«No es mi culpa. Se invitó solito».

«¿Y por qué no te deshiciste de él?».

«Por favor, solo toléralo».

—Entonces, ¿qué, amigos? ¿Quieren jugar? —dice Russ de tal manera que Ethan no está del todo seguro si entendió el silencioso intercambio con Billy o si sigue en la absoluta ignorancia.

—No vamos a jugar —afirma Billy—. Vamos a explorar.

Esto es noticia para Ethan, quien supuso que jugarían a las escondidillas o a las Tortugas Ninja.

—¿Dónde? —pregunta.

Billy se encoge de hombros, como si ni siquiera lo hubiera meditado.

—En el bosque.

Ethan mira hacia los árboles que bordean la enorme curva del jardín de Billy. A sus padres no les gusta que vaya al bosque sin avisarles primero, algo que no puede hacer hoy porque podría significar que tendría que ver a su madre llorando de nuevo.

—¿Qué no solo podemos quedarnos en el jardín?

—¿Ves algún lugar que podamos explorar aquí?

Ethan echa un vistazo a ambos lados del jardín, por razones que incluso él desconoce. Es evidente que no lo hay.

—No —afirma.

—Exacto —responde Billy.

De pie junto a Ethan, Russ interrumpe.

—¡Yo sí quisiera ir a explorar!

—¡Yo también! —exclama Andy después de abandonar su Matchbox sobre el pasto.

Billy se hinca junto a su hermano y coloca una mano sobre su hombro. A pesar de que se queja de manera constante de lo molesto que es Andy, Ethan nunca lo ha visto tratar a su hermano menor con algo que no sea afecto. Al ser hijo único, Ethan sospecha que no sería igual en su caso. No puede imaginar tener un hermano; compartir el espacio, compartir los juguetes, compartir a sus padres. Tiene el enorme lujo de ser el centro de atención de manera constante.

—Solo pueden ir los chicos grandes —dice Billy, como si

fueran adolescentes y no apenas tres años mayores que Andy.

—Pero puedo portarme como chico grande.

—Juego contigo en cuanto regrese —dice y, entonces, invoca la frase que ha estado usando de manera constante desde que Ethan y él fueron a ver *El Rey León* hace ya tres semanas.

—¿Hakuna matata, amigo?

Andy asiente, abatido.

—Está bien.

Y, entonces, los tres empiezan a dirigirse al otro lado del jardín. Primero Billy, después Russ y atrás, un dudoso Ethan. El día de hoy hay algo raro en Billy que no alcanza a entender del todo. Normalmente, es menos decidido, menos confiado. Si Russ no estuviera con ellos, le preguntaría a Billy qué le está pasando. Sin embargo, Russ *está* con ellos, un hecho que ya no parece molestarle a Billy mientras los tres pausan en la frontera del bosque.

—¿Están listos? —pregunta.

—¡Por supuesto! —responde Russ con un entusiasmo que hace que Ethan levante los ojos al cielo.

—¿Ethan?

Billy voltea a verlo, la curiosa luz de sus ojos está empezando a preocupar a Ethan. En definitiva, algo no está bien.

—Supongo —responde Ethan, resignado a tolerar lo que sea que resulta evidente que Billy tiene planeado—. Vamos a explorar.

QUINCE

Después de realizar las tareas obligadas del día a día —café, desayuno, baño— en un estado de absoluto aturdimiento, estoy de vuelta frente a mi laptop a las nueve de la mañana, esta vez estudiando Hemlock Circle tal cual como se muestra en Google Maps. Desde arriba, parece una serie de círculos dentro de otros, casi como una diana.

El blanco de esta serie, continuando con la metáfora, es una pequeña isla circular de plantas justo al centro de la privada. Hay un arce japonés, algunas pináceas no muy agraciadas y pequeñas extensiones de hiedra. Alrededor se encuentra la calle en sí, que corre en círculo entre las propiedades de los Wallace y de los Patel. El círculo exterior está conformado por los terrenos de las propiedades; una gruesa banda de pasto sobre la que se encuentran las seis casas.

Alrededor se encuentra el bosque, que se va reduciendo a poco menos de medio kilómetro detrás de la casa de los Wallace, donde es reemplazado por una carretera estatal con otra área residencial, menos arbolada, al otro lado de esta. Muevo el mapa en la dirección contraria y observo la porción norte del mismo hasta que la pantalla queda llena del verde del bosque ubicado detrás de mi propia casa.

No me detengo hasta que veo un rectángulo café que irrumpe entre los árboles.

El Instituto Hawthorne.

O, por lo menos, eso creo que es. Los terrenos que lo rodean están más cubiertos de maleza de lo que recordaba y hay trechos de verde pixelado que ocultan lo que se encuentra en esos sitios. Incluso cuando hago un acercamiento, es difícil distinguir las edificaciones individuales u otros detalles. Es casi como si estuviera prohibido verlos desde cualquier ángulo.

O quizás estoy tan agotado que ya no veo con claridad.

Casi no dormí la noche anterior, demasiado abrumado por pensamientos sobre Billy, fantasmas y el fantasma de Billy. Ahora, mientras miro minuciosamente la vista de satélite del área e intento en vano enfocar la imagen, lo único que me mantiene en pie es la poca energía que me queda y la cafeína.

Una de las cosas que no me permitió dormir en toda la noche fue la idea de que Billy necesitara de mi ayuda para resolver sus asuntos inconclusos. Que ha pasado los últimos treinta años en un limbo fantasmagórico esperando mi retorno. Y dado que hallaron sus restos en ese lugar, y por el hecho de que es el sitio al que nos dirigimos cuando salimos a explorar el día en que se desvaneció, las cataratas y el Instituto Hawthorne me parecen el sitio más lógico donde empezar.

Regreso a mi viejo amigo, Google, e inicio mi búsqueda de Ezra Hawthorne. Para alguien que valía mil millones de dólares al momento de su muerte, su huella digital es sorprendentemente pequeña. La búsqueda solo arroja algunas fotos de archivo que muestran a un hombre cuyo aspecto apenas y cambió con el paso de los años. Una fotografía que le tomaron en los sesenta guarda un parecido impactante con otra suya de los noventa. En todas ellas, la característica más destacable es su palidez. Cabello blanco, piel blanca, dientes blancos. Cuando eso se combina con el hecho de que al parecer siempre lo fotografiaron vestido con traje negro, no podría culparse a nadie si pensara que, en realidad, Ezra era un cadáver viviente.

Y, sin embargo, vivió casi cien años, según su breve entrada en Wikipedia. Nació en 1900 y murió en 1998; y eso es más o menos todo lo que hay en cuanto a información pertinente en la entrada, que principalmente menciona su estatus como hijo único de Elsa Hawthorne, hija única del magnate L.B. Hawthorne. El instituto se menciona una sola vez, en una oración tan vaga que podría querer decir casi cualquier cosa.

Hawthorne fundó el Instituto Hawthorne en 1937 y siguió siendo su director y principal benefactor hasta su muerte. El instituto cerró poco después de su fallecimiento.

No hay un vínculo para ir a alguna página del instituto, ni pista alguna acerca de lo que ocurría en él. El resto de la página es la biografía de Ezra Hawthorne, resumida en pocas palabras.

Educación: Universidad de Princeton.

Ocupación: filántropo y filósofo.

Vida personal: jamás se casó.

Las cosas no se ponen interesantes sino hasta el apartado que habla acerca de su religión. Allí, se lee: «Aunque Hawthorne jamás se afilió de manera pública a ningún tipo de religión organizada; se sabe que estaba interesado en el ocultismo».

Esa última palabra parece destacar en mi pantalla como si estuviera escrita en luces de neón.

Ocultismo.

Una manera muy distinta de describirlo comparada con la versión de la detective Palmer. Solo lo llamó excéntrico y afirmó que su instituto era sede de distintas investigaciones. Sin embargo, esto lo hace sonar como algo más.

Algo siniestro.

Claro que, por cierto, todo esto podría no ser verdad en absoluto. Wikipedia marca esa última oración con una etiqueta de «Cita requerida», lo que indica que no hay nada que la sustente.

Y, sin embargo, la palabra «ocultismo» —con todo lo que eso implica— me inquieta, por lo que hago una nueva búsqueda en Google, esta vez tratando de encontrar información referente al Instituto Hawthorne. Arroja cientos de resultados; muy pocos de ellos en los Estados Unidos y ninguno en Nueva Jersey.

Hago otra búsqueda, esta vez con el código postal. Eso arroja un único resultado: Granjas Hawthorne.

Doy clic en el vínculo y me lleva a una sección del sistema de parques del condado. Al tope de la página hay una imagen de lo que podría confundirse con una propiedad de la realeza en plena campiña inglesa. Paredes de piedra tomada de alguna montaña, vitrales, techos de pizarra. Y, aunque el texto que lo acompaña no hace mención alguna del instituto, estoy seguro de que este es el sitio. Lo sé porque la mansión y los terrenos están disponibles para rentarse para bodas y eventos privados, cosa que Ragesh mencionó apenas el otro día. Al parecer, llamarlo granja es mejor para generar reservaciones que mencionar que es un instituto.

Más abajo, hay gran diversidad de fotografías tomadas en el lugar. Una muestra una habitación llena de hombres de traje con la misma apariencia cadavérica que Ezra Hawthorne. En otra imagen se ve la misma habitación, pero dispuesta y decorada para una boda. Debajo de esta hay otra foto, de los novios posando frente a las cataratas. Cuando la observo, siento que mi estómago se contrae.

Billy está en esa foto.

Invisible.

No como persona sombra en las orillas de la fantasmal bruma que flota sobre el agua que cae.

Pero está allí, de todas maneras, apenas por debajo de la superficie del lago; su presencia ignorada por todos.

Me quedo viendo a los rostros de la feliz pareja y me pregunto cientos de cosas diferentes. ¿Habrán podido intuir la presencia de Billy mientras sonreían para la cámara? ¿Lo percibieron de la misma manera en que lo hago yo cuando me encuentro en el patio trasero?

Incapaz de ver lo que ha sido del lugar en la actualidad, renuevo mis exploraciones en busca de señales de lo que solía ser. En lugar de seguir gogleando otro par de horas en vano, como hice anoche, recuerdo que Claudia, cuando trabajaba para un departamento de parques muy distante, utilizaba hemerotecas por suscripción siempre que necesitaba llevar a cabo alguna investigación histórica a fondo de alguno de los sitios que supervisaba.

Cinco minutos y un cargo a mi tarjeta de crédito después, estoy estudiando más de un siglo de periódicos locales, la mayoría ya desaparecidos desde hace mucho. El Instituto Hawthorne arroja varias coincidencias en periódicos semanales hiperlocales que solían florecer por todas partes, pero que apenas y existen en la actualidad. Elijo uno al azar y veo que es de finales de octubre de 1963. Es una nota en el calendario social que informa a los lectores de sucesos venideros, en este caso, una conferencia acerca de Harry Houdini que se llevará a cabo la noche de Halloween para invitados selectos en el Instituto Hawthorne. No hay ningún artículo adicional de seguimiento.

La mayoría de los otros resultados de búsqueda son avisos semejantes de algún tipo de evento o recapitulaciones lacónicas de los mismos. «El Instituto Hawthorne recibió al Asombroso Kreskin para una cena privada el sábado» indica una nota de 1972. «Junta anual del Instituto Hawthorne», anuncia otro de 1985.

Entre los artículos más recientes encuentro esquelas dedicadas a Ezra Hawthorne, en las que se menciona al instituto, pero que se ven superadas por temas más centrales como su familia y sus obras de filantropía. Poco tiempo después, aparecen las notas que anuncian la donación de su propiedad al condado. Casi todos estos artículos noticiosos describen a Ezra como «excéntrico», «solitario» o, incluso, «controvertido», aunque, al igual que la mención que Wikipedia hizo de su interés en el ocultismo, no hay nada que sustente las afirmaciones. Como tampoco hay nada que sugiera lo que en realidad sucedía en el Instituto Hawthorne y si alguien allí tendría razón alguna como para hacerle daño a un niño de diez años de edad.

Ese es el sitio al que mi mente insiste en dirigirse, aunque concuerdo con Russ en que me hace parecer paranoico. Quizá no me sentiría así si hubieran inspeccionado el terreno del instituto después de la desaparición de Billy. Pero eso jamás sucedió, muy posiblemente porque Ezra Hawthorne sobornó a alguien. Y ya que allí es donde se encontró el cuerpo de Billy, y porque no me convence la teoría de la detective Palmer en cuanto a que el asesino era alguien de Hemlock Circle, la única conclusión a la que puedo llegar es que su asesinato se vincula de alguna manera con el tiempo que pasamos en el Instituto Hawthorne.

La gran incógnita acerca de ese día se reduce al paradero de Billy entre el momento en que los demás nos fuimos de la propiedad del instituto sin él y su llegada a mi jardín más tarde esa misma noche; un periodo de más de cinco horas. No tengo idea de cuánto tiempo pasó en el Instituto Hawthorne, o lo que vio, o con quién pudo haber hablado. No compartió detalle alguno esa noche en la tienda de campaña porque estaba enojado conmigo y porque los dos, sospecho, estábamos molestos con nosotros mismos.

Pero si la muerte de Billy está relacionada de alguna manera con que estuvimos en el instituto, ¿acaso es posible que haya visto u oído algo que no debía? No lo sabré sino hasta que vea el sitio con mis propios ojos.

Lo que significa que el paso siguiente es dirigirme hacia allí. Es probable que no descubra nada al volver sobre nuestros pasos hacia el instituto y de regreso, pero, en realidad, ese no es el punto. Si Billy quiere que lo haga, y estoy bastante seguro de que así es, lo haré. Le debo eso, por lo menos.

Antes de cerrar el sitio web, especifico mi búsqueda a todo lo que se publicó dentro de una ventana de cinco años en torno al secuestro de Billy. Un último y desesperado intento por averiguar algo que sea de utilidad acerca del lugar durante esa época. No encuentro gran cosa. El calendario social del Instituto Hawthorne se redujo de manera notable durante los noventa. Más bien, solo veo menciones breves entre otras notas acerca de donaciones a bibliotecas y tasaciones de impuestos a la propiedad.

Solo un artículo despierta mi interés, en un reporte de nota roja de julio de 1992. Alguien que vivía cerca del instituto levantó una denuncia por ruido y afirmaba que había escuchado un grito proveniente de la propiedad en mitad de la noche.

Dado que Hemlock Circle es el área residencial más cercana al instituto, supongo que la queja vino de alguno de mis vecinos. Dudo que mis padres lo hayan hecho, aunque ya estábamos más que establecidos en la privada para ese momento. Además, creo que recordaría escuchar un grito que proviniera del bosque a mis ocho años. La persona que hizo la denuncia, y el origen del grito, se desconocen. El periódico no se molestó en hacer un segundo artículo relacionado con el incidente.

Supongo que la falta de detalles será más que evidente en los artículos noticiosos precedentes, de junio de ese mismo año. Hago una revisión a medias, poco interesado en una lista de sitios donde se asignó a estudiantes locales a llevar a cabo servicios obligatorios de voluntariado. Pero, entonces, veo que el Instituto Hawthorne fue uno de esos lugares; una revelación acompañada de un aumento repentino de adrenalina.

Vuelve a aumentar cuando leo los muy conocidos nombres de dos estudiantes a los que enviaron a ese lugar.

Johnny Chen y Ragesh Patel.

Aunque no me sorprende que ninguno de los dos haya hecho trabajo de voluntariado, porque era algo obligatorio después de todo, me sorprende el hecho de que un sitio tan hermético como el Instituto Hawthorne haya participado en el programa. Al parecer, una única vez, porque una búsqueda de menciones del mismo en notas parecidas de otros años no arroja resultado alguno.

Cosa que me parece extraña.

Muy extraña.

Un instituto dedicado a hacer investigaciones desconocidas permitió que dos chicos adolescentes hicieran su trabajo de voluntariado allí; después, jamás volvió a suceder. Lo que lo hace todavía más extraño es el hecho de que Johnny haya muerto de una sobredosis de drogas al verano siguiente. Aunque lo primero casi sin duda no tenga nada que ver con lo segundo, sí me hace preguntarme qué tipo de trabajo llevaron a cabo Johnny y Ragesh en el Instituto Hawthorne, y qué tanto sabe Ragesh en realidad acerca del lugar.

Sea lo que sea, es más de lo que está dejando ver, tanto ahora como hace treinta años.

Viernes, 15 de julio
12:33 p. m.

Ragesh está sentado en un tronco detrás de la casa de Johnny Chen, preguntándose si hoy será el día en que al fin se fume su primer toque. Lo tiene desde hace más de un año, guardado en una lata de Altoids oculta en la esquina de atrás de su cajón de ropa interior. Ya perdió la cuenta del número de veces que ha entrado a este bosque, llegado hasta este mismo árbol derribado y sacado el toque, listo para fumárselo. Sin embargo, jamás reúne el valor necesario para hacerlo. Johnny se lo dio después de que cambiara a sustancias más fuertes algunos meses antes de morir, y Ragesh tiene miedo de que una vez que lo fume, se vuelva oficial.

Su mejor amigo se fue.

Y jamás va a regresar.

Ragesh lo sabe de lleno. No es un idiota; pero también sabe que si conserva el toque guardado en su lata de Altoids, sentirá, de alguna manera, que Johnny nunca se fue.

Mete el churro entre sus labios, el papel ya reseco por la docena de veces o más que lo ha hecho antes, y piensa en qué hacer a continuación. Sabe cuál sería la respuesta de Johnny. «Fúmalos si los tienes, hermano», diría de esa forma extenuada que Ragesh sabía que era por ser el hijo mayor de padres estrictos que demandaban perfección. Calificaciones inmejorables, estudiante estrella y un sin fin de actividades extracurriculares para que pareciera lo bastante polifacético como para que lo aceptaran en Harvard o Yale (pero no en Princeton, por cierto. Cuando vives a tiro de piedra de una de las universidades más prestigiadas, asistir a la misma se siente como si estudiaras en el centro educativo comunitario de tu localidad).

Ragesh no tiene que enfrentarse a ese tipo de presión. Su hermana mayor, Rani, se encargó de todo en su lugar. En ese momento, Miss Perfecta está estudiando en Oxford, disfrutando de su primer año como becaria Rhodes. Ya que sus padres tienen cero expectativas en lo que a él se refiere, Ragesh puede pasarse el verano entero sin hacer nada, como siempre. Y esa fue la razón por la que jamás sintió la necesidad de ponerse hasta las manitas, como Johnny. Lo único que necesita para divertirse es un par de cervezas robadas; pero ese no era el caso de Johnny. Siempre parecía perdido dentro de sí mismo, atormentado por algo. Para él, nada de lo que hacía tenía que ver con divertirse; era una especie de escape.

—¿De verdad no tienes curiosidad de lo que se siente? —le preguntó en alguna ocasión cuando los dos estaban sentados en este preciso tronco, Ragesh bebiéndose un coctel de frutas Zima tibio mientras que Johnny fumaba mota. Antes de que Ragesh pudiera responderle, Johnny dijo—, te quiero enseñar.

—Estoy bien.

—Por favor —insistió su amigo—. Solo un toquecito.

Después de ceder, Ragesh esperó a que le pasara el churro.

—Abre la boca —le dijo Johnny antes de inhalar. Lo hizo y lanzó una especie de gruñido de sorpresa cuando Johnny se inclinó hacia él y colocó sus labios abiertos sobre los de Ragesh. Una vez que el humo pasó de la boca de uno a la del otro, Johnny se quedó allí, besándolo.

Ragesh experimentó una oleada de pánico que le quitó cualquier nivel de intoxicación que le hubieran podido producir el Zima y el toque. No supo qué hacer porque no estaba del todo seguro de lo que estaba pasando. ¿Johnny lo estaba besando en serio? ¿Era una broma?

Ragesh no perdió la compostura sino hasta que Johnny levantó una mano y empezó a acariciar su cabello rapado. En ese instante, supo que su amigo no solo estaba jugando con él. Lo estaba besando en serio, bien en serio.

—¡¿Qué carajos, cabrón?! —gritó Ragesh mientras se levantaba del tronco de un brinco y se alejaba a buena distancia.

La mirada en los ojos de Johnny pasó de aturdida a devastada en menos de medio segundo.

—No fue en serio —dijo—. Es por la mota.

Ragesh le dijo que no había problema, que no se preocupara; pero las cosas no fueron iguales después de eso, aunque los dos fingieron que sí lo eran. Seis meses después, Johnny estaba muerto y lo único que le queda a Ragesh de él es este estúpido churro, que probablemente ya ni siquiera sirva.

Si Johnny estuviera aquí en este mismo momento, Ragesh le diría que no fue su intención ponerse como loco, que estaba bien si le gustaban los tipos o lo que sea y que incluso le había gustado el beso, aunque está bastante seguro de que a él no le gustan los hombres. Más que otra cosa, Ragesh le preguntaría a Johnny si su sobredosis fue intencional y si tuvo algo que ver con la manera en que reaccionó ese día.

Pero Johnny ya no está aquí y lo único que Ragesh puede hacer es susurrar: «Fúmalos si los tienes, hermano» antes de sacar su encendedor para prender el churro.

Justo cuando está a punto de acercar la llama a la punta del toque, Ragesh oye voces que hacen eco a través de los árboles. Son tres, por lo que puede adivinar. Una la conoce a la perfección y, en efecto, el hermano de Johnny, Russ, aparece a la distancia, adelante del niño Marsh y detrás del mayor de los nerds Barrington.

Ragesh guarda el churro y el encendedor. No porque le preocupe que los niños lo echen de cabeza. No se atreverían; pero tampoco quiere recordarle a Russ que su hermano era marihuano antes de que decidiera cambiarla por las drogas duras que lo matarían.

Para cuando los chicos lo ven, Ragesh está parado sobre el tronco, a sabiendas de lo alto que eso lo hace parecer. Mirándolos desde las alturas, disfruta de lo nerviosos que se ven cuando les pregunta:

—¿Qué hacen ustedes por aquí, perdedores?

—Nada —responde el chico Marsh, cuyo nombre jamás recuerda aunque vive al otro lado de su privada.

—Y no somos perdedores —afirma Russ, que sabe que puede contestarle como quiera a Ragesh por la conexión con Johnny.

Solo el mocoso Barringer, Billy —ese nombre sí puede recordarlo—, le da una respuesta real.

—Estamos explorando —dice con tal orgullo inocente que hace que el niño Marsh haga una mueca de vergüenza.

Ragesh salta del tronco y les sonríe de manera sardónica. En realidad, no sabe por qué lo hace. No son más que niños, haciendo las cosas idiotas que hacen todos. Cuando tenían su misma edad, Johnny y él se paseaban por el bosque haciendo lo mismo. Pero incluso, a pesar de que decide dejarlos pasar, no puede evitar decirles:

—No hay nada que explorar aquí, tarado.

Se escucha una voz a través de los árboles. La voz de una chica; una que es mayor que estos niños.

—Déjalos en paz, imbécil.

Ragesh ve que Ashley Wallace está caminando decidida en su dirección, con una mirada que le dice que le gustaría darle un puñetazo. Ragesh levanta ambas manos en son de paz.

—Solo me estaba divirtiendo con ellos.

—No, estabas molestando a unos niños, que es como que por completo patético. —Ashley voltea hacia los niños y dice—. Le dije a tu mamá que te echaría un ojo, Ethan.

Ragesh se da una palmada en la pierna. Ethan. Claro. No puede creer que lo haya olvidado. Sin embargo, oye la manera lastimera en que el chico le contesta.

—Entonces… ¿todavía me vas a cuidar?

—Por hoy… ajá —Ashley se encoge de hombros—. Supongo.

—Estamos explorando —anuncia Billy.

Ashley le lanza una mirada de enojo a Ragesh.

—Sí, ya oí. Tú mandas.

Los cuatro siguen adentrándose en el bosque y Ragesh, que no tiene nada mejor que hacer, los acompaña. Le echa una buena mirada a Ashley mientras camina, estudiando sus largas piernas en los shorts demasiado cortos y la forma en que su playera a veces se sube por su espalda para ofrecerle un breve vistazo de su bronceada parte inferior. Al verla, quisiera sentir algún tipo de deseo o, aunque sea, algún tipo de mínima atracción. Sin embargo, como siempre le pasa, lo único en que puede pensar es la forma en que los labios de Johnny se sintieron contra los suyos, cómo una parte de él quiso devolverle el beso y cómo eso nunca jamás va a poder suceder.

Ragesh se acerca a Ashley, rascándose la parte de atrás de la cabeza; no porque tenga comezón, sino porque sabe que eso hace que su bíceps se vean más grandes y espera que Ashley lo note.

Lo hace, pero no parece nada impresionada.

—Va a haber una fiesta hoy en la noche en casa de Brent Miller —le dice.

—Lo sé.

—¿Quieres ir?

—¿Qué… juntos? —dice Ashley antes de hacer una mueca, como si fuera por completo incapaz de ocultar su desagrado.

—Olvídalo. —Ragesh pausa antes de cambiar de idea—. Bueno, en realidad, no. ¿No quieres ir conmigo por lo que le dije a Billy allá atrás?

—En parte, sí. Molestar a unos niños que tienen casi la mitad de tu edad no te hace ver genial, Patel. Te hace ver como un imbécil.

Aunque las palabras de Ashley le arden, no puede evitar preguntarle:

—¿Y cuál es la otra parte? ¿Es por lo que pasó en el bosque?

Detesta mencionarlo, más que otra cosa porque es humillante, incluso varias semanas después. Pero es que detesta la idea de repugnarle todavía más a Ashley. Sabe que es una estupidez, pero necesita gustarle porque, si le gusta, quizá ella pueda gustarle a él para que no se sienta tan… Bueno, ni siquiera sabe lo que siente. Lo único que le queda claro es que odia sentirse así.

—Detrás de tu casa —añade cuando Ashley no le responde.

—Sé a qué te refieres —espeta—, y sí, eso también es parte de la razón. ¿Puedes culparme? Estabas espiándome…

—No lo estaba haciendo. Te lo juro.

—Y seguro te la estabas jalando.

—No estaba haciendo eso para nada.

—Entonces, ¿qué estabas haciendo?

Pensando. Eso es lo que estaba haciendo Ragesh Patel. Estaba parado en el bosque, pensando en Johnny y en cómo jodió las cosas entre los dos al grado de sospechar que Johnny decidió matarse. Pero no puede contarle eso a Ashley. No puede contárselo a nadie.

—Nada —responde Ragesh—. Solo estaba tratando de despejar mis pensamientos.

Ashley lanza un resoplido; es más que evidente que no le cree.

—Sí, claro. Cómo no.

Ragesh desvía la mirada, más humillado de lo que pensó que se sentiría y se arrepiente de cada decisión que ha tomado en los últimos diez minutos. Debió dejar que los pendejitos siguieran su camino, prender su toque y dejar que todos sus malos pensamientos se disiparan hacia la nada. En lugar de ello, aquí está, caminando por el bosque con tres niños y una chica que lo detesta, yendo a Dios sabe dónde. Voltea a ver dónde se encuentran y se da cuenta de que se adentraron al espesor del bosque. Aunque está seguro de que alguna vez ha llegado hasta acá, nada le parece conocido.

—¿Dónde carajos estamos?

—No lo sé —responde Ashley con un suspiro—. Oye, Billy, como se supone que tú eres el que nos está guiando, ¿hasta dónde tenemos que llegar, por cierto?

Adelante, Billy responde:

—Nos falta otro kilómetro y medio.

—Esteee, ¿por qué?

Llegan a un claro en el bosque, los árboles dejando ver una

delgada franja de tierra que vuelve a poblarse del otro lado. Billy voltea a responderles, caminando de espaldas en dirección al claro mientras lo hace.

—Porque allí es...

Ragesh escucha el coche antes de verlo. Se oye el estridente pitido de un claxon, seguido del chirriar de llantas que se detienen sobre el asfalto. Es el momento en que se percata de que el claro es el camino que atraviesa el bosque.

Y que Billy estuvo a punto de salirse a él mientras les hablaba.

Y que el coche —un Ford modelo quién sabe qué con un conductor asustado tras el volante—, estuvo a nada de atropellarlo.

DIECISÉIS

El bosque está oscuro y en silencio.

Tanto que resulta perturbador.

Esperaba escuchar el canto de las aves y ver criaturas que vagaban por allí mientras el sol entraba a raudales a través de los árboles. Una caricatura, esencialmente; algo sacado de esas cintas VHS de Disney que todavía están guardadas en el sótano dentro de sus estuches sellados de plástico blanco. En lugar de ello, camino a través de un silencio casi absoluto; el único sonido son mis pasos mientras me muevo entre los árboles. Arriba de mí, el dosel de las ramas de los árboles bloquea gran parte del sol. La poca luz que puede percibirse aparece a manera de parches brillantes regados por el piso del bosque.

Solo tengo el más tenue de los recuerdos de la última vez que caminé por aquí, el día que Billy desapareció. En mi recuerdo es más brillante, menos abigarrado. Claro que, en ese entonces, estábamos los cinco, marchando por el bosque sin hacer el intento de ser silenciosos. Ahora, solo estoy yo, el crujir de mis pisadas rompiendo el silencio casi sobrenatural del bosque.

Entre cada pisada hay otro sonido, más tenue, que al principio atribuyo al eco de mis pasos; pero hay algo desconcertante en él. No parece sincronizarse del todo con mis movimientos, aparte de que es más silencioso que un eco.

Me detengo, levanto el pie derecho, y lo bajo con fuerza sobre el piso cubierto de hojas. El sonido que hace reverbera a través del bosque antes de disiparse con velocidad. Ahora que sé cómo suena el eco de mis pisadas, sigo caminando.

Un paso.

Cinco pasos.

Diez.

Al onceavo, vuelvo a escuchar el sonido.

Me detengo. Lo hago de forma tan repentina que de inmediato cesa cualquier ruido que yo podría estar haciendo y, sin embargo, escucho otro sonido en el bosque. Un solo susurro casi imperceptible de hojas que proviene de algún sitio detrás de mí.

Escucharlo hace que un lento goteo de ansiedad baje por mi espalda. Sí, podría ser un animal; pero los animales, mucho más asustados de nosotros que nosotros de ellos, no solo se detienen cuando hay un humano presente. Corren y se escabullen a través de la maleza, haciendo toda serie de ruidos mientras lo hacen.

¿Pero esto? Esto suena a pisadas. Silenciosas y discretas, hechas para que coincidan con las mías.

No estoy solo en el bosque.

Hay alguien más conmigo.

Lentamente, me doy la vuelta en un círculo completo, escudriñando el bosque para encontrar alguna señal de dónde podría encontrarse… y de quién podría ser. Pero no veo nada. Solo estoy yo, los árboles y la desordenada maleza que crece a su alrededor.

Lo que significa que quienquiera que esté aquí no quiere que lo detecte. En definitiva, *no* es una buena señal.

Me quedo congelado, incluso al tiempo que mi mente empieza a correr de manera desenfrenada, tratando de pensar en por qué alguien me seguiría al bosque mientras hace un enorme esfuerzo por no darse a notar. Como siempre, lo primero que hago es pensar en el peor escenario posible: alguien quiere hacerme daño.

Un maniático oculto en el bosque que se está preparando a hacerme lo que alguien más le hizo a Billy.

Lo que me conduce a otro pensamiento todavía peor.

Que es Billy mismo, su predicción añeja de Halloween haciéndose real de la manera más siniestra posible.

«Te apuesto a que hay fantasmas rondando el bosque en este preciso momento».

Empiezo a caminar de nuevo; no tengo opción. Estoy en medio del bosque y debo llegar a algún lugar. Así que sigo adelante, cada paso que tomo acompañado de otro, parecido, un poco más silencioso, que se escucha medio segundo después.

Un paso.

Cinco pasos.

Diez.

Y, entonces, corro.

Aterrado de que alguien me esté persiguiendo —un asesino, Billy, lo que sea—, me abalanzo a través del bosque, agachándome cuando veo ramas bajas y saltando sobre troncos, más que consciente de que mi comportamiento es casi ridículo. No sé de qué estoy huyendo o si necesito hacerlo. Pero el instinto me aguijonea. Sin bajar de velocidad, me atrevo a mirar hacia atrás en un intento por ver quién o qué o, incluso, si alguien está detrás de mí.

No veo nada.

Mientras todavía estoy mirando hacia atrás, salgo de manera intempestiva a través de un hato de árboles fuera del bosque. Es una transición tan sorprendente que me hace voltear de inmediato hacia adelante. Pasa un segundo en el que pienso que acabo de llegar a las cataratas, sus aguas oscuras extendiéndose frente a mí. Me detengo con dificultad, mis brazos dando vueltas a cada lado, como si un solo movimiento en falso pudiera hacer que caiga por las mismas.

Pero no me encuentro en las cataratas, ni por casualidad.

Todavía estoy a poco más de kilómetro y medio de ellas, sobre el camino que se encuentra entre mi jardín y el Instituto Hawthorne. Percatarme del asfalto que corre a través del bosque, un recordatorio más que contundente de la civilización, me hace preguntarme si la detective Palmer está en lo correcto en cuanto a que Billy conocía a la persona que rasgó la tienda.

Y, si así fue, significa que se adentró de manera voluntaria al bosque hasta llegar justo a este camino. ¿Y qué sintió en ese momento? ¿Tenía alguna idea de lo que le sucedería aquí?

Y, además. la pregunta que más me importa: ¿tenía miedo?

Dios, espero que no. Espero que haya sido rápido e indoloro y tan repentino que jamás supo lo que estaba pasando.

Recobro el aliento a la orilla del camino y pienso en los perros de la policía que siguieron su rastro hasta aquí. Todo el mundo sabe que los perros no fueron capaces de seguir el rastro de Billy más allá de este sitio, lo que llevó a que todos pensaran que lo metieron en un coche que estaba esperando y que se lo llevaron lejos. Lo que no es tan conocido es que Billy estuvo aquí, más temprano durante el día, con otras cuatro personas.

Ragesh, Ashley, Russ y yo.

No puedo evitar pensar que fuimos los responsables del malentendido. Que nuestra presencia en el bosque confundió a los perros para enviarlos de regreso a donde vinieron. Todos esos diferentes rastros que atravesaban el bosque; algunos con Billy y algunos sin él. Como resultado, todo el mundo pensó que el viaje de Billy terminaba aquí cuando, en realidad, apenas era el punto medio.

Viernes, 15 de julio, 1994
1:07 p. m.

Ethan ve todo lo que sucede como si se tratara de una película en cámara lenta. Billy acercándose al camino. El coche que hace sonar la bocina y se detiene con un prolongado chirrido. Ashley que grita mientras corre hacia Billy y lo jala lejos del camino, disculpándose con el conductor solo moviendo sus labios mientras el coche empieza a avanzar poco después.

—¡Fíjate por dónde vas! —le grita a Billy.

Billy asiente, visiblemente alterado, pero sano y salvo.

—Perdón… me distraje.

—Solo ten cuidado. —Ashley suspira mientras nos ve a los demás—. Todos necesitan tener más cuidado. Ragesh y yo nos meteríamos en un mundo de problemas si algo le pasara a cualquiera de ustedes.

—Yo no soy su cuidadora —protesta Ragesh.

—Odio decírtelo, tarado, pero eres tan responsable de su bienestar como yo. Se llama madurez. Busca la palabra en un diccionario.

Mientras discuten, Ethan se le queda viendo al camino que atraviesa el bosque como un cuchillo. Sus padres no le tienen permitido llegar hasta acá y jamás ha querido hacerlo.

—Tal vez deberíamos regresar —dice, consciente de que están casi dos kilómetros dentro del bosque y que se arriesgarían a perderse si siguen más adelante.

Los demás siguen moviéndose y cruzan el camino sin siquiera dudarlo un segundo. Incluso Billy, que parece haber olvidado todo acerca del coche que casi acaba de atropellarlo. Ahora, parece todavía más ansioso por llegar al otro lado y explorar las regiones más profundas y desconocidas del bosque. Pausa en medio del camino, voltea hacia Ethan y le pregunta:

—¿Vienes?

Ethan no sabe qué responder. Nada de esta tarde ha ido según sus planes. Lo único que quería era pasar el rato con Billy. Para nada pensó que Russ, Ashley o Ragesh se involucrarían. Todavía no está del todo seguro de por qué están aquí y se siente algo nervioso por lo que planean hacer de manera conjunta.

—Creo que deberíamos regresar —vuelve a decir, orgulloso de sí mismo por sonar más insistente en esta ocasión.

Sin embargo, Billy ya cruzó el camino hasta el otro lado y está junto a los demás a la orilla del mismo. Ver a su amigo, a su mejor amigo, parado junto a Ragesh, el tipo que se unió a su grupo a la fuerza, y con Russ, que ni siquiera le agrada, hace que Ethan se sienta herido por su traición. Billy debió tomar partido por él. Debió quedarse con él; y, sin embargo, allí está, cambiando su peso de un pie a otro de manera impaciente y cruzando los brazos en una imitación inconsciente de la postura de Ragesh.

—No tenemos todo el día —dice Ragesh.

—Sí —añade Russ, sonando como un débil eco del otro muchacho.

Billy lo mira desde el otro lado del camino, que apenas es lo bastante ancho como para que quepan dos coches, pero que a Ethan le parece más ancho que un río.

—Vamos —insiste—. Yo quiero seguir adelante.

Ethan se da la vuelta y estudia el trecho de bosque que acaban de cruzar, como si pudiera ver todo el camino que tomaron de regreso hasta la casa, donde su mamá podría seguir llorando. Enfrentado con el perturbador recuerdo de su llanto, Ethan sabe que todavía no está listo para regresar.

—Está bien —dice—. Voy.

Parado con las puntas de los pies sobre la orilla del asfalto,

Ethan mira en ambas direcciones, a pesar de que no hay ningún auto cerca. Está a punto de romper una de las reglas cardinales de sus padres: *no vayas más allá del camino*.

Sabe que se enojarán si se enteran.

No, no se enojarán.

Se pondrán furiosos.

Incluso es posible que lo castiguen no dejándolo salir, cosa que en realidad nunca ha pasado porque Ethan sabe que sería una tortura si sucediera. Así que es educado y hace las cosas que le piden con pocas quejas. En pocas palabras, se porta bien. ¿Pero esto? Esto es todo lo contrario. Esto es portarse mal a propósito.

Y es algo que sus padres nunca jamás pueden saber.

—Entonces ya ven —dice Ragesh.

Ethan asiente, voltea de nuevo en ambas direcciones y corre como venado espantado al otro lado del camino. Los demás ya están avanzando antes de que termine de cruzar, lo que lo hace sentir triste y enojado al mismo tiempo. En especial por Billy que, una vez más, está al frente. Ethan pensó que caminarían juntos, como lo hacen los mejores amigos; pero Billy marcha hasta adelante, como si apenas se conocieran.

—Es por aquí —indica.

—¿Qué es por aquí? —pregunta Ethan, con la esperanza de que el sonido de su voz le recuerde a Billy que está aquí y que se suponía que solo iban a ser ellos dos. Considera la posibilidad de que Billy esté enojado con él, casi sin duda porque permitió que Russ se les pegara. Si ese es el caso, no parece muy molesto ahora que Russ está caminando a la par de él. El sitio donde él debería estar, nota Ethan con amargura.

—El Instituto Hawthorne —responde Billy.

La respuesta sorprende a Ethan, que jamás ha puesto pie sobre los terrenos del instituto y que piensa que Billy jamás lo ha hecho tampoco. La verdad es que pensaba que la gente no tenía permitido caminar por aquí. Sabe a la perfección que sus padres no quieren que se acerque. La existencia del instituto es una de las razones por las que le prohibieron que cruzara el camino del bosque.

Y, con todo y eso, está caminando derechito hacia allí. El hecho le provoca tal nivel de aprehensión que ni siquiera la presencia repentina de Ashley junto a él logra tranquilizarlo.

—Oye —le dice—, ¿estás bien?

Ethan apenas asiente.

—Ajá.

—Sabes que puedes decírmelo si no es así —sigue Ashley—. Y si quieres regresar, yo te acompaño.

La idea le resulta tanto tentadora como humillante. Aunque Ethan no tiene deseo alguno de seguir adelante, tampoco quiere ser el cobarde que necesita que su niñera lo acompañe hasta la casa. ¿Qué pensaría Billy de él? ¿Qué pensaría Ashley? A Ethan le preocupa que si regresa ahora, de alguna manera disminuirá su estatus a los ojos de los demás. Y aunque no le importa lo que Ragesh o Russ puedan pensar de él, la forma en que Ashley y Billy lo verían es lo que sí tiene importancia.

—Podemos seguir —afirma.

—¿Seguro?

—Sí, seguro —afirma Ethan, aunque no lo está. Pero sus opciones son esto o perder cara frente a las únicas dos personas a las que quiere impresionar.

Ashley le da un leve codazo, al parecer satisfecha, lo que hace pensar a Ethan que tomó la decisión correcta. La suposición aumenta más cuando Ashley se queda junto a él mientras siguen a los demás para adentrarse al bosque.

Ethan sabe que llegaron a la propiedad del instituto cuando detecta una pared de piedra más adelante. Aunque sigue estando lejos y apenas pueden verse secciones a través de los árboles, el estómago de Ethan se contrae al verla. Es enorme, de casi dos metros y medio de altura por lo menos, y al tope está protegida por rizos de alambre de navajas. Mientras se van acercando, puede ver señales espaciadas a intervalos regulares que les advierten que no pueden pasar. En realidad, no tienen gran caso; la mera presencia de la pared es advertencia suficiente.

Más allá, el bosque parece seguir sin interrupción alguna, como si la pared misma no fuera más que un error y no hubiera nada del otro lado. Pero sí lo hay. Ethan puede oírlo. Una corriente de agua que se hace más intensa a cada paso que dan.

Billy, Ragesh y Russ llegan primero hasta la pared. Russ la mira y pregunta:

—¿Es aquí?

—Ajá —responde Billy.

Ragesh le da una leve patada a la base de la pared.

—¿Y cómo la atravesamos? No nos trajiste hasta acá solo para ver una estúpida pared, ¿o sí?

—Hay algo más —dice Billy, parado unos pasos más allá de la pared de donde se encuentran los demás—. Por aquí. Síganme.

Los otros hacen lo que les indica y empiezan a avanzar sobre los montones de hojas secas apilados contra la base de la pared. Solo Ethan se detiene y se pregunta cómo es que Billy sabe hacia dónde ir. De nuevo, piensa en sugerir que regresen. Ahora que están junto a la pared, no hay ningún otro lugar a donde ir. Corre su mano sobre la piedra, notando lo gruesa que parece la pared, lo impenetrable, como si lo mejor fuera dejar en paz lo que sea que se encuentre del otro lado. Ethan estaría más que feliz de hacer justo eso. Sin embargo, los demás no dejan de caminar, siguiendo a Billy y manteniéndose pegados a la pared.

—No se pierdan allá atrás —exclama Ragesh, lo que hace que Ethan acelere el paso para alcanzarlos.

Los encuentra reunidos junto a un espacio en la pared, las piedras que solían formar parte de esta allí regadas por el piso. Ethan no puede determinar si la brecha es el producto de fuerzas naturales o si alguien la tumbó. Lo único que advierte es que hay un espacio como de sesenta centímetros de ancho que basta como para escurrirse al otro lado.

Cosa que, para su enorme sorpresa, es justo lo que hace Billy.

—Billy, no creo que sea muy buena idea —dice Ashley, lo que hace que Ethan se sienta aliviado de no ser el único que se siente nervioso por lo que está sucediendo—. Quizá deberías regresar a este lado.

—O tal vez deberíamos seguirlo —dice Ragesh, pasando junto a ella y acompañando a Billy al otro lado de la pared.

Russ los sigue, escurriéndose por el espacio para pararse junto a Billy del otro lado. Billy voltea y le lanza una mirada expectante.

—¿No vienes?

Ethan se queda donde está, inseguro. De nuevo, se pregunta lo que Billy pensará de él si se niega. Nota la manera en que Russ se ha quedado junto a Billy todo este tiempo y le preocupa que eso continúe después de que se marchen de este lugar. Hasta el día de hoy, Billy toleraba a Russ… apenas. La única razón por la que Russ los acompañó es porque Ethan se lo permitió. No obstante, ahora los dos parecen mejores amigos, parados hombro a hombro al otro lado de la pared.

—Claro.

Junto a él, Ashley arruga el entrecejo de manera desaprobatoria.

—Pues supongo que eso significa que yo también voy. Más vale que todos allanemos el sitio juntos.

Pasan por la brecha y se unen a los demás. Billy toma la delantera de nuevo, guiándolos. Parece decidido a llegar hasta un destino en particular que Ethan cree que sabe cuál es por la continua inclinación ascendente del terreno bajo sus pies y el creciente sonido torrencial del agua que es desconcertantemente fuerte de este lado de la pared.

Las cataratas.

Ethan sabe de ellas, por supuesto. Los chicos de la escuela susurran historias acerca de las misteriosas cataratas que todo el mundo parece conocer, pero que pocos han visto en realidad. Dicen que las cataratas están malditas, aparte de ser habitadas por fantasmas. Las dos afirmaciones lo hacían dudar de si el lugar de verdad existía.

Pero existe.

Y a juzgar por el aspecto menos denso del bosque más adelante, está a poca distancia de donde se encuentran. Entre los árboles, Ethan puede ver cielo azul y nada más, lo que le hace percatarse de su elevación. Mucho más arriba de donde se ubican ahora. Supuso que se estaban moviendo hacia la base de las cataratas. Ahora, se da cuenta de su error. Se están acercando a la parte más elevada de las mismas.

Llegan poco tiempo después y emergen del bosque hasta una saliente rocosa. A su izquierda, el agua corre frente a ellos antes de caer hasta el lago que se encuentra abajo. Estar así de cerca abruma a Ethan y le produce una fascinación temerosa.

Las cataratas en sí son solo como de tres metros de ancho, pero lo que carecen en magnitud se ve más que compensado por su fuerza. El agua no se desliza por las cataratas. Ruge. Un sonido que Ethan percibe en su esternón con la misma certeza con la que siente el rocío de agua cayendo sobre su piel.

Ethan se acerca hasta encontrarse entre Billy y Russ al frente de la saliente; algo de lo que se arrepiente de inmediato. Ahora que está a centímetros de la orilla, la caída parece más grande y amenazante.

En lugar de caer hacia el lago en ángulo, el agua se precipita de manera directa hasta el fondo, al menos nueve metros abajo; quizá más. Cuando se atreve a ver hacia abajo, Ethan ve que el agua parece un hervidero color blanco y que hay una fina bruma que flota sobre ella. En ese punto, el lago podría tener treinta centímetros de profundidad... o quince metros. No hay manera de saberlo.

La altura, la profundidad de la caída y el poder de las cataratas perturban a Ethan. Siente que este sitio es peligroso, en especial sin nada que evite que se resbalen y caigan al abismo.

—¿Cuánta gente creen que se haya ahogado aquí? —pregunta Ragesh—. He oído que es más de una docena.

—Puro cuento —afirma Ashley—. Si alguien muriera aquí, todo el mundo lo sabría.

Ragesh saca el pecho, evidentemente molesto por la corrección.

—Yo decía que como hace cien años.

—Esto no existía hace cien años. Las cataratas son artificiales. No son como el Cañón del Colorado.

Para Ethan, bien podrían serlo. Está azorado. Todo esto a tan corta distancia de su patio trasero y ni siquiera sabía que existiera. Y aunque, en teoría, forma parte de los suburbios, se siente como si estuviera en el fin del mundo.

Algo que se suma a la extrañeza por las cataratas es lo que se encuentra más allá. Desde la saliente, los terrenos del Instituto Hawthorne se extienden frente a ellos como una especie de reino de cuento. Justo debajo se halla el lago, que se amplía más allá de las cataratas, el agua como un enorme espejo que refleja el cielo. A la distancia, se separa en varios riachuelos que serpentean por toda la propiedad. Por aquí y por allá, pequeños puentes de piedra se arquean sobre el agua.

Acurrucada junto al lago, una pradera sube hasta un área enorme regada de árboles y estructuras diversas que Ethan no distingue bien desde esta distancia. Solo puede ver paredes de madera y piedra.

Más adelante se alza una mansión de paredes de piedra que parece tan grande como una biblioteca. Le recuerda al edificio de Princeton donde está la oficina de su papá. Tiene ese mismo aspecto: antiguo y señorial..., un poco escalofriante. A Ethan no le gusta visitar a su papá en el trabajo porque los pisos crujen y se oyen ecos por todas partes. Piensa que le gustaría todavía menos estar dentro de la mansión.

—¿Qué es ese lugar? —le pregunta a nadie en particular.

—El Instituto Hawthorne —dice Ragesh.

—¿Y qué hacen allí? —pregunta Russ.

—Cosas científicas —responde Ragesh de nuevo—. Es un centro de investigación.

—Ajá, pero qué tipo de investigación.

—*Yo* sé lo que hacen allí.

Esto de parte de Billy, que se aleja un poco de Ethan y se acerca más a la orilla de la saliente. Demasiado, piensa Ethan. Está justo al borde de la caída a las cataratas. Pero Billy ni siquiera parece notarlo mientras mira a la distancia.

—Hablan con fantasmas —anuncia.

DIECISIETE

Cuando la percibo a la distancia, la pared despierta un escalofrío de reconocimiento que recorre mi cuerpo entero. Es igual de imponente ahora que hace treinta años. Quizá aún más, gracias a su evidente falta de mantenimiento. Algunas de las piedras se han caído, lo que deja espacios oscuros llenos de musgo. Al tope, el óxido mancha las navajas del alambre que todavía se extienden sobre la misma. Todo sugiere que se trata de algo no solo prohibido, sino que además es verdaderamente peligroso.

Una vez que llego a la pared, recorro el camino que seguimos hace treinta años, en busca de la brecha en la pared. Sigue estando allí, lo que me hace pensar que los dos encargados del terreno, primero del Instituto Hawthorne y ahora del condado, o no saben al respecto, o no tienen interés alguno en ella.

Al pasar por el agujero en la pared, siento la misma sensación de nerviosismo que experimenté cuando era niño. No debería estar haciendo esto. Ni ahora ni entonces. La diferencia más grande entre los dos viajes es mi estado físico; o la falta del mismo. Cuando tenía diez años, apenas y me percaté de que el terreno ascendía mientras nos acercábamos a las cataratas. Ahora, con cuarenta años encima y no en la mejor de las condiciones, mis piernas empiezan a doler mientras avanzo. Para cuando llego a la saliente, necesito tomarme un minuto para recuperar el aliento. Después, me asomo por la orilla y vuelvo a perder la compostura.

Billy estuvo aquí todo este tiempo.

Mientras yo crecí, me hice mayor, fui a la universidad, conocí a Claudia y me casé, Billy se quedó justo aquí, incapaz de hacer ninguna de esas cosas. La injusticia de ese hecho, su absoluta crueldad, hace que mis ojos se llenen de lágrima s, que limpio de inmediato.

Aunque al momento no hay actividad policiaca en la base de las cataratas, los indicios de su reciente presencia están por todas partes. Sobre el lago, una pequeña lancha inflable se encuentra atada a una roca, el vaivén del agua de las cataratas haciendo que suba y baje en forma ligera. En la ribera, un tramo de cinta amarilla recorre la orilla de la totalidad del lago. Algo de exageración procedimental que, de todas maneras, me recuerda que estoy contemplando la escena de un crimen.

Los vehículos de rescate dejaron grandes huellas de llantas sobre el pasto, incluyendo dos canales paralelos que se dirigen justo al agua. Solo puedo pensar en un vehículo que necesitaría acercarse tanto: la camioneta que se llevó lo que quedaba de Billy.

Ensombrecido por la idea, dirijo mi atención al resto del terreno. El sitio se ha llenado de vegetación de forma considerable desde la última vez en que estuve aquí y el bosque acecha más de cerca por todos los lados. Hace treinta años podía ver la mayoría de las edificaciones secundarias, pero ahora apenas y puedo distinguir algo a través de los árboles. Quizá las personas que pagan para tener sus bodas aquí lo prefieran de esa manera.

La única estructura que puede verse con claridad es la mansión. Incluso a pesar de la creciente vegetación, es demasiado grande como para pasarla por alto. Al observarla, recuerdo lo que dijo Billy acerca de este lugar.

Hablan con fantasmas.

Mientras examino el terreno del instituto desde donde me encuentro, no puedo ver a nadie más. No hay coches, no hay personas. Aunque sé que el área no se encuentra abandonada por completo, así se siente. Como si la policía, después de recuperar el cuerpo de Billy, hubiera decidido llevarse solo lo indispensable para dejar el resto detrás.

Me pregunto si sucede lo mismo con el instituto. Aunque la mansión se utiliza de vez en cuando para bodas y fiestas, supongo que habrá áreas a las que no tengan acceso los invitados. Es un lugar enorme y contiene habitaciones que no se han tocado desde que el instituto cerró. ¿Será posible que, al igual que la policía en el lago, la gente que trabajó en el instituto haya dejado cosas atrás?

Me alejo de la saliente y empiezo a descender el resto del camino a las instalaciones del instituto, ayudado solamente por el recuerdo de mi anterior visita a este lugar. No hay un camino que indique cómo bajar. Solo una pendiente atestada de árboles con piedras y abrojos que me llegan a la cintura. Camino con cuidado, aferrándome a los troncos de los árboles y pasando por debajo de las ramas bajas. Todo el tiempo estoy pendiente de ruidos parecidos a los que escuché de camino hasta acá. El eco de las pisadas que no eran mías. Si alguien me siguió hasta el camino, no veo por qué no habría de seguirme hasta aquí.

Pero nadie me está siguiendo.

Por lo menos, nadie a quien yo pueda ver.

Eso, aunado al hecho de que no oigo nada ahora que camino de nuevo, me hace pensar que lo que oí allá atrás solo se trataba del eco de mis propias pisadas… o de mi imaginación jugándome una broma de mal gusto.

O tal vez se trate de una alucinación auditiva. Si pienso en todo lo que he estado experimentando en los últimos días, es la explicación más probable. Que la culpa, el pesar y la falta de sueño hayan terminado por hacer que mi cerebro se convierta en puré.

Pero, entonces, mi teléfono me manda una alerta y me recuerda que, por lo menos, algo de esto es real. Las cámaras trampa no captan alucinaciones. Lo que me acaba de enviar es real y, en este instante, se encuentra en mi jardín.

Resulta que es Henry.

Abro la app y allí está, parado frente a la cámara y con una enorme sonrisa en el rostro y una hoja de papel entre sus manos.

Tiene algo escrito con marcador.

¡Hola, Sr. Marsh!

Lo veo y sonrío. Ashley tiene toda la razón. Es un buen chico y la pisca de preocupación que siento por él no debe ser nada comparado con lo que ella sin duda tiene que soportar cada minuto de cada día. La vida es difícil; no tiene caso negarlo. El mundo puede ser brutal y cruel, y solo parece empeorar a medida que pasa el tiempo. Las presiones y peligros a los que se enfrentan los niños en la actualidad son infinitamente peores que cuando yo tenía esa misma edad. No puedo ni imaginar la manera en que los padres como Russ y Ashley logran manejar su ansiedad. Yo no tengo el ancho de banda necesario como para tolerarlo. Algo que Claudia jamás pudo comprender.

Ahora que tengo mi teléfono en la mano, pienso en hablarle solo pare decirle que, en este momento, me encuentro bajando por una colina poblada de árboles, sin duda exponiéndome a hiedra venenosa mientras lo hago. Dentro de nuestra relación, Claudia era a la que le gustaba el aire libre y a cada momento me arrastraba a algún parque u otro para que, en sus palabras, «experimentáramos la naturaleza».

—Lo que me gustaría experimentar es mi sofá —le respondía—, y mi televisión.

Pero ya le he hablado demasiado en los últimos días. Me avergüenza el mensaje de voz que le dejé anoche. «Claude, creo que Billy me está persiguiendo», de modo que le envío un mensaje de texto breve, dulce y cien por ciento verdadero.

caminando por el bosque, pensando en ti

Después de regresar el teléfono a mi bolsillo, sigo bajando hasta la parte inferior de los terrenos del Instituto Hawthorne. El bosque desaparece cuando el terreno se hace más horizontal. Incluso, veo un camino de grava que recuerdo de hace treinta años. Empiezo a seguirlo, en dirección opuesta a la ruta que tomamos en aquel entonces. No me molestaría evitar las cosas con las que nos topamos ese día.

Sigo la ruta del camino que serpentea frente a un prado de flores silvestres y cruzo un puente de piedra que se encuentra sobre uno de los afluentes del lago. Del otro lado, en el área que alguna vez fue un prado y está siendo invadida por árboles, hay un granero que parece tan antiguo como el terreno mismo. Sus paredes de madera están sin pintar, blanqueadas por el sol, y todo él se inclina sobre su cimentación de piedra, lo que le da el aspecto de que podría venirse abajo con un soplido fuerte de viento.

La puerta del granero está entreabierta, una tajada de oscuridad fascinante no por lo que revela, sino por lo que oculta. La curiosidad me motiva a acercarme y me encuentro alejándome del camino para mirar por el espacio abierto.

El interior del granero es una telaraña de sombras, interrumpida por algún rayo de sol ocasional que se cuela entre los espacios de las paredes. Puedo oler, más que ver, lo que hay adentro: paja seca, cosechada hace décadas; polvo; el cálido y terregoso aroma de la madera vieja. Y hay algo más también; algo muy desagradable.

Detecto la fuente de la peste sobre el piso del granero, justo en el rastro de luz que entra por la puerta abierta tras de mí.

Es una vieja lata.

Me parece extraño.

La lata está abierta, su tapa pendiendo casi de la nada. Incluso a algunos centímetros de distancia, el tufo que proviene de ella me indica lo que alguna vez tuvo dentro.

Atún.

Alrededor de la lata hay múltiples huellas de pisadas que se extienden en todas direcciones. Algunas se dirigen hacia la puerta, otras más hacia el interior del granero. Las mías hacen un poco de ambas, la punta de mis pies acercándose hacia el granero mientras doy varios pasos hacia atrás en dirección a la puerta.

Nunca se me ocurrió que hubiera personas que invadieran la propiedad, pero ahora que resulta evidente, me hace el más perfecto de los sentidos. El Instituto Hawthorne es un sitio aislado, en esencia abandonado, excepto por bodas o eventos privados ocasionales. Alguien podría vivir aquí con toda tranquilidad durante días, por no decir semanas. Y aunque no está del todo claro cuánto tiempo han permanecido aquí estas pisadas, no quiero quedarme para averiguarlo.

De regreso en el camino, me muevo con mayor velocidad, cruzo otro puente y frente a un semicírculo de estatuas; el terreno que las rodea se encuentra atestado de maleza. Doy vuelta a una esquina y me detengo en seco.

Este es el sitio con el que nos topamos treinta años atrás.

El mismo que quería evitar.

Ahora, rodea se encuentra fijamente: las paredes de granito, la reja de hierro forjado, y me acosa un solo pensamiento que me consume.

Aquí es donde traicioné a Billy.

Viernes, 15 de julio de 1994
1:56 p. m.

El sonido de las risotadas de Ragesh es tan estrepitoso que asusta a una parvada cercana de aves. Se dispersan en un remolino de piares sorprendidos y alas batientes, mientras vuelan hacia la parte más alta de las cataratas. Para cuando se alejan de nosotros, también se disipan las carcajadas de Ragesh.

—Siento darte la mala noticia, pero los fantasmas no existen —le dice a Billy.

—Claro que existen —responde Billy con tal convicción que Ethan incluso siente vergüenza por él, lo que de inmediato le despierta sentimientos de culpa. Billy es su mejor amigo, pero Ragesh tiene toda la razón: los fantasmas no existen. Además, Billy no defendió a Ethan cuando todos estaban reunidos al otro lado del camino. Incluso ahora, mientras están de pie junto a las cataratas, apretujados sobre la saliente de manera que Ethan se siente claustrofóbico, lo que Billy le hizo sigue lastimándolo.

—¿No podemos irnos ya? —dice, en un tono tan apagado que se pregunta si alguien lo escuchó. Ethan lo duda, porque ahora es Ragesh quien está hablando.

—Pruébamelo —demanda.

—No puedo —responde Billy—. Todavía no he visto ninguno.

—Pero quieres, ¿verdad? —Un brillo cruel ilumina los ojos de Ragesh—. Yo conozco un sitio donde podrías hacerlo.

Ashley inclina la cabeza y le lanza una mirada.

—Le acabas de decir que los fantasmas no existen; decídete.

—Tal vez Billy pueda ayudar a comprobarlo —contesta

Ragesh—. Tal vez el sitio al que vamos me convertirá en un creyente. Acompáñenme… si se atreven.

Se aleja de vuelta a los árboles sin decir más, como si supiera que los demás van a seguirlo…, cosa que hacen; Billy y Russ entusiasmados, Ashley lentamente, con un suspiro. Una vez más, Ethan queda en la retaguardia, yendo tras ellos con renuencia mientras descienden a través de los árboles. No entiende por qué continúan adentrándose en la propiedad en lugar de darse la vuelta para regresar a casa. Ni tampoco entiende por qué demonios están aquí. ¿Por qué los trajo Billy a este lugar? ¿De verdad quiere ir en busca de fantasmas?

Lo último que piensa, aunque no es para nada lo menos importante, es esto: ¿qué pasará si los atrapan? Ethan supone que no será nada bueno, pero eso no se acerca siquiera a cómo reaccionarán sus padres cuando se enteren de que los desobedeció, lo que ocurrirá, sin lugar a dudas, si los atrapan. Y, aparte, su madre ya está alterada por haber perdido su trabajo.

Cuando llegan a terreno llano y a un camino de grava que serpentea por la propiedad, Ragesh da vuelta a la izquierda.

—Está justo aquí adelante —indica.

Y, así es; hay una estructura a la vuelta del camino. Está contra los árboles y a cada lado tiene un par de sauces gigantes, de modo que a Ethan se le dificulta ver de qué se trata a medida que se acercan. Solo cuando están justo frente a la estructura le queda claro de qué se trata.

Un mausoleo.

Hecho de mármol y granito, es amplio y bajo, cubierto por las sombras de los sauces. El frente está adornado con dos columnas, alrededor de las cuales crecen enredaderas de hiedra. Eso y las hojas colgantes del sauce que rozan el techo de dos aguas dan la impresión de que el lugar está a punto de ser tragado por la naturaleza.

En lugar de contar con una puerta sólida, una simple reja de hierro forjado, detenida por un herrumbroso pestillo, cubre la entrada del mausoleo. Ethan se asoma por la reja y al interior del mausoleo. Está muy oscuro allí dentro. Una negrura inquietante que le recuerda a una cueva, al interior de la cual espera algo terrible. Sin embargo, en este caso, ya sabe de qué se trata.

Personas muertas.

—¡Es fantástico! —dice Billy, aunque esa es la última palabra que Ethan usaría para describir este lugar. ¿Misterioso? Sí. ¿Espeluznante? En definitiva. ¿Lo bastante aterrorizante como para hacer que desee darse la vuelta para salir corriendo en la dirección contraria? Sin duda alguna.

Pero Billy se aproxima todavía más al mausoleo.

—¿Quién está enterrado adentro?

—No tengo la más mínima idea—contesta Ragesh—. ¿Por qué no tratas de ver?

Para sorpresa de Ethan, Billy hace justo eso, caminando hasta la reja y asomándose entre los barrotes.

—No alcanzo a ver. Está demasiado oscuro.

—Pregúntales a tus amigos fantasmas —le dice Ragesh.

—No son mis amigos —dice Billy, antes de añadir— ...todavía.

Ethan vuelve a sentir un asomo de vergüenza por su amigo. Billy es tan sincero y cree tanto en lo que está diciendo, que no puede darse cuenta de que los demás piensan que es ridículo. En especial Ragesh, que se acerca a Billy y a la reja. Abre el pestillo, que emite un chirrido al levantarse de su sitio. Se escucha otro chirrido intenso cuando Ragesh jala la reja para abrirla. Sosteniéndola a medio abrir, voltea a ver a Billy.

—Quizá deberías entrar.

—No —dice Ashley de inmediato—. Billy, no lo hagas.

—No sería por mucho tiempo —dice Ragesh, aguijoneándolo—. Solo un segundo.

Ashley se cruza de brazos y lo mira enojada.

—¿Por qué no entras tú?

—Porque yo no soy el que está ansioso por hacer amistad con un fantasma.

—Claro que lo haré —Billy le lanza una mirada a Ethan—. Si él me acompaña.

Ethan siente que se hace un nudo en su estómago. Con los barrotes de hierro y las gruesas paredes de piedra, el mausoleo parece más una cárcel que una tumba. Cuando se asoma hacia la oscuridad, tiene un pensamiento perturbador: ¿la reja es para evitar que entre alguien o para mantener dentro a lo que sea que esté allí?

—No —responde.

Ve que los demás se le quedan viendo de la misma manera en que lo hicieron cuando el camino que atravesaba el bosque los separaba: él de un lado, los demás del otro. Al igual que en ese momento, experimenta una palpable sensación de vergüenza, como si estuviera fallándoles de alguna manera; en especial a Billy.

—Anda —le dice él—. Será divertido.

—Pero no quiero hacerlo. —Ethan desearía haberlo expresado de otra manera. De una que lo hiciera sonar sensato, si no valiente. En lugar de eso, parece infantil y quejumbroso. Más joven, incluso, que Andy Barringer—. ¿Qué no podemos irnos a casa ya?

—Claro —contesta Ragesh—. Pero solo después de que alguien haya pasado por lo menos un minuto adentro del mausoleo.

Se les queda viendo, su expresión un claro desafío; uno que Billy quiere aceptar. Lo único que lo está deteniendo es su mejor amigo.

—¿Por favor? —le dice a Ethan—. Es bastante genial.

—Claro que no —le dice Ashley—, y solo porque Ragesh te esté retando a que hagas algo, no significa que deberías hacerlo.

—Pero quiero.

—Y yo no —dice Ethan.

Russ, en absoluto silencio todo este tiempo, habla de repente.

—Yo lo haré —. Toma un largo paso hacia adelante, sus piernas enclenques estirándose para colocarlo junto a Billy—. Si Ethan tiene demasiado miedo, voy yo.

—¡Dije que no tengo miedo!

Por las miradas que le lanzan a Ethan queda claro que Billy y

Russ no le creen. La expresión de Russ, al igual que la de Ragesh, es un desafío silencioso. «Entonces, pruébalo», parece decir. La mirada de Billy es más complicada y revela abatimiento, junto con desilusión y, sí, pena. Ethan experimenta una sensación de reconocimiento cuando la ve. Él ha tenido esa misma expresión en varias ocasiones, incluyendo el día de hoy. Sin embargo, verla en el rostro de alguien más le resulta impactante.

Billy se siente avergonzado de él.

La vergüenza hace que ardan las mejillas de Ethan y el nudo en su estómago parece quemarlo. Esta no es la manera en que se supone que deberían ser las cosas. Es Billy quien debería despertar pena, con todas sus tonterías acerca de fantasmas. De entre ellos dos, Ethan es el más genial; el que es normal. O, por lo menos, eso pensaba. Pero mientras más lo mira Billy de esa manera, más empieza a dudarlo.

—Yo también lo haré —dice, esperando que no suene tan espantado como lo está.

Ashley lo toma por el brazo antes de que pueda unirse a los otros dos.

—No necesitas hacer esto —susurra—. La presión social es una estupidez y solo los idiotas ceden a ella.

Ethan se zafa de su mano e insiste en su evidente mentira.

—Quiero hacerlo.

Se une a Billy y a Russ en la entrada del mausoleo. Su interior es igual de oscuro de cerca, que de lejos. Un intenso frío emana del interior y roza el rostro de Ethan. Cuando cierra los ojos, huele tierra, agua y podredumbre.

—Por aquí, muchachos —dice Ragesh alegre mientras abre más la reja. Queda abierta cerca de sesenta centímetros antes de que la edad y la corrosión eviten que se mueva más, sin importar la fuerza con la que la jala Ragesh. De todas maneras, hay espacio suficiente para que se escurran dentro, cosa que hace Billy, todavía exhibiendo una falta de temor que Ethan jamás supo que existiera. Ni siquiera pausa antes de pasar por la reja y desaparecer al interior del mausoleo. Detrás de él entra Russ, un poco más renuente. Antes de entrar, voltea para asegurarse de que Ethan todavía esté detrás de él, que lo esté mirando, que no se esté acobardando.

—Padrísimo, ¿no? —dice Russ antes de entrar.

Ethan no puede coincidir ni tampoco puede imitar el fingido entusiasmo de Russ. Solo está haciendo esto para preservar la repentinamente atesorada amistad con Billy.

De todas maneras se detiene en la entrada, nervioso, aunque se dice a sí mismo que no debería sentirse así. Nada que esté dentro podría lastimarlo..., pero se siente como si pudiera. Que los muertos desconocidos que yacen allí pudieran no estar tan muertos después de todo. Que quizá sean capaces de estirar una mano y atrapar a quien se atreva a invadir su sitio final de reposo.

Más allá de la reja, Billy y Russ arrastran los pies en el interior del mausoleo, sus hombros tocándose. Para un lugar que aparentaba ser tan grande desde afuera, ahora parece muy pequeño por dentro. Todo ese espacio, sabe Ethan, está ocupado por los muertos, lo que deja muy poco lugar para los vivos.

Antes de que pueda considerar dar marcha atrás, Ethan atraviesa la reja y entra a la oscuridad expectante del mausoleo.

Al principio, cree que está bien. Algo raro, pero bien. Un poco de luz se cuela por la reja a medio abrir. El aire, aunque huele a humedad y se siente algo viciado, sigue siendo respirable. Y, mejor que ninguna otra cosa, no hay ningún cadáver. Por lo menos, ninguno visible. Están detrás de las losas de mármol que cubren las paredes.

Hay cuatro, según puede ver. Dos a cada lado. En la tenue luz que alcanza a colarse, puede ver el nombre de la más cercana a la puerta.

ELSA HAWTHORNE

AMADA MADRE

Ver esas palabras grabadas sobre la losa y saber que hay un cuerpo justo detrás de la misma llena a Ethan de una sensación de absoluto terror. Además del hecho de saber que hay más cuerpos todavía, ocultos tras las otras lozas, que Billy y Russ se esfuerzan por leer. Chocan contra él mientras se mueven por el mausoleo, lo que le recuerda a Billy lo pequeño que es este lugar. Más o menos del mismo tamaño del baño de visitas de su casa, que no es para nada amplio.

También nota otras cosas. La manera en que se acumuló agua, estancada y sucia, en una de las esquinas. La forma en que un solo pétalo seco de rosa flota sobre el charco, como un barco a la deriva. La manera en que el olor empeora mientras más se adentra; una combinación enfermiza de moho y polvo. La forma en que, al llegar a la pared de atrás, la luz que entra por la reja no alcanza a llegar; no hay más que sombras aquí.

Para empeorar las cosas, un quejido aterrador surge detrás de ellos, lo que hace que Ethan se sobresalte. Se da la vuelta en un instante, su vista recorriendo el piso de mármol donde las sombras de la reja empiezan a ampliarse.

Más allá de las mismas está Ragesh, una silueta contra el sol, que cierra la reja de un golpe. Esta empieza a sacudirse por la fuerza con que lo hace, soltando una lluvia de trocitos de herrumbre y metal. La reja todavía se está sacudiendo cuando Ragesh baja el pestillo, que se asienta en su lugar con un sonido sordo.

Los acaba de encerrar allí adentro.

Ethan corre a la reja. Se aferra a los barrotes y empuja, asustándose cuando no se mueve en absoluto. Presa del pánico, mira hacia afuera en busca de Ashley y siente un leve alivio al ver que ya se está haciendo cargo de la situación. Marcha decidida hacia Ragesh con una expresión de furia absoluta.

—Óyeme, imbécil —exclama—. Deja de portarte como un estúpido por una sola vez en tu vida.

—Solo estoy jugando con ellos un poco —responde.

—Pues qué te parece no hacerlo. Abre la reja.

Ragesh bufa, molesto.

—Está bien.

Pero la reja no quiere abrirse. A través de los barrotes, ve que Ragesh está peleando contra el pestillo, al parecer incapaz de moverlo.

—Ya deja de joder, Ragesh —dice Ashley.

—No estoy jodiendo.

—¿De qué hablas?

—¿De qué carajos crees? —espeta Ragesh—. Se atoró el pestillo.

Billy y Russ se aprietan junto a Ethan e intentan empujar la reja. El temor de Ethan no tiene nada que ver con la claustrofobia. Le fascina encerrarse en su tienda de campaña y, cuando Billy y él juegan a las escondidas, está más que dispuesto a apretujarse en los sitios más estrechos con tal de ocultarse. Pero el mausoleo, la reja atorada y los dos chicos que lo están apretando a cada lado son demasiado para él. Empieza a experimentar un pánico que crece poco a poco y lo único que quiere hacer es irse.

Ahora mismo.

Solo que no hay salida. Ashley ya se unió a Ragesh en su intento por abrir el pestillo. Los dos están jalando hacia arriba, sus brazos esforzándose, sus intentos enrojeciendo sus rostros.

—Mierda —exclama Ashley—. No se está moviendo. ¿Qué hacemos?

—No tengo idea —dice Ragesh, ya presa del pánico.

—Pues piensa en algo.

—¿Y yo por qué?

—Porque tú eres el imbécil que acaba de atrapar a tres niños en un mausoleo —responde Ashley.

Una de las palabras de esa respuesta, «atrapar», sería algo que por lo normal aterraría a Ethan de inmediato, pero Ashley apenas termina de decirlo cuando Russ dice:

—Yo no estoy atrapado. ¿Ven?

Se mueve de lado y se desliza entre los barrotes como agua a través de una coladera. Una de las ventajas de ser así de flaco. Fuera del mausoleo, se para detrás de Ashley y de Ragesh mientras sopesan el espacio entre los barrotes. Después, hacen lo mismo en el caso de Ethan y Billy.

—¿Creen que puedan pasar entre ellos? —les pregunta Ashley.

—Tal vez —dice Ethan, aunque no cree que pueda hacerlo. Es más grande que Russ en todos los sentidos y Billy es todavía más grande. No por mucho; centímetros…, pero eso podría hacer toda la diferencia—. Podemos intentarlo.

Esta vez, Ethan se adelanta y se acerca a los barrotes de lado. Desliza su hombro entre dos de ellos, sorprendido y aliviado de que entre con facilidad. Lo mismo con su rodilla, la pierna rotada para que los dedos de sus pies se dirijan hacia afuera.

Las cosas se ponen algo más difíciles cuando Ethan está a la mitad del camino. La combinación entre su pecho, sus nalgas y su cabeza resulta ser excesiva y se encuentra atrapado: mitad de él dentro del mausoleo, mitad afuera.

—Tranquilo —le dice Ashley—. Solo voltea la cabeza.

Ethan sigue su consejo y empuja la cabeza a través de los barrotes, haciendo una mueca de dolor cuando el metal rugoso le raspa las orejas, como si alguien estuviera restregándolas con las fibras de metal que usa su mamá. Sin embargo, una vez que pasan por los barrotes, el resto de su cabeza queda libre. Ahora, solo tiene que preocuparse de los otros dos tercios de su cuerpo.

—Párate lo más derecho que puedas —recomienda Russ.

Ethan respira hondo, trata de ponerse lo más derecho y delgado que puede, y se desliza al exterior.

Los demás aplauden. Todos, menos Billy, que se asoma a través de los barrotes como perro enjaulado.

—No creo que quepa.

—Claro que cabrás —le dice Ethan—. Solo haz lo mismo que yo.

Guía a Billy por el proceso, empezando con un hombro y una rodilla. Mientras Billy intenta pasar por los barrotes, por un momento Ethan teme que no lo logre. Las orejas de Billy parecen quedar atrapadas entre los barrotes, que las presionan contra su cabeza. Billy se sigue esforzando por salir, casi obligando a su cabeza a pasar entre los barrotes, sus orejas de un color rojo profundo.

—Tú puedes —insiste Ethan cuando Billy se detiene—. Solo mete...

Lo interrumpe una voz que se escucha detrás, en el prado, fuerte como un escopetazo.

—¡Hey! ¡No pueden estar aquí!

Ethan se da la vuelta y ve que hay alguien a la distancia apresurándose por el camino. Parece alguien oficial: traje color negro y corbata al vuelo mientras corre, sus zapatos de vestir deslizándose contra la grava.

—¡Mierda! —exclama Ragesh—. ¡Corran!

Sale volando, alejándose del mausoleo a toda velocidad por el mismo camino por el que vinieron. Russ lo sigue, sus delgadas piernas bombeando a todo lo que dan. Absolutamente aterrado, Ethan no sabe qué hacer mientras el tipo trajeado les grita que se detengan y su cuerpo le insiste que corra. De modo que da vueltas como trompo, topándose contra Billy, que sigue tratando de escurrirse entre los barrotes, su cuerpo angulado, los barrotes apretándole el pecho y la espalda.

Ashley se aferra a uno de los brazos de Ethan.

—¡Vámonos! —dice mientras le da un tirón—. Agarra a Billy.

Ethan lo hace, tomando la mano de Billy y jalándolo con la misma fuerza con la que Ashley lo está jalando a él. Cada tirón parece atrapar a Billy todavía más entre los barrotes, sus ojos abriéndose como si estuvieran a punto de saltarle de la cabeza.

—Detente —sisea—. No puedo moverme.

Y es cuando Ethan se da cuenta de la terrible realidad de la situación.

Están en un lugar donde no deberían estar en absoluto.

Los demás se están yendo o se fueron ya.

Y Billy está atorado por completo.

DIECIOCHO

Visto desde afuera, el mausoleo ha cambiado muy poco en los últimos treinta años. Todavía se encuentra bajo la sombra de los árboles, los enormes sauces que rozan el techo inclinado. La única diferencia notable entre el pasado y ahora es el enorme candado en la reja, colgado de las cadenas que envuelven los barrotes. Aunque es probable que esto se deba a lo que sucedió hace treinta años, no puedo evitar pensar lo mismo que en ese entonces: ¿todo este esfuerzo es para evitar que alguien entre… o para que los muertos no escapen?

El otro cambio evidente no tiene nada que ver con el mausoleo, sino conmigo. Ahora no hay forma de que pueda caber entre los barrotes. Tendría suerte si lograra pasar una de mis piernas.

Y, sin embargo, tengo curiosidad de asomarme, de modo que me alejo del camino y me aproximo a la reja. Al asomarme entre los barrotes distingo que algo se añadió desde la última vez que estuve aquí: una estrecha caja de granito colocada sobre el piso del mausoleo.

Dirijo la linterna de mi teléfono hacia la oscuridad y la paseo por la piedra hasta que logro distinguir el nombre grabado en ella.

EZRA HAWTHORNE

Aunque no me sorprende que el Sr. Hawthorne haya elegido el terreno del instituto para su descanso final, me parece interesante la sencillez del monumento. El hombre era más rico que Dios y su familia gastó una fortuna para convertir este trecho boscoso de Nueva Jersey en su propiedad privada. Con todo y eso, está enterrado en una simple caja de granito que ni siquiera menciona los años de su nacimiento y muerte. Además, lo único que puedo ver es un epitafio grabado algunos centímetros debajo de su nombre.

LA MUERTE NO ES MÁS QUE UNA ILUSIÓN

No tengo idea de lo que eso signifique. ¿Que Ezra Hawthorne creía en una vida más allá de esta? ¿O que no existe tal cosa y que quienes creen en ella son unos tontos? Me hace pensar en Billy; muerto..., pero al mismo tiempo no. Me pregunto lo que Ezra pensaría al respecto.

Me alejo del mausoleo y sigo adelante, con pasos apresurados sobre el camino de grava. Después de otra vuelta, y de pasar frente a un laberinto de arbustos muy venido a menos, alcanzo a ver la mansión.

La estructura se yergue, formidable y señorial, contra el amplio prado. Enorme e inconexa, no tiene ningún estilo arquitectónico en particular, lo que la hace parecer una edificación ajena al tiempo; algo salido de alguna película. Aparte de su tamaño, la característica más notable de la mansión Hawthorne es la falta de ruido. Este lugar es silencioso. Los únicos sonidos que escucho mientras me acerco son los de mis propias pisadas, sorprendentemente escandalosas entre la quietud general. De manera instintiva, esto me hace caminar de puntitas, algo quizá innecesario. No he visto ni oído señal de que alguien más esté aquí.

De todas maneras, trato de pasar lo más desapercibido posible mientras me aproximo a la mansión. Después de acercarme con sigilo a una de las ventanas de la parte de atrás, coloco mis manos contra el vidrio para tratar de ver al interior. Al parecer, se trata de algún tipo de sala, con sillones orejeros y un sofá de terciopelo alrededor de una mesa de centro. Un tapiz cuelga de una de las paredes, mientras que sobre otra cuelga un paisaje que abarca su totalidad.

La habitación parece vacía... hasta que una mujer aparece justo al otro lado del vidrio.

—Quienquiera que sea, retírese, por favor —dice con una voz temblorosa.

Sobresaltado, me alejo de la ventana de un brinco y levanto las manos como si fuera un ladrón al que atraparon en medio de un robo. No es la impresión que quiero dar. Bajo mis manos y respondo:

—¡Hola! ¡Disculpe! Solo quería echar un vistazo a sus instalaciones para un posible evento.

No tengo idea de cómo pensé en la mentira con tanta velocidad, pero gracias a Dios que lo hice, porque la mujer parece tranquilizarse un poco. Señala hacia la izquierda y, cuando volteo en esa dirección, veo una puerta roja en la parte posterior del edificio. Asiento, camino hasta ella y llego a la puerta treinta segundos antes de que me abra.

De pie en la entrada, con un traje sastre color lavanda y una sonrisa algo cauta, me dice:

—Lo siento mucho, pero el día de hoy estamos cerrados.

—Solo quisiera dar una vuelta rápida.

—¿Tiene usted una cita?

—No —respondo—. Es solo que encontré el lugar en línea y pensé pasar para verlo yo mismo.

La mujer estudia mi apariencia sudorosa y desarreglada.

—¿Y cómo llegó hasta acá? No hay ningún coche en el estacionamiento.

—Mi Uber me dejó en la reja de entrada.

Dado que la propiedad está rodeada de una pared de piedra, me siento bastante confiado de que habrá alguna reja en la entrada. De todas maneras, la mujer me brinda una sonrisa antes de responderme.

—La verdad es que solo ofrecemos visitas guiadas a personas que las programan de antemano, pero dado que ya se encuentra aquí, supongo que no tendrá nada de malo que eche un vistazo rápido.

Me hace pasar a un corredor sencillo y estrecho. Se apresura por el pasillo delante de mí mientras me lanza miradas por encima de su hombro.

—Yo soy Lonette Jones —dice, de la misma manera en que los policías utilizan el nombre completo de las víctimas de algún secuestro para intentar de humanizarlas a los ojos de sus captores.

—Yo soy Ethan —respondo, dándome cuenta demasiado tarde de que quizá no debería utilizar mi nombre verdadero—. Ethan Smith.

—¿El evento que está organizando se trata de una boda o de alguna fiesta privada?

—Boda —digo, la mentira brota de forma inmediata.

—Quizá podría hacer una cita para regresar con su prometida.

—Lo que pasa es que está ocupadísima —hago una mueca. ¿Por qué demonios no puedo callarme?—. Pero si me agrada lo que veo, sin duda haré una cita para que regresemos juntos.

—Pues, esta es —anuncia Lonette cuando el corredor desemboca en un recibidor que parece sacado de *Downton Abbey*. El sitio posee el mismo tipo de grandeza algo deteriorada con decoraciones atestadas hasta el techo con caoba, terciopelo y brocado. Incluso hay retratos equidistantes colgados sobre todas las paredes y por encima de consolas repletas de jarrones con flores. Vigas de madera cruzan los altos techos y el sol entra a raudales por las enormes ventanas.

El área está dominada por una escalera que sube, majestuosa, hasta el segundo piso. Debajo de la misma, una gran puerta lleva a lo que parece ser un salón de baile. Alcanzo a avistar pisos de parquet, molduras recubiertas de hoja de oro y un candelabro que cuelga del techo como una gigantesca tela de araña.

Al igual que el exterior de la mansión, nada en su interior parece siniestro a primera vista. No es más que una colección de muebles lujosos comprados con dinero muy añejo. Lo único que resulta extraño es un gran cuadro al óleo que se encuentra cerca de la puerta de entrada. Muestra a un hombre joven vestido de traje, su mirada penetrante. Detrás de él hay un árbol torcido a un lado, y un obelisco de piedra al otro.

—Es Ezra Hawthorne —anuncia Lonette con un suspiro cuando me pesca mirándolo—. Esta era su casa.

Me acerco más al cuadro y observo que tanto el árbol como el obelisco tienen grabados una serie de símbolos extraños. Una, sin duda, es una estrella. Otro parece un ocho tumbado de lado, que sé que es la señal de infinito. Sin embargo, la mayoría de los demás me son ajenos.

—¿Qué significan todos estos símbolos?

—No tengo idea. Lo único que sé es que las novias lo detestan, pero no tenemos permitido quitarlo. El Sr. Hawthorne lo estipuló en su testamento. —De vuelta en su modalidad de guía, Lonette se dirige a la puerta del salón de baile—. Este es un espacio flexible. Puede utilizarse tanto para la ceremonia como para la recepción, en caso de que la ceremonia se lleve a cabo al exterior.

Me alejo del cuadro y lanzo una mirada a las escaleras.

—¿Y qué hay allá arriba?

—Ninguno de nuestros huéspedes tiene permitido subir al segundo piso, aunque sí pueden tomarse fotografías de bodas sobre la escalinata.

Aunque nada a mi alrededor sugiere que este solía ser el Instituto Hawthorne, y mucho menos lo que aquí hacían, sospecho que hay restos de aquella época en algún lugar de la mansión. Quizá esté equivocado y no haya nada que ver, o tal vez todo se haya relegado al segundo piso prohibido. Decido tratar de sacarle más información a Lonette.

—¿Este lugar no solía ser una escuela en algún momento?

—Sí, era el Instituto Hawthorne.

—¿Y qué enfoque tenían?

Lonette parece desconcertada por mi pregunta, como si jamás se la hubieran hecho antes. Quizá así fuera. Supongo que en la mayoría de las visitas guiadas la gente está demasiado ocupada tratando de averiguar información acerca de los diferentes servicios como para que les importe lo que se hacía aquí en el pasado.

—En realidad no lo sé. Solo llevo dirigiendo el espacio para eventos durante los últimos dos años. —Lonette baja la voz hasta que no es más que un susurro—. Se rumora que se trataba de algún tipo de culto.

Trato de parecer despreocupado, incluso después de que la palabra «culto» ilumina mis pensamientos como una especie de señal en luces neón.

—¿Y usted cree que sea cierto?

—No —responde Lonette después de alzarse de hombros—. Pero entiendo por qué lo dirían. En especial si alguna vez estuvieron en el sótano. No solo donó el terreno y la mansión al condado, sino también todos los muebles. Lo que hicieron fue guardarlo todo en el sótano. Es bastante espeluznante, si me lo pregunta.

En efecto, eso es justo lo que le pregunté y, sea que lo haya hecho de manera intencional o no, Lonette me acaba de indicar exactamente dónde tengo que buscar. Nada de segundos pisos. Lo que necesito es encontrar alguna manera de acceder al sótano. Incluso, creo que sé cómo llegar: por una puerta cerrada localizada directamente debajo de la escalinata principal.

Mientras, trato de pensar de qué manera puedo llegar a ella, permito que Lonette lleve a cabo el resto de la visita guiada. Además del salón de baile, me muestra las áreas para la preparación del novio, de la novia y de los demás miembros del cortejo nupcial; las instalaciones de cocina que puede utilizar el servicio de banquetes y el comedor donde puede hacerse la recepción en caso de que la ceremonia se lleve a cabo en el salón de baile.

El cuarto al que me asomé antes es donde se lleva a cabo la hora del coctel. Junto al mismo se encuentra lo que Lonette describe como «cuarto de recuperación», una pequeña antesala donde pueden descansar los invitados que hayan bebido un poco de más. Pronto, estamos de vuelta en el recibidor, donde Lonette me entrega su tarjeta y me recomienda que regrese con mi prometida, después de que hagamos una cita.

—¿Podría utilizar su baño? —digo, que es lo que debí decirle cuando me pescó mirando al interior por la ventana. Nos hubiera ahorrado una buena cantidad de tiempo a los dos.

Lonette me indica un corto pasillo justo delante de la puerta que supongo conduce al sótano.

—Es por ese pasillo, a la izquierda.

Camino por el pasillo, consciente de que está vigilando cada paso que tomo. Fingiendo confusión, me detengo en la puerta debajo de las escaleras.

—Es más adelante —me indica Lonette antes de que pueda abrirla—, y a su izquierda.

Le lanzo una sonrisa avergonzada y me dirijo a la puerta del baño; me muevo con tal lentitud que Lonette deja de mirarme y se refugia en su oficina. En ese momento, me pongo en marcha. Me apresuro a la puerta debajo de las escaleras, la abro, me deslizo al interior y la cierro con cuidado tras de mí.

Paso un instante en la más absoluta oscuridad, buscando algún interruptor de luz. Cuando al fin lo encuentro, veo escaleras que conducen a lo que, sin duda alguna, es el sótano.

Bingo.

Al fondo de las escaleras, me encuentro en una enorme cámara de paredes de piedra atestada de muebles, cajas de madera y décadas de desechos. Las cosas están dispuestas sin ton ni son, con sillas encima de mesas, estantes llenos de adornos diversos y cajas apiladas a grandes alturas. Todo está cubierto de una espesísima capa de polvo. También hay telarañas que adornan cada esquina. Todo, en combinación, me hace sentir que acabo de entrar a la tienda de antigüedades más fantasmagórica del universo.

Mientras me abro camino entre todo el desastre, una ráfaga de aire helado hace que el pelo de mi nuca se levante de inmediato. Lonette tiene razón: este sitio es de lo más espeluznante.

Tampoco sirve mucho el hecho de que la mitad de los muebles

estén cubiertos por lienzos de tela oscurecidos por el polvo y con un aspecto desconcertantemente humano. No muy distintos a las personas sombra del libro de Billy. Trato de ignorarlas mientras saco mi teléfono y me pongo a tomar fotografías, empezando por la estantería más cercana. Capturo el caos de cosas que hay en la misma. Un busto de frenología hecho de cerámica. Una caja incrustada de joyas. Una tabla Ouija de madera.

A continuación, abro una caja cercana y apenas puedo contenerme de toser ante la explosión de una nube de polvo. Con rapidez, muevo las cosas en su interior y veo de todo, desde enciclopedias encuadernadas en cuero, hasta un supuesto libro de encantamientos. En la siguiente caja que abro hay todavía más libros, incluyendo una edición antiquísima de la *Anatomía* de Gray, *Walden* de Thoreau, y un desgastado libro de bolsillo titulado *La casa de los horrores*.

Dado que buscar en cada caja me llevaría el día entero, muevo un par de cajones de madera que están uno junto al otro. Adentro, los dos están atestados de fotografías enmarcadas. Las saco con rapidez y empiezo a tomar fotografías de cada una, sin detenerme a ver qué muestran. La mayoría parecería ser de eventos que se llevaron a cabo hace años en esta misma mansión. Las placas doradas en la parte baja de los marcos me indican el año en que se tomaron, empezando por 1937 y finalizando en 1998.

Cuando apunto mi cámara a una fotografía de 1993, uno de los rostros se destaca del resto; es un adolescente que está posando junto a un hombre que parece tener casi ochenta años. Resulta evidente que el caballero de edad avanzada es Ezra Hawthorne, no solo porque está vestido como el hombre del cuadro junto a la puerta principal, sino porque ya vi suficientes fotografías del viejo Ezra como para reconocerlo.

También reconozco al adolescente parado junto a él.

Es Johnny Chen.

Aunque sé que trabajó como voluntario en este lugar, verlo en una actitud de familiaridad tan evidente con Ezra Hawthorne me hace emitir un grito ahogado de sorpresa; un sonido lo bastante fuerte como para que se escuche a través de la puerta cerrada al tope de las escaleras. Desde arriba, escucho a Lonette.

—Está allá abajo —dice, seguido de dos conjuntos de pisadas que bajan por las escaleras.

Sigo tomando fotografías y logro capturar las imágenes de los años restantes. Acabo de terminar de tomar la de 1998 cuando Lonette baja hasta el sótano; viene acompañada de Ragesh Patel, que no parece nada feliz de verme.

—Hola, Ethan —dice con evidente molestia—. Vas a tener que acompañarme.

Viernes, 15 de julio, 1994
2:48 p. m.

Ethan jala a Billy mientras Ashley lo sigue jalando a él. Se siente estirado por el par de fuerzas, a punto de reventar.

—¡Vamos! —intenta gritarle a Billy, pero no sale palabra alguna. Está demasiado sorprendido, demasiado asustado y demasiado distraído por los ruidos de personas que corren, algunas lejos del mausoleo, otra en su dirección. Mientras tanto, Ashley sigue tirando de él y la fuerza que ejerce desprende la mano de Ethan de la de Billy.

Se sueltan.

Billy estira su mano hacia Ethan, sus dedos a centímetros de distancia. La brecha aumenta a medida que Ashley empieza a arrastrar a Ethan lejos de la reja.

—¡Espera! —chilla Ethan, aunque no está seguro de que pueda escucharlo—. ¡Espera!

Se suelta de Ashley y ella sigue corriendo, sin darse cuenta de que Billy no puede ir con ellos, que está atrapado, a punto de que lo pesquen.

—¡Largo de aquí! —grita el hombre de traje a solo cien metros de ellos. Todo él es enorme; es alto y tiene un físico imponente.

Al voltear hacia el mausoleo, Ethan ve que Billy sigue luchando por zafarse de los barrotes. Después, voltea a ver dónde se encuentran los demás y confirma que están huyendo o —en el caso de Ragesh— ya escaparon... Russ y Ashley están ya lejos en el camino, corriendo hacia el bosque como dos venados asustados.

Ethan se dirige en la dirección contraria, acercándose de nuevo a la reja, queriendo ayudar a Billy; necesitado de hacerlo.

El hombre del traje está más cerca. Tan cerca que Ethan puede ver la furia en su rostro mientras gruñe:

—¡Ayer mismo te dije que no te volvieras a acercar!

Ethan se congela cuando lo escucha, azorado.

Billy ha estado aquí antes.

Sin él.

La traición que sintió antes regresa de inmediato, magnificada por diez. Se pregunta por qué Billy jamás le dijo que había visitado este lugar antes y qué más no le ha dicho. Se cuestiona si, en este mismo momento, Billy y él siquiera son amigos.

Los sucesos del día ocasionan una avalancha de pensamientos en la mente de Ethan. La necesidad de explorar de Billy. Los demás, uniéndose a él uno por uno. Él mismo junto al camino mientras Billy se quedó con Ragesh y con Russ, tomando su lado en un sentido más que literal. Y, por último, este momento, en que se da cuenta de que Billy los condujo a las cataratas y al Instituto Hawthorne a pesar de que le advirtieron que nadie debía estar aquí apenas el día anterior.

Y, ahora, están metidos en un lío.

Bueno, Billy lo está.

Y también lo estará Ethan si no empieza a correr.

Toma un paso titubeante hacia atrás a medida que el peso completo de lo anterior cae sobre él. Él podría meterse en un lío… por algo que ni siquiera quería hacer. Por algo que, con toda franqueza, es culpa de Billy.

Él no quería venir.

Él no quería cruzar el camino ni escurrirse a través de la pared ni ver las cataratas.

Y, en definitiva, él no quería entrar en el mausoleo.

Todo eso fue Billy.

Ethan toma dos pasos más hacia atrás, ampliando la distancia entre Billy y él al momento en que el hombre de traje llega al mausoleo. Dándose cuenta del predicamento de Billy, exclama:

—Dios mío, ¿en qué te has metido?

Después de eso, Ethan no ve más, porque voltea y le da la espalda al mausoleo mientras mira fijamente el tramo de camino que está adelante y las figuras de Ashley y Russ a lo lejos. Y entonces, sin pensarlo más, Ethan empieza a correr para alcanzarlos. Mientras sale disparado por el camino, escucha a Billy rogándole que se detenga.

—¡Ethan, no me dejes! ¡Por favor, no me dejes!

DIECINUEVE

—¿Vas a arrestarme? —le pregunto a Ragesh una vez que me lleva hasta su auto como vil delincuente.

—Podría —me responde—. Y lo más probable es que debería.

—En sentido estricto, no fue allanamiento; Lonette me dejó entrar.

—Porque le mentiste —contesta Ragesh—. Le habló a la policía a la primera oportunidad; pensó que estabas tratando de robar el sitio.

La idea misma es absurda. ¿Yo? ¿Ladrón? Ni siquiera puedo escabullirme por ahí sin ser descubierto.

—Pues no estaba tratando de robar nada.

—Entonces, ¿por qué viniste?

—Solo quería echar un vistazo.

Ragesh se da cuenta de inmediato de que le estoy mintiendo. No que se necesite un detective para hacerlo. Es evidente que tenía algo entre manos.

—¿Para qué?

No lo sé, porque Billy no me lo dijo. Y como dudo que Ragesh me crea, elijo una respuesta más lógica.

—Para buscar cualquier indicio de que el Instituto Hawthorne tuviera algo que ver con la muerte de Billy.

—Ethan, esto ya lo discutimos. Es muy poco probable…

—¿Qué no haya conexión alguna? Eso dice todo el mundo… ¿pero cómo se supone que lo crea cuando nadie me quiere decir lo que estaba pasando aquí? Incluso aunque tú sepas algo al respecto.

Ragesh arranca el coche.

—No tengo idea de a qué te refieres.

—Tú estuviste aquí como voluntario en 1992 —digo, haciendo un movimiento hacia la mansión de piedra que se levanta frente a nosotros—. Tanto tú como Johnny.

—¿Y eso dónde lo oíste? —pregunta Ragesh, molesto o impactado de que lo sepa; no estoy del todo seguro.

—Solo digamos que he estado haciendo mis investigaciones. Así que sugiero que nos dejemos de tonterías y nos contemos todo lo que sabemos.

Ragesh parece tomarlo en cuenta mientras se aleja de la mansión Hawthorne y toma un pequeño camino. Adelante está la pared de piedra y, para mi absoluto deleite, una reja abierta. Por lo menos tuve un acierto el día de hoy.

—Está bien, tenemos un trato —afirma Ragesh una vez que atravesamos la reja—. Pongamos todas nuestras cartas sobre la mesa. *Quid pro quo*. ¿Por qué insistes tanto en que el asesinato de Billy está ligado con el Instituto Hawthorne de alguna manera?

—Porque allí es donde lo encontraron.

—Y yo ya te dije que si estuvieras tratando de deshacerte de un cuerpo, ese sitio es tan bueno como cualquier otro.

—Pero estuvimos allí ese día —insisto, aunque Ragesh no necesita que se lo recuerde—. Y Billy se quedó más tiempo que el resto de nosotros.

—¿Alguna vez te mencionó lo que pasó en ese entonces?

—No —respondo, todavía demasiado avergonzado como para contarte a Ragesh la pelea que tuvimos Billy y yo en la tienda de campaña esa noche y cómo desearía poder retirar todo lo que le dije. Si Billy me hubiera revelado cualquier detalle acerca de lo que sucedió antes en el día, lo compartiría; pero no fue así. Lo único que Billy me dejó en claro fue lo mucho que lo había traicionado.

—Muy bien —dice Ragesh—. Ahora te toca a ti. Pregúntame lo que quieras.

No estoy seguro de dónde empezar. Hay muchísimas preguntas

que necesito que me respondan. Al final, me decido por la que me ha molestado desde que Ragesh nos dijo que habían encontrado los restos de Billy.

—La otra noche, dijiste que sabías que la muerte de Billy no fue accidental porque había evidencia de algún tipo de acto delictivo. ¿Qué tipo de evidencia?

—Había fracturas en el cráneo y costillas de Billy —dice Ragesh—. Con base en las lesiones que presentaba, el antropólogo forense cree que lo más probable es que haya muerto por traumatismos contundentes en el pecho y la cabeza.

Pausa un momento para asegurarse de que esté bien. Estoy lejos de bien. Siento que el coche entero se sacude. Como si acabaran de chocarnos por detrás, aunque no hay ningún otro vehículo cerca de nosotros.

—Y aunque existe la posibilidad de que las lesiones hayan sido el resultado de una caída, también es poco probable —sigue Ragesh.

—¿Por qué?

—Los buzos encontraron un trozo de tela junto con los restos de Billy. Como si lo hubieran envuelto en una cobija o algo por el estilo antes de tirarlo por las cataratas.

Siento otro terremoto. Peor que el primero. Porque, ahora, dudo de que la muerte de Billy haya sido rápida e indolora. Lo más probable es que fuera todo lo contrario, un hecho que me deja mudo por un momento.

Ragesh me lanza una mirada de compasión.

—¿Te arrepientes de preguntarlo?

Sí.

Y no.

Porque, a mi parecer, la probable naturaleza del asesinato de Billy descarta a un montón de sospechosos; en esencia, a todo el mundo de Hemlock Circle. No, no se me olvida la teoría de la detective Cassandra Palmer en cuanto a las razones por las que Billy no gritó en busca de ayuda. Es solo que sigo no estando de acuerdo con ella. Porque sencillamente no me puedo imaginar cómo alguien que conociera a Billy podría hacerle eso. Lo que significa que su asesino no era uno de los habitantes de la privada.

—Dime todo lo que sabes del Instituto Hawthorne —le digo.

—No hay gran cosa que decir. Estuve allí por una hora exacta.

—¿Y eso fue todo? Pero si eras voluntario…

—Más como conejillo de Indias. Johnny es el que nos ofreció para ir allí. Dijo que quería ver cómo era el lugar.

—¿Y cómo era?

—En esencia, igual que ahora. Muy viejo, muy aburrido. Montones de tipos vestidos en trajes oscuros que se sentaban por todas partes a leer. Tan pronto como llegamos, nos separaron a Johnny y a mí y nos llevaron a habitaciones diferentes. La mía era toda color blanco. Después, Johnny me dijo que la suya también. A los dos nos sentaron frente a una mesa, dividida por una separación que no te permitía ver quién estaba del otro lado.

—¿Y alguna vez te enteraste de quién era?

—No —Ragesh se sacude levemente, como si todavía se sintiera desconcertado por el recuerdo—. Solo podía oírlo. Fue un hombre que me dijo que me iba a mostrar algunas tarjetas que tenían formas y que yo necesitaba adivinar cuáles eran por medio de percepción extrasensorial o algo. Podía tardarme el tiempo que quisiera, siempre y cuando me concentrara en esa tarjeta que no podía ver.

—¿Cuántas fueron?

—Cincuenta.

—¿Y adivinaste alguna de ellas?

—No lo sé —responde—. No me decían si había respondido de manera correcta o incorrecta. Solo pasábamos a la siguiente. Cuando terminamos, me mandaron a casa y jamás regresé. Terminé mi voluntariado en la biblioteca, guardando libros.

Volteo a verlo.

—¿Y Johnny?

—Él sí regresó —dice Ragesh casi en silencio—. Muchas veces.

Incluso después de terminar el voluntariado.

Saco mi teléfono y busco la imagen de la fotografía de 1993. La calidad de la imagen es terrible. En mi premura, no me molesté con cosas como enfocar, ni centrar la composición, por lo que el resultado es una fotografía bastante chueca. De todos modos, si amplío la imagen, puedo ver lo que me importa: Johnny Chen y Ezra Hawthorne.

Al volverla a ver, noto detalles que no vi al principio, como la forma en que la mano pálida de Hawthorne, casi como una garra, descansa sobre el hombro de Johnny. O cómo Johnny está vestido en un traje negro idéntico al que trae puesto Ezra.

—¿Johnny alguna vez te contó lo que hacía allí?

—No —responde Ragesh—. Siempre supuse que lo mismo. Pruebas y experimentos raros. Pero a Johnny le agradaba el lugar. Para el final, parecía lo único que lo hacía feliz.

¿El final? Al principio, no entiendo a qué se refiere Ragesh; pero, entonces, vuelvo a ver la fotografía, esta vez fijándome en la placa dorada y su fecha. El mismo año en que murió Johnny. Hasta donde sé, esta podría ser la última fotografía que se tomó de él. Estudio la peculiar expresión en el rostro de Johnny. Parece vagamente nervioso; como si no se sintiera del todo cómodo de estar allí.

Elijo mis siguientes palabras con sumo cuidado.

—¿Crees que lo que le pasó a Johnny tuviera algo que ver con su tiempo en el Instituto Hawthorne?

Ragesh frena en seco, haciendo que el coche se detenga con un chirrido de llantas a mitad del camino. La fuerza con que lo hace me lanza hacia adelante por un momento, antes de que el cinturón de seguridad se trabe, impulsándome de nuevo hacia el respaldo. Alejo la correa de mi cuello mientras Ragesh voltea hacia mí, su rostro endurecido.

—No arrastres a Johnny a esta teoría de conspiración que tienes. Nadie tuvo nada que ver con su muerte. Johnny… —su voz parece perder fuerza, como si fuera un globo desinflándose—.

Johnny tenía muchos problemas, ¿entiendes? Estaba pasando por muchas cosas..., demasiadas..., y eso lo hizo recurrir a las drogas. Después, murió; todavía hay días en que pienso en eso y me enfurezco con él por lo que se hizo. Pero esa es la clave en este caso; Johnny se lo hizo a sí mismo. El Instituto Hawthorne no tuvo nada que ver con eso. De la misma manera en que no tuvo nada que ver con lo que le pasó a Billy.

—Lo siento —le digo, y es cierto. Su reacción me recuerda que no soy la única persona en Hemlock Circle que perdió a un amigo.

Ragesh empieza a manejar de nuevo.

—Te perdono.

Dentro del coche se hace un tenso silencio que se vuelve tan abrumador que me siento obligado a romperlo.

—La detective Palmer piensa que alguien de Hemlock Circle mató a Billy —digo—. ¿Coincides?

—No precisamente.

—Dado que no piensas que fue alguno de nuestros vecinos, y que no crees que haya sido nadie del Instituto Hawthorne, ¿quién crees que mató a Billy? ¿El extraño camuflado que las personas vieron el día anterior?

—No fue él ni por error —afirma Ragesh.

—¿Cómo puedes estar tan seguro?

—En primer lugar, porque sé lo poco común que es ese tipo de cosa. Sí, es algo que sucede y, a menudo, con consecuencias trágicas. Pero las probabilidades de que haya pasado en tu jardín son una en un millón. —Ragesh se queda viendo al frente, sus manos apretadas sobre el volante—. Y en segundo lugar, lo sé porque el desconocido vestido de camuflaje era yo.

Como sigue viendo al camino, Ragesh no puede ver la expresión de pasmo absoluto en mi rostro. Yo soy el único que logra percibirla; mi reacción con la boca abierta de par en par capturada en el retrovisor lateral y reflejada de vuelta a mí. Junto con la misma, me inunda una sensación de desilusión abrumadora. Aunque jamás se pudo comprobar que había un desconocido que estuviera paseándose por el vecindario el día antes de que secuestraran a Billy, la idea me ofrecía una forma distorsionada de consuelo. Era más fácil pensar que un monstruo sin nombre y sin rostro se había llevado a Billy, que tener que pensar en la probabilidad de que fuera alguien de Hemlock Circle.

—¿Y por qué no se lo dijiste a nadie?

—¿Por qué habría de hacerlo? —responde Ragesh—. Es vergonzoso admitir que estaba vagando por el bosque, que me desorienté y que terminé en uno de los patios traseros de Willow Road en lugar del mío. Y es todavía más vergonzoso saber que logré asustar al vecindario entero por ello.

—Pero vivías allí —digo—. ¿Por qué alguien consideraría que pudieras ser sospechoso?

—¿De verdad me lo estás preguntando? —Ragesh señala a su rostro—. Mira el color de mi piel, Ethan.

Asiento.

—Entiendo.

—Supongo que el camuflaje también tuvo algo que ver con todo el asunto —concede Ragesh—. Pero me veía fabuloso vestido de camuflaje… y sigue siendo así.

Pienso en el día en que todos fuimos a las cataratas y al Instituto Hawthorne. Ragesh no formaba parte del grupo hasta que nos topamos con él sentado en el bosque.

—¿Y qué hacías en el bosque?

—Estaba pensando —contesta—. Johnny no era el único que estaba teniendo problemas. Yo también los tenía; estar en el bosque me ayudaba a despejar la mente. Sin embargo, para todos los demás parecía una conducta sospechosa. Como en el caso de la persona, quienquiera que haya sido, que me vio alejándome de Willow Road; o Ashley, que estaba convencida de que la espiaba. Dios… la forma en que reaccionó su papá. Les dijo a mis padres que yo era un voyerista. Imagínate lo apenado que me sentí.

—Ashley está soltera —le digo—. Por si te interesa.

—No creo que mi marido lo apruebe.

Desconcertado, doy un respingo en mi asiento. Ragesh se da cuenta de lo que hago y sonríe.

—¿Sorprendido?

«Mucho», pienso.

—Un poco —respondo.

—Te dije que estaba pasando por muchas cosas en ese entonces —explica Ragesh.

—¿Cuánto tiempo llevas de casado?

—Ocho años.

—Felicidades —digo—. ¿Y tus papás? ¿No tienen problema con eso?

—Al principio, sí —me dice Ragesh—. Pero a la larga, cambiaron de opinión. Sirve que encontré a un agradable chico indio. Desde hace poco, la principal queja que tiene mi mamá es que cocina mejor que ella.

A pesar de que no lo conocí bien cuando éramos niños, y que no me gustaba gran cosa lo poco que sí conocía, me da gusto por Ragesh.

—Lo siento mucho, por cierto —dice.

—¿A qué te refieres?

—A muchas cosas. Era un mierda en aquel entonces. Más que otra cosa, porque me sentía asustado y confundido, pero esa no es excusa. No hay excusa alguna por algunas de las cosas que hice.

—¿Como encerrarnos dentro del mausoleo?

Ragesh hace una mueca.

—Sí, como eso; aunque, para ser francos, no fue culpa mía que el pestillo se atorara. Pero, más que otra cosa, siento mucho que no traté, no sé, de ayudarte en aquel entonces.

—No había nada que pudieras hacer.

—Pude haber sido más amable —continúa—. Por lo menos, debí hablarte o tratar de protegerte, porque, de todas las personas en Hemlock Circle, yo sabía lo que era perder a tu mejor amigo.

Miro a Ragesh y lo imagino pasando por las mismas cosas que me sucedieron a mí. La pena, la culpa, los años de preguntarme si esa amistad era sostenible. La única diferencia entre los dos, a pesar del estado de nuestros matrimonios, es lo bien o mal que manejamos la pérdida de nuestros mejores amigos. Él se convirtió en un bravucón y canalizó su enojo hacia la crueldad antes de tranquilizarse y de cambiar de actitud. Yo elegí otro camino.

Huí.

Y, sin embargo, aquí estamos los dos, en un coche que en este momento da la vuelta a la privada antes de que Ragesh se detenga frente a mi casa.

—Gracias por el aventón —digo— y, ya sabes, por no arrestarme.

—No te preocupes —dice Ragesh antes de que me baje—. Solo hazme un favor. Mantente alejado del Instituto Hawthorne.

Le aseguro que así lo haré, más que otra cosa porque sé que sí me arrestará si me vuelve a encontrar allí. Tendré que conformarme con lo que pude ver, que no es gran cosa, y con las demás fotografías que alcancé a tomar con mi teléfono. Y eso es justo lo que empiezo a analizar cuando Ragesh se marcha. Me siento en la sala y empiezo a estudiarlas, una por una.

La mayoría son espeluznantes de esa manera en que casi todas las fotografías viejas lo son. Grupos de personas muertas hace décadas viendo hacia la cámara, en poses rígidas y con sonrisas forzadas. No era que la gente involucrada con el Instituto Hawthorne sonriera con frecuencia. Estos eran hombres serios, con expresiones sobrias que lo demostraban. El resultado era que ninguno de sus rostros destacaba, ni siquiera el de Ezra Hawthorne. Se convirtieron en pálidos borrones, al punto que los hombres fotografiados en 1942, por decir, son casi intercambiables con los capturados cuarenta años después.

Muchas de las fotografías son imágenes de grupo de distintas reuniones que tuvieron lugar en la mansión de Ezra Hawthorne. Lo sé porque reconozco algunos de los lugares que Lonette me mostró durante la visita guiada. El enorme recibidor; el salón de baile. Incluso, una de las fotografías se tomó frente a las cataratas, el agua cayendo en una blanca cascada detrás de dos hombres que llevan túnicas negras sobre lo que sé son trajes negros.

Estos trajes negros, por cierto, son omnipresentes. Cada persona en cada fotografía los porta. Eso no parece tan inusual en las imágenes tomadas en los cuarenta y cincuenta. En aquel entonces, los trajes eran de lo más comunes y se usaban en todas partes, desde cenas hasta visitas al cine. Es solo en las fotografías de los ochenta y noventa que empiezan a verse algo extraños. Para ese entonces, las reglas de la moda habían cambiado al grado de que los hombres solo usaban trajes negros en los funerales.

De todas las fotografías, solo dos son lo bastante extrañas como para merecer una mirada más detallada. Una, por supuesto, es la que se tomó frente a las cataratas, principalmente a causa de las túnicas negras. Con capuchas y sujetas a la cintura con cinchos de cuerda, son innegablemente siniestras. Quizá el Instituto Hawthorne sí era un culto.

Lo único que me detiene de aceptar la idea por completo es que dudo que un culto pasara desapercibido aquí, sin importar la cantidad de dinero con el que contara. En otros estados, sin duda; pero no en Nueva Jersey. En especial, no en esta área de Nueva Jersey, con su rica historia colonial y toda la parafernalia episcopal que la acompaña.

Otra de las razones por las que no me creo el asunto del culto por completo es que en ninguna otra fotografía aparece nada que se acerque a eso. La otra que me llama la atención lo hace por razones distintas. Tomada en 1969, muestra a Ezra Hawthorne y a otros tres hombres. Están frente a una mesa, sentados frente a una genuina y verdadera bola de cristal. La boca de Ezra está abierta, como a mitad de alguna palabra, sus ojos volteados hacia el techo, como si se estuviera dirigiendo a alguien que está flotando sobre su cabeza. Al verla, solo puedo pensar en Billy.

«Hablan con fantasmas».

¿De verdad es eso lo que está pasando en esta imagen? Y, de ser así, ¿cómo lo sabía Billy? ¿Y es esa la razón por la que insistió en ir allí dos días seguidos, una vez solo y la otra acompañado de un grupo?

Curioso, sigo viendo las fotografías restantes hasta que me detengo en la que muestra a Johnny Chen. La siguiente se tomó en 1994, el año en que asesinaron a Billy. No espero que me muestre nada relacionado con su muerte. Solo me interesa ver lo que quizá estuviera pasando en ese entonces.

La foto termina siendo igual a la mayoría de las demás, la imagen de un grupo, tomada en el vestíbulo de la entrada. La enorme diferencia es que, en lugar de que sea solo de hombres vestidos en trajes negros, dos mujeres se unieron al grupo, acompañadas de destellos de color más que necesarios.

Hago un acercamiento a ambas y observo atentamente a la que aparece a la izquierda. Parece ser una mujer de alrededor de cincuenta años de edad y comunica una especie de insolencia madura que es evidente incluso en la fotografía.

Cuando me enfoco en la mujer de la derecha, mi corazón se detiene. Verla me desorienta a tal grado que siento que acabo de atravesar el piso y que me precipito a un sótano. Una caída libre tan vertiginosa que siento que podría desmayarme.

Sé quién es la mujer con la misma certeza con que sé que sigue con vida. Lo que soy incapaz de comprender es por qué estaba en el Instituto Hawthorne.

En esencia, porque esa mujer es mi madre.

Viernes, 15 de julio, 1994
2:50 p. m.

Joyce permanece de pie frente a la isla de la cocina mucho tiempo después de que Ashley se ha marchado. En el silencio de la tarde, no puede evitar sentirse como una tonta. ¿Qué tipo de mujer confía en su vecina adolescente? ¿Y llorando como Magdalena, por amor de Dios? Con razón Ashley se ofreció a cuidar a Ethan de manera gratuita. Sin duda, quiso irse lo más lejos posible. Joyce no puede culparla. Si ella estuviera en los zapatos de Ashley, haría lo mismo.

A solas, Joyce contempla su cocina y suspira. Este sitio, al parecer, es donde está destinada a quedarse. Su madre lo pensaba sin cuestionamiento. Era de una generación que creía que el sitio donde pertenecía una mujer era en su hogar, de modo que allí fue donde se quedó. Joyce recuerda ver a su madre bregar el día entero cuando era niña. Con la limpieza y el lavado de la ropa, con el planchado y la preparación de comidas. Jamás parecía acabar. Dado que todas las demás mamás del vecindario hacían lo mismo, Joyce creció sin saber que existían otras opciones, incluso después de ir a la universidad, que para ella solo era un sitio en el que las mujeres hacían amistades y conocían a sus futuros maridos.

Joyce hizo ambas cosas; se unió a una sororidad y conoció a un apuesto estudiante de último año llamado Fred Marsh durante su primera reunión. Cuando se comprometieron a finales de su primer año de estudios, no le pareció que hubiera necesidad de continuar con los mismos, de manera que Joyce renunció a la universidad y terminó haciendo lo mismo que su madre.

Por un tiempo, encontró satisfacción en asegurarse de que su familia estuviera bien cuidada. Le enorgullecía llevar a Ethan a la escuela, asistir a sus tontas obras de teatro donde apenas y decía una línea, pasar noches enteras cocinando docenas de bizcochitos para la venta de pasteles de la escuela. No, no tenía ningún negocio, ni cuidaba de los enfermos, ni se dedicaba a alguno de los millones de trabajos que diferentes mujeres hacían a diario. Pero aprendió, de observar a su madre, que la domesticidad tenía un lugar. Era importante. Sin las amas de casa, ¿quién se encargaría de las juntas de padres y maestros? ¿Quién se ofrecería para fungir como voluntaria el día de las diferentes visitas que hacía la escuela? ¿Quién llevaría a los niños de una actividad extramuros a otra? En pocas palabras, ¿quién mantendría las cosas fluyendo de una manera que pareciera natural cuando, en realidad, era agotadora?

Sin lugar a duda, no los hombres, pensó Joyce.

No obstante, no estaba preparada para lo sola que se sentiría entre una obligación y la siguiente. Algo que hubiera deseado que le advirtiera su madre. Las largas y silenciosas horas cuando nadie la necesitaba. Esas fueron las ocasiones en las que Joyce empezó a pensar que quizá quería algo más. No una casa más grande, ni una mejor cocina, ni un coche más lujoso. Estaba feliz con lo que tenía y daba gracias por todo ello.

Lo que Joyce anhelaba era una sensación de logro más allá de su hogar y su familia. Quería tener un propósito más allá de las necesidades de su hijo y de su marido. De modo que, después de discutirlo con Fred, tomó el primer empleo que logró encontrar.

En el Instituto Hawthorne.

Antes de empezar a trabajar allí, solo estaba vagamente familiarizada con el lugar. La esposa de uno de los colegas de Fred le dijo que estaba llena de locos que hacían cosas como quedárseles viendo a los animales en un intento por leer sus mentes. Todo era de lo más inocente, le aseguró a Joyce... solo un poco extraño.

Joyce tomó el empleo a pesar de eso. Un trabajo secretarial de bajo nivel. Asistente de la asistente. De todas maneras, le agradaba. Le gustaba cómo la oficina olía a café recién hecho por las mañanas y la forma en que ella y Margie, la asistente principal, comían su almuerzo afuera de vez en cuando, junto a las cataratas, mientras veían el agua precipitarse hacia el lago más abajo. Disfrutaba del silencio académico del lugar. Sentía como si trabajara en una biblioteca.

Y, sí; había cosas raras, empezando por el hecho de que todo el mundo, excepto por Margie y ella, usaba trajes negros. Joyce supuso que era para imitar a Ezra Hawthorne, quien, a pesar de ser el fundador y mecenas del lugar, rara vez se aparecía. Solo lo vio en tres ocasiones. La primera fue cuando le dio la bienvenida el día en que empezó a trabajar allí. La segunda, una semana después, cuando se tomó una fotografía de grupo en el enorme vestíbulo.

La tercera fue cuando todo se echó a perder.

En teoría, Joyce tenía que reportarse con Margie, que a su vez se reportaba con su jefe, que tenía contacto con Ezra Hawthorne. Cuando Joyce veía algo extraño, sabía que no debía hacer preguntas. Fue lo primero que le dijo Margie: «No hagas preguntas. Solo mantén la mirada abajo, haz lo que se necesite hacer e ignora lo demás». De todas maneras, Joyce no podía evitar sentir curiosidad por los extraños símbolos tatuados en el visitante para quien le pidieron que llevara café. O por la extraña música que a veces oía que provenía del segundo piso. O por esa vez en que pasó toda una tarde transcribiendo las respuestas a pruebas de manchas de tinta que se llevaron a cabo con sujetos ciegos.

—¿Pero, por qué harían eso? —le preguntó a Margie—. Es un absoluto desperdicio de tiempo y de recursos.

—El Señor Hawthorne tiene todo el dinero del mundo —respondió Margie—. Si quiere desperdiciarlo en este tipo de tonterías, no tengo problema con ello, siempre que me siga pagando.

Y sin duda que les pagaba. El sueldo de Joyce era casi del doble de lo que pagaban para trabajos asistenciales parecidos en las empresas farmacéuticas desperdigadas por el área. Eso, por sí solo, compensaba todas las cosas raras. Joyce disfrutaba tener dinero propio; dinero que se había ganado. Fred y ella tenían una cuenta conjunta, a la que podía acceder siempre que quisiera, para lo que quisiera. Sin embargo, siempre la hizo sentir mal comprarle regalos de Navidad o de cumpleaños a su esposo con dinero que él ganaba. De modo que lo primero que hizo con su dinero fue usarlo para comprarle a Fred un reloj por su cumpleaños, que sería el dieciocho.

Algo irónico, dado que fue lo que, al final de cuentas, condujo a que la despidieran.

Como no quiso arriesgarse a que Fred lo encontrara en la casa, lo guardó en el cajón superior de su escritorio en el trabajo. Su intención era llevárselo a casa la noche anterior para dejarlo con el joyero a fin de que lo grabaran. Solo que olvidó hacerlo, un error del que se percató mientras estaba lavando los platos de la cena. Tomó sus llaves y le dijo a Fred:

—Tengo que regresar a la oficina rápido. Dejé algo allí.

—¿En este instante? —le dijo—. ¿Qué no puede esperar a mañana?

En realidad, no podía.

—Solo me tardo un minuto —respondió antes de que Fred pudiera hacerle más preguntas.

De camino al Instituto Hawthorne, se preocupó de que la reja principal estuviera cerrada y que todas estas argucias fueran para nada. Al final, la reja resultó estar abierta, pero el instituto en sí estaba por completo a oscuras y la puerta principal estaba cerrada. Al no tener una llave propia, Joyce se dirigió hacia la parte de atrás con la esperanza de que algunas de esas puertas siguieran abiertas.

A mitad del camino, empezó a oír los cánticos.

Primero, pensó que alguien estaba escuchando un CD de esos cantos gregorianos que, por alguna razón inexplicable, estaban tan de moda en la actualidad, pero la calidad del sonido era demasiado nítida como para provenir de un disco.

Esto era en vivo.

Joyce estuvo a punto de darse la vuelta para marcharse y, en retrospectiva, es justo lo que debió hacer. Pero le ganó la curiosidad y dio vuelta al edificio de puntitas para ver qué demonios estaba sucediendo.

Sentada en su cocina en la brillante luz del día, todavía siente escalofríos cuando piensa en lo que vio, aunque todavía no acaba de comprenderlo por completo.

Los cánticos.

Las túnicas.

La sangre.

Todo fue tan inesperado e irreal y sí, aterrorizante, que estuvo a punto de gritar. En lugar de eso, se tragó el grito y caminó hacia atrás... solo para toparse con su jefe, claro está. En esta ocasión, sí estuvo a punto de gritar, pero su jefe la calló cuando le tapó la boca con la mano de forma repentina.

—No debería estar aquí —siseó mientras la jalaba hacia la parte de enfrente del edificio. Una vez allí, abrió la puerta principal y la condujo hasta su oficina, que veía hacia el jardín de atrás. Aunque, por fortuna, las persianas estaban cerradas, lo que salvó a Joyce de tener que volver a ver lo que estaba ocurriendo allá afuera, seguía oyendo los cánticos mientras su jefe la sentaba frente a sí.

—¿Qué fue lo que vio? —le preguntó.

—No gran cosa —respondió Joyce; pero bastó para que se sintiera mareada... muy, muy mareada. De repente, se percató de que quizá estaba en shock.

—¿Qué estaban haciendo? —preguntó—. ¿Qué es este lugar?

En lugar de recibir una respuesta, su jefe le informó que estaba despedida.

Ahora, 18 horas después, está sentada en su más que conocida cocina, todavía sin comprender qué fue lo que vio. No tener una respuesta es malo de por sí, pero todavía peor, que no tenga permitido contárselo a nadie. Ni siquiera a su marido. Su jefe se aseguró de ello cuando la obligó a firmar esa hoja de papel antes de acompañarla fuera del edificio.

Joyce recuerda mirar el papel con fijeza en un intento por apresurarse a leer todas esas letras pequeñísimas, confundida por... bueno... por todo.

—¿Qué es esto? —preguntó.

—Un ADC.

Joyce escudriñó el papel, confundida.

—¿Un qué?

—Un acuerdo de confidencialidad. En resumen, significa que no puede decirle a nadie ni una sola palabra acerca de lo que vio esta noche.

—¿Ni siquiera a mi marido?

—No —afirmó su jefe—. Ni siquiera a su marido.

Eso le pareció de lo más extremo. ¿Cómo podía contarle a alguien lo que acababa de ver si ni siquiera sabía lo que era?

—Y... —Joyce dudó, atemorizada de plantear la pregunta que más la angustiaba—. ¿Qué pasaría si se lo contara a alguien?

—El Sr. Hawthorne la demandaría.

—¿Puede hacer eso?

Su jefe le sonrió de una manera que no parecía nada amistosa.

—El Sr. Hawthorne tiene el dinero suficiente como para hacer lo que le dé la gana. Si quiere demandarla, eso hará... y se asegurará de ganar. Sus abogados son excelentes en lo que a mantener secretos se trata.

Después de eso, Joyce ya no tuvo más preguntas. Con una mano temblorosa, firmó el documento que garantizaría una vida entera de silencio, regresó a su oficina y reunió sus cosas con velocidad, incluyendo el estúpido reloj que le compró a Fred.

Pensar en él la hace querer llorar de nuevo; más que nada, porque sabe que ahora jamás se lo dará. El lunes lo llevará a la tienda para que le regresen su dinero, que depositará en silencio a su cuenta conjunta.

Ahora, ese reloj es un lujo que no puede permitirse.

VEINTE

Sigo con la vista fija en mi teléfono, estudiando esta fotografía de otra fotografía. Hago un acercamiento a mi madre. Una versión de hace mucho tiempo de la mujer que es en la actualidad. Su cabello es del color castaño que recuerdo de mi infancia, su rostro más delgado y su piel más lozana.

Al verla, una idea me deja anonadado: en la actualidad, soy mayor de lo que era mi mamá cuando se tomó esa imagen.

Todavía más increíble es el hecho de que jamás me contó que trabajara en el Instituto Hawthorne el verano en que Billy desapareció. Saberlo ahora cambia todo lo que pensaba acerca del lugar, acerca de esa época, acerca de ella. ¿Sabía lo que sucedía en ese lugar? ¿Sabía que Billy había estado allí? ¿Que yo lo había estado? Y, más que nada, me pregunto si hay otras cosas que jamás me contó acerca de ese verano.

Pero también estoy furioso conmigo. Yo soy su hijo. Debí saber dónde trabajaba. El hecho de que el yo de diez años haya sido tan egocéntrico que no se molestara en averiguarlo me llena de una sensación de vergüenza tal que hace que me ruborice. Mis mejillas siguen rojas cuando trato de recuperarme respirando hondo antes de hablarle a mi mamá por videollamada.

—¡Hola, mi amor! —exclama mi mamá cuando contesta, agitando el teléfono lo suficiente como para que pueda darme cuenta de que está armando un rompecabezas.

—¿Estará papá también? Necesito hablar con los dos.

Mi mamá incluye a mi papá en la llamada y los dos se sientan, hombro con hombro, como lo han hecho toda la vida. Esa vista tan conocida trae con ella años de recuerdos, al grado al que empiezo a verlos no como son ahora, sino como se veían hace diez, veinte y treinta años atrás. De manera simultánea, son jóvenes y viejos, una idea que también me incluye a mí. Me siento tanto niño, como increíblemente anciano.

—Encontraron los restos de Billy —anuncio, todavía no del todo seguro si tengo permitido decírselos y francamente no me importa en caso de no ser así—. A poco más de tres kilómetros de la casa... Lo asesinaron.

Pasa un instante en el que mis dos padres se quedan como encantados mientras los recuerdos de esa época empiezan a abrumarlos desde todos los flancos. Lo sé porque yo sentí lo mismo. El pasado rompiendo sobre el presente como una gigantesca ola.

—Ese pobre, pobre niño —termina por decir mi madre.

Mientras asiente para expresar que coincide con ella, mi padre dice: —¿Y ya le informaron a su familia?

Les doy la misma respuesta que yo recibí. Que les dijeron a los doctores de Mary Ellen Barrington, que no es lo mismo que decírselo a ella, y que hasta el momento, no han podido localizar al hermano de Billy. Y, entonces, digo las palabras que no he querido pronunciar.

—Tenemos que hablar acerca de esa noche.

Hasta este momento, jamás consideré la posibilidad de que mis padres fueran sospechosos. No tenían razón para lastimar a Billy; querían a Billy. Y, más que otra cosa, me querían a mí y sé que jamás hubieran hecho nada para lastimarme de manera deliberada. Sin embargo, las sospechas tienen una manera de romper hasta las barreras más poderosas. Se escurren a través de las rendijas, gota a gota. Eso es lo que logró que me enterara de que mi mamá trabajaba para el Instituto Hawthorne: dejar que entrara la duda suficiente como para ignorarla.

—Por supuesto que sí, campeón —responde mi padre, su voz

sincera, como si no solo lo supiera, sino que lo hubiera esperado desde hace décadas.

Eso no facilita lo que estoy a punto de hacer. Siento un golpeteo sordo al nivel de mis sienes; un dolor de cabeza incipiente. Trato de alejarlo, inclinando mi cabeza hacia atrás y pellizcándome el puente de la nariz con fuerza.

—Les voy a preguntar esto una sola vez, de modo que les ruego que sean sinceros conmigo. —Pauso, trémulo, luchando contra el impulso por colgar. Lo último que quiero hacer en este preciso momento es plantearles esta pregunta a mis padres. Una empecinada e ignorante parte de mí piensa que estoy mejor no sabiéndolo. Llevo treinta años sin respuestas. ¿Qué son treinta más?

Pero también creo que me gané el derecho de preguntarlo. Estuve allí cuando pasó... En la tienda de campaña, a centímetros de Billy. Si no logro obtener respuestas, por lo menos merezco la oportunidad de averiguarlas.

—¿Alguno de ustedes le hizo algo a Billy esa noche?

Resoplo después de decirlo; una pequeña exhalación cargada de culpa que se aferra a mis palabras como alguna especie de signo de puntuación. Se hace todavía más notable por el silencio de mis padres, que dura solo segundos, pero que se siente como horas.

—Ethan —empieza mi madre, la decepción que reverbera en ambas sílabas haciendo que me sienta como el hijo más mierda de todo el universo—. ¿Cómo puedes preguntar algo así?

—Está bien, Joyce —dice mi padre.

—No, no está bien.

—Es natural que sienta curiosidad... No nos está acusando de nada.

Mi mamá lanza un suspiro.

—Pues a mí me parecería que sí.

—Esto no significa que piense que ustedes mataron a Billy —digo—. Solo significa que necesito escuchar que me digan que no lo hicieron.

—Te entiendo, campeón —dice mi padre, su voz paciente, su expresión tranquila—. Te entendemos los dos. Y yo te juro que ni tu madre ni yo mismo tuvimos nada que ver con lo que le pasó a Billy.

Exhalo con fuerza y dejo ir la bocanada de aire que no sabía que estaba reteniendo.

Le creo.

En verdad y desde el fondo de mi alma.

—Gracias —digo, al borde de las lágrimas por razones que no acabo de comprender. Quizá sea por alivio… o culpa… o alguna combinación de las dos. O tal vez solo sea porque ver a mis padres en una casa diferente, en un estado diferente, me hace extrañarlos. Bajo el teléfono para que no puedan verme limpiar las lágrimas que amenazan con caer. Cuando lo levanto de nuevo, ya soy todos negocios, listo para enfrentarme a la razón por la que les hablé desde un principio.

—Tuve que preguntárselos por una buena razón. Encontraron los restos de Billy en los terrenos del Instituto Hawthorne —pauso y registro la mirada de sorpresa de mi madre—. Sé que tú trabajaste allí parte de ese verano. ¿Qué pasaba en ese lugar?

—No era más que una secretaria. —Mi mamá mira a mi papá, que asiente como para alentarla a que siga adelante—. Pero, una noche, vi algo. Algo que se suponía no debía ver, de manera que me despidieron.

Recuerdo cuando perdió su trabajo porque me fue muy evidente lo mucho que la alteró. Todavía recuerdo, con una claridad vívida, el momento en que entré a la cocina para encontrarla llorando sobre el hombro de Ashley.

Y, claro está, hay otra razón por la que lo recuerdo así de bien. Ese fue el día en que se llevaron a Billy.

—Mamá, ¿qué fue lo que viste?

Mi mamá sacude la cabeza.

—No puedo decírtelo. Me hicieron jurar que guardaría el secreto. Me obligaron a firmar algo donde prometía que jamás se lo contaría a nadie; ni siquiera a tu padre. Me dijeron que me demandarían si lo hacía.

Otro recuerdo repta hacia mis pensamientos. Algo que dijo el hombre del traje cuando huimos del mausoleo. Algo que no nos dijo a los demás, sino solo a Billy.

«¡Ayer mismo te dije que no te volvieras a acercar!».

El traqueteo creciente de mi corazón cambia de temor a una extraña combinación entre horror y emoción. Billy estuvo en los terrenos del instituto el mismo día en que mi madre vio algo tan siniestro que la despidieron. ¿Es posible que Billy haya visto algo parecido? ¿Alguien del instituto habrá llevado las cosas todavía más lejos para silenciarlo?

—Esto es muy importante, mamá —le digo—. Necesitas contarme lo que sucedió.

Durante un momento de silencio prolongado mi mamá lo piensa. Su rostro se distorsiona, su boca se tuerce como si intentara evitar con todas sus fuerzas que las palabras brotaran de su interior. Vuelve a mirar a mi padre para que la reasegure, cosa que él hace de inmediato. Verlos me da un golpe de tristeza al recordar que alguna vez tuve una relación igual de amorosa que la suya. Ahora, ya no existe.

—Fue un ritual —acaba por decir.

Me inclino hacia adelante, escudriñando la pantalla del teléfono.

—¿Qué tipo de ritual?

—No lo sé, Ethan, pero fue aterrador.

El resto de la historia brota como agua a través de una presa rota. Durante veinte minutos ininterrumpidos, mi madre habla, contándome acerca de su trabajo, de su compañera Margie y del extraño sitio que era el Instituto Hawthorne.

—Solo me sentía tan feliz de estar trabajando, que en realidad jamás me detuve a pensar en lo extraño que era todo —dice mi madre en cierto punto—. Pero, ahora que lo veo en retrospectiva, todo era como salido de la *Dimensión desconocida*.

Después de mencionar que le había comprado un reloj a mi papá para su cumpleaños y que lo dejó en su escritorio, lo que la obligó a ir a la oficina de noche, mi madre llega al meollo de su historia. «El incidente», lo llama, haciendo comillas en el aire con sus dedos, como para destacar su importancia.

Al no tener llave para entrar al instituto, caminó hacia la parte posterior de la mansión con la esperanza de encontrar alguna puerta abierta. En su lugar, vio que toda el área de atrás estaba iluminada.

—Eran antorchas —especifica mi mamá—. Estaban colocadas en un enorme círculo en el pasto detrás de la mansión.

Nos dice que, al interior del círculo, se encontraban Ezra Hawthorne y otros hombres, todos vestidos en túnicas negras. Ellos también estaban parados en un círculo, en torno a una pequeña fogata y recitando cánticos en algún idioma que no podía identificar.

—¿Latín?

Mi madre sacude la cabeza.

—No, algo distinto. Sonaba, no sé... casi primigenio; pero eso no fue lo peor. Ezra estaba sosteniendo lo que parecía ser un plato de cobre y había algo sobre él.

—¿Qué?

—No debería decírtelo. Me meteré en un lío.

—No se lo voy a contar a nadie más; te lo juro. Ahora, por favor, dime qué había sobre el plato.

Mi mamá pausa un momento más antes de obligarse a decir las palabras.

—Un corazón.

Me les quedo viendo a los dos, repentinamente mareado; los rostros en el teléfono entran y salen de foco. Aunque ignoro qué esperaba, sin duda no era esto.

—No pude determinar de qué era —sigue mi mamá—. No sé si era animal o humano. Brillaba de sangre, como si lo acabaran de sacar. El Sr. Hawthorne lo tomó con sus manos y lo levantó sobre el fuego.

—Y, entonces, ¿qué hizo?

Mi madre me dice que no lo sabe porque ya estaba tratando de huir, solo para toparse cara a cara con su jefe. Aunque él no formaba parte en el ritual, era evidente que sabía lo que estaba sucediendo, en especial una vez que llevó a mi mamá hasta su oficina para despedirla.

—Me hizo firmar un papel que me prohibía discutirlo con cualquier persona —explicó—. Un ADC. Legalmente vinculante. Me dijo que si había cualquier indicación de que lo había discutido con alguien, el Sr. Hawthorne me demandaría. Sí, sí, ya sé. Decirle a alguien que lo vas a demandar no suele ser más que una amenaza vacía, pero supe que esto iba en serio; en especial, después de lo que vi. Un hombre como Ezra Hawthorne haría hasta lo que fuera con tal de mantenerlo en secreto.

—Lo que fuera —digo, las palabras como una explosión en mis pensamientos, destruyéndolos todos hasta que surge otro más.

Todo este tiempo, albergué una vaga teoría de que alguien asociado con el Instituto Hawthorne había secuestrado y asesinado a Billy por algo que había visto después de que yo y los demás lo abandonáramos en el mausoleo.

¿Pero qué tal que ese no fue el caso?

¿Y si no tenía nada que ver con lo que Billy vio en potencia, sino todo que ver con lo que mi madre vio en realidad? Sí, el Instituto Hawthorne la hizo firmar un ADC y amenazó con demandarla si hablaba. ¿Pero qué tal que pensaron que eso no bastaría? ¿Qué tan lejos irían como para garantizar su silencio?

Lo que me lleva a otra teoría mucho más atemorizante.

Quizá Billy no era el blanco original.

Quizá lo era yo.

La idea me deja colapsado en el sofá, mi mente dando vueltas. Pienso en Billy y en mí, los dos acurrucados en nuestras respectivas bolsas de dormir y en lo lo indistinguibles que sin duda seríamos en la oscuridad. Me imagino a alguien vestido con un traje negro, quizá Ezra Hawthorne o alguno de sus seguidores, todavía aferrándose al cuchillo que utilizó para rasgar la tienda, tomando a Billy sin siquiera pensar que no se trataba de mí. Lo imagino llevando a Billy por el bosque sin darse cuenta de su error hasta que llegaron a un auto estacionado sobre el camino, a mitad entre este sitio y el instituto.

Me obligo a no pensar en lo que sin duda sucedió después.

—Mamá, fuera de firmar el ADC y de mencionar la demanda, ¿te amenazaron de cualquier otra manera?

—Para nada —responde mi madre—. A decir verdad, eso bastó. Me di cuenta de que mi jefe me dijo todo eso absolutamente en serio.

Arrugo el entrecejo.

—Mencionas una y otra vez a ese tipo. ¿Qué hacía allí?

—Era el brazo derecho de Ezra Hawthorne. El instituto llevaba el nombre del Sr. Hawthorne, pero todo el mundo sabía que, en realidad, mi jefe era el que se hacía cargo del lugar.

Lo que convierte a su jefe en la persona más interesada en asegurarse de que todo lo que sucediera allí se mantuviera en secreto. Si el instituto tuvo algo que ver con el asesinato de Billy, él sabría algo al respecto. De hecho, lo más seguro es que fuera él quien lo había organizado.

—Mamá —digo—. Necesito que me lo digas. ¿Quién era tu jefe?

Viernes, 15 de julio, 1994
2:52 p. m.

Billy empieza a llorar en el instante en que las siluetas lejanas de Ethan y los demás desaparecen entre los árboles. Una sensación inexplicable, acerca de la forma en que sigue siendo capaz de escuchar sus pisadas veloces mucho tiempo después de que deja de verlos eclipsa su temor, y lo reemplaza con desilusión y tristeza.

Lo abandonaron.

Todos.

Incluso Ethan.

Ese pensamiento, de que su mejor amigo lo haya dejado atrás, es lo que lo hace llorar, y a su vez, sentirse avergonzado. Debería estar luchando. Debería estar intentando escurrirse a través de los barrotes. Debería hacer lo que sea en lugar de quedarse parado aquí, moqueando, en especial ahora que el hombre de traje lo tiene tomado del brazo.

—Oye, no llores... No te voy a lastimar —le dice.

Billy se limpia los ojos y voltea a verlo. Es el mismo tipo al que vio ayer, el que lo hizo correr cuando lo vio en las cataratas.

—Pero sigo metido en problemas, ¿no? —pregunta.

El hombre ve a Billy, atorado entre los barrotes de la reja como el peor fugado carcelario de la historia.

—En este momento, yo diría que tienes un problema mucho más grande entre manos.

Con ayuda del tipo, Billy al fin logra liberarse de los barrotes. Lo único que se necesita es un poco de paciencia, metiendo el aire lo más que puede y maniobrando un poco, cosa que no tuvo oportunidad de hacer antes de que Ethan y los demás se largaran.

—Bueno, y ahora que logramos encargarnos de eso, ¿te importaría decirme por qué regresaste? —le pregunta el hombre—. Te dije que no regresaras. Debiste tener la sensatez suficiente como para mantenerte lejos.

Lo que no acaba de comprender es que a Billy le resultara imposible mantenerse lejos. No después de lo que le dijo Johnny Chen el verano anterior, cuando ambos se toparon en el bosque.

Billy exploraba el bosque por su cuenta, curioso por saber lo que podría encontrar. Lo que halló fue a Johnny, sentado sobre un tronco y con una mirada confusa en sus ojos.

—¡Hey, Billy querido! —dijo Johnny terminando el saludo con una risita extraña, aunque lo que había dicho no fuera gracioso—. ¿Qué haces por aquí?

—Buscando —respondió el niño.

—¿Buscando qué?

—Fantasmas.

A un año de distancia, Billy sigue sin estar del todo seguro por qué dijo la verdad. Supone que es porque pensó que Johnny lo entendería. Después de todo, también estaba ahí afuera, en el bosque, lo que hizo que Billy tuviera esperanzas de que alguien en Hemlock Circle fuera igual de curioso que él.

—Muy intrigante —le dijo Johnny—. Y, en definitiva, hay fantasmas por allí, pero no donde tú piensas.

Y entonces, le contó a Billy acerca del Instituto Hawthorne; un sitio que Billy jamás supo que existía. Ahora que lo sabía, quería averiguarlo todo al respecto.

—¿Y está embrujado? —le preguntó a Johnny.

—No de la manera en que la mayoría lo consideraría embrujado —respondió Johnny—. Más bien es un lugar al que los fantasmas van de visita. Allí la gente habla con ellos. O eso me han dicho. Jamás lo he visto yo mismo.

Los ojos de Billy se abrieron a tal grado que pensó que debían verse como platos.

—¿Has estado allí?

—Muchísimas veces. Ir a ese lugar me distraía de recordar cosas en las que no quería pensar. Ya no, pero sí me sirvió un tiempo.

Billy, que también tenía cosas en las que no quería pensar, le pregunta:

—¿Cómo llego allí?

Escucha, casi sin respirar, mientras Johnny le da las instrucciones para llegar al Instituto Hawthorne.

—Cruza el camino que atraviesa el bosque. Sigue un poco más adelante hasta que llegues a una pared de piedra. Pasa por el hoyo en la pared y sigue adelante hasta que llegues a las cataratas. Desde allí, verás el instituto.

En ese momento, la conversación terminó y Billy jamás tuvo la oportunidad de volver a hablar con Johnny al respecto, porque no tardaría en morir. Drogas, le dijo su madre en ese tono preocupado que tenía, como si solo mencionarlas pudiera hacer que le sucediera lo mismo a alguien más.

Durante el resto del verano anterior, Billy no sintió deseo alguno de encontrar el Instituto Hawthorne a solas. Pensar acerca del lugar lo entristecía porque le recordaba a Johnny; la única persona que lo tomó en serio cuando se atrevió a hablar de fantasmas. Ethan jamás lo hace, por cierto. Claro, finge que está interesado, pero Billy sabe que en realidad no cree en ellos; no de la misma manera en que él lo hace.

Pero, cuando llegó este verano, la tristeza por Johnny se había desvanecido y estaba preparado para explorar. Empezó a hacerlo de manera gradual, con viajes rápidos hacia el bosque, adentrándose un poco más cada vez, hasta que al fin arribó al camino. Después, exploró más allá, y a la larga, encontró la pared de piedra que le mencionó Johnny.

Y entonces, ayer, encontró la brecha en la pared y, sin dudarlo siquiera, se escabulló a través de la misma. Después de eso, la curiosidad lo embargó y lo llevó hasta la cima, junto a las cataratas, desde donde al fin logró observar el Instituto Hawthorne.

Lo que vio lo desilusionó.

El sitio era enorme, en efecto, e interesante, sin duda. Pero esperaba algo diferente. Algo más escalofriante. De todas maneras, se debatía si explorar más todavía cuando el hombre del traje lo detectó.

—¡Hey, tú! —gritó—. ¡No tienes permiso de estar aquí! ¡Lárgate y no regreses!

Billy echó a correr.

Todo el camino a casa.

Aterrado de que lo estuvieran siguiendo, pero demasiado atemorizado como para voltear a averiguarlo.

Ahora, Billy sabe que el hombre tuvo razón. Debió tener el sentido común suficiente como para mantenerse alejado, pero en su lugar, regresó… y esta vez, con otras personas.

—Vamos —le dice el tipo, dándole a Billy un empujoncito sorprendentemente suave para una persona de su tamaño—. Necesito averiguar qué hacer contigo.

Lleva a Billy por el camino de grava en dirección a la mansión que había visto desde el tope de las cataratas. Mientras se van acercando, Billy espera sentirse nervioso o asustado. Por el contrario, para cuando llegan a la mansión se siente presa de una especie de curiosidad anticipatoria.

Este es el sitio donde hablan con fantasmas.

Y está a punto de entrar.

El hombre del traje lo guía a través de una puerta roja en la parte posterior de la mansión y por un pasillo muy largo, que desemboca en un enorme vestíbulo con una escalinata gigantesca y un extraño cuadro al óleo de un hombre rodeado de símbolos de lo más extraños.

La única otra persona que se encuentra allí es una mujer que asoma la cabeza por la puerta de una oficina. Mientras mira a Billy, pregunta:

—¿Y a quién tenemos aquí?

—Intruso —dice el hombre de traje—. ¿Dónde está el jefe?

La mujer hace un movimiento hacia las escaleras.

—En su oficina. Esto le va a alegrar el día, o se lo va a arruinar.

Y se ponen en marcha, a través del enorme vestíbulo y por las escaleras hasta una oficina en el segundo piso.

—Espero que estés listo, muchacho —le dice el hombre a Billy antes de que entren—, porque vas a tener mucho que explicar.

El temor que experimentó Billy antes regresa con furia. No debería estar aquí... no a solas. Desearía más que ninguna otra cosa que Ethan estuviera con él. La rabia, la tristeza y la desilusión, mezcladas con su temor, amenazan con superarlo. Empieza a sentir que de nuevo se forman lágrimas en sus ojos, aunque no está del todo seguro de cuál emoción las provoca.

Quizá se trate de otra emoción por completo diferente, que se acerca a él como un fantasma.

Soledad.

Eso es lo que siente Billy en este preciso momento. Se siente absoluta y aterradoramente solo.

El hombre del traje lo empuja con cuidado al interior de la oficina, donde Billy ve a otro hombre vestido de traje negro. Está parado detrás de su escritorio, volteado de espaldas mientras mira por la ventana que da al jardín detrás de la mansión.

—¿Qué tal, Billy? —dice—. Me enteré de que tienes curiosidad por este sitio.

Billy se siente abrumado por una oleada de confusión. ¿Cómo es que este hombre sabe su nombre?

La respuesta llega cuando el hombre se da la vuelta y se revela como vecino de Billy.

—¿Sr. Van de Veer? —dice, pasmado—. ¿Qué hace usted aquí?

—Por favor, hijo —dice el Sr. Van de Veer—. Llámame Fritz.

VEINTIUNO

Al final de la tarde, cuando Alice Van de Veer abre su puerta y me encuentra allí parado, me pregunto cuánto sabe acerca del trabajo de su marido para el Instituto Hawthorne. ¿Estaría al tanto de todo lo que sucedía allí o se sorprendería tanto como yo cuando mi madre, después de mucho convencimiento, terminó por revelar el nombre de Fritz Van de Veer?

Mi pasmo se derivaba de la apariencia de Fritz más que de ninguna otra cosa. Siempre supuse que era un banquero o un vendedor de autos usados. Siempre intuí cierta ficción oculta justo debajo de su afabilidad exterior. Ahora, tengo toda la intención de averiguar qué tan escurridizo es en realidad.

—¡Hola, Ethan! —dice Alice con una amplia sonrisa—. ¡Pero qué agradable sorpresa!

¿Sorpresa? Tal vez, pero mi presencia aquí es todo menos agradable. De hecho, la casa de los Van de Veer es el último sitio en el que desearía estar.

—¿Fritz estará en casa? —pregunto—. Necesito hablar con él.

—Sí, por supuesto. —Alice desaparece en el interior de la casa, su voz haciendo eco a la distancia—. ¿Fritz? Ethan Marsh está aquí. ¡Ven a saludarlo!

El Sr. Van de Veer no tarda en aparecer, vestido como si estuviera listo para algún día de campo corporativo. Camisa Tommy Bahama, pantalones de gabardina y zapatos informales tipo *penny loafers*, que ni siquiera sabía que seguían existiendo. Su ropa y la inocuidad casi incolora de su cabello y su piel lo hacen pasar desapercibido de una manera casi escalofriante. Sospecho que esa es la razón por la que jamás lo vi en las fotos que colgaban dentro del Instituto Hawthorne. Después de terminar la llamada con mis padres, volví a revisarlas todas y encontré a Fritz a partir de las que databan a principios de los ochenta, un rostro más que se confundía con los demás.

Al verlo ahora, hago acopio de toda mi fuerza de voluntad para no lanzarle un puñetazo a la mandíbula y empezar a patearlo en el instante en que caiga al piso. Sin darme cuenta, aprieto los puños. Meto las manos de prisa en mis bolsillos para controlarme.

Si mi corazonada es correcta, se llevó a Billy porque pensó que se trataba de mí y, aunque no creo que Fritz haya sido el secuestrador material, sí sospecho que fue quien puso todo el asunto en marcha.

—¡Hola, Ethan! —me dice—. Estaba a punto de servirme un *whiskey*. ¿Quieres uno?

—Lo que quiero —digo—, es que me digas si Billy Barringer era tu blanco o si se trataba de mí.

Fritz se congela. El único movimiento distinguible proviene de sus ojos, que empiezan a moverse de lado a lado con temor, y su boca, que de inmediato se curva hacia abajo.

—No sé de qué demonios estás hablando, hijo.

—Claro que lo sabes. De la misma manera en que supiste todo este tiempo que el cuerpo de Billy se encontraba en los terrenos del Instituto Hawthorne.

Todo el color se drena del rostro de Fritz.

—¿Allí estaba?

Si su sorpresa es un acto, es de lo más convincente. Casi creo que de verdad no lo sabía.

—Tal vez deberías contármelo todo, y me refiero a todo, lo que sabes acerca de la noche en que desapareció Billy Barringer.

—No aquí —susurra Fritz, mientras echa un vistazo al interior de su casa—. En tu casa. Le diré a Alice que voy a tomar un paseo.

Diez minutos después, está atravesando la privada. Veo cómo

se acerca desde la ventana de la recámara, con su rostro apenas visible en el creciente ocaso, pero el resto del cuerpo perfectamente evidente. Ajustó su guardarropa desde que me marché de su casa y trae puesto un rompevientos gris sobre la camisa de vivos colores, además de que cambió sus zapatos por tenis. Se ven más que blancos en la creciente oscuridad mientras pisa con fuerza en el patio frontal.

—¿Encontraron a Billy en el instituto? —me pregunta cuando lo recibo en la entrada.

—Sí, en el lago.

Abro la puerta aún más para indicarle que entre. Fritz sacude la cabeza. —¿Podríamos quedarnos afuera? Creo que todavía necesito aire fresco.

—Vayamos al jardín de atrás, entonces —afirmo, seguro de que tampoco querrá tener esta conversación a plena vista del resto de los vecinos de Hemlock Circle.

Fritz me sigue mientras camino con exagerada formalidad a través del recibidor, frente al comedor y al interior de la cocina. Allí, abro la puerta corrediza y salimos al jardín. Está muy oscuro, la única iluminación proviene del rectángulo de luz que se asoma por la puerta corrediza que da al jardín. Fritz se aleja del mismo, deteniéndose en un parche sombreado de pasto, sus manos metidas en los bolsillos de su chamarra. Sea que lo sepa o no, eligió detenerse justo en el punto donde se localizaba la tienda de campaña la noche en que se llevaron a Billy.

Lo acompaño hasta allí, con mis sentidos aguzados por mi nerviosismo. Siento cómo el pasto se hunde bajo mis pisadas y huelo la loción para después de afeitarse que Fritz se puso esta mañana.

—Supongo que tu madre te contó que en alguna ocasión trabajó en el instituto.

—Así es. Y también me dijo lo que vio... y que tú la despediste a causa de ello.

—No debió hacerlo —responde Fritz—. El documento que

firmó no tiene fecha de caducidad, de manera que sigue siendo vinculante. Claro que, dado que el viejo Ezra lleva muerto más de veinticinco años, supongo que ya no tiene importancia.

—Al parecer el Sr. Hawthorne tenía muchos secretos. Importantes. Quizá lo bastante importantes como para matar a fin de que siguieran ocultos.

Fritz respinga, quizá confundido, casi con toda seguridad debido a la sorpresa.

—Esa es una acusación muy grave, Ethan. E irresponsable también.

—¿Pero es incorrecta?

Al principio Fritz no responde nada, su repentino silencio hace un marcado contraste con el ruido proveniente del bosque. El sinfónico chirrido de los grillos y el monótono coro de las cigarras. Me pregunto si Billy se encuentra con ellas en este momento, oculto entre las sombras, observando en silencio en espera de que se haga justicia.

—¿Cuál es tu meta, hijo? —termina por decir al fin.

—La verdad.

—En mi experiencia, los hombres que dicen que quieren saber la verdad, a menudo terminan deseando haberse conformado con una mentira.

Yo no soy uno de ellos. Treinta años de no saber nada acerca de Billy me ha preparado para los hechos, sin importar lo brutales que puedan ser.

—Empecemos con el Instituto Hawthorne —le digo—. ¿Qué pasaba allí dentro?

Fritz se endereza y se aclara la garganta.

—El instituto se dedicaba al estudio de la parapsicología. ¿Estás familiarizado con el campo?

Lo estoy, un poco. Hace una semana hubiera desestimado lo que he oído como nada más que pseudociencia. Ahora, después de experimentar algunas cosas, tengo mis dudas.

—Dame tu propia definición.

Fritz saca una cajetilla de cigarros de uno de los bolsillos de su chamarra. Después de prender uno, responde.

—La parapsicología es la creencia de que hay fuerzas que obran más allá de las fácilmente comprobables con las que nos topamos a diario. Percepción extrasensorial, telepatía, clarividencia. Estoy seguro de que de vez en cuando has experimentado una repentina sensación de *déjà vu*. ¿Alguna vez te preguntaste la razón de ello?

—No podría decir que sí.

—Pues Ezra Hawthorne sí se lo preguntaba —dice Fritz, mientras exhala un torrente de humo que flota sobre el aire quieto y húmedo—. Desde que era muy joven, se cuestionaba acerca de muchas cosas por el estilo. No pensaba de la manera en que lo hace la mayoría de la gente. Estaba más sincronizado con lo que está más allá de las cosas que vemos y que sabemos que son ciertas. En alguna ocasión me dijo que se debía a que había nacido muerto. Durante un minuto completo, no hubo vida en su cuerpo recién nacido hasta que, de repente, la hubo. Según él, por esta razón una cierta parte de él siguió anclada por siempre a esa existencia más allá de la nuestra.

Le lanzo una mirada.

—Eso me suena a una sarta de estupideces.

—Y tal vez lo haya sido —admite Fritz—, pero él creía en ese tipo de cosa. Y dado que se vio bendecido tanto con dinero, como con una propiedad con más que suficiente privacidad, creó un sitio donde la gente pudiera estudiar todos esos fenómenos inexplicables sin burlas, ni escepticismo. Ese era el propósito del instituto. Ofrecer techo y comida, así como un espacio de investigación, a aquellos que intentaban explicar lo inexplicable. ¿Por qué algunas personas pueden percibir más que otras? ¿Cómo es que hay personas que, al parecer, pueden leer la mente de los demás, predecir el futuro y mover cosas sin tocarlas?

En mi mente, regreso a la fotografía de los tipos vestidos con túnicas y a lo que mi madre dijo haber visto.

—¿Y los rituales ocultos? ¿Qué lugar ocupaban?

—Ocultos… —Fritz hace un ruido desaprobatorio—. El Sr. Hawthorne detestaba ese término. Decía que no era más que una etiqueta que la gente le colocaba a las prácticas que temían, o que no lograba comprender. Después de todo, lo que una persona denomina como oculto podría tener un profundo significado religioso para alguien más. Todo está en la manera como se percibe.

—¿Y qué fue lo que mi madre percibió la noche que la encontraste?

Fritz mira más allá de mí hacia el bosque y a la orilla del jardín, casi como si, a pesar de la distancia, pudiera ver hasta el Instituto Hawthorne, donde Ezra y sus compinches, vestidos con túnicas, siguieran recitando cánticos en torno a alguna fogata.

—Eso fue de lo más desafortunado —responde—. Tu madre estaba equivocada en cuanto a lo que vio…, supongo que era de esperarse. Todo parecía mucho más siniestro de lo que era en realidad. El instituto tenía ciertas políticas específicas para ese tipo de situaciones, que se referían al despido inmediato y a lo del acuerdo de confidencialidad. Evitaba muchas explicaciones de nuestra parte y una cantidad inmerecida de escrutinio del mundo exterior. A causa de eso, tu madre me ha guardado resentimiento durante los últimos treinta años.

—No creo que se trate de resentimiento —respondo—. Creo que tenía miedo… de ti y de ese lugar.

—No había razón para que lo sintiera.

—Fue testigo de un ritual satánico.

—¿Satánico? —Fritz sacude la cabeza, incrédulo, como si le costara trabajo pensar que soy así de denso—. Ese fue un ritual que practicaba una pequeña secta de druidas en el siglo cuarto antes de Cristo. Era una ofrenda a la tierra, que expresaba gratitud por lo que nos ofrecía.

—Y por «ofrenda», quieres decir sacrificio.

—No —responde Fritz, la punta de su cigarro enrojece cuando toma una fumada—. Me refiero al corazón de un cerdo que se obtuvo de una carnicería justo antes del inicio de la ceremonia. Ezra Hawthorne podrá haber tenido muchas excentricidades, como demandar que todos los hombres del instituto se vistieran con trajes negros, al igual que él, pero aborrecía la violencia. Nunca jamás me ordenó que lastimara a un niño, que es lo que has estado insinuando. Ni jamás habría recurrido a algo semejante yo mismo.

—De modo que era un pacifista.

—Así es. En cuanto a religión se trataba, Ezra era «aprendiz de todo, maestro de nada». Si tenía alguna creencia espiritual arraigada, jamás la compartió conmigo. Lo que sé es que mantenía una mentalidad abierta hacia todas ellas. Asistía a la misa católica, estudiaba el Corán y la Torá, pasó un mes viviendo con monjes budistas en el Tíbet y, sí, llevaba a cabo rituales druidas. Todo ello en un intento por expandir su comprensión del universo.

—¿Y qué papel representabas tú en todo esto? —le pregunto—. ¿Cómo es que terminaste en el instituto?

—¿Yo? Al igual que casi todos los que terminamos allí, estaba en busca de respuestas.

—¿Y las encontraste?

Fritz sacude la cabeza.

—Pero aprendí a vivir con la incertidumbre. Trabajar con Ezra Hawthorne me ayudó a hacerlo aunque, fuera de la prueba o grupo de investigación ocasional, jamás participé ni quise hacerlo. Solo era un administrador. Mantenía el sitio marchando sobre ruedas para que el Sr. Hawthorne y los demás pudieran concentrarse en sus investigaciones.

—¿Y quiénes más hacían investigaciones?

—Muchos científicos y psicólogos establecidos que querían explorar un interés particular sin temer el ridículo de sus colegas. No me pidas nombres específicos. Aunque el lugar ya cerró hace mucho tiempo, no podría dártelos.

—Conozco uno de esos nombres —le digo—. Johnny Chen.

Fritz me mira, sorprendido, con ojos entrecerrados a través de un torrente de humo.

—Así es, hubo un año en que pasó mucho tiempo en el instituto.

—Pero no era ni científico, ni psicólogo. No era más que un adolescente. ¿Por qué estuvo allí?

—Johnny participó en un estudio grupal acerca de percepción extrasensorial. Aunque sus resultados no mostraron ningún tipo de promesa en el área, se mostró muy curioso acerca del sitio y del trabajo que hacíamos. A causa de eso, el Sr. Hawthorne lo invitó a regresar. Pensaba que Johnny tenía potencial.

—¿Para hacer qué?

—Para proseguir con el trabajo del instituto. Ezra siempre alentaba a personas de ideas afines de la siguiente generación. En Johnny notó cierta sensibilidad que suele estar ausente en la mayoría de los muchachos adolescentes. Por desgracia, aquellos más sensibles a menudo son los más afligidos. Que fue el caso de Johnny. Cuando tuvo esa sobredosis, todos quedamos conmocionados.

Volteo hacia la casa de los Chen, junto a la mía, la ventana que puede verse sobre el seto iluminada.

—¿Y nadie del instituto sabía que estaba usando drogas?

—Por supuesto que no.

—¿Y nadie de allí tuvo nada que ver con su muerte?

Fritz aspira una última fumada antes de tirar su cigarro y apagarlo, aplastándolo contra el pasto con el pie.

—Solo para no perder la cuenta, ¿ahora me estás acusando de dos asesinatos?

—¿Podrías culparme por sospechar? Dos muchachos que vivían justo en esta privada estuvieron en el Instituto Hawthorne poco antes de sus muertes. Uno murió de una sobredosis de drogas y al otro lo secuestraron y asesinaron.

—Y las dos fueron coincidencias muy desafortunadas —afirma Fritz.

—Y, entonces, ¿por qué la policía jamás registró la propiedad del instituto después de la desaparición de Billy?

—Porque jamás pidieron hacerlo —Fritz levanta las palmas de sus manos en un gesto de impotencia—. De hacerlo, por supuesto que les hubiéramos permitido catear la propiedad. En especial, de haber tenido cualquier indicio de que el cuerpo de Billy estaba allí. ¿Dices que lo encontraron en el lago?

—Sí, en la base de las cataratas.

—¿Y no pudo haber caído al interior?

Recuerdo lo que Ragesh me contó acerca de las heridas de Billy y de la cobija en la que estaba envuelto. Me hace preguntarme si la curiosidad de Fritz es genuina o si solo está fingiendo para obtener los detalles.

—No —respondo—, pero su desaparición estuvo en todos los noticieros. ¿Por qué no invitaron a la policía a echar un vistazo?

—Yo lo sugerí, pero Ezra no quiso hacerlo —dijo Fritz—. No estuve de acuerdo con él, dado que no teníamos nada que ocultar, pero la privacidad le era de suma importancia.

—¿Y esa fue la única razón? —pregunto—. ¿La privacidad?

—Sabía que las autoridades llegarían a las mismas conclusiones que tú si supieran que Billy estuvo en el instituto la tarde en que desapareció.

—¿Sabías al respecto?

Fritz asiente.

—Hablé con él yo mismo.

Y, a pesar de eso, tiene la desfachatez de actuar ofendido porque sospeche de él, de Ezra y del instituto completo. Me muevo incómodo sobre el pasto, enojado e impaciente. Fritz lo nota y sigue adelante.

—Me agradaba Billy. Él y su familia fueron buenos vecinos por años. Y piensa en esto, hijo: si de verdad hubiera matado a Billy, cosa que no hice para nada, ¿tendría algún sentido que me deshiciera de su cuerpo en el sitio donde trabajaba? ¿En el lugar que yo mismo dirigía?

Concedo que no hace el más mínimo sentido.

—Y lo mismo se aplica a Ezra Hawthorne. Quien, por cierto,

ya tenía noventa y cuatro años en esa época. Le hubiera resultado imposible cortar una tienda de campaña, llevarse a un chico, matarlo y esconder su cuerpo en el lago.

—Tal vez alguien lo ayudó.

—¿Aliviaría tus sospechas saber que el Sr. Hawthorne también se sintió muy alterado por la desaparición del chico?

—No —respondo—. En especial porque no se conocían.

—Pero por supuesto que se conocían. Tuvieron una conversación de lo más extensa.

—¿Acerca de qué? —pregunto, aunque sabiendo cuáles eran los intereses de Billy, puedo hacerme una idea.

—De comunicarse con los muertos.

El humo del cigarro de Fritz cuelga en el aire; para este momento, ya llegó hasta las orillas del bosque. Es una nube gris que flota entre los árboles.

—Que, por cierto, era otro de los principales intereses del Sr. Hawthorne —dice Fritz—. Y otro de los temas de gran parte de las investigaciones del instituto. Yo jamás lo experimenté de primera mano, pero el Sr. Hawthorne y algunos otros afirmaban haber tenido contacto con espíritus en muchas ocasiones y a través de diferentes medios.

Me recorre un estremecimiento de pies a cabeza.

Resulta que Billy tenía toda la razón.

En el Instituto Hawthorne, en verdad que hablaban con fantasmas.

Viernes, 15 de julio, 1994
3:05 p. m.

Fritz Van de Veer no cree en las cosas que se estudian en el Instituto Hawthorne, pero tampoco podría decir que no las cree en absoluto. En general, Fritz coincide con la teoría del caos que esencialmente podría resumirse como: «Las cosas pasan».

Eso, según piensa, es lo que lo hace la persona ideal para encargarse del instituto. Cuando las cosas pasan sin razón aparente, no piensa en la razón que está detrás. Solo se arremanga, se ocupa de la situación y le pagan una millonada por ello.

Por ejemplo, cuando Joyce Marsh sorprendió al grupo de tipos haciendo una prueba del ritual druida, con el corazón de cerdo, siguió los protocolos del instituto, se aseguró de que firmara el ADC adecuado y la mandó a su casa.

Y cuando encontraron a su vecinito de diez años atorado en las rejas del mausoleo de la familia Hawthorne, ordenó que trajeran al chico al edificio para ver si estaba bien, tratar de arreglar las cosas y, con suerte, evitar una potencial demanda.

Entonces, Billy —dice—. Oí que estabas aquí con algunos otros chicos. ¿Es cierto?

—No señor —responde Billy, una mentira que Fritz respeta, aunque con renuencia. La capacidad de mantener un secreto es un rasgo que admira. De todos modos, hubiera preferido que el chico al menos le diera alguna indicación sobre cuántos habían sido… y lo que estaban haciendo.

—¿Y qué estabas haciendo allí tú solo?

—Solo explorando.

—¿Explorando? —repite Fritz—. ¿Eso es todo?

—Sí, señor.

—¿Y ayer?

Billy levanta la vista, sorprendido de que Fritz sepa al respecto. No debería, pero, claro, sin duda se lo informaron.

—No tiene nada de malo explorar —le dice a Billy—. De hecho, ese es el propósito de este lugar. Explorar lo desconocido. Sin embargo, a la siguiente, en lugar de que entres a la propiedad a escondidas, solo pídemelo y te mostraré todo lo que tenemos aquí.

Los ojos del chico se iluminan, su temor es reemplazado por emoción.

—¿Podría mostrármelo ahora mismo?

—Sí, podría —responde Fritz—, pero primero voy a necesitar algo de ti. La promesa de que guardarás silencio acerca de lo que sea que veas o escuches. No les cuentes ni a tus padres, ni a tu hermano, ni a tus amigos. No necesitan saber lo que hacemos aquí.

—¿Y qué es lo que hacen aquí, Fritz?

Fritz Van de Veer sonríe, complacido de que el chico haya recordado hablarle por su nombre.

—Hacemos muchísimas cosas, Billy.

—¿Hablan con fantasmas?

Fritz se le queda viendo al muchacho. Una pregunta así de vasta y complicada de alguien tan joven. Una que no puede responder.

Pero conoce a alguien que sí puede hacerlo.

Lo lleva a lo que se conoce como la biblioteca, aunque contiene mucho más que libros. Este es el corazón del instituto, donde los demás se reúnen para discutir, para debatir, para desmentir. En este momento, una sola persona ocupa el enorme recinto.

Ezra Hawthorne.

Al entrar, mira las fotografías que cuelgan de la pared. Cuando se da la vuelta para sonreírle a Billy, Fritz ve al hombre como a través de los ojos del niño. Alto, pálido y antiguo, tanto pulcro como ominoso en su traje negro.

—Buenas tardes, jovencito —dice Ezra, lo que provoca la turbación silenciosa de Billy.

Fritz recuerda haberse sentido igual de impactado cuando conoció a Ezra Hawthorne hace muchos años. Era un estudiante de posgrado en Princeton, esforzándose por terminar su maestría en psicología, cuando uno de sus profesores lo invitó a una reunión informal. También asistió un hombre alto vistiendo un traje negro que hacía que sus pálidos rasgos parecieran más que fantasmagóricos. Luego de algunos minutos de charla insustancial, el Sr. Hawthorne se presentó con Fritz y lo invitó a visitar el instituto.

—Veamos si cuenta con algún don.

Fritz participó en una prueba de lo más tonta en la que le pidieron que se colocara de espaldas a un hombre que sostenía un mazo de cartas con imágenes de animales. Lo único que tenía que hacer era adivinar qué animal se encontraba en la carta que se sostenía en alto. Aunque Fritz falló la prueba de manera espectacular, al final del día el Sr. Hawthorne lo llevó a un lado y le dijo: «Eres bienvenido siempre que quieras regresar».

No tenía intención alguna de hacerlo; pero, entonces, Alice sufrió un aborto espontáneo —el tercero— y Fritz se encontró necesitado de creer en algo. Sabía que no lo encontraría en la religión, en especial en los tempestuosos sermones de fuegos infernales a los que sus padres lo arrastraron de niño.

Una noche, sin ninguna razón en particular que se le ocurriera, se encontró conduciendo hacia el Instituto Hawthorne. Ezra le dio la bienvenida como si se tratara de un amigo cercano al que llevara años sin ver. Hablaron durante horas acerca de las razones por las que ocurren cosas inexplicables y de cómo interpretar un mundo que, a menudo, carece del más mínimo sentido. Para sorpresa de Fritz, la conversación finalizó con una oferta de empleo.

Ahora, básicamente dirige este sitio, razón por la que sabe que debe traer a Billy. Es una regla tácita en el instituto: si se relaciona con fantasmas, consulten con el Sr. Hawthorne.

—¿Ustedes hablan con fantasmas? —pregunta Billy de nuevo.

—No todo el tiempo —responde Ezra—, pero de vez en cuando, me comunico con los espíritus.

Fritz nota que los ojos del chico se iluminan.

—Entonces, ¿los fantasmas son reales?

—Sin duda que son muy reales.

—¿Y dónde están? —pregunta Billy, mientras sus ojos se pasean por la habitación, como si hubiera alguno oculto en alguna esquina.

—Hay fantasmas por todas partes —le responde Ezra Hawthorne—, si sabes justo dónde buscarlos.

Durante la siguiente media hora, Fritz observa en tanto el Sr. Hawthorne agasaja al chico con historias de sus hazañas, le muestra libros acerca de fantasmas, fotografías de sesiones espiritistas y las herramientas que se utilizan en ese tipo de actividades. El chico resulta ser bastante conocedor del tema. Mucho más que Fritz, que no entiende la diferencia entre un espectro y una sombra. Pero Billy sí lo sabe, cosa que Fritz constata que deja impresionado al Sr. Hawthorne.

—Veo que tú también eres un admirador de los fantasmas —le dice a Billy—. Jamás he hablado con uno así de joven.

Cuando termina la visita, Fritz acompaña a Billy fuera de la habitación, después de decidir que llevará al chico a casa en coche él mismo. Así será mucho más fácil... y más discreto, también. Pero antes de que terminen de salir por la puerta, Ezra Hawthorne tiene algo más que decir.

—Fue todo un placer conocerte, Billy. Eres bienvenido siempre que gustes regresar.

VEINTIDÓS

Levanto la vista al cielo, repentinamente mareado. Es una de esas noches de perfecta claridad, cuando cada estrella se encuentra visible, enviando aparentes pulsaciones de energía. Yo también siento que mi cuerpo entero vibra a causa de todo lo que me está contando Fritz. Supongo que no debería sorprenderme en absoluto de que Billy, que con tanta desesperación deseaba creer en los fantasmas, terminara por encontrarse con Ezra Hawthorne, un hombre que, en teoría, podía comunicarse con ellos. Sin embargo, me impacta escucharlo; más que nada porque Billy jamás me lo mencionó esa noche en la tienda de campaña.

Claro que, a decir verdad, no le di la oportunidad de hacerlo.

—¿Y crees que le haya estado mintiendo a Billy? —pregunto—. ¿Acerca de estar en contacto con los espíritus?

—El Sr. Hawthorne no mentía acerca de esas cosas —me responde Fritz—. Si dijo que sucedía, era porque él creía que era verdad.

—Cosa que no significa que lo sea. ¿Tú alguna vez viste que sucediera?

—No —dice Fritz—. Pero recuerda que rara vez participé en las actividades del instituto.

—¿Pero, eres creyente?

—No lo diría así, precisamente —Fritz regresa la mano a su bolsillo y saca otro cigarro. Después de prenderlo, me dice—. ¿Conoces ese viejo dicho, «Ver para creer»? Pues todavía me falta ver cualquier cosa que me haga creer. Sin embargo, tampoco puedo decir que lo descarte por completo. No después de algunas de las cosas que escuché. Ezra me contó tantísimas historias de comunicación con los muertos que supongo que soy un poco experto en el tema.

Se escuchan algunos ruidos provenientes del bosque, leves pero definidos. Algo se está moviendo en la maleza. Bien podría ser algún animal.

Claro que podría no serlo.

—¿Y si yo quisiera intentarlo?

—¿Hablar con los muertos? —Fritz inclina la cabeza, intrigado—. ¿Por qué querrías hacerlo?

Tengo mis razones, ninguna de las cuales estoy dispuesto a compartir con él.

—Solo en términos hipotéticos, ¿podría hablar con cualquier espíritu?

—Solo con aquellos que tuvieran algo que decir.

—¿Y qué pasa si yo quiero decirles algo a ellos?

—No es así de fácil —responde Fritz—. No es como tomar un teléfono para hablarle a alguien. No es posible hacer contacto con la mayoría de los espíritus.

—¿Por qué no?

—Porque están en paz.

Fritz se hinca y, con su dedo índice, dibuja un círculo invisible sobre el pasto.

—Esa es la tierra de los vivos —dice, antes de dibujar otro círculo que se traslapa un poco con el primero—. Y ese es el reino espiritual. Ezra creía que allí era adonde se dirigían los espíritus de los muertos. La mayoría de ellos, por lo menos. Algunos no lo lograban del todo porque algo los mantenía atados al mundo de los vivos.

—Y, entonces, ¿a dónde van?

Fritz da unos golpecitos sobre el espacio donde se cruzan ambos círculos.

—Es una especie de limbo entre los dos mundos. Si un espíritu se encuentra allí, existe cierta posibilidad de comunicarte con él.

—Pero no si ya pasó al mundo de los espíritus.

—Es correcto —afirma Fritz, mientras me señala con su cigarro—. Ese terreno espiritual es el sitio al que quieres que vayan tus seres queridos. Significa que no hay nada que evite su paso al más allá. No tienen ningún pendiente.

—¿Como su asesinato?

Fritz me mira con fijeza.

—Esto no es hipotético en absoluto, ¿verdad?

—El otro día me preguntaste si había visto algo inusual en la privada —respondo—. Sí lo he visto.

—¿A Billy?

—Sí. —No tiene ningún caso negarlo, Fritz lo sabe de todas maneras—. Ha estado rondando por el bosque.

—Fascinante —Fritz se acerca a la orilla del jardín y se asoma al bosque—. ¿Se encuentra aquí en este momento?

—No estoy del todo seguro —digo y pienso en los ruidos que escuché antes—. ¿Quizá?

Fritz lanza una última ojeada al interior del bosque antes de volver hacia mí y de darle otra fumada a su cigarro.

—¿Sabes qué es lo que quiere?

—No lo sé, pero estoy bastante seguro de que intenta decirme algo. Al principio, pensé que me estaba llevando al Instituto Hawthorne porque allí fue donde lo encontraron.

—Y porque pensabas que lo habíamos asesinado —afirma Fritz, con una franqueza teñida de comprensión. Si tiene cualquier resentimiento asociado, no lo demuestra.

—Así es —le digo—, pero ahora creo que lo malentendí y me gustaría...

—Preguntarle directamente qué es lo que quiere.

Me ruborizo porque la idea me sigue sonando absurda.

—¿Será posible hacerlo?

—Si Ezra Hawthorne estuviera aquí en este preciso momento, no me queda la menor duda de que te sugeriría una docena de formas diferentes en las que podrías intentar comunicarte con Billy. Por desgracia, no está… y no hay manera de comunicarse con él.

—¿Porque se encuentra, sin duda alguna, en el terreno espiritual? —pregunto—. ¿Y cómo lo sabes?

Fritz me ofrece una sonrisa astuta.

—Solo porque todavía no crea no significa que no he hecho el intento.

—¿Así que no tengo posibilidad alguna? ¿Mi única opción es seguir dejando que Billy me acose para tratar de averiguar qué quiere?

—Es posible que acosarte sea justo lo que quiera hacer —dice Fritz—. Al paso de los años, Ezra se convenció de que algunas almas permanecen atrapadas entre lo terreno y lo espiritual por voluntad propia. Su recomendación siempre fue que se les dejara en paz.

Pero eso es algo que no puedo hacer. Dios sabe que lo intenté. Corrí lo más rápido que pude, esperando que la culpa y los malos recuerdos no me alcanzaran; pero lo hicieron… Siempre lo logran. Ahora, están siempre presentes y adquieren la forma de mi insomnio, de El Sueño, o de la sombra de Billy arrojando pelotas a mi jardín.

—¿Por qué?

—Porque algo más puede mantener a un espíritu atado al reino terrenal. Algo más poderoso que un asunto pendiente.

—¿Y qué podría ser?

Fritz deja caer el segundo cigarro junto a la colilla del primero y lo apaga con un fuerte pisotón.

—Un gran rencor.

Viernes, 15 de julio, 1994
3:37 p. m.

Ethan no deja de correr sino hasta que sus dos pies se plantan con absoluta firmeza en su propio jardín. Jamás ha corrido con tal velocidad en su vida y ahora se preocupa del daño potencial que podría ocasionarle a su cuerpo. Sus piernas se sienten como ligas de hule y su corazón galopa con tal fuerza dentro de su pecho que teme que vaya a explotar. Se colapsa sobre el pasto, despreocupado de que su madre pueda verlo y le pregunte qué ha estado haciendo. Con gusto se lo contaría, porque alguien necesita saber lo que le sucedió a Billy.

En lugar de su mamá, ver a Ethan tirado sobre el pasto atrae a Ashley, Russ y Ragesh, quienes se abren paso a través de los setos que colindan con el jardín de Russ.

—¿Dónde está Billy? —pregunta Ashley, asomándose al bosque como si solo estuviera un poco retrasado.

—Lo… —Todavía sin poder respirar, Ethan apenas puede pronunciar las palabras necesarias—. Lo atraparon.

—¿Lo atraparon? —exclama Ragesh—. ¿Fue el tipo ese del traje?

Ethan asiente y se siente mareado solo de pensarlo. Revive la imagen del tipo con traje negro, tan enorme y tan intimidante, llegando a donde estaba Billy, y se pregunta qué sucedió después. ¿Acaso seguirá atrapado entre los barrotes de la reja, o estará en las manos del tipo de traje? La idea misma de que en este preciso momento estuvieran maltratando a Billy le provoca náuseas.

Ashley se hinca junto a Ethan y lo ayuda a sentarse. Empieza a acariciarle la espalda y le dice:

—Está bien... solo cuéntanos qué pasó.

Pero eso es algo que Ethan no puede hacer porque significaría admitir ante a los demás no solo que dejó atrás a Billy, también sus razones para hacerlo. En su lugar, les brinda una versión somera de la verdad.

—El tipo llegó a donde estaba Billy antes de que pudiera zafarse.

Ragesh empieza a dar vueltas sobre el pasto.

—¿Creen que nos delate?

—¿Eso es lo que te preocupa? —le reclama Ashley—. Billy podría estar metido en un gran aprieto.

—Igual que nosotros —responde Ragesh—. Viste ese sitio. No es un lugar donde debíamos irrumpir.

—Razón por la que no quería que atravesaran esa maldita pared.

Temiendo que los dos lleguen a los golpes, Ethan decide hablar.

—Necesitamos decírselo a alguien. A mi mamá... o a la de Billy.

—Ni de broma —exclama Ashley, cosa que sorprende a Ethan. Hasta este momento, supuso que estaba de su lado—. Yo era la que estaba a cargo; si la gente se entera de esto, jamás me volverán a contratar para cuidar niños... y necesito ese dinero.

De repente, Ethan entiende. Ashley le contó todo acerca de sus planes para irse a Woodstock y cómo el dinero que está ganando por cuidarlo es lo que hará que eso suceda. Por su parte, Ethan no quiere que nadie más lo cuide. Aunque Ashley no esté con él a diario ahora que su mamá perdió el empleo, por lo menos le gusta saber que seguirá cuidando de él siempre que lo necesite.

—Entonces, podemos regresar por él —afirma Ethan.

Ragesh suelta un bufido.

—¿Y terminar igual? No, muchas gracias.

—Pero tenemos que hacer algo, no solo dejarlo allí.

—¿Y por qué no? —pregunta Russ.

Está de pie, un poco alejado de todos los demás, viendo hacia el bosque. Mientras que Ashley parece preocupada y Ragesh molesto, Russ parece contemplativo a los ojos de Ethan.

—Porque podría estar en problemas —responde Ethan.

—Tal vez debería estarlo. Él es quien nos llevó hasta allá.

Ethan siente que algo revienta en su interior como si hubiera una liga alrededor de su corazón conteniendo sus emociones. Pero ahora se suelta y brotan de su interior en una especie de avalancha descontrolada.

—¡Tú lo seguiste allí! —grita, con sus ojos llenándose de lágrimas—. Tú y Ragesh... Yo ni siquiera quería ir.

—Pero fuiste —dice Ragesh de una manera que hace que Ethan desee ser seis años mayor, treinta centímetros más alto y cincuenta kilos más pesado. Entonces, sería capaz de moler a Ragesh a golpes hasta hacerlo pedazos.

En su lugar, lo único que puede hacer es llorar todavía más mientras exclama:

—¡No tuve opción! Ahora, ¡Billy está en problemas!

—Pero nosotros no lo estaremos —interrumpe Ragesh—. No si mantenemos la boca cerrada.

—A todo esto, ¿por qué te preocupa siquiera?

Esto de parte de Russ. Una pregunta que Ethan no logra entender del todo. No porque sea difícil, sino porque la respuesta es más que evidente. ¿Por qué no estaría preocupado por Billy?

—Porque es mi mejor amigo.

—¿Pero, por qué?

Ethan pausa, sorprendido de no ser capaz de dar una respuesta inmediata. Antes, jamás lo pensó siquiera. Él y Billy son vecinos, tienen la misma edad, se llevan... ¿por qué no serían mejores amigos?

—Porque vive en la casa junto a la mía.

—Yo también —responde Russ—. ¿Eso significa que yo también soy tu mejor amigo?

Ethan no responde con un sí inmediato, lo que hace que Russ

reaccione como si acabara de empujarlo. Respinga, frunce el ceño y sus ojos se oscurecen tanto que parecen negros.

— Somos amigos —Ethan se apresura a añadir.

—No, entiendo —responde Russ.

Ashley agita las manos para llamar su atención.

—En este momento, lo que importa es lo que vamos a hacer acerca de Billy. Votemos. Los que estén a favor de no hacer nada, levanten la mano.

Ethan observa mientras la mano de Ragesh se levanta en el aire de inmediato. Nada sorprendente. Y lo mismo en el caso de Russ, quien mira furioso a Ethan mientras levanta su propia mano. Lo que más lo sorprende es que la mano de Ashley también se levanta, aunque de manera lenta y con evidente reticencia.

—Lo siento, Ethan, pero parece que sería lo mejor para todos nosotros.

—¿Pero qué pasa si lastiman a Billy?

—Eso no va a suceder —afirma Ashley.

—Fuera de haber entrado sin permiso, no hicimos nada malo —añade Ragesh—. Solo estábamos jugando.

—Lo más probable es que lo sermoneen y que le hablen a su mamá para que vaya a recogerlo —dice Ashley—. Es posible que ni siquiera esté en tantos líos y, en definitiva, no está en ningún tipo de peligro. No lastimarían a un niño.

Y eso es suficiente para Ethan. Aunque no eliminan sus preocupaciones del todo, las aseveraciones de Ashley bastan para que elija votar con los demás; incluso, levanta la mano para que vean que la decisión es unánime.

Eligen el silencio.

Y abandonan a Billy a su suerte.

VEINTITRÉS

Crrrrrrrc.

Me despierto casi sin poder respirar, el siseo aterrado que emito se deshace de los últimos vestigios de El Sueño. Mis ojos se abren repentinamente a la suave luz del amanecer que se desliza por el techo de mi habitación. Bajo circunstancias normales, la luz del día me traería al menos un poco de consuelo.

Pero no ahora.

No ahora que mi cerebro sigue reverberando con el ruido de El Sueño.

Que, de manera alarmante, fue un poco distinto a todas las otras veces en que lo he tenido.

El Sueño 2.0.

En lugar de una breve vista del techo en ángulo agudo del interior de la tienda de campaña sobre mi cabeza, con la bolsa de dormir todavía ocupada junto a mí, y la larga y oscura rasgadura entre los dos, esta versión, nueva y mejorada, me da una vista más prolongada de lo anterior. En especial de la rasgadura de la tienda y de la oscuridad más allá de la misma, donde suelo intuir algo que jamás alcanzo a ver.

Pero, en esta ocasión, miro algo.

No tengo idea de qué se trata porque todo sucede de manera demasiado rápida y confusa. Es un borrón en la oscuridad, imposible de distinguir. Sin embargo, ese brevísimo asomo basta para alterarme de formas a las que no estoy acostumbrado. Mi corazón sigue galopando en mi pecho mientras me incorporo, me estiro y parpadeo en la creciente luz que se desliza por el techo.

Reviso la hora. Las siete y cuarto: demasiado temprano como para levantarme, demasiado tarde como para volverme a dormir. Lo que lo convierte en el momento perfecto para escribir acerca de esta nueva versión de El Sueño en mi cuaderno. Si, Dios no lo quiera, vuelvo a soñar lo mismo, tendré un registro fiel de la primera vez en que sucedió. Lo que desconozco: por qué comenzó.

Todavía medio adormilado, estiro la mano sobre mi mesa de noche y busco el cuaderno y la pluma.

No están, a pesar de que estoy seguro de que se encontraban allí anoche, cuando me fui a dormir. De hecho, recuerdo con claridad haber escrito algo en el cuaderno antes de apagar la luz, algo que resumió los hechos de la noche en tres breves palabras.

Billy siente rencor.

Pero ahora, tanto la pluma como el cuaderno desaparecieron, haciendo que mi mesa de noche parezca enorme y vacía.

Al apoderarse el pánico todavía más de mí, mi corazón, que sigue acelerado, late con más fuerza. Me digo que debo calmarme; que hay una razón perfectamente lógica por la que no se encuentran donde los dejé, aunque esa razón parezca ridícula, como el sonambulismo. Sin duda, no se trata de un robo. ¿Por qué alguien entraría en la casa solo para robarse un cuaderno y una pluma?

La respuesta, inmediata y evidente, es que este ladrón, en teoría hipotético, se llevó más que solo mi cuaderno y mi pluma. También pudo haberse robado mi cartera, mi teléfono y cualquier otra cosa de valor que no estuviera clavada al piso. Imagino el resto de la casa, de por sí apenas amueblada, ahora por completo vacía, un cuarto desnudo conduciendo al siguiente.

La imagen me basta para impulsarme fuera de la cama y, de inmediato, piso algo sobre la alfombra. Al voltear hacia abajo, veo uno de mis pies desnudos sobre la esquina del cuaderno; el dedo gordo de mi otro pie roza la pluma.

Recojo ambas cosas del piso mientras mi pánico se evapora. Ahora, siento algo más: vergüenza ante mi propia estupidez. Es obvio que en algún momento de la noche tiré el cuaderno y la pluma de la mesa de noche por accidente, sin duda en un acceso de insomnio que ahora no recuerdo.

No hubo ningún intruso.

Reaccioné exageradamente, de inmediato... de nuevo.

Abro el cuaderno y ojeo las diferentes páginas al tiempo que observo reacciones exageradas semejantes, garabateadas en los meses anteriores. Cosas acerca de tener miedo de dormir, de tener el mismo miedo a que no pueda dormir y a sentirme solo o triste o culpable. *Es mi culpa*, leo en una anotación, aunque no recuerdo a qué transgresión me estaba refiriendo. Quizá a todas ellas.

Llego a la última hoja donde escribí algo... y mi terror regresa de golpe. Pienso en el control de volumen de una radio que sube cada vez más. Si mi pánico anterior estaba a un nivel siete, esta alarma nueva está en nueve, acercándose vertiginosamente a diez.

Porque en la página frente a mí, garabateadas en una letra que no es la mía, hay tres palabras igual de aterradoras que conocidas.

HAKUNA MATATA, AMIGO.

VEINTICUATRO

Cinco minutos después, estoy golpeando a la puerta de la casa de Russ, sin importar que sea demasiado temprano o que solo vista una camiseta, bóxers y mis tenis, sin las agujetas atadas.

Jennifer abre la puerta mientras termina de ponerse una bata; la tela se abre alrededor de su vientre embarazado. Su mirada, adormilada, me indica que la desperté.

—¿Ethan? ¿Qué pasa?

—¿Está Russ?

—No, se encuentra en la tienda. Van a recibir mercancía esta mañana.

—Todavía tienen la llave extra que les dieron mis papás, ¿verdad? —pregunto—. ¿No la han perdido?

Cuando tenía diez años, solo los vecinos de junto tenían una llave extra para entrar a la casa; los Chen a la derecha y los Barringer a la izquierda. Esto, para que la Sra. Chen regara las plantas cuando saliéramos de vacaciones y para que la Sra. Barringer entrara si había alguna emergencia mientras no estábamos. Dado que revisé la casa entera y que no encontré una sola ventana rota y que cada puerta estaba cerrada con llave, la única manera en que alguien pudo haber entrado fue con la llave extra que sigue existiendo y que ahora está en posesión de Russ.

—Ehmmm, este… no lo sé —responde Jennifer mientras desliza una de sus manos a través de su enredado cabello—. Creo que sí… ¿por qué?

—Porque alguien se metió a mi casa —afirmo, sin siquiera

tocar la superficie de lo que creo que sucede, aunque deseo, de manera desesperada, estar equivocado al respecto.

—¿De veras? —Los ojos de Jennifer se abren como platos. Ya despierta por completo, me jala al interior de la casa y me conduce hasta la cocina. En el camino, pasamos frente al cuarto de televisión, donde se encuentra Benji sentado sobre el piso, comiendo cereal y viendo un episodio de *Bluey.*

—Creo que está en algún lugar de aquí —afirma mientras hurgar en el cajón de los triques—. ¿Se llevaron algo?

—No —digo, admitiendo que es la razón por cual no pienso que este haya sido el típico intruso. Aunque la mitad de los muebles se encuentran con mis padres en Florida, un ladrón sin duda se hubiera robado algo. La laptop que está en el estudio; la televisión de la sala; carajo, mi cartera se encontraba en la misma mesa de noche que el cuaderno y la pluma, que fueron lo único que, aparentemente, se tocó.

—No la encuentro —dice Jennifer mientras cierra el cajón con un empujoncito de cadera. Llama por el pasillo—. ¿Misty? ¿Sabes dónde está la llave extra de la casa de Ethan?

La madre de Russ aparece en la puerta de la cocina, con la apariencia de llevar horas despierta. Su ropa está impecable y su cabello perfecto.

—¿La llave para urgencias? —pregunta—. Aquí está.

Me conduce de vuelta al recibidor, a una consola junto a la puerta principal. Sobre la misma están una lámpara, una charola llena de cartas y un tazón atestado de llaves. La Sra. Chen toma una del montón y me la entrega. Veo la etiqueta blanca atada con cordel al llavero. Allí, escrito con la cuidadosa letra de mi madre, se lee nuestro apellido.

—¿Y todo estaba cerrado con llave aquí? —pregunto, desesperado—. ¿No hubo señal alguna de que alguien entrara?

—Contamos con sistema de seguridad —afirma Jennifer—. Estuvo activado la noche entera.

Le regreso la llave a la Sra. Chen, que me dice:

—Quizá deberías hablarle a la policía.

—Gracias. Es probable que lo haga.

Resulta que no hay necesidad, porque mientras camino de vuelta a la casa, con mis agujetas aún sin atar volando alrededor de mis talones, veo a la detective Cassandra Palmer esperando frente a mi puerta. Su presencia, inesperada e imprevista, hace que mi ansiedad crezca de nuevo.

—Buenos días, Ethan —dice mientras estudia mi atuendo de camiseta, bóxers y cabello revuelto—. ¿Está todo bien?

Me detengo sobre la acera y trato de pensar en la mejor manera de responderle. Tengo el impulso de decirle que no, que nada está para nada bien. Que, de hecho, alguien irrumpió en mi casa. Pero no puedo hacerlo porque no fue cualquier persona la que irrumpió anoche. La llave extra, que sigue en casa de Russ, lo comprueba. Un ladrón común y corriente, uno humano, necesitaría alguna manera de entrar.

Pero Billy no.

Él no es más que una sombra.

No necesitaba una llave o una puerta abierta para deslizarse al interior, subir las escaleras con sigilo y pararse a centímetros de mi persona dormida mientras escribía en el cuaderno.

Hakuna matata, amigo.

—Solo tuve que ir a la casa de los vecinos un momento —le digo al fin. Por su expresión impávida, me queda claro que la detective Palmer no me cree en absoluto. De todas maneras, no dice nada más y abro la puerta para invitarla a pasar.

—Póngase cómoda en la cocina —le digo—. Voy a subir un momento para vestirme.

—Por favor —dice la detective.

Al tope de las escaleras, pauso e intento percibir la presencia de Billy de la misma manera como lo hice la noche en que por primera vez noté que las luces se prendían y apagaban alrededor de Hemlock Circle. Si sigue aquí, existe la posibilidad de que no necesite decirle nada en absoluto a la detective. Quizá ella misma sea capaz de detectar su presencia. Sin embargo, al parecer Billy se ha marchado. En este momento, lo único que siento es el pesado silencio de una casa habitada por una sola persona.

En mi recámara, el cuaderno está sobre el piso, donde lo arrojé después de leer lo que estaba escrito en su interior. Evito verlo mientras me pongo los mismos jeans que usé anoche. Después de echarme agua fría en el rostro y las axilas, me dirijo a la cocina y preparo una jarra de café.

—¿Gusta una taza? —le pregunto a la detective.

—No, gracias. No estaré mucho tiempo. Solo quería tener una breve plática.

Eso suena de lo más ominoso. Volteo hacia la cafetera, donde un delgado chorro de líquido se cuela al interior de la jarra.

—Oí que tuvo una agradable conversación con el detective Patel el día de ayer —me dice—. Después de que lo detuvo por allanar el Instituto Hawthorne. Supongo que sigue convencido de que tuvieron algo que ver con el asesinato de Billy.

De hecho, no; ya no es así. Lo que Fritz me dijo anoche hace todo el sentido del mundo. Es un tipo inteligente. Lo bastante listo como para saber que no debería deshacerse de un cuerpo en la propiedad que dirige. Dado que también creo en su aseveración en cuanto a que Ezra era demasiado viejo y frágil como para haberlo hecho, el instituto y cualquier persona asociada con el mismo han pasado a ser sospechosos posibles, pero muy poco probables.

—Cambié de parecer respecto a eso —le informo.

—¿Le importaría decirme por qué se encontraba allí?

—Estaba investigando.

—Mi equipo y yo ya lo habíamos hecho —dice la detective Palmer—. Y, en sentido estricto, seguimos haciéndolo. Si quisiera, podría acusarlo de interferir con la escena de un crimen.

Nervioso, me giro desde donde estoy, frente a la cafetera. Solo porque Ragesh optó por no arrestarme, no significa que la detective Palmer no lo haga.

—No alteré nada. Solo quiero saber quién mató a Billy.

—Ya lo sabe… estaba allí mismo cuando se lo llevaron.

—Pero estaba dormido.

La detective Palmer cruza los brazos frente a su pecho.

—Cosa que me parece de lo más conveniente.

—No estoy mintiendo —afirmo—. No vi nada.

—No dudo que de verdad lo crea; pero hay veces en que las personas olvidan las cosas por una buena razón. En especial, si se trata de niños pequeños cuando ven algo que resulta demasiado confuso o traumático como para que lo puedan procesar.

—¿Usted cree que vi quién lo hizo y que lo bloqueé?

—¿Usted no?

Por supuesto que he considerado esa posibilidad, al igual que lo hizo cada uno de los profesionales de la salud mental con los que hablé. Sin embargo, no hay nada que sustente la idea. No lo han hecho décadas de terapia, de hipnosis y de análisis de sueños, incluyendo a una psicóloga infantil que me mostró infinidad de dibujos de tiendas de campaña en caso de que alguna de ellas lograra despertar algún recuerdo.

—No es tan sencillo como eso —respondo mientras el café al fin termina de prepararse. Tomo una taza y me dispongo a servirla.

—Quizá tenga razón… Quizá este sueño recurrente que no deja de tener no es más que eso: un sueño. O quizá sea un recuerdo reprimido de quién tomó a Billy. Uno que lo haya afectado a tal grado que su cerebro optara por borrarlo.

Me quedo a mitad de servir la taza.

—¿Qué podría haber sido así de traumático?

—Le sorprendería. Piense acerca de quién pudo haberse llevado y asesinado a Billy. ¿Recuerda lo que le dije el otro día acerca de que era más que probable que el culpable fuera alguien de Hemlock Circle?

Claro que sí. Vívidamente.

—Usted me dijo que la razón por la que Billy no emitió sonido alguno cuando se lo llevaron fue porque era posible que conociera a la persona que se lo llevó —digo mientras termino de servir mi café, regándolo mientras trato de hacerlo con manos temblorosas.

La detective asiente.

—Si tengo razón al respecto, y creo que la tengo, quien se haya llevado y asesinado a Billy no solo conocía las cataratas, que era el sitio más conveniente para deshacerse del cuerpo, sino también quién era y dónde estaba. Billy conocía a esta persona lo bastante bien como para no entrar en pánico cuando la vio, incluso después de que rasgara el lado de la tienda. No muchas personas podrían ajustarse al perfil, y usted conocía a cada una de ellas.

—No fueron mis padres, si eso insinúa.

—No, no fueron ellos —responde la detective Palmer—. En mi mente, solo una persona podría ser la responsable.

Echo la cabeza hacia atrás, me acaricio las sienes y sé a dónde se está dirigiendo todo esto. Con base en los hechos establecidos —que el asesino estaba al tanto de que Billy había acampado en mi jardín, que Billy no gritó ni entró en pánico porque conocía a su secuestrador, que quienquiera que haya sido tenía conocimiento de las cataratas a poco más de tres kilómetros de mi jardín— en realidad solo hay un sospechoso viable restante.

—La madre de Billy —digo.

Viernes, 15 de julio, 1994
7:45 p. m.

El destino de la vida de una madre es preocuparse.

Nadie le informó de esto a Mary Ellen cuando estaba embarazada de Billy, de modo que fue una absoluta sorpresa cuando sostuvo entre sus brazos el cuerpecito que se retorcía y berreaba, y no sintió ni amor ni ternura, solo preocupación. Una preocupación tan abrumadora que le llegó hasta el alma.

¿Qué haría, pensó, si algo malo le sucediera?

Ahora sabe, como lo supo en ese mismo momento después de que pasó ese primer tenso pensamiento, que la preocupación es un subproducto del amor. Lo que todavía ignora es qué hacer con ella. Pensó que pasaría con el tiempo, pero no fue así. Ni siquiera después de que naciera Andy, aunque le aseguraron que todo se haría más fácil después del segundo hijo. Pero, en su experiencia, no fue así. Solo aumentó su ansiedad. Ahora, tiene a dos chicos de los que preocuparse y hoy en día, hay muchísimo de qué preocuparse.

—El mundo enloquece un poco más cada día —dijo Trish Wallace esta mañana y Mary Ellen no puede más que coincidir. Todo lo que está más allá de Hemlock Circle parece estar saliéndose de control, igual que ese autobús lleno de explosivos que Blake y ella vieron en una película el mes pasado. Matanzas en Ruanda. La preciosa Nancy Kerrigan, que recibió un golpe en las rodillas. O.J. Simpson, que mató a su esposa, y que Mary Ellen sabe que es verdad sin importar lo pueda decir alguien más. Un hombre inocente no intenta huir de la manera en que él lo hizo hace tan solo unas semanas. Al igual que el resto del planeta, fue testigo de la Ford Bronco blanca que se paseó por las carreteras por horas. Todo ese tiempo con un nudo en el estómago, temiendo que la persecución jamás terminaría, que la Bronco no se detendría y que atravesaría el país hasta llegar a Hemlock Circle mismo, donde ninguna esposa y madre estarían a salvo.

Y eso es lo que la mantiene despierta noche tras noche. Que ningún sitio es seguro, que las cosas malas pueden suceder, y suceden, en todas partes. Incluso aquí. Cada vez que ve a Misty Chen, quiere tomarla por los brazos y sacudirla hasta sacarle toda la verdad. ¿Sabía que su hijo era un adicto? ¿Hizo algo al respecto? ¿Se culpa a sí misma? Mary Ellen necesita saberlo para evitar que les pase lo mismo a sus muchachos.

Justo ahora Billy está arriba, preparándose para dirigirse a la casa de los Marsh. Mary Ellen le dijo que de todas maneras podía ir, a pesar de que sigue sintiéndose ansiosa por el desconocido al que vieron rondando el bosque el día de ayer. La única razón por la que se lo está permitiendo es porque Billy parece... raro. No alterado, pero tampoco feliz. Apagado. Esa es la mejor palabra que se le ocurre para describirlo. Como si algo le hubiera pasado más temprano y no estuviera seguro de cómo sentirse al respecto.

Ha estado encerrado en su recámara desde que entró con todo sigilo a la casa por la tarde y, sin duda, está leyendo ese terrible libro de fantasmas que piensa que Mary Ellen no conoce. Estuvo a punto de tirarlo a la basura cuando lo encontró, pero Blake la detuvo.

—Deja que el chico tenga su libro —le dijo—. Es inofensivo.

Mary Ellen no pudo evitar burlarse de eso.

—¿Inofensivo? ¿Acaso lo has visto? Es macabro..., todas esas imágenes de fantasmas y espectros.

—Cosa que resulta adictiva para un chico de esa edad. Cada muchacho pasa por una fase de amor por las cosas de miedo. Ya se le pasará.

Pero a Mary Ellen no le parece que se trate de una fase. Billy se está comportando como si estuviese obsesionado y habla de eso todo el tiempo. Se sintió escandalizada cuando Blake lo ayudó a disfrazarse para Halloween. No podía comprender por qué un chico tan dulce como Billy admiraba algo tan aterrador.

Le inquieta la manera en que está cambiando. Siempre pensó que Andy se parecía más a su marido: inteligente, astuto e, incluso, algo desprendido y solitario. Hasta hace poco había supuesto que Billy se parecía más a ella. Era sensible; muy diferente a los demás muchachos del vecindario. Mucho más como solía ser. Bueno, como sigue siendo. Al paso de los años, aprendió a controlar sus excentricidades, a actuar como las demás mamás y a fingir normalidad.

De niña era la rarita de la escuela, pero no una paria total. Parecía no desagradarles a sus compañeros de clase, pero siempre había algo extraño; algo que evitaba que la aceptaran del todo.

Su madre, sin crueldad alguna, le dijo que sentía demasiado y que le venía de familia.

—Nuestras emociones son muy profundas —le dijo cuando Mary Ellen tenía más o menos la misma edad de Andy.

Un ejemplo perfecto fue Stacy, una muñeca de porcelana que recibió como regalo de Navidad a los ocho años.

—Ten mucho cuidado con ella —le dijo su mamá cuando tomó a la muñeca entre sus brazos por primera vez—. Es frágil.

Mary Ellen no entendía el significado de la palabra y, cuando preguntó, la respuesta la inquietó.

—Que puede romperse con facilidad —le dijo su mamá—. Un movimiento en falso y la muñeca entera se romperá y se perderá para siempre.

A pesar de esa advertencia de lo más funesta, Mary Ellen adoraba a Stacy. La tenía en un estante frente a su cama para que Stacy fuera lo primero que viera por las mañanas y lo último que contemplara por las noches. Cuando Mary Ellen bajaba a Stacy de su estante, era solo para sostenerla con sumo cuidado durante unos pocos minutos. Sabía que era demasiado riesgoso hacer más que eso, de la misma manera en que sabía que, sin importar lo cuidadosa que fuera, llegaría el día en que Stacy se rompería y dejaría de existir. En la mente de Mary Ellen no era una cuestión de si sucedería, sino de cuándo.

Para cuando llegó a la preparatoria, ya había aprendido a ocultar sus temores constantes lo suficiente como para pasar desapercibida. No podría decirse que fuera popular, pero sí tenía algunas amistades, salía con algunos chicos y, todavía más importante, no se destacaba. De todas maneras, solo porque ocultara sus temores no significaba que desaparecieran. Seguía preocupándose. Era como un monstruo acechando en la oscuridad, a la espera de salir en los momentos más impredecibles.

Como esta noche, por ejemplo.

Mientras Billy termina de empacar, Mary Ellen habla con su marido, que está de viaje en una conferencia en Boston. Otra fuente de preocupación más. Boston es tan grande, conducir hasta allá es tan difícil y, bueno, la gente que hay allí... Mary Ellen se siente mal por estereotipar a la población entera de una ciudad, pero ha escuchado que son de lo más groseros.

—¿De verdad crees que deba permitirle a Billy acampar en casa de Ethan? —le pregunta.

¿La respuesta de Blake?

—No veo por qué no.

No le sorprende en lo absoluto. Siempre ha sido más relajado que ella, un rasgo que le parece tanto necesario como incomprensible. Los dos no pueden estar tan tensos como los hilos de una raqueta de tenis, pero tampoco puede comprender la manera en que Blake logra abrirse paso por la vida sin preocuparse aunque sea un poco.

—Pero es que ayer vieron a un desconocido merodeando por el vecindario —le dice—. Quizá siga por allí, oculto.

—No es como si Billy estuviera acampando en el bosque —dice Blake—. Estará acompañado de Ethan en el patio trasero de Fred y Joyce. Estoy seguro de que les echarán un ojo a los niños.

Al final de la llamada, Mary Ellen todavía no ha decidido qué hacer, pero, entonces, Billy baja por las escaleras, con su bolsa de dormir enrollada bajo el brazo y su estado de ánimo todavía imposible de determinar.

—¿Estás seguro de que te sientes bien como para ir esta noche? —le pregunta—. Siempre podrías acampar el viernes siguiente.

—Supongo.

Mary Ellen suspira; desearía que su hijo le dijera lo que le sucede, que su marido estuviera aquí y no en Boston, y que pudiera ser como las demás esposas de Hemlock Circle para relajarse durante una sola maldita noche. Más que otra cosa, quería tener la capacidad de controlar todas esas cosas que están mucho más allá de sus posibilidades porque este nivel de preocupación, esta inquietud profundísima, agotadora y permanente, es excesiva.

—Está bien, entonces —dice, después de decidir que no quiere seguir luchando contra este punto en particular. Ya habrá otros a futuro. Más estados de ánimo, más ansiedad y más ganas de crecer, que es el problema particular de Andy. Lo irradia como si fuera el calor mismo de su cuerpo. Todo ello hace que Mary Ellen añore preservar a sus hijos como son en este momento preciso. Así, seguirían iguales para siempre y podría preocuparse menos en lugar de quedarse a un lado, sin más remedio que contemplar que crezcan, salgan de la casa y prosigan con sus vidas.

—Diviértete —le dice a Billy antes de añadir las últimas dos palabras que le dirá en su vida—. Ten cuidado.

Mientras mira a Billy desaparecer en el ocaso, los pensamientos de Mary Ellen regresan a Stacy, la muñeca de porcelana que tanto adoraba de niña. Para cuando cumplió los diez años, esperar el momento de la destrucción inevitable de Stacy se convirtió en más de lo que podía tolerar. En lugar de demorar el momento, de preocuparse e inquietarse y, al final de cuentas, terminar por perder a la muñeca antes de que estuviera preparada para despedirse de ella, Mary Ellen decidió que lo mejor sería tomar las riendas de la situación.

Una tarde entró a su recámara, bajó a Stacy de su estante y la sostuvo el tiempo que quiso. Luego, Mary Ellen besó a la muñeca en su delicada mejilla y estrelló su cabeza de porcelana.

Después de eso, dejó de preocuparse.

VEINTICINCO

Bebo otro sorbo de café mientras medito la posibilidad de que la madre de Billy sea la asesina. La detective Palmer tiene razón en cuanto a que la Sra. Barringer cumple con todas las características como para ser la responsable de la muerte de Billy. Es la probabilidad del hecho lo que me impide llegar a esa conclusión.

No, los Barringer no eran los mejores padres del universo. Blake Barringer estaba presente, pero ausente. Era uno de esos hombres de lo más inteligentes que jamás podía salirse del todo de su cabeza como para participar con el resto del mundo. Francamente, no puedo pensar en una sola ocasión en que hayamos hablado de manera individual, cara a cara, a pesar de haber tenido oportunidad de hacerlo en varias ocasiones.

Hablé mucho con la mamá de Billy, que era especial en su propio estilo. Incluso de niño, Mary Ellen Barringer me parecía frágil. En alguna ocasión, escuché que mi mamá la llamaba «un manojo de nervios». Algo poco caritativo, pero absolutamente cierto. Siempre parecía estar asustada, como si esperara ver un fantasma en cualquier momento.

La detective Palmer no estuvo allí cuando Mary Ellen Barringer arrastró a Andy a mi jardín y me rogó que recordara cualquier cosa acerca de esa noche. No vio el aspecto de la Sra. Barringer, que parecía un espectro ella misma en su camisón y calcetines dispares. No sintió su inesperada fuerza cuando me tomó por los hombros para tratar de sacudir los recuerdos de mi cabeza.

Esa era una mujer enloquecida por la pena, no por la culpa.

Al paso del tiempo, se puso tan mal que la tuvieron que internar poco después de que se marcharan de Hemlock Circle. Pocos años después, el Sr. Barringer falleció y enviaron a Andy, ahora un adolescente, a vivir con una familia sustituta.

Claro que, por otro lado, quizá fue todo lo contrario. Quizá la culpa hizo enloquecer a la Sra. Barringer y, en lugar de intentar hacerme recordar, lo que en realidad deseaba era que le revelara qué tanto sabía.

Antes de que se marche, le pregunto a la detective Palmer qué pasos siguen en el caso de Billy. No parece nada prometedor. Dada la condición de Mary Ellen Barringer, no hay mucho que se pueda hacer. La detective me indica que tiene planes de visitar a la Sra. Barringer en el hospital estatal, aunque los médicos ya le advirtieron que es probable que ni siquiera reaccione a su presencia.

—¿De modo que es posible que nunca sepamos quién mató a Billy? —le pregunto.

—Nunca diga nunca —me contesta—; sin embargo, a estas alturas, no parece que sea muy probable. A menos que surja alguna otra persona como sospechoso viable, es posible que tengamos que resignarnos a nunca saber lo que sucedió en realidad.

Una vez que la detective se marcha, regreso al piso de arriba y recojo mi cuaderno del piso. Sigue abierto en la página donde escribió Billy.

HAKUNA MATATA, AMIGO

Sé que fue Billy porque jamás compartí sus últimas palabras con nadie. Ni con Russ, ni con mis padres, ni con la policía. Ni siquiera con Claudia. Siguió siendo un secreto porque quise conservar algo de Billy únicamente para mí.

Solo para asegurarme, reviso la app de la cámara trampa de mi teléfono con la esperanza de que quizá haya tomado la fotografía del culpable cuando salía del bosque para entrar en la casa. Pero la mayoría de las fotos que se tomaron de anoche son de mí y de Fritz Van de Veer mientras hablábamos en el jardín. Aquellas en las que no aparecemos, no muestran ni sombras ni espectros ni tampoco a algún ser humano común y corriente. Solo un venado solitario comiendo pasto a las cinco de la mañana.

Dado que la cámara trampa no me ofrece ayuda alguna, cruzo el pasillo hacia mi vieja recámara y abro el ejemplar de Billy de *El libro gigante de fantasmas, espíritus y otros espectros*. Encuentro la página donde aparece su letra al margen y la comparo con lo que apareció en mi cuaderno. No coincide de manera perfecta, pero se le parece lo suficiente como para suponer, de razonablemente, que las palabras del libro y las del cuaderno fueron escritas por una misma persona.

Ahora que sé que Billy no está limitado al bosque, lo busco por todas partes de regreso a mi nueva recámara. En la sombra de detrás de la puerta. En la oscuridad de debajo de la cama. Después de una búsqueda exhaustiva que no rinde resultado alguno, me dejo caer en la orilla de la cama y me le quedo viendo al cuaderno. Me hace pensar en El Sueño y cómo en esta última oportunidad fue igual que todas las otras veces, excepto por ese milisegundo adicional en el que vi un borrón de movimiento justo afuera de la rasgadura de la tienda.

Un borrón que tengo que suponer que fue el asesino de Billy. Esa es la conclusión a la que parecen apuntar esta nueva versión de El Sueño y el mensaje de Billy en mi cuaderno, mucho más invasivo que solo una pelota en mi patio trasero.

Que de verdad sí vi al asesino de Billy.

Apenas un vistazo.

¿Fue la Sra. Barringer? Quizá. La detective Palmer parece creerlo, aunque es una sospecha que tiene pocas probabilidades de comprobar. Tal vez eso baste para una detective de la policía estatal sin ninguna conexión personal con el caso, pero a mí me resulta inaceptable. Llevo treinta años en busca de la verdad, sin poder dormir o sorprendido por El Sueño, que me despierta cuando al fin logro hacerlo. Me niego a existir de esa misma manera durante treinta años más.

Además, debo pensar en Billy. ¿Es posible que su alma

encuentre algo de paz si jamás se revela la identidad de su asesino? Imagino que no, y de allí la creciente intensidad de sus mensajes.

Billy ya no necesita que yo juegue a ser detective.

Necesita que recuerde.

Mientras sigo viendo el mensaje de Billy, con sus diferentes «A» triangulares, solo se me ocurre una manera en que eso pueda suceder.

Media hora después, me encuentro bañado, vestido y estacionado afuera de la tienda de Russ, que está abierta desde hace apenas un minuto. Russ me ve desde las cajas en cuanto entro y se apresura hacia mí.

—Hola, Jen me habló. La espantaste bastante esta mañana. ¿Está todo bien?

—Todo está perfecto —le respondo mientras camino al interior de la tienda.

Russ me sigue de cerca.

—¿Así que nadie entró a tu casa?

—Todo fue un malentendido.

—Entonces, ¿qué haces aquí?

Me detengo en la exhibición de la tienda de campaña ubicada al centro del piso de ventas. Es tan temprano que Russ no ha tenido tiempo de prender todos los accesorios que la hacen ver tan encantadora. No hay grillitos que canturreen desde las piedras falsas ni ventilador alguno que haga bailar las llamas de celofán en el fuego cercano.

—Quiero comprar esa tienda —digo.

VEINTISÉIS

Según las instrucciones, la tienda de campaña se puede armar en quince minutos.

Termina llevándome más de dos horas.

Incluso después de eso, sé que hice algo mal por la forma en que la tienda parece inclinarse un poco hacia delante, como si estuviera sobre una pendiente y no en el mismo parche de pasto en el que se encontraba una tienda parecida hace treinta años. Y, en efecto, con solo tocarla termina hecha un montón caótico de tela anaranjada.

Vuelvo a empezar desde cero. Considero esperar a que Russ llegue a casa para pedirle que me ayude, pero su comportamiento anterior en la tienda me dice que me ofrecería más preguntas que ayuda.

—Y, ¿para qué me dijiste que necesitabas la tienda? —me preguntó cuando me habló.

—Es para Henry Wallace —le digo, inventando la excusa en el momento con base en el recuerdo que tengo de Henry adentro de la tienda cuando visitamos a Russ días antes—. Pensé que quizá la disfrutaría.

Aunque eso parece tranquilizar a Russ por el momento, sé que le parecerá raro que levante la tienda de campaña en mi jardín sin que Henry esté por ninguna parte. De modo que lo hago a solas y me lleva apenas una hora armarla la segunda vez. A diferencia de la primera, se mantiene de pie, cosa que me enorgullece de manera irracional.

Cuando termino, me dirijo a la cocina, donde dejé mi teléfono, y veo literalmente cientos de alertas, todas ellas en la app de la cámara trampa. Claro. Como olvidé apagar la cámara, cada movimiento que realicé durante la mañana quedó capturado y se envió a mi teléfono. Reviso algunas de las fotografías y no puedo evitar avergonzarme de las imágenes de mí, sudoroso y furioso, peleándome con la tienda, antes de borrarlas todas.

El teléfono vuelve a emitir una alerta, esta vez causada por un ave que vuela frente a ella, lo que me da la oportunidad de ver la nueva perspectiva que me ofrece la cámara. Pasto en el primer plano, que se extiende hasta el inicio del bosque a las orillas del jardín, junto con la tienda de campaña. Bueno, parte de ella, por lo menos. Solo parte de la mitad del frente de la tienda alcanza a asomarse a la cámara, un triángulo anaranjado que sube hasta un pico que no se termina de ver.

No vuelvo a poner pie en el patio sino hasta que cae la noche y regreso a la tienda armado con una bolsa de dormir apestosa que encontré en el sótano y un cojín polvoso que saqué del clóset junto a la entrada. También me acompaña la linterna LED que mi papá utilizaba siempre que se iba la luz; mi cuaderno y una pluma, en caso de que Billy quiera volver a escribir algo; una bolsa de cuadritos con letras de un *Scrabble*, porque en alguna ocasión vi una película en la que un fantasma se comunicaba por medio de ellos; y una botella de bourbon barato porque estoy bastante seguro de que me comporto como un idiota.

No, es más que eso.

Estoy loco.

Absoluta y totalmente demente.

Sin embargo, mi comprensión de la situación —que enloquecí de manera completa y total— no me aleja de la tienda de campaña. Me quedo agazapado en su interior, mis hombros rozando cada lado de la misma mientras abro la botella y tomo un trago directamente de ella. En realidad, no es la mejor de las ideas. En especial si considero que la meta es crear un ambiente que despierte mis recuerdos al reproducir las cosas lo más idénticas posible a como fueron esa noche, en cuyo caso debería estar sorbiendo jugo de frutas de un envase de cartón desechable.

Después de un trago más de bourbon, me arrastro al interior de la bolsa de dormir, me acuesto de espaldas sobre el piso, y espero. ¿A qué? No sé. Casi sin duda, a nada. Apenas cinco minutos más tarde, empiezo a sentir que esta es una enorme pérdida de tiempo. Decido darle una hora; dos a lo más. No es como pudiera dormir si estuviera dentro de la casa.

—Vamos, Billy —mascullo—. ¿Quieres que recuerde algo? Entonces, ayúdame, porque solo tú sabes lo que pasó. Solo tú estuviste allí. Yo no vi absolutamente nada.

Dejo de hablar, principalmente porque no hay nadie que me escuche. Solo estoy yo… hablando conmigo mismo como si fuera un psicópata. Pero también me detengo porque no estoy del todo seguro de si lo que estoy diciendo sea cierto. Existe una muy buena posibilidad de que sí haya visto algo fuera de la tienda esa noche.

Y que esa sea la razón por la que Billy ha estado acosándome.

Billy necesita que yo recuerde lo que él ya sabe para contárselo a las personas que necesitan saberlo y para fungir como su voz ahora que carece de ella.

—Está bien —digo, supuestamente hablando conmigo mismo, pero dirigiéndome a Billy—. Haré mi mejor intento.

Me agito, incómodo. A pesar del cojín y de la bolsa para dormir, el piso es más duro de lo que esperaba, además de que está algo disparejo. Repto un poco a la izquierda en un intento por quedar más recto y miro el techo abovedado de la tienda.

Me percato de que es justo la misma perspectiva que tuve a mis diez años. Recuerdo ver las sombras que allí se concentraban, como lo hacen ahora. Una oscuridad amenazante que se iba acumulando en el interior de la tienda. Y, aunque despierta docenas de recuerdos: de mi madre sacando golosinas recién hechas en el horno y de la manera en que la entrada cerrada de la tienda atrapaba el calor de julio, ninguno de ellos me parece esencial. Por lo menos, no arrojan ninguna luz sobre los recuerdos difusos que aparecen en El Sueño.

Ese *crrrrrrrc*.

El momento en que sacaron a Billy de la tienda.

En definitiva, ni un asomo de la persona responsable de ambas cosas.

Vuelvo a acomodarme e intento comenzar de nuevo. Me doy cuenta de que mirar fijamente el techo de la tienda podría estar distrayéndome y de que, en su lugar, debería centrarme en la forma en que el espacio afecta mis demás sentidos. ¿Cómo suena y huele el interior de la tienda? ¿Cómo se siente? Al pensar en que la clave para liberar mis recuerdos está en el entorno de la tienda y no en las señales visuales de la misma, cierro los ojos y respiro profundamente algunas veces.

Después, me concentro.

Al principio, no noto nada más que el olor a tienda nueva que me rodea; una mezcla entre una bolsa de plástico y un guante de látex que es lo bastante poderosa como para hacer que me pique la nariz. Pero una vez que me acostumbro al aroma, empiezan a surgir otras cosas.

El canto de un solo grillo, más fuerte que el de los demás, lo que sugiere que está justo afuera de la tienda.

La sensación del pasto, que todavía puedo sentir debajo de la bolsa de dormir y del piso de la tienda.

El aire atrapado, inmóvil y caliente, que me cubre como una segunda bolsa de dormir. Empiezan a formarse gotas de sudor en mis sienes y tengo el primer recuerdo alucinatorio real de esa noche que estoy tratando de recordar con tanta desesperación.

Yo, encerrado en la tienda, esperando a que Billy llegue y preguntándome si eso pasará después de todo lo que sucedió antes, durante el día. La culpa se arremolinaba en mi estómago; una sensación con la que me familiarizaría de manera íntima al paso de los siguientes treinta años, pero que en aquel entonces, seguía siendo algo desconocido, inquietante. Recuerdo que me empecé a preocupar de que algo malo le hubiera sucedido a Billy. Que siguiera atrapado en la reja y que jamás lo volvería a ver.

Poco imaginé que eso sucedería poco tiempo después.

Afuera de la tienda, escucho un ruido. Un susurro de movimiento tan sutil que no estoy seguro si se trata de algo real o de un recuerdo. Después, vuelvo a escucharlo más cerca,y me pongo rígido al interior de la bolsa de dormir.

Algo acaba de entrar al jardín.

Vuelvo a escucharlo. Menos un susurro que algo que parece correr como aire sobre el pasto.

Muy adentro de mi bolsillo, un ruido irrumpe en mi teléfono.

¡Tin!

Mi cuerpo entero se tensa porque entiendo lo que significa.

Billy acaba de llegar.

Viernes, 15 de julio, 1994
8:05 p. m.

Ethan está agazapado al interior de la tienda de campaña a solas, temblando de nervios después de las horas más angustiosas de su joven existencia.

Todo empezó cuando regresó a la casa después de coincidir con los demás en cuanto a que no le dirían a nadie que habían pescado a Billy en el Instituto Hawthorne. Su regreso sorprendió a su madre, que sigue en la cocina mirando a la pared fijamente. Ethan esperaba que le preguntara acerca de la discusión con Russ, Ashley y Ragesh, que sin duda tuvo que presenciar desde la ventana de la cocina, pero no dijo nada. Tampoco mencionó que la había visto llorando en la cocina, un incidente que Ethan pensó que sin duda reconocería.

Por el contrario, su mamá solo se puso de pie y siguió adelante con su día, limpiando la cocina y preparando la cena. Todo con una tristeza silenciosa, pero palpable; su mal humor se evidenciaba en cada fuerte pisada y en cada cajón azotado. Incluso Barkley lo sintió, después de lo cual se refugió en la sala, donde permaneció mientras gimoteaba casi en silencio.

Ethan trató de evitarla retirándose a su recámara mientras su padre sacaba la tienda de campaña anaranjada del sótano para armarla en el jardín. Ethan lo observó desde la ventana de su cuarto, sorprendido al ver ese recordatorio de que acamparía con Billy en el jardín esa noche. Lo olvidó por completo. Se preguntó si lo mismo había sucedido con Billy. Claro, si es que Billy siquiera estaba por allí. Ethan no había tenido contacto alguno con él desde que fueron al Instituto Hawthorne, un hecho que permitía que toda serie de pensamientos negativos atravesaran su mente. Que Billy estaba en problemas... o que seguía atrapado en la reja de ese terrible mausoleo o, incluso, que estaba muerto. Si ese era el caso, sería por completo la culpa de Ethan porque había abandonado a Billy en lugar de enfrentarse al castigo junto con él.

Durante la cena, Ethan apenas comió, picando su solitaria rebanada de pizza de queso mientras luchaba contra sus náuseas.

—¿Qué no tienes hambre? —le preguntó su mamá y no en un tono de preocupación. Lo que Ethan pudo escuchar en su voz fue molestia, cosa que hizo que su estómago se sintiera todavía más revuelto.

—No mucha —dijo, apenas capaz de pronunciar esas dos sencillas palabras. Atrapado entre el impulso por confesarlo todo y el temor de meterse en problemas, le estaba costando trabajo siquiera hablar.

—No estarás enfermo, ¿o sí? —le preguntó su padre de una manera que pareció una especie de acusación.

—No.

—Porque si ese es el caso, debiste avisarnos para evitarme la tarea de armar esa estúpida tienda de campaña.

Ahora, mientras Ethan está sentado a solas dentro de la ya mencionada estúpida tienda de campaña, se percata de que ese hubiera sido el momento perfecto para admitir lo que había sucedido. Porque sus padres sabrán sin duda alguna que algo está mal cuando Billy no aparezca. Y entonces, Ethan, a pesar de haberles dicho a los demás que no diría nada, tendrá que admitir todo lo que sucedió.

Quizá debería hacerlo de una buena vez para deshacerse del problema.

Parte de él quiere hacerlo, en un intento de aliviar algo de la culpa que está sintiendo, pero otra parte quiere hacerlo porque sabe que también Billy estará metido en un lío. Si no lo está ya en este momento, y Billy claro que se lo merece, piensa Ethan con una repentina sensación de furia. Russ tuvo toda la razón cuando dijo que todo era culpa de Billy. Nada de esto hubiera pasado si no los hubiera llevado al Instituto Hawthorne.

Donde estuvo el día de ayer.

Cosa que no le dijo a Ethan.

Porque estaba demasiado ocupado haciendo migas con Russ.

Ethan empieza a temblar de nuevo a causa de todas estas emociones encontradas. Se siente arrepentido y culpable y asustado y furioso al mismo tiempo. Y, algo que lo atraviesa todo, experimenta una sensación de anhelo.

Desea seguir siendo el mejor amigo de Billy, como también quiere que Billy sea..., pues..., diferente. Cuando los Barringer se acababan de mudar a la casa de junto, Ethan se sintió intrigado por las excentricidades de Billy. Le resultaba refrescante conocer a alguien de su misma edad que fuera tan absolutamente él mismo. Ahora, Ethan se preocupa de lo que sucederá si Billy sigue siendo la quintaesencia de lo que es.

No que jamás se entere de ello. Después del día de hoy, estaría sorprendido si Billy volviera a dirigirle la palabra. Que es razón de más para armarse de valor y contarles todo lo que sucedió a sus padres.

Una vez decidido, Ethan se arrastra fuera de la tienda, solo para detenerse en el instante en que ve algo completamente inesperado.

Allí, parado e inmóvil al centro del jardín, está Billy.

VEINTISIETE

Sostengo el teléfono en mi mano temblorosa, demasiado nervioso como para revisar la aplicación de la cámara trampa, pero demasiado curioso como para ignorarla por completo. Una sensación de terror, densa y fría, se esparce por mi pecho mientras posiciono mi dedo índice sobre el ícono de la app de la cámara.

Billy podría estar justo afuera de la tienda.

La única manera de averiguarlo es constatándolo.

Cosa que todavía no estoy del todo seguro que quiera hacer. No es que le tenga miedo a Billy. A pesar de lo que dijo Fritz acerca de que los fantasmas podrían sentir rencor, sospecho que si las intenciones de Billy fueran lastimarme, lo habría hecho hace días. Sin embargo, tampoco estoy libre de temor. Comprensible, si consideramos que estoy lidiando con un fantasma.

Sea Billy o no, lo que esté afuera de la tienda de campaña sigue allí. Sigo escuchándolo entre el sonido de los grillos y no sabré cómo afrontarlo hasta que sepa de qué se trata.

Al picar la pantalla, la aplicación de la cámara cobra vida. Muevo mis ojos, centrándome en cualquier cosa, menos en mi teléfono. Veo las puntas de mis dedos, que se aferran a la orilla del mismo; observo el nivel de batería en la esquina superior derecha y, al fin, sin nada más en qué fijarme, me asomo a la pantalla a través de ojos entrecerrados y veo la ahora conocida imagen del jardín de noche y…

Un venado.

A poco más de medio metro de la tienda de campaña.

Pastando en el jardín.

Todo mi cuerpo, tan tenso que estaba a punto de reventar, se relaja de repente. Un suspiro de alivio se escapa de mi interior. Incluso emito una risita, ya que toda la situación resulta absurda.

El venado que está afuera de la tienda sale corriendo de manera repentina. Escucho el sorprendido golpeteo de sus cascos justo antes de que el teléfono, que sigue en mi mano, vuelva a emitir su alerta.

¡Tin!

Esta vez, no dudo ni un instante. De inmediato, mi vista se dirige a la pantalla y a la última fotografía que capta la cámara trampa.

Ya no está el venado, pero nada más ocupa su lugar. La imagen de mi teléfono muestra el jardín abandonado, los árboles detrás del mismo y la mitad de la tienda de campaña en la que me encuentro, que todavía abarca la porción izquierda del marco de la imagen.

Entonces, ¿qué activó la cámara?

¡Tin!

Aparece una nueva foto mientras todavía estoy analizando la anterior. Un cambio de imagen que resultaría desconcertante si las dos imágenes no fueran idénticas. Incluso, varío entre las dos, asegurándome de que no sean iguales.

No lo son.

Porque hay algo en la más reciente que no apareció en su predecesora.

Una breve sombra en el bosque.

Un poco más oscura que otras sombras cercanas.

Y de forma algo distinta, también.

Me acerco más y escudriño la imagen para observarla mejor.

¡Tin!

La imagen vuelve a cambiar y, esta vez, sí resulta impactante. Porque, en lugar de mostrarme el jardín vacío de siempre, la cámara acaba de capturar algo más.

Un rostro.

A centímetros de la cámara.

Viendo directamente a ella.

La imagen me hace brincar tanto que sacudo la totalidad de la tienda al tiempo que suelto una sarta de obscenidades.

—¡Maldición, carajo, mierda!

Justo afuera de la tienda, se escucha una voz conocida.

—Caray, Sr. Marsh, ese sí fue un montón de palabrotas.

Vuelvo a echar un vistazo al teléfono y me colapso, aliviado. No es Billy, sino otro niño de la misma edad... Henry. La tranquilidad dura muy poco porque las solapas de la tienda se abren de manera repentina, lo que ocasiona que suelte otro sorprendido «¡Mierda!».

—Otra palabrota —anuncia Henry mientras se asoma al interior de la tienda, las lentes de sus gafas reflejando el color anaranjado de la misma—. Veo que compró la tienda.

—Así es —digo, mientras aprieto una mano contra mi pecho en un intento por calmar mi agitado corazón—. La vi en la tienda y no me pude resistir.

Henry mira alrededor del interior y, en esa forma tan encantadoramente torpe que tiene, me dice:

—¿Me permitiría ingresar?

—Claro —Me muevo a un lado para que pueda acompañarme y me aseguro de ocultar la botella de bourbon debajo de la bolsa de dormir—. Ponte cómodo.

Henry entra a gatas al interior de la tienda y se acuesta con las manos debajo de la cabeza.

—¿Esto significa que estoy acampando en este momento?

—Supongo que sí —respondo—. ¿Nunca has ido a acampar?

—No. Mamá dice que les pasan cosas malas a las personas que acampan.

Aunque eso sin duda es cierto en Hemlock Circle, sé que no es el caso en otros lugares. De todas maneras, admiro el intento de Ashley por hacer que Henry evite acampar a toda costa. Es más seguro de esa manera.

—Yo acampé aquí un montón de veces cuando era niño —le digo antes de estirarme para recostarme junto a él. Me impacta lo alto que soy en comparación con Henry y me sorprende todavía más percatarme de que alguna vez fui igual de pequeño.

—Sr. Marsh, ¿no es extraño estar acampando en su propio jardín?

—No lo sé, Sr. Wallace —respondo mientras le doy un leve empujón con el codo—. ¿Usted opina que sea raro?

—A mí me parece padrísimo.

Vuelvo a levantar mi mirada a las sombras que se acumulan en el ángulo en que se unen los dos lados de la tienda y me cuestiono si fue inteligente comprarla. Tenía muchísimas esperanzas de que estar en la tienda reviviera los recuerdos de la noche en que se llevaron a Billy de alguna manera, pero mientras más tiempo permanezco aquí, más dudo que eso suceda. No es tan fácil recordar algo que tu mente insiste en bloquear. Décadas de fracasos terapéuticos me lo han enseñado.

—Puedes venir aquí cuando quieras —le digo a Henry y pienso que más me valdría convertir en realidad la excusa que le di a Russ para comprarla. Así, no será un absoluto desperdicio después de que mi extraño experimento termine por fracasar de manera inevitable—. Piensa en ella como en un sitio callado donde puedas leer... o donde puedas ocultarte de tu mamá.

Como si mencionarla la invocara, escucho pisadas en el pasto, seguidas de la voz de Ashley.

—¿Henry? ¿Dónde te metiste?

—Estamos aquí adentro —exclama el niño.

Diez segundos y un movimiento de tela anaranjada después, Ashley está de rodillas en la entrada de la tienda, mirándonos con curiosidad.

—¿Qué es todo esto?

—Estamos acampando —responde Henry.

Ashley dirige sus ojos hacia mí.

—Ya lo veo.

—Henry, quédate aquí un momento mientras platico con tu mamá. —Empiezo a arrastrarme fuera de la tienda, asegurándome de llevarme la botella de camino al exterior. Los ojos de Ashley se abren, sorprendidos, cuando la ve.

—No nos tardamos —añade.

Cruzamos el pasto y nos dirigimos a la cocina. Tan pronto como se cierra la puerta, Ashley exclama:

—¿Qué demonios está pasando, Ethan? Mandé a Henry a preguntarte si querías cenar con nosotros y, en vez de ello, los encuentro a los dos metidos en una tienda de campaña. ¿Desde cuándo tienes una tienda de campaña?

—Desde esta mañana —respondo—. Pensé que me podría ayudar a recordar.

—¿A recordar qué?

—Quién mató a Billy.

Ashley jala una de las sillas de la mesa de la cocina y se deja caer sobre la misma.

—¿Y de verdad crees que eso pase?

—No lo sé; probablemente no.

—Y, entonces, ¿por qué lo estás haciendo?

—Porque Billy me dijo que lo hiciera.

Ashley me mira con la boca abierta, sus ojos brillantes y preocupados.

—Y cuando dices que fue Billy, ¿me estás diciendo…?

—Que fue su espíritu —respondo.

—Correcto —dice Ashley al tiempo que asiente—. Eso es lo que me temía que estabas tratando de decir. ¿Y por qué el espíritu de Billy…?

—O fantasma —interrumpo—. Supongo.

—Claro. ¿Y por qué su fantasma, cosa que no existe, por cierto, te diría que hicieras todo esto? No, espera, hay una pregunta mejor: ¿Cómo te dijo que lo hicieras?

Termino por contarle todo lo que no le dije la otra noche, cuando le mencioné la idea de la presencia de Billy en la privada.

Lo de las luces de las cocheras que se prendieron y apagaron alrededor de la privada, lo de las pelotas en el patio e, incluso, le digo lo que Billy escribió en mi cuaderno, sabiendo que suena absurdo en el mejor de los casos y clínicamente demente en el peor de ellos. Sin embargo, me siento obligado a seguir adelante a pesar de todo, con la remotísima esperanza de que decirlo en voz alta lo haga parecer menos loco.

¿Qué tal si Billy quería que lo encontraran? ¿Qué tal si él hizo que sucediera?—termino diciendo.

—¿Pero por qué ahora? —responde Ashley—. ¿Por qué, después de todos estos años permitiría que lo encontraran? ¿Por qué ahora y no hace décadas?

Estoy a punto de perderla. Evidentemente. Empiezo a hablar más rápido.

—Porque sabía que yo estaba aquí; de vuelta en Hemlock Circle a tiempo completo por primera vez desde que desapareció. Y porque ahora quiere que averigüe lo que le pasó en realidad.

Ashley se queda callada un momento, tratando de absorber todo lo que acabo de decir. Su mirada de preocupación cambia un poco, de manera que parece cada vez más una mirada de miedo. Lo que no me queda del todo claro es si tiene miedo por mí o de mí.

—¿Y de verdad crees que el fantasma de Billy te está pidiendo que resuelvas su asesinato?

—Sí.

—Sabes que eso solo pasa en las películas, ¿verdad? —dice—. ¿Que, en la vida real, los niños fantasma no alientan a los demás a resolver sus asesinatos? Pero, digamos que tienes razón. Cosa que no es así porque esto es una completa locura de principio a fin, pero, por el momento, digamos que el fantasma de Billy está habitando tu jardín y le está arrojando pelotas. ¿Un fantasma dónde carajos conseguiría una pelota?

Una excelente pregunta que nunca tomé en cuenta y a la que no tengo manera lógica de responder.

—No lo sé —digo—. Pero ha estado pasando. Y no soy la única persona que lo notó. Oíste a tu papá la otra noche. Dijo que había visto a Billy.

—Y yo te dije que no le hicieras caso. La mitad del tiempo, mi papá ni siquiera sabe en qué año estamos —dice Ashley mientras su voz se quiebra un poco—. Hoy me preguntó qué iba a preparar mi mamá para la cena. Lleva años muerta, Ethan. Y fue como si lo ignorara.

—Lo siento —respondo.

—Y no sabes todo lo que está pasando. —Ashley lo dice sin enojo ni acusaciones y ni siquiera como para despertar mi compasión. No es más que una afirmación que deja ver profundidades insospechadas de infelicidad—. Y lo único que quería hacer, la razón por la que vine, fue para invitar a un viejo amigo a cenar con la esperanza de olvidarme de todo durante algunos minutos.

—Y, por el contrario, te topaste con un loco que te habló sobre fantasmas.

—No eres un loco —Ashley suelta un largo y exasperado suspiro—. La verdad es que sería mucho más fácil manejar todo esto si lo fueras, pero me doy cuenta de que lo crees en realidad.

—Así es —afirmo con una velocidad que me sorprende. Estamos hablando del fantasma de Billy, por amor de Dios. La idea misma debería hacerme dudar, al menos. Pero no es así... Ya no—. Aunque es una completa locura, lo creo porque, ¿quién más podría hacerlo? ¿Quién podría entrar en la casa, a pesar de que todas las puertas y las ventanas estén cerradas, para escribir en mi cuaderno algo que solo yo y Billy sabíamos que dijo?

Ashley me contesta con una triste sacudida de su cabeza.

—No lo sé.

—¿Y quién está arrojando pelotas a mi jardín... algo que Billy, y solo Billy, solía hacer?

—Alguien que te está jugando una broma muy cruel —dice Ashley—. O quizá seas tú, Ethan. ¿Lo habías pensado? Quizá tú lo estés haciendo y no lo recuerdes. Quizá has sido tú desde un principio.

La miro, pasmado por la implicación de sus palabras.

—¿Desde un principio? ¿Tú crees que yo tuve algo que ver con lo que le pasó a Billy? ¿Piensas que yo lo maté?

—¡Claro que no! —Se estira al otro lado de la mesa y busca mi mano para tomarla entre las suyas—. Sé que tú no lastimaste a Billy. Todo el mundo lo sabe; pero también sé que lo que le pasó te afectó más a ti que a cualquier otra persona fuera de su familia. Y pienso que, quizá, las cosas que han estado sucediendo no han ocurrido en realidad.

Arranco mi mano de entre las suyas.

—¿Piensas que lo estoy inventando?

—No —responde Ashley—. Pero pienso que es posible que lo estés haciendo sin saber lo que está pasando. Algo como sonambulismo. Tú podrías haber escrito en el cuaderno y tú podrías haber puesto esas pelotas en tu jardín, olvidándolo después por completo.

—¿Y por qué haría algo así?

—Porque quieres creer que es real; quieres creer que la gente puede regresar de la muerte y comunicarse contigo. De la misma manera en que quieres creer que todo esto solo se relaciona con Billy, cuando pienso que hay más mar de fondo.

—¿Qué quieres decir? —respondo—. Claro que tiene que ver con Billy.

—¿Y nada que ver con tu esposa?

Mi cuerpo entero pierde toda sensación. Cuando Ashley vuelve a tomar mi mano, apenas y puedo sentirlo.

—Sé lo que le pasó a Claudia, Ethan —me dice—. Sé que está muerta.

VEINTIOCHO

Al principio, no digo nada. No hay palabras que puedan resumir de manera adecuada lo que se siente perder a tu cónyuge. En especial cuando sucede de manera tan inesperada, cuando pensabas, de manera incorrecta, que les quedaban décadas juntos por delante. Sí, Claudia y yo estábamos atravesábamos un momento difícil cuando murió y discutíamos acerca de tener o no hijos, preguntándonos si, después de quince años de matrimonio, no éramos las personas que la gente pensaba que éramos.

Pero yo sí lo sabía.

Claudia, aunque cambió de muchas diferentes maneras, seguía siendo la misma persona a la que conocí en la universidad y no me quedaba duda alguna de que lograríamos resolver nuestros problemas. Y, cuando se fue después de la última pelea que tuvimos acerca de tener hijos, supuse que regresaría. Porque las últimas palabras que nos dijimos no fueron de furia, sino de resignación.

—Lo siento.

—Lo sé.

Pero Claudia no regresó.

Y, a diferencia de la desaparición de Billy, recuerdo todo a la perfección.

La llamada cerca de la medianoche. La sombría voz del policía que me dijo que habían encontrado a una mujer inconsciente dentro de un coche registrado a mi nombre. La enloquecida y constante ansiedad del viaje al hospital, el cuerpo sobre la camilla, la sábana blanca que levantaron, el rostro de mi esposa muerta.

El coche estaba estacionado frente a un adorable laguito al que a Claudia le gustaba ir para pensar. No hubo dramatismo alguno asociado con su muerte. No hubo ningún acto delictivo que perseguir. Murió de un aneurisma aórtico que nunca se detectó.

Y yo me quedé solo.

Eso sucedió hace un año.

Me quedé en el área de Chicago el mayor tiempo que pude, renuente a abandonar la casa que compartí con Claudia y el sitio en que estaba enterrada, pero después fue demasiado. El dolor. Mi pesar. El estrés de tratar de mantenerlo todo bajo control cuando cada átomo de mi ser quería desmoronarse. Así que cuando mis padres me dijeron que se iban a mudar y me sugirieron que regresara para hacerme cargo de la casa, dije que sí, aunque sabía que me esperarían los malos recuerdos relacionados con Billy.

Y eso es lo más irónico de toda la situación. Billy no fue la pérdida más devastadora de mi vida… fue Claudia. Y, al verme obligado a decidir qué memorias me sería más fácil enfrentar, elegí a Billy.

De haber sabido que Billy mismo seguía esperándome aquí…, bueno, quizá hubiera cambiado de parecer.

Por desgracia, no puedo cambiar lo que piensa Ashley.

—Crees que todo esto se relaciona con Claudia —digo, al tiempo que me limpio con un puño las lágrimas que amenazan con caer de mis ojos. Dios, me siento como un absoluto idiota. De lo más débil. Y eso, es sin que Ashley sepa que jamás cancelé el plan celular de Claudia. Que sigo marcando su número para escuchar su voz y fingir que no se ha ido. Que continúo enviándole mensajes de texto como si todavía estuviera allí para leerlos.

Y con Billy también —me responde—. El duelo es extraño. Puede hacerte pensar cosas que no deberías, o creer en cosas que, en el fondo, sabes que son imposibles. Y sospecho que quieres creer, con desesperación, que Billy sigue aquí porque eso significa…

—Que Claudia también podría regresar.

Estaría mintiendo si dijera que no se me ha ocurrido en

absoluto. Que esta experiencia con Billy es una señal de que, no lo sé, estoy tocado de alguna manera. Que si él puede enviarme mensajes desde el más allá, Claudia también podría hacerlo.

Pero, ahora, esa idea ha quedado algo alterada por las cosas que Fritz Van de Veer me dijo anoche. ¿Qué tal que Ezra Hawthorne tenía razón acerca de los diferentes reinos… El terreno, el espiritual y el de en medio? Si pudiera comunicarme con Claudia de alguna manera, ¿significaría que ella, al igual que Billy, no está en paz? En muchos sentidos, ese es un pensamiento mucho peor que saber que jamás podré hablar con ella de nuevo.

—Sé que es difícil enfrentar la muerte de alguien a quien amas —dice Ashley—. Yo quedé deshecha cuando murió mi mamá, y la extraño a diario; pero también aprendí a dejarla ir.

—¿Y si yo no puedo hacerlo? —digo.

—Por lo menos puedes tratar. —Ashley se levanta y me da un abrazo tan cálido y tierno que me rompe el corazón un poco cuando se acaba—. Tal vez ese sea el punto de todo esto. En lugar de que Billy esté tratando de hacerte resolver su asesinato, quizá sea tu inconsciente que te está diciendo que es momento de despedirte de los dos.

Se marcha después de eso. Regresa al jardín y pasa por Henry, que sigue en la tienda. El pequeño me saluda con la mano a través de la puerta del patio. Le regreso el saludo y pienso en lo que dijo Ashley. Quizá tenga la razón y yo sea el autor de todo lo que está pasando. No sé cómo podría olvidar que arrojé pelotas de beisbol al jardín de manera regular, pero no sería la primera vez en que mi memoria me haya fallado.

En cuanto a lo de decir adiós, estoy dispuesto a hacer el intento. No por mí, sino por Claudia. Sé que detestaría verme así; sé que querría que fuera feliz.

En lo que es mi recámara actual, me dirijo al clóset y saco una caja de cartón oculta en la esquina más alejada. Dentro, está la bolsa que Claudia llevaba con ella cuando murió. Una amable enfermera de la sala de urgencias me la dio y la colocó en mis insensibles manos mientras me dijo: «Quizá quiera revisar lo que tiene dentro en algún momento dado. No ahora, pero algún día».

Que resulta ser hoy.

Abro la bolsa y encuentro los lentes oscuros de Claudia, un paquete de chicle, su labial favorito. Saco su cartera y veo su contenido, mi corazón adolorido al ver su licencia de manejo y la foto que ella detestaba, pero que a mí me fascinaba porque mostraba su increíble sonrisa.

Al momento de su muerte, mi esposa llevaba consigo 26 dólares, junto con dos tarjetas de crédito; una que nunca tocaba y otra que utilizaba con frecuencia para comprar libros, flores frescas y ese queso caro que le encantaba comer junto con un vino igual de costoso.

Vuelvo a meter la cartera y encuentro lo que de verdad estoy buscando.

Su celular.

Aunque la pila se agotó hace mucho, utilizo el cargador de mi propio celular para regresarlo a la vida y, después, me dedico a revisar los mensajes de texto, empezando con los más recientes.

caminando por el bosque, pensando en ti
no puedo dormir. por supuesto
Claude, te extraño

Sigo pasando por todos ellos y reviso un año entero de mensajes que envié a pesar de saber que mi esposa jamás los leería. Algunos, como acabo de volver a ver jaws. sigue siendo fantástica, son de lo más insulsos. Otros, son como heridas abiertas:

te extraño tanto en este instante no puedo respirar

Veo fechas y horas, en busca de algún patrón en los momentos en que fui incapaz de resistirme a enviar un mensaje. Como las fiestas, por ejemplo. O el cumpleaños de Claudia. O muy tarde por las noches en que me era imposible dormir. Sin embargo, no existe ningún patrón. La extrañaba todo el tiempo. Y sigue siendo así.

Dejo de leer los textos cuando llego al primero que le envié a pesar de saber que estaba muerta. Dos semanas después de su funeral, a las 3:46 p. m.

no sé cómo hacer esto

Después de los mensajes de texto, vienen los que dejé grabados en su teléfono, con menos frecuencia, pero con la misma aleatoriedad. El más reciente es de apenas hace algunas noches. Lo escucho desde el avergonzado principio, «Hola. Soy yo de nuevo», hasta su desesperado, pero honesto final. «Claude, creo que Billy me está persiguiendo. Lo sé, es ridículo. Pero están pasando cosas rarísimas que no puedo...».

El último mensaje de voz es el más antiguo; lo envié minutos después de la muerte de Claudia, de la que aún no estaba enterado. Cuando lo reproduzco, el sonido de mi voz, tan cándida, tan esperanzada, hace que sienta un dolor tan intenso en mi pecho que temo que esté a punto de reventar.

«Hola. Oye, no sé dónde estás ni a dónde pensabas ir, pero pienso que, donde sea, deberías darte la vuelta para regresar a casa, porque te amo, Claude. Te he amado desde el momento en que te conocí y tu felicidad significa todo para mí. Mucho más que cualquier trauma estúpido que pueda tener por algo terrible que pasó cuando era un niño. De muchas maneras, pienso que lo que pasó con Billy solo me dio una excusa para evitar enfrentarme a las cosas que me asustan y convertirme en padre es algo que me asusta como no tienes idea. Pero lo que pasa es que tú eres mucho más valiente que yo; siempre lo has sido. De modo que si tener un bebé puede hacerte feliz, pienso que deberíamos hacerlo. ¡Tengamos un bebé!».

Lo que me parece más increíble es que logro aguantar la

mayor parte del mensaje sin llorar. No es sino hasta que escucho esas últimas tres palabras, «¡Tengamos un bebé!», que pierdo todo control. A medida que mis lágrimas fluyen, imagino una existencia en la que sucede todo lo que dije en el mensaje. Claudia regresa a casa, hacemos el amor y concebimos un niño. Nos preparamos y planeamos y hacemos que todo sea a prueba de bebés, y compramos demasiados muebles nuevos y, al fin, traemos a casa al bebé que crecerá hasta convertirse en alguien no muy diferente a Henry Wallace. Inteligente y amable y un poquitín raro. Alguien exactamente igual a mí y a Claudia.

Y, entonces, termina la fantasía y me veo de regreso en una realidad en la que estoy solo mientras me aferro al teléfono de mi esposa muerta. Más que adecuado, dado que, esencialmente, esa ha sido mi normalidad durante el último año. Imagino un futuro en el que permanezco congelado en esta misma posición, los años pasando veloces y yo exactamente igual.

Y es cuando me doy cuenta de que el momento para decir adiós es ahora mismo.

Saco mi celular y marco el número de Claudia. En mi otra mano, su teléfono suena y mi nombre aparece en la pantalla. Cuando la llamada se desvía al buzón de voz, me obligo a hablar.

—Hola, Claude. —La tristeza envuelve mi corazón cuando me percato de que quizá nunca vuelva a referirme a ella de esa manera—. Esteee, necesito decirte algunas cosas.

Y eso es lo que hago. Le digo lo mucho que la amo, que significaba todo para mí, lo feliz que me hizo a pesar de que hubo veces en que no se lo demostré. Cuando se me acaba el tiempo y el mensaje se interrumpe, sigo hablando.

Pasan varios minutos.

Después, una hora entera.

Y, después, termino.

Me despido por última vez.

Coloco el teléfono de vuelta en la bolsa de Claudia, que va de regreso a la caja de cartón, que vuelvo a colocar en la esquina remota del clóset. Después, tomo mi propio teléfono y borro toda la información de contacto de Claudia, un acto que vacía mi pecho de aire.

Se siente como una traición.

Y también como una liberación.

Aunque ya es después de la medianoche, decido no dormir en la recámara. Me parece demasiado solitaria, demasiado llena del dolor todavía reciente de dejarla ir. Así que regreso a la tienda de campaña con su almohada llena de bolas y su bolsa de dormir apestosa. Y, aunque no se comparan para nada con mi cama, me siento más cómodo acá afuera, sabiendo que Billy podría estar cerca, una silenciosa sombra en el bosque, y que Claudia quizá también esté aquí, en algún lugar. Como el fragmento de una nube en el cielo nocturno; como una estrella que parpadea si tan solo supiera dónde buscarla.

Cierro los ojos y los imagino a los dos, tan cerca y tan lejos, velando por mí mientras duermo.

VEINTINUEVE

Crrrrrrrc.

El final de El Sueño es tan ruidoso que estoy convencido de que sucede en tiempo real. Después de todo, me encuentro en una tienda de campaña, las paredes inclinándose hacia el piso junto a mí. Me incorporo de inmediato y muevo mi cabeza a un lado y al otro, revisando cada lado de la tienda, más que seguro de que veré una rasgadura que corra desde la punta hasta el piso.

Ambos lados están intactos; solo dos rectángulos de tela anaranjada brillan con la luz anterior al amanecer.

Junto a mí, mi teléfono salta a la vida con un sonido ya muy conocido.

¡Tin!

Al abrir la app de la cámara trampa, veo una hoja de papel que flota en la brisa mientras cruza el jardín. La cámara la atrapa a medio vuelo, la página suspendida en el aire como a un centímetro del piso.

Raro.

Busco mi cuaderno y mi pluma, que estaban en la tienda conmigo cuando me acosté a dormir. No puedo encontrarlos, incluso después de hurgar en todo lo demás dentro de la tienda. Debajo de la almohada, dentro de la bolsa para dormir. Se forma un nudo de ansiedad en mi pecho cuando, en lugar de encontrar la pluma o el cuaderno, me topo con otra hoja suelta de papel.

Se encuentra cerca de la base de la bolsa para dormir, junto a las solapas de la entrada de la tienda. Cuando la recojo, noto la forma en que está rasgada la orilla de la página, como si la hubieran arrancado de un cuaderno. Cuando la volteo, veo tres palabras garabateadas que me llenan de terror.

HAKUNA MATATA, AMIGO

Justo afuera de la tienda, encuentro otra hoja arrancada.

Y más hojas al fondo del jardín.

Docenas de ellas.

Regadas por todo el patio.

Cubriendo el pasto.

Todas con la misma frase, que parece estar burlándose de mí y pidiendo ayuda a gritos a un mismo tiempo.

HAKUNA MATATA, AMIGO

Doy vueltas alrededor del jardín, recogiendo cada página y apretándolas todas contra mi pecho. De alguna manera u otra, una de ellas está atrapada entre las ramas más bajas de uno de los árboles a la orilla del bosque. Mientras la agarro para juntarla con todas las demás, alcanzo a ver el cuaderno tirado cerca, sobre el piso del bosque. Todas las hojas, menos unas cuantas, se arrancaron del mismo. Lo recojo, mi estómago revuelto.

Estos eran algunos de mis pensamientos más profundos y oscuros, escritos en mitad de la noche, y ahora todos están pintarrajeados, rayados y aventados por todo el patio trasero. Si esto es obra de Billy, es más cruel de lo que jamás esperé.

Y si es obra mía, como lo sospecha Ashley, de verdad que estoy jodido de la cabeza, porque no tengo recuerdo alguno de haberlo hecho... ni tampoco se me ocurre por qué lo haría.

Pero si no fui yo, y no fue Billy, ¿quién carajos lo hizo? La única manera de averiguarlo, como solían decir los comentaristas deportivos cuando era niño y veía juegos de los Jets con mi papá, es recurrir a la videocámara o, en mi caso, a la cámara trampa.

Regreso a la tienda y a mi teléfono, que ahora tiene varias nuevas fotografías tomadas por la cámara, todas ellas mostrando cómo recojo las hojas arrancadas del cuaderno. Las paso con velocidad hasta que llego a la foto que vi por la mañana; la de la hoja solitaria flotando sobre el pasto. La anterior a esa, tomada varias horas atrás, muestra un mapache cruzando el pasto por la orilla del bosque. Después, otra fotografía de mí, de lo menos atractiva, mientras me meto a la tienda por la noche.

Y entre esas tres imágenes… nada.

O la cámara no sirve y decidió no funcionar de manera muy conveniente durante solo algunas horas, o alguien, ¿Billy? ¿Yo?, se escurrió hasta la parte de atrás de la cámara y la apagó mientras el cuaderno se tomaba y destruía.

Mientras más lo pienso, más sospecho que haya sido Billy, porque la marca de la fecha de la foto más reciente muestra algo de lo más importante.

Es el 15 de julio.

Justo treinta años después de que se llevaran a Billy.

Con razón está recurriendo a estas tácticas tan extremas. No se trata de crueldad; se trata de urgencia. Todo en un intento por enfatizar la importancia de este día. ¿Y esas palabras escritas en cada página? ¿Sus palabras finales? Sospecho que son un recordatorio para mí de todo lo que pasó esa noche hace treinta años.

No que necesite que alguien me lo recuerde.

Lo recuerdo todo.

Todo menos un solo detalle perdido, que resulta esencial.

Sigo viendo la marca de la fecha de la fotografía cuando tengo una revelación: la solución a la que le he estado dando vueltas desde que esa primera pelota terminó en mi jardín. De hecho, ha estado allí por décadas, visitándome por las noches de manera regular.

No basta con solo seguir teniendo El Sueño.

Si voy a recordar, si voy a saber de manera real e irrefutable lo que sucedió esa noche, necesito hacer más que eso.

En lugar de tener El Sueño, necesito revivirlo.

Viernes, 15 de julio, 1994
10:58 p. m.

—Uno —dice Ethan por tercera vez seguida, algo de lo menos común. Por lo general, él pierde una y otra vez mientras Billy, mucho mejor estratega, acumula puntos. Pero esta noche, Billy juega con desgano, distraído. Ya van dos veces que Ethan lo pesca olvidando decir «Uno» cuando solo le queda una carta, cosa que jamás ha pasado antes. Mientras cuenta sus puntos y ve que acaba de ganarle a Billy por primera vez en la historia, Ethan no se siente victorioso, sino desilusionado. Sabe que habría perdido si Billy estuviera jugando como de costumbre.

—¿La revancha?

—Nah… —responde Billy, lo que decepciona a Ethan todavía más. Esperaba que le dijera que sí, porque jugar Uno, aunque sea de esta manera, significa que no tienen que hablar acerca de lo que pasó esa tarde, un tema que han evitado de manera experta hasta este momento.

Ethan supuso que sería lo primero que Billy mencionaría al entrar en el jardín con su bolsa para dormir y su almohada. Incluso se preparó para ello, su disculpa ya formada dentro de su mente. Pero Billy no dijo nada cuando entró en la tienda y desdobló su bolsa. Así que Ethan tampoco lo sacó a colación, aunque era de lo más extraño no hacerlo.

Esta evitación siguió durante el resto de la noche: cuando se comieron las golosinas que les hizo la mamá de Ethan; cuando se pasearon por la orilla del bosque tratando de atrapar luciérnagas; y durante el juego entero de Uno, en el que Ethan le lanzó miradas constantes a Billy en busca de alguna señal de que estuviera enojado con él. Pero, aunque Billy no se veía diferente en absoluto, Ethan sabía que algo había cambiado. Parecía más callado, más lento, menos animado. Era como si el viejo Billy Barringer hubiera quedado atrapado en ese mausoleo y lo hubieran reemplazado con un modelo más reciente. Uno que carecía de todas las peculiaridades que hacían que Billy fuera especial.

Ethan se obliga a recordar que eso fue lo que deseó cuando estaba agazapado a solas dentro de la tienda antes de que Billy llegara. Una nueva versión de su amigo. Pero ahora que tiene enfrente a este Billy más tranquilo, Ethan cambia de parecer. Añora al viejo Billy, y si discutir lo que pasó durante el día hace que regrese, está más que dispuesto a hacerlo.

Pero sigue esperando.

Hasta después de que su papá da unos golpecitos al costado de la tienda y les dice: «Es hora de prepararse para dormir, chicos».

Hasta después de que los dos entran a la casa para cepillarse los dientes y lavarse la cara.

Hasta después de que su mamá sale al jardín, su aliento oliendo a vino mientras asoma la cabeza a la tienda y les pregunta si no necesitan nada antes de dormirse.

Ethan espera hasta que apaga la linterna y solo quedan Billy y él, metidos en sus bolsas para dormir, el silencio tan espeso y abrumador como la noche de verano. Finalmente, se hace tan insoportable que Ethan piensa que podría gritar si sigue un segundo más, dice en una voz que es apenas un susurro:

—¿Te metiste en algún problema por lo que pasó hoy?

—¿A qué te refieres? —dice Billy, cuando sabe justo a lo que se está refiriendo.

Ethan se incorpora.

—A cuando te atraparon. ¿Qué pasó? ¿Qué te hicieron?

—Nada —responde Billy como si estuviera de lo más aburrido; como si no pudiera creer que Ethan lo esté mencionando.

—¿El tipo ese del traje no estaba enojado? —pregunta

Ethan—. Parecía enojado.

—No lo estaba —responde Billy, dejando a Ethan en ascuas de nuevo.

—¿Pero qué te dijo? ¿Qué pasó?

—Nada —dice Billy, estirando la palabra como para darle énfasis: *naaada*—. Me dijeron que no debía estar allí y me dejaron regresar a casa.

Aunque esa respuesta no satisface a Ethan, sabe que, por lo menos, debería aliviarlo. Si no pasó nada, no hay razón para que se sienta culpable. Porque aquí todo está bien, ¿no? Pero la manera en que se está portando Billy le sugiere que sí pasó algo malo; o, por lo menos, algo que lo hizo cambiar de manera drástica.

—Entonces, ¿tu mamá no sabe lo que pasó?

—No.

—¿Y no le hablaron a la policía?

—No.

Esto deja a Ethan con solo una pregunta más que hacerle, no acerca de ese día, sino acerca del anterior.

—¿Por qué no me contaste que habías ido allí ayer?

—¿Y a ti qué te importa? —dice Billy al fin, incorporándose para que los dos queden cara a cara.

Ethan prende la linterna sin que le importe que sus padres puedan ver el resplandor de la tienda desde la casa. Por la manera tan extraña en la que se han estado comportando, lo más seguro es que ni siquiera les importe si lo ven.

—Porque se supone que nos contemos ese tipo de cosa. —*Y me hirió que no me lo dijeras* es lo que quisiera decir, pero el orgullo, la juventud y el rechazo a mostrarse vulnerable, incluso frente a su mejor amigo, evitan que lo haga. En lugar de ello, le pregunta— ¿Entonces, por qué fuiste?

—No me vas a creer —responde Billy.

El corazón de Ethan parece hundirse, porque sabe de lo que está hablando Billy. De eso que todos, menos él, comprenden que no es real.

—Crees que hay fantasmas allí.

—Sé que los hay —responde.

—Los fantasmas no… —Ethan se detiene, frustrado. Se pregunta si quizá sí haya pensado en serio que deseaba que Billy cambiara. Todo el día ha sentido cómo su vínculo se ha ido desmoronando poco a poco, como una cuerda desgastada llegando a su punto de quiebre.

—¿Por qué me dejaste allí? —dice Billy, susurrando la pregunta que Ethan estaba esperando.

—No fue mi intención.

—Saliste corriendo.

La voz de Billy se quiebra un poco mientras lo dice. Suena como un hipo doloroso que hasta Ethan puede escuchar. También piensa que puede oír algo más. No adentro de la tienda, sino justo afuera de la misma. Un sonido vago que podría ser un animal, aunque supone que los espantaría la presencia de la tienda con la luz de la linterna y las voces provenientes de su interior.

—Todos salimos corriendo —murmura Ethan, tratando de defenderse.

—¡Sin mí!

Ethan siente que lo embarga un intenso enojo.

—¡Porque ya habías estado allí antes! —grita ahora—. Fuiste allí sin decírmelo y te atraparon y ahora me estás culpando por ello. Aunque no debimos ir desde un principio. ¡Y lo sabías!

—Ya te lo dije: es porque hablan con…

—¿Fantasmas? ¡No existe tal cosa! No son reales, Billy. ¡Son estupideces!

Ethan se detiene en ese instante, impactado de que dijo una mala palabra en voz alta por primera vez.

—No son… —Billy no logra terminar, lo que hace que Ethan experimente una especie de cruel sensación de triunfo. A diferencia de él, Billy ni siquiera puede decir malas palabras.

—¿Por qué no puedes ser normal? —exclama—. ¿Por qué tienes que ser tan raro? ¿Por qué siempre tienes que ser tan extraño?

Si tanto te gustan los fantasmas, ¿por qué no simplemente te mueres y te conviertes en uno de ellos?

Billy reacciona como si lo acabara de abofetear. Su rostro refleja una mirada de confusión, su boca se abre y su vista parece perderse. Ethan piensa que puede ver lágrimas acumulándose en sus ojos. Un pequeño brillo en la luz de la linterna, que lo hace sentir ruin y mezquino y despreciable.

—Perdóname —masculla —. No lo dije en serio, Billy. De veras, te lo juro.

Pero es demasiado tarde. Las palabras se dijeron y Ethan sabe que ahora estarán allí para siempre, como un tenue fantasma que acosará su amistad. Si es que sigue existiendo después de esta noche. No culparía a Billy si jamás le vuelve a hablar.

Pero Billy sí habla y musita un tenue:

—No hay problema.

—Claro que sí lo hay —insiste Ethan—. No debí decir eso.

—Lo sé.

—Entonces, ¿me perdonas?

Al otro lado de la tienda, Billy finge una sonrisa.

—Hakuna matata, amigo.

TREINTA

—¿De verdad está seguro de que quiere que rasgue la tienda? —pregunta Cassandra Palmer, que está en el jardín, de pie junto a la tienda, con el cuchillo más afilado que pude encontrar en la cocina.

—Sí —respondo.

La detective Palmer ojea el triángulo anaranjado frente a ella.

—Pero es una tienda muy bonita. Se ve muy cara y, no le voy a mentir, me siento de lo más rara haciendo esto.

—No se lo tomaré a mal —le digo—. Se lo juro.

—Solo le estoy dando la opción de encontrar a alguien más.

—Usted es la mejor persona para hacerlo.

En realidad, la detective Palmer es la única persona que se me pudo ocurrir. Después de la charla que tuvimos anoche, sé que no puedo pedírselo a Ashley. Por un momento, pensé en Russ, pero me dio miedo de que se negara por lo extraño que resulta todo esto. Lo mismo en el caso de Ragesh. Lo que deja a la detective Palmer, a quien le hablé cuando iba saliendo del hospital estatal donde trató de entrevistar a Mary Ellen Barringer. No logró nada con eso. En palabras de la detective, la Sra. Barringer estuvo «más callada que un muerto con la boca cosida».

Ahora que está aquí, veo el valor de contar con un tercero imparcial que me brinde su ayuda. La presencia de la detective elimina el riesgo de que una presencia conocida pueda nublar los recuerdos que espero revivir.

Y esa no es la única precaución que tomé para crear el resultado deseado. En lugar de hacerlo en el instante en que tuve la idea, insistí en esperar a que cayera la noche. No quería que la presencia de la luz del día arruinara el experimento. También dispongo el interior de la tienda para que se acerque lo más posible a esa noche lejana. Dos bolsas para dormir, acomodadas una junto a la otra. La linterna colocada entre las dos almohadas. Incluso, trato de vestirme de la misma manera: shorts, camiseta y un par de tenis Nike.

Si esto no funciona, no será por no intentarlo.

Mientras la detective se posiciona junto a la tienda, le paso una foto de la imagen original que imprimí del internet más temprano. Es la famosísima foto. La que publicaron en todos los periódicos del país, donde mostraba la tienda con la oscura rasgadura que marcaba su costado. La detective le echa un solo vistazo y levanta las cejas, curiosa.

—En aras de la verisimilitud —le digo—. Trate de hacer que el corte se parezca lo más posible al que aparece en la imagen.

—¿Y qué pasa si lo hago mal?

«Entonces, todo esto podría no servir para nada». Algo que no le digo a la detective, que ya de por sí parece muy insegura.

—Repasemos esto una vez más —le digo—. Tiene que esperar…

—Hasta que esté dentro de la tienda —dice ella mientras asiente—. Y no tengo permitido decirle cuándo lo voy a hacer. Solo…

—Rasgue. —Estoy a gatas frente a la tienda, preparándome para entrar, cuando tengo una idea—. Quizá sea mejor que espere hasta que esté dormido.

La detective Palmer agita el cuchillo en el aire, confundida.

—¿Quiere estar dormido durante todo esto?

La ironía no es algo que este insomne pase por alto, pero me parece que es la mejor manera de hacerlo. Para revivir los recuerdos de la noche en que se llevaron a Billy, necesito repetir las cosas lo más cercanamente posible. Y dado que estaba dormido cuando pasó lo que más tarde llegaría a conocer como El Sueño, lo más lógico es que trate de dormirme en este momento.

—¿Y cómo voy a saber si está dormido?

No tengo idea de cómo responder a eso.

—Tendrá que improvisar —respondo—. Escuche cómo respiro. Eso le debería dar una buena indicación.

—Lo más seguro es que no debería decírselo, pero tengo algunos sedantes confiscados en mi bolsa —dice la detective, toda seriedad—. Tómese uno con un trago de *whiskey* y dormirá como bendito. Suele funcionarme a mí.

Aunque me siento muy tentado, y cada vez más intrigado por su vida personal, declino su oferta. Aquí la meta es despertarme al momento en que rasgue la tienda, no quedar inconsciente por completo.

—¿Estamos listos?

La detective me lanza una mirada.

—¿Alguna vez se puede estar listo para algo como esto, Ethan?

La respuesta es no; en especial con toda esta incertidumbre. No tengo idea de si recordaré algo en el momento en que rasgue la tienda. Ni siquiera sé si podré quedarme dormido. Pero por lo menos, tengo que hacer el intento. Esta noche, el trigésimo aniversario de la noche en que se llevaron a Billy, parece el momento más probable para que mi memoria produzca algo tangible.

—Bueno, allá voy —anuncio antes de entrar a la tienda a gatas y de cerrar el zíper tras de mí. Me muevo a la bolsa de dormir de la izquierda, el mismo lado en el que estaba cuando se llevaron a Billy. Me escurro al interior y doy un golpecito al lado de la tienda. Es la señal para que la detective Palmer recite las palabras que le pedí que me dijera una vez que estuviera listo.

Lo hace, aunque de manera reticente.

—Hakuna matata, amigo.

Me deslizo aún más en la bolsa para dormir y apago la linterna, dejando la tienda en absoluta oscuridad. Me quedo acostado y quieto un momento, absorbiendo la total oscuridad. Hay cierta pesadez; una sensación de espesura y opresión. Eso también describe el aire en el interior de la tienda, que al instante se hace más caliente gracias a las solapas cerradas. A causa de la oscuridad, del calor y de los sonidos veraniegos de julio que alcanzo a escuchar en el exterior, empiezo a experimentar una creciente sensación de familiaridad. Quizá no sea una representación exacta de lo que sucedió, pero se siente como esa noche.

Ahora, es momento de dormir.

Cierro los ojos y trato de vaciar mi mente de todo pensamiento. Me esfuerzo por enfocarme en todo lo que recuerdo que sentí esa noche. El hilo de sudor que caía por mi nuca. El grillo más cercano a la tienda, que sonaba muy fuerte. El olor; esa combinación dulzona y desagradable de tierra y aire encerrado, y de dos chicos después de un largo día de verano.

De manera increíble, parece estar funcionando. Me encuentro acercándome cada vez más al sueño a medida que todo lo que me rodea parece desaparecer gradualmente. Primero, las paredes de la tienda de campaña, seguidas con velocidad de la bolsa de dormir que me rodea y del piso sobre el que me encuentro. Mi almohada es lo último que desaparece en la nada y cuando eso sucede, me siento como un hombre flotando en el espacio.

Y, entonces, lo oigo.

Crrrrrrrc.

Mis ojos se abren de inmediato, tratando de ajustarse a una oscuridad diferente de la que imperaba cuando los cerré. Es menos intensa; como una neblina gris. Como si estuviera atrapado dentro de una película filmada en blanco y negro.

Solo que no es ninguna película.

Es El Sueño.

Y no lo estoy reproduciendo.

Estoy dentro de él.

Mis alrededores se vuelven más claros a medida que mis ojos se ajustan a la oscuridad. Sigo dentro de la tienda, solo que no es la que se encuentra en mi jardín en este momento. Esta es mi vieja tienda; la que la policía se llevó cuando tenía diez años.

Incluso me siento como si tuviera esa misma edad. Más liviano, más joven, menos apesadumbrado. Desaparece el peso de los treinta años adicionales y todo el estrés, la culpa y el dolor en el corazón que los acompañaron. En un sentido absoluto, me siento como solía ser, un hecho que me llenaría de dicha si no supiera lo que viene a continuación.

Pero sí lo sé.

Ese *crrrrrrrc* se aseguró de ello.

Miro a mi izquierda y hacia la bolsa de dormir que es un bulto con forma de Billy junto a mí. A su lado, hay una larga rasgadura que abarca la totalidad del costado de la tienda. Se parece tanto a una herida, que casi espero ver sangre brotar de ella en cualquier instante.

La pared recién cortada se mueve un poco y la rasgadura se abre. Solo un poco. Miro a través de ella, aunque sé que no voy a poder ver quién se encuentra del otro lado; nunca he podido hacerlo.

Pero en esta ocasión, hay algo distinto.

Alguien está allí.

Veo su rostro.

Lo reconozco.

Por la más mínima fracción de segundo, nuestros ojos se encuentran.

No.

No puedo determinar si digo la palabra o si solo la pienso. Me suena igual. Un ruido fuerte y enfático que me recorre por completo.

No.

No puede ser él.

Parpadeo, impactado, y todo desaparece. El pasado se ve reemplazado por el ahora y, a través de la rasgadura en la tienda nueva, alcanzo a ver un atisbo de la detective Palmer, que me contempla desde el otro lado, como si fuera una voyerista.

—¿Funcionó? —me pregunta.

En lugar de responderle, me arrastro fuera de la bolsa de dormir, abro la tienda y salgo al jardín. La detective Palmer me sigue mientras camino, dirigiéndome a la entrada de coches por el costado de la casa.

Cuando paso frente a la cochera, la luz de seguridad se prende desde arriba bañándome en luz, mi sombra estirándose hasta la banqueta. Se encoge cuando llego a la misma y vuelve a estirarse cuando sigo corriendo a la siguiente casa de la privada.

Sobre el patio delantero.

Cuando subo por las escaleras al frente.

Mientras golpeo a la puerta hasta que se abre un poco y Russ Chen me mira a través de ella con una expresión de nerviosismo. Viéndose, de hecho, como una versión mayor de la persona a la que vi a través de la rasgadura de la tienda hace treinta años. Esa visión doble, la que recuerdo y la que estoy viendo en este momento, me dice que estoy en lo correcto.

—Fuiste tú —digo—. Todo esto lo hiciste tú.

Sábado, 16 de julio, 1994
12:32 a. m.

Una.

Cinco.

Diez.

Russ Chen se colapsa sobre el piso, su pecho oprimido, sus brazos pulsando. Una sensación que ha aprendido a disfrutar después de su enésima serie de lagartijas del día. Lo que más le gusta es la manera en que aclara sus pensamientos. Cuando las está haciendo, no siente enojo alguno. No tiene esa sensación de inferioridad; solo la tensión de forzar su cuerpo más allá de su punto de resistencia.

Solo es después de que termina que los malos pensamientos empiezan a volver a colarse al interior de su cabeza. Los de Johnny. Los del plan casi sin duda inútil de volverse igual a él. Los de la forma en que Ethan elige a Billy y no a él en cada posible ocasión, aunque Billy no lo vale.

Ahora, se arrepiente de la manera en que estuvo siguiendo a Billy por todas partes más temprano en el día, mientras fingía que le agradaba porque pensó que haría que Ethan lo viera de manera diferente y decidiera que los tres podrían ser mejores amigos.

Porque siguen siendo solo Ethan y Billy los que están acampando en el jardín de Ethan. Russ lo sabe porque llevan haciéndolo cada viernes del verano. Pero ni una sola vez se lo han mencionado a él. Ethan no le ha preguntado una sola vez a Russ si también le gustaría acampar en su jardín.

Todavía acostado sobre el piso de su recámara, Russ se da cuenta de que los pensamientos de furia están dentro de su cabeza de nuevo. Ya no se están escurriendo; son una oleada completa. Hace otra serie de lagartijas —*una... cinco... diez*—, pero no sirve de nada. En lugar de tranquilizarlo, el golpeteo de su corazón lo hace sentir ansioso e irritable. Se pregunta si Ethan y Billy siguen despiertos. Si están hablando de él en este momento; burlándose de él.

Sin pensar del todo en lo que está haciendo, Russ sale de su habitación. Camina con el máximo sigilo por el pasillo, cuidándose de no despertar a sus padres que duermen en habitaciones separadas a cada lado del pasillo; una anormalidad que lo humillaría si alguien se enterara de ella. Baja descalzo por las escaleras y sale a su jardín, donde puede ver la parte superior de la tienda de Ethan asomándose por encima de los setos.

Todo le parece tan injusto que no quiere hacer otra cosa que entrar al jardín y destrozar la tienda para que Ethan y Billy no puedan volver a acampar allí sin él.

Cosa que, piensa, no es tan mala idea.

Empieza a idear un plan, que se desenvuelve en su cabeza como si fuera la película de un carrete. Si arruina la tienda de Ethan y convence a sus padres de que le compren una a él, podría invitar a Ethan a acampar el resto del verano.

Russ sabe que mientras más lo piense, más rápido se desmoronará el plan. Ya de entrada, empieza a tener dudas. ¿De verdad podrá convencer a sus padres de comprarle una tienda de campaña? ¿Su mamá de verdad le daría permiso de dormir afuera?

Así que deja de pensar.

Solo actúa: entra en la casa y saca un cuchillo del cajón de la cocina que está lleno de ellos. Toma el que piensa que sea el más filoso. Un cuchillo con el mango negro y una hoja delgada. Una vez que lo tiene en su mano, no hay nada que lo detenga. Las dudas que tuvo antes son un recuerdo distante, reemplazado por la sensación muy real de sus dedos envueltos alrededor del mango del cuchillo.

Regresa al patio y pasa por los setos hasta la propiedad de los Marsh, que parece plateada bajo la luz de la luna, casi como si fuera Navidad y no la mitad de julio. En ese brillo invernal se encuentra la tienda, ahora a oscuras y en silencio.

Russ se acerca a ella, da vueltas a su alrededor con todo cuidado y busca alguna señal de que Billy y Ethan sigan despiertos. No oye nada, de modo que se acerca más, ahora del otro lado.

Las dudas regresan en el instante en que Russ aprieta la punta del cuchillo contra el costado de la tienda. Una voz dentro de su cabeza —la de su madre, por supuesto— empieza a susurrar cosas que ya conoce.

«Esto está mal.

»Eres un buen chico, Russell. No eres como tu hermano, que es malo, que fracasó, que decepcionó a la familia de todas las maneras posibles».

Russ trata de bloquear la voz mientras la punta del cuchillo se desliza contra la tela de la tienda. Le sorprende lo delgada que es. Esperaba algo más grueso, más resistente. Lona. Pero esta tela parece tan delgada como la del papalote que su tía le regaló para su cumpleaños hace algunos años. El que su mamá terminó por tirar a la basura porque dijo que era demasiado corriente como para que volara.

Piensa acerca de ese papalote y de cómo jamás se usó porque su mamá decidió, por mero capricho, que no serviría de nada, y se pregunta si se siente igual acerca de él. Tal vez, en el momento en que Russ nació, lo vio, lo comparó con su hermano y decidió que era inadecuado. Y quizá Russ lo ha sabido su vida entera y se ha rebelado siempre que algo le recuerda que eso es cierto.

Que es inadecuado.

En todas las formas posibles.

Y que lo será el resto de su vida.

Russ cierra los ojos y saca la voz de su madre de su cabeza a fuerzas. Lo aleja todo. Cada pensamiento, cada emoción, cada recuerdo. Todos quedan desterrados hasta que solo quedan él y el cuchillo que tiene en la mano y la tela de la tienda, que se tensa bajo la punta de la hoja.

Y entonces, le da un empujón al cuchillo y la hoja atraviesa la tela.

TREINTA Y UNO

Russ me confirma que tengo la razón sin decir una sola palabra.

Puedo verlo en su expresión; la culpa descompone sus facciones. Cuando al fin decide hacer un intento por hablar, enfurezco y me lanzo contra su puerta. El movimiento desestabiliza a Russ y entro a la fuerza, abalanzándome contra él.

—Ethan, ¿qué carajos?

Choco contra él en medio del recibidor de la entrada sin que me importe que pese diez kilos más que yo, todo ello músculo. Lo empujo y jadeo y maldigo, y logro empujarlo por todo el recibidor solo porque está demasiado azorado como para reaccionar.

Responde una vez que logro ponerlo de espaldas contra una consola que se encuentra junto a las escaleras, las fotos familiares enmarcadas que están sobre ella cayéndose como dominós. El ruido despierta algo en él y empieza a tratar de alejarme de sí.

Primero, con un fuerte empujón.

Luego con otro.

Trato de luchar contra él y lanzo un puñetazo a su rostro. Russ lo bloquea sin problema alguno con su brazo izquierdo y me golpea justo en la nariz con su antebrazo derecho. Bufo de dolor mientras mi visión pierde nitidez, como una televisión que se llena de estática.

A través de lo poco que logro ver, me percato de que Russ viene por mí de nuevo.

Y de que la detective Palmer se mete entre los dos.

Termino impulsado contra una pared y me deslizo por la

misma hasta que caigo al piso. Me toco la nariz y me doy cuenta de que está sangrando. Aunque Russ me golpeó en el rostro, me duele todo el cuerpo. Sin embargo, nada me duele tanto como la traición que estoy sintiendo.

Por treinta años, Russ no solo fingió que era inocente; fingió ser mi amigo. Podría molerme a golpes en múltiples ocasiones y de todas maneras, no me lastimaría tanto como el dolor de saber que todo fue una vil mentira.

¡Tin!

El sonido surge de mi teléfono, al fondo de mi bolsillo. Lo ignoro, demasiado atolondrado, enojado y herido.

Mi visión se aclara lo bastante como para que logre ver a la detective Palmer en el centro del vestíbulo, sus brazos estirados a cada lado, como si fuera réferi en un cuadrilátero.

—¡Todo el mundo necesita calmarse en este instante! —grita en una voz tan sonora que hace que la esposa de Russ salga a la puerta de su recámara al tope de las escaleras. Sin detenerse ni un solo instante, la detective saca su identificación, la sostiene en alto y dice—. Policía estatal. Por favor, permanezca donde está.

—¿Russ? —pregunta Jennifer mientras se asoma por el barandal para ver al vestíbulo—. ¿Qué está pasando?

La detective Palmer nos mira tanto a Russ como a mí.

—Eso mismo estoy tratando de determinar.

—Estoy bien, Jen —afirma Russ mientras mantiene su vista fija en mí—. Es solo que Ethan está confundido.

Al otro lado del pasillo, el hijo de Russ, Benji, empieza a llamar a su madre. La detective Palmer también lo oye y le dice a Jennifer:

—Vaya a donde se encuentra su hijo y no salga sino hasta que yo se lo indique.

Jennifer se apresura a obedecer sus órdenes y la detective vuelve a mirarnos a los dos.

—¿Uno de ustedes podría decirme qué carajos está pasando aquí?

—¡Fue él! —Me duele hablar. Me duelen todos los dientes.

Corro mi lengua sobre ellos y se llena de sabor a cobre. Más sangre—. ¡Él lo hizo!

—¿Funcionó la cosa de la tienda? —me pregunta la detective.

Esta vez, solo asiento. Duele menos.

—¿Lo recordaste?

Vuelvo a asentir.

—¿Y él es la persona a la que viste?

—Fue Russ —digo, haciendo una mueca por el dolor de mi quijada—. Estoy seguro. Él fue quien rasgó la tienda.

Del otro lado del recibidor, Russ se recarga sobre la consola contra la que lo empujé, ahora inestable sin intervención física. Espero que, en parte, sea por mí.

—Es que tienen que entender —dice—. En ese entonces, no estaba del todo en mi juicio.

—Entonces, lo admite —afirma la detective Palmer.

—Sí.

¡Tin!

Mi teléfono de nuevo, que apenas noto mientras grito al otro lado del recibidor.

—¿Por qué?

—¡Porque siempre estabas con Billy! ¡No querías tener nada que ver conmigo!

—¡Era mi mejor amigo!

—Sí, eso lo dejaste muy en claro.

El teléfono vuelve a sonar, ¡Tin!, el sonido ahogado por la voz de Russ, que dice:

—No sabes lo mucho que he tenido que batallar desde esa noche.

—¿Tú? ¿Y cómo crees que me siento yo?

La furia me pone de pie cuando pienso en todas las maneras en que he sufrido. La culpa; el insomnio; El Sueño.

—Sé que también te lastimé a ti —dice Russ—. Y sé que todo te ha sido muy difícil desde que murió Claudia.

Empiezo a cruzar el recibidor con rapidez solo para verme

interceptado por la detective Palmer. Asido entre sus manos sorprendentemente fuertes, me le quedo viendo con furia a Russ.

—No metas a Claudia en todo esto; ni siquiera te atrevas. Tú todavía tienes una esposa; tienes un hijo. Yo no. Además, yo no maté a Billy. Eso lo hiciste tú.

Russ parece estremecerse ante la acusación.

—Un momento. ¿Eso es lo que crees? No le puse una mano encima a Billy.

—¡Pendejadas! —digo, como si tuviera diez años de nuevo y estuviera tratando de convencer a Billy de que los fantasmas no existen—. ¡Tú lo mataste!

La detective Palmer levanta una mano para silenciarme y voltea hacia Russ.

—Entonces, ¿me está diciendo que rasgó la tienda y que solo... se alejó?

—Sí, eso es exactamente lo que hice.

—Me cuesta trabajo creerlo.

Al igual que a mí.

—Si tú no mataste a Billy, ¿entonces por qué no le dijiste a nadie que tú rasgaste la tienda? Tuviste treinta años para hacerlo, pero de todas maneras no dijiste nada.

—Porque tienes razón —explica Russ—. Lo que le pasó a Billy es mi culpa. Si no hubiera rasgado la estúpida tienda, quienquiera que se escabulló para entrar en tu jardín quizá se hubiera seguido de largo. Pero no lo hizo. En lugar de eso, vio la rasgadura en el costado y se dio cuenta de que sería fácil acceder a quien fuera que estuviera dentro.

—Eso va a ser muy difícil de comprobar —dice la detective.

—Pero es la verdad.

—¿Tiene alguna prueba? ¿Qué le pasó al cuchillo que utilizó para rasgar la tienda?

Los anchos hombros de Russ se levantan y vuelven a relajarse.

—No lo sé.

—Pues eso de veras va a ser difícil de probar.

—Lo juro —sigue Russ—. Lo traje adentro conmigo después de salir del jardín de Ethan. Lo puse sobre el mueble de la cocina y subí a mi recámara para acostarme. Por la mañana, ya no estaba allí.

—¿Y jamás volvió a verlo? —pregunta la detective.

—No. Lo busqué cuando salió la noticia de que alguien se había llevado a Billy. Quise...

—¿Esconderlo? —digo, incapaz de detenerme.

—Sí —espeta Russ—. Iba a esconderlo porque me dio miedo de que me metiera en problemas si alguien se enteraba de lo que había hecho. Pero no pude encontrarlo. Ya no estaba.

—Los cuchillos no se esconden por sí solos, Russ —afirma la detective—. Si usted no lo hizo, ¿quién fue?

—Fui yo.

La voz baja flotando desde arriba, haciendo que los tres estiremos nuestros cuellos para mirar al tope de las escaleras, donde se encuentra Misty Chen, con una bata de seda atada a la cintura sobre una piyama blanca. Se ve vieja y frágil mientras empieza a bajar por las escaleras; como si hubiera envejecido veinte años desde que la vi esta mañana.

—Yo escondí el cuchillo —dice—, porque, en el fondo mismo de mi corazón, sé que mi Russ es un buen muchacho.

Sábado, 16 de julio, 1994
12:46 a. m.

Misty Chen oye cuando su hijo regresa, de la misma manera en que lo escuchó cuando se fue. Nada en esta casa pasa desapercibido para ella. Ya no. Lejos quedaron los días en los que Johnny se escabullía por allí sin que nadie lo notara, huyendo de la casa por las noches para envenenarse. Para cuando se percató de lo que había estado haciendo, era demasiado tarde y Johnny ya no estaba.

Ahora, se ha convertido en los ojos y oídos de la casa, por lo que ve todo y lo oye todo. Esa es la razón por la que se mudó al otro lado del pasillo después de la muerte de Johnny; la razón por la que dejó la cama que compartía con su esposo. Por el dolor que sentía, ya no podía darse el lujo de distraerse a causa de sus noches inquietas, dando vueltas en la cama, ni por sus ronquidos.

Necesitaba el silencio para poder estar atenta.

Para poder estar al tanto de los pequeños cambios que suceden cuando alguien de la casa está haciendo algo que no debería. Que es justo lo que Russ está haciendo en este momento. Deslizándose a través de la cocina y subiendo por las escaleras de puntitas.

Misty sigue su progreso basándose en el sonido de sus pisadas. Ese rechinido significa que está sobre el tercer escalón, y ese aparente quejido le dice que está en el sexto. Escucha una especie de ráfaga de aire; Russ, dando vuelta sobre el rellano, antes de escuchar dos rechinidos más, el segundo una octava más agudo que el primero. Los últimos dos escalones.

No se levanta de la cama sino hasta que oye el sonido de la tabla del piso que está justo afuera de la recámara de Russ. En el momento en que cierra la puerta de su cuarto, Misty abre la del suyo, decidida a averiguar lo que su hijo ha estado haciendo. Cuando salió de su recámara, el ruido —tan sonoro en su mente como el disparo de un cañón y no como el sonido de un chico pisando las tablas sueltas del piso— la despertó de un profundísimo sueño. Se incorporó en la cama, sus oídos atentos a cada ruido delator cuando Russ bajó las escaleras, salió y volvió a entrar.

Misty sabe que la mayoría de las madres lo hubieran seguido de inmediato. Russ tiene diez años; sin razón alguna para salir de la casa en mitad de la noche. Pero Misty aprendió su lección con Johnny. Mientras más abierta se mostraba en sus pesquisas, más astuto se hizo, hasta que sus acciones se hicieron casi invisibles para ella. No va a repetir el mismo error en el caso de Russ. Lo mejor es hacerlo pensar que no está prestando atención cuando, de hecho, lo ve todo.

Sabe, por ejemplo, que esta tarde estuvo en el bosque con sus amigos y que regresó alterado por alguna razón; que estuvo de malas la noche entera. Está segura de que tiene algo que ver con el chico Marsh.

Cuando baja al piso inferior, Misty sabe que debe evitar todo aquello que la alertó a los movimientos de Russ. Se anticipa a las secciones del piso que rechinan y evita los escalones defectuosos. En la cocina, no hay nada fuera de lugar más que un cuchillo que, de manera incongruente, está sobre el mueble de la cocina.

Verlo suena varias alarmas al interior de su cabeza. ¿Qué demonios estuvo haciendo Russ?

Misty examina el cuchillo y siente alivio al verlo limpio de comida y, su preocupación principal, de sangre. La idea misma de contemplar que Russell fuera capaz de apuñalar a alguien la llena de vergüenza. Es un buen chico, pero ya ha asistido a demasiadas conferencias de padres y maestros relacionadas con el tema de los enojos de Russ como para saber que representan un problema. Incluso, ya lo empezaron a mandar a terapia una vez a la semana, aunque eso no parezca hacer ninguna diferencia. El cuchillo que tiene entre sus manos es prueba de ello. Las razones por las que su hijo se sintió impelido a tomar un cuchillo, y lo que pensaba hacer con él, no le quedan tan claras. En lugar de preguntarle a Russ al respecto, Misty decide monitorear la situación durante algunos días. Quizá para ese entonces haya pasado lo que tuviera en su cabeza y tal vez no fuera nada de importancia desde un principio.

Satisfecha con su plan, Misty lava el cuchillo, lo seca con una toalla de papel y lo oculta debajo de su propia cama. Se va a dormir en la feliz inconsciencia de lo que está por venir.

Sin saber que en unas cuantas horas, escuchará todo acerca de la tienda rasgada de al lado y de la ausencia del niño Barringer.

Que al instante sabrá que Russ tuvo algo que ver con ello, que usó su mejor cuchillo para rasgar la tienda y que tal vez lo haya utilizado para hacer algo todavía peor.

Que jamás le mencionará sus sospechas a nadie, incluyendo a su marido y a su hijo, prefiriendo la ignorancia al conocimiento por primera vez en su vida.

Que jurará hacer lo que sea necesario para ayudar a Russ a mejorar, sea por medio de más terapia, de mayor atención o de evitarle las mismas presiones que ejerció sobre su hermano.

Que una vez que salga a colación que la policía estará cateando todas las casas de Hemlock Circle en busca de un arma potencial, sacará el cuchillo de donde lo tiene oculto para enterrarlo en su jardín... a tal profundidad que nadie jamás lo encontrará. A tal profundidad que, al paso del tiempo, olvidará que allí es donde se encuentra.

Pero en la noche en la que cubre el cuchillo con tierra, Misty pensará en Johnny y en ese momento, después de perder a uno de sus hijos, se negará a perder a otro más.

TREINTA Y DOS

Las luces de la patrulla que se lleva a Russ arrojan un brillo multicolor sobre Hemlock Circle. Estoy de pie en mi patio delantero, viendo cómo el exterior de la casa de los Chen cambia de rojo, a azul, a blanco intenso, y otra vez a rojo. Las luces empiezan a apagarse cuando la patrulla empieza a alejarse de la banqueta, una oficial uniformada tras el volante. En el asiento del pasajero junto a ella se encuentra Ragesh. Russ está en el asiento de atrás, su vista fija en la parte de atrás de la cabeza de Ragesh, su expresión confusa.

Imagino que me veo igual, parado aquí frente a mi entrada. Atolondrado y exhausto, con sangre aún secándose sobre mis manos y mi camiseta. Siempre supuse que si alguna vez averiguaba lo que de verdad le había pasado a Billy, me sentiría aliviado. Que la carga de ignorancia se eliminaría; que por medio de ese cierre, lograría empezar a sanar. En lugar de eso, lo único que siento es tristeza. Aparte de perder a un amigo, acabo de perder a otro más.

Porque no puedo creer lo que dijo Russ acerca de que solo rasgó la tienda y se alejó. Es demasiado conveniente, demasiado dependiente sobre la idea de que alguien más entró al jardín y vio la oportunidad dorada para llevarse a Billy. Las probabilidades de que esa sea la verdad son como de mil millones a una.

Delante de la patrulla va el vehículo de la detective Palmer, que está abriendo camino a lo que, sin duda, será otra noche muy larga. Siguiendo a ambos vehículos, una camioneta lleva a las dos señoras Chen; a Jennifer y a Misty. Ninguna de las dos voltea a verme cuando se alejan de la entrada. La única persona en el vehículo que reconoce mi presencia es Benji, relegado al asiento de atrás, igual que su padre. A diferencia de Russ, Benji me mira por la ventana de atrás y me lanza un breve saludo con la mano mientras el carro se aleja de Hemlock Circle.

Al verlo marcharse, no puedo evitar pensar que le acabo de arruinar la vida al pequeño. Cosa irónica si considero que su padre me arruinó la mía… en dos ocasiones. La primera, al meterse a la tienda y llevarse a Billy; la segunda, al fingir que no lo hizo por treinta años.

Cuando se marchan todos los vehículos, me enfoco en el resto de Hemlock Circle. Otros ya salieron de sus casas para ver el drama. Los padres de Ragesh, Mitesh y Deepika, están de pie al final de la entrada de autos de su casa. A dos puertas de distancia, Fritz y Alice Van de Veer están parados sobre el escalón frente a su puerta. Todos ellos voltean a verme con miradas acusatorias.

Todo esto es mi culpa.

No podía dejar de hurgar y, ahora, la vida en Hemlock Circle está patas arriba una vez más.

Ya no soy bienvenido aquí.

Una vez que los Patel y los Van de Veer regresan a sus casas, sale alguien de la casa en medio de ambas.

Ashley.

Deja su puerta abierta por completo mientras corre al otro lado de la privada. Hay un asomo de ansiedad en su voz cuando me llama.

—Ethan, ¿has visto a Henry?

—No —respondo, sorprendido por la pregunta. En primeras, ¿Ashley no se dio cuenta de lo que estaba pasando en casa de Russ? Y en segundas, ¿por qué pensaría que Henry está conmigo?—. ¿No está en casa?

—Pensé que lo estaba —dice Ashley—. Pensé que se encontraba en su cuarto, leyendo o algo, pero cuando fui a revisar, no estaba.

—¿Y no tienes idea de dónde podría estar?

Ashley sacude la cabeza.

—Busqué por toda la casa. Mi papá tampoco lo ha visto. Pensé que quizá vino para acá a ver lo que estaba pasando con la policía. ¿Estás seguro de que no lo has visto?

Estoy más que seguro, cosa que no significa que no esté por alguna parte de por aquí. Estaba demasiado centrado en ver que la policía se llevaba a Russ de su casa como para prestarle atención a algo más. Hay grandes posibilidades de que no haya visto a Henry caminando por la privada.

—Tiene que estar por alguna parte de aquí —afirmo. De repente, recuerdo las alertas que vinieron de mi teléfono mientras confrontaba a Russ, cada una de ellas diciéndome que algo sucedía en el jardín. Sin duda a causa de Henry.

—Creo que sé dónde está —digo, al tiempo que saco mi teléfono y verifico la app de la cámara trampa. Y en efecto, hay tres nuevas fotos. Doy un golpecito para ver la primera que se tomó: es una imagen de Henry mientras entra a la tienda. A medio movimiento, trae un libro en su mano y voltea hacia la cámara con una mirada de culpabilidad. Un chico que sabe que lo acaban de atrapar haciendo algo que no debería, aunque ese algo sea tan inocente como escaparse para leer en una tienda de campaña en un jardín por la luz de una linterna. Lo único que debería hacerlo sentir culpable es que está preocupando a su madre.

Le muestro la imagen a Ashley, que suelta un bufido de alivio.

—¡Gracias a Dios! Perdón si me puse como loca.

—Es más que comprensible.

Nos dirigimos hacia el jardín y damos la vuelta por el lado de la casa junto a la cochera. Cuando llegamos, nuestro movimiento dispara la luz de seguridad, que prende con un brillo sorprendente. No pierdo de vista el hecho de que toda esta larga y extraña semana comenzó con unas luces parecidas que se empezaron a prender y a apagar por toda la privada. Ahora que todo esto llegó a su fin, se siente algo brumoso. Como un sueño, aunque no se trate de El Sueño.

—Lo de la policía en casa de Russ —dice Ashley con voz callada—, ¿tuvo algo que ver con Billy?

—Sí —le digo, sabiendo que una sola palabra no se acerca para nada a la totalidad de la historia.

El jardín está en la más absoluta oscuridad excepto por una luz que brilla al interior de la tienda. Es la linterna LED, que la hace brillar como si se tratara de una fogata. Imagino a Henry en su interior, estirado sobre una de las bolsas para dormir, sosteniendo su libro cerca de la linterna para leer mejor. Es solo cuando Ashley se acerca a la tienda que me percato de que algo en la escena no está bien.

—Ashley, espera.

Pero es demasiado tarde. Está apenas a algunos centímetros de la tienda y frente a la cámara trampa. El teléfono en mi mano emite una alerta y recibo una imagen fija de la acción que está sucediendo frente a mí.

Ashley frente a la tienda.

Abriendo las solapas.

Asomándose al interior mientras dice:

—Vamos, Henry, es momento…

Deja de hablar mientras procesa lo que yo ya sé. Si Henry estuviera dentro de la tienda, habríamos visto su silueta desde afuera. Pero no hubo ninguna silueta, ninguna sombra. Solo el brillo ininterrumpido de un interior por completo vacío, excepto por un delgado libro de bolsillo colocado con las hojas hacia abajo.

—No está allí —afirma Ashley, el pánico adueñándose de su voz de nuevo. Voltea a ver el jardín, su cabeza sacudiéndose como si se tratara de un ave sorprendida. Incluso sus movimientos son reminiscencias de algún ave. Levanta y deja caer sus brazos de manera impotente.

—¡Henry! —grita hacia la oscuridad.

—No caigamos en pánico —le digo, aunque siento cómo se apodera de mí también. Me veo impactado por una extraña sensación de *dèjá vu*, como si me hubieran arrojado hacia el pasado, treinta años atrás. En mi pecho siento el mismo terror que experimenté en la mañana en que desperté para encontrar que Billy no estaba. Además de sorpresa, tengo confusión, incertidumbre y un creciente temor que sé que se convertirá en pánico absoluto si no hago algo al respecto.

Corro hacia Ashley y yo también activo la cámara. Escucho el más leve de los clics mientras toma mi imagen, que se sigue de la alerta casi instantánea a mi teléfono.

¡Tin!

El sonido me recuerda las dos alertas adicionales que recibí mientras confrontaba a Russ. Dado que una mostraba a Henry ingresando en la tienda, es posible que las otras lo muestren saliendo de la misma y la dirección en la que se movió después.

Levanto el teléfono y abro la app mientras reviso las imágenes más recientes. Cuando llego a las que estoy buscando, mis piernas casi ceden debajo de mí.

—¿Qué pasa? —pregunta Ashley—. ¿Qué ves?

Sostengo el teléfono para que pueda ver lo que capturó la cámara trampa: una figura oscura que trae una chamarra con capucha —uno pensaría que se trata de un hombre— que está abriendo la rasgadura al lado de la tienda para ingresar en ella.

Ashley ahoga un grito y, aterrada, me hace revisar la siguiente imagen de la cámara. Mi índice tiembla de manera incontrolable mientras recorro la imagen para ver la siguiente. En la foto, Henry y la figura oscura están parados afuera de la tienda. El hombre tiene a Henry tomado de la mano con fuerza, a lo que el chico parecería estarse resistiendo. El rostro de Henry muestra una mueca desafiante mientras mira de manera directa hacia la cámara, sabiendo que enviará la imagen de inmediato hasta mi teléfono.

Un plan de lo más inteligente de su parte. Y hubiera funcionado, si no fuera por dos cosas que salieron mal. La primera es que no revisé mi teléfono sino hasta que fue demasiado tarde... Y la segunda es que la mirada de Henry hacia la cámara también concientizó al hombre de la misma.

Junto con Henry, mira hacia la cámara, pero su rostro está algo borroso por su intento de voltearse con velocidad.

—Dios mío —exclama Ashley cuando le muestro la imagen—. ¿Quién es ese?

Estudio el rostro del hombre, impactado al darme cuenta de que se parece a una foto que he visto cientos de veces. Y aunque la imagen de progresión de edad en el sitio de NamUs no logra captarlo con absoluta precisión, el parecido familiar es suficiente como para que pueda reconocer, sin duda alguna, a la persona que estuvo en mi jardín hace algunos minutos.

Pero no estoy viendo una imagen de Billy.

Se trata de su hermano.

TREINTA Y TRES

Sigo mirando fijamente la pantalla en una especie de animación suspendida mientras todo lo demás cae en su sitio. Claro que no era el fantasma de Billy el que estaba acosando en el bosque. No fue su espíritu el que colocó las pelotas en el jardín, ni garabateó en mi cuaderno. No fue Billy a quien Vance Wallace vio corriendo a través de su propio jardín, algo que debí adivinar desde un principio, dado que Vance jamás mencionó su nombre. Siempre se refirió al «chico Barringer».

Andy Barringer.

De carne y hueso.

Fingiendo ser su hermano muerto por razones que no puedo siquiera tratar de comprender.

El verme engañado de tal manera es algo que consumiría mis pensamientos si no fuera porque hay asuntos más importantes.

Primero, Andy está *aquí*.

No desaparecido, sino en Hemlock Circle.

Y lleva aquí varios días. Por lo menos desde que se encontraron los restos de Billy al fondo de las cataratas. Lo sé porque a la mañana siguiente apareció la primera pelota en mi jardín, cosa que desató toda esta cadena de sucesos.

Ahora, tiene a Henry, un hecho que me hace entrar en acción de inmediato. Empiezo a cruzar el patio y me dirijo hacia el bosque.

—Creo que sé dónde están.

Le diría algo más a Ashley, pero es demasiado complicado como para explicárselo. En este momento, solo necesito que confíe en que sé lo que estoy haciendo. Al parecer, así es, porque está justo detrás de mí mientras avanzamos a toda velocidad a través del bosque. La oscuridad nos rodea en el instante en que nos adentramos entre los árboles. Dirijo la linterna de mi teléfono hacia el piso frente a nosotros. Ashley hace lo mismo, el bosque confuso bajo la intensa luz.

—Están en las cataratas, ¿verdad? —pregunta Ashley.

—Ajá —respondo, porque ese es el único sitio al que puedo pensar que iría Andy. Es donde sospecho que se ha estado quedando todo este tiempo. Pienso de nuevo en mi viaje hasta ellas. En la puerta abierta del granero, en las pisadas sobre la tierra, incluso en la lata de atún. Todas, señales de que alguien se estaba refugiando en los terrenos del Instituto Hawthorne.

Y, aparte, claro, está el hecho de que allí es donde encontraron a Billy. Su lugar de reposo durante treinta largos y solitarios años. Se siente más que adecuado que todo conduzca hasta ese maldito lugar. Tan correcto que casi parece inevitable.

Ashley y yo no decimos palabra mientas seguimos nuestro camino por el bosque. Hay muchísimo ruido y los insectos aquí dentro no cantan, casi gritan. Los enloquecidos chirridos suenan como miles de sirenas mientras iluminamos nuestro camino, cuidando por dónde vamos, centrados solo en llegar hasta las cataratas lo más rápido posible. Cuando llegamos al camino que marca la mitad del recorrido, ninguno de los dos se detiene para ver si viene alguien. Son segundos preciosos que no podemos darnos el lujo de desperdiciar. Solo salimos volando del bosque como nadadores que salen del agua para respirar antes de hundirnos de nuevo en el lado contrario.

Poco después, nuestras luces detectan algo frente a nosotros. Es la pared, que se ve más que ominosa por la noche.

Damos vuelta a la derecha y la seguimos hasta que llegamos a la brecha en ella. La atravieso primero y Ashley me sigue de inmediato, respirando con la misma fuerza que yo, su aliento caliente sobre mi nuca.

Al otro lado de la pared, los ruidos nocturnos del bosque se acompañan del lejano rugido del agua, que aumenta con cada paso que damos. Una vez que dejamos de escuchar cualquier otra cosa, sé que llegamos.

Al salir de entre los últimos árboles, dirijo la luz del teléfono directamente hacia la saliente. Alumbrados por su brillo están dos personas.

La primera es Andy Barringer.

Es más grande de lo que sugerirían las imágenes de la cámara trampa. No solo más alto, sino más corpulento. Un físico derivado de arduos trabajos, no de un gimnasio. Sus ojos son grandes, redondos y atentos. Como los de un búho. Lo hacen parecer sobrenatural; casi fantasmagórico.

Andy se mueve hacia un lado y revela a Henry en la misma orilla de la saliente, muy pequeño y muy impotente. Sus manos están atadas juntas, con cuerda a la altura de sus muñecas, lo que da la terrible impresión de que se trata de alguien a quien están obligando a caminar por la plancha.

Ashley grita su nombre cuando lo ve.

—¡Henry!

El pequeño parece cobrar vida.

—¿Mamá?

—Aquí estoy, amor —exclama Ashley mientras empieza a correr en su dirección. La detengo y susurro en su oído.

—Espera; no sabemos lo que planea hacer.

Más arriba, sobre la saliente, Andy coloca un brazo alrededor de los hombros de Henry; podría estar haciéndolo para evitar que caiga o para evitar que escape. En la oscuridad, es difícil saberlo.

Lo único que sé, sin lugar a dudas, es que Andy no está interesado en Henry.

Soy yo a quien quiere en realidad.

Henry solo fue la manera de hacerme llegar hasta acá.

—Déjalo ir, Andy —digo, tratando de calmar mi voz. De todas maneras, mi pánico parece subrayar cada palabra. Es un leve temblor que no puedo ocultar—. Ya estoy aquí. Eso es lo que querías,

¿no? ¿Tú y yo en el sitio donde encontraron a Billy?

—Y en el trigésimo aniversario de su muerte —dice Andy—. Que no era parte del plan, pero que por supuesto se siente más que correcto.

Me arriesgo a tomar un paso hacia la saliente. Cuando Andy no reacciona, tomo otro más.

—¿Y cuál es el plan? Sé que no es lastimar a Henry. Él no tiene nada que ver con esto.

—Pero tenía que lograr que vinieras hasta aquí de alguna manera, ¿no? —pregunta Andy.

Mi estómago da un vuelco al mismo tiempo que me abruma la lástima que siento por Andy Barringer. Ha tenido que soportar un dolor inimaginable. Su hermano desapareció de un momento a otro, su padre murió y su madre empezó a hundirse poco a poco en la locura. Es demasiado como para que lo tolere una sola persona y, sin embargo, nada de eso excusa lo que está haciendo en este momento.

—Entiendo lo que estás pasando —le digo a Andy—. Lo que le sucedió a Billy me afectó en un sinfín de maneras que ni siquiera te puedo describir.

—Entonces, imagina cuánto peor fue para mí. —Empieza a correr una ligera brisa que levanta un mechón de su cabello. Al fin se parece al chico de siete años que siempre nos rogaba a Billy y a mí que le permitiéramos venir con nosotros—. Billy era tu amigo, pero no tu hermano. No sabes lo que se siente que de repente falte alguien a quien amas, a quien admiras; que formaba parte constante de tu vida.

Está equivocado. Sí lo sé. Se llamaba Claudia.

—Pero sí sé lo que es extrañar a alguien —respondo—. Extrañar tanto a esa persona que a veces te parece imposible seguir adelante y, sin embargo, lo haces. Y sé cómo es que ese dolor nos obliga a hacer cosas que sabemos que no deberíamos.

Me acerco un paso más, mis manos levantadas para que Andy pueda verlas. Cuando no trata de detenerme, sigo acercándome.

Lentamente.

Muy lentamente.

Como si la vida de Henry dependiera de ello.

Cosa que podría ser.

Una vez que me encuentro sobre la saliente, me quedo atrás y mantengo una distancia suficiente como para que Andy no haga nada precipitado. Ahora que estoy más cerca de Henry, me doy cuenta de lo valiente que es. Con sus lentes chuecos sobre su nariz, veo que está intentando contener su llanto; está asustado, pero permanece en calma. Y, gracias a Dios, está ileso, a excepción de algo de enrojecimiento ocasionado por la cuerda que rodea sus muñecas.

—Todo va a estar bien, Henry —le digo—. No voy a dejar que te pase nada.

Henry asiente y espero que de verdad me crea, porque no estoy del todo seguro de lo que digo. Estoy preocupado por lo cerca que Andy lo tiene a la orilla de la saliente. Echo un rápido vistazo a las cataratas que se encuentran más abajo, el agua de su base espumando en la luz de la luna.

—Vamos —le digo a Andy—. Suéltalo.

—Por favor —dice Ashley a mis espaldas—. Es un buen chico, Andy.

—No voy a lastimarlo —afirma Andy—. Demasiados niños de su edad han salido lastimados en este lugar.

—Supongo que quieres hablar acerca de la noche en que Billy murió —digo—, así que deja que Henry vaya con su madre y podemos hablar.

Andy oprime su brazo alrededor de los hombros de Henry.

—O podemos hablar con él aquí mismo.

—Está bien —digo, dado que no tengo otra opción—. ¿Cuándo te enteraste de que habían encontrado el cuerpo de Billy aquí?

—Poco después de que sucedió. Me lo dijo una ex, una de las enfermeras de mi mamá.

Recuerdo que Ragesh mencionó que la policía, al suponer que los restos en la base de las cataratas eran los de Billy, trataron de informarle a su familia de inmediato. Dijo que la enfermera hizo el intento de comunicarse con Andy, pero que no sabían si lo había logrado. Es evidente que lo hizo.

—Tan pronto como se enteró, me dejó un mensaje —dice Andy—. No sabía dónde localizarme ni lo que estaba haciendo. Resulta que me encontraba apenas al otro lado de la frontera del estado en Pensilvania, trabajando en una granja. Renuncié y vine hasta acá. Para mi enorme sorpresa, tú también estabas aquí. De modo que, desde ese momento, he estado… merodeando.

Una descripción más que apta de sus acciones, si consideramos que Andy pasó la mayor parte de la semana oculto en el bosque, observándome. Ahora sé que él fue la persona sombra que captó la cámara trampa y que casi sin duda estaba agazapado a la orilla del bosque. Lo que no acabo de comprender es por qué. Si quería hablar, pudo haberse revelado. En lugar de ello, siguió escurriéndose entre el Instituto Hawthorne y mi jardín, por lo general con una pelota de beisbol en la mano.

—¿Y por qué las pelotas? —le pregunto.

Andy sonríe.

—La tercera le pertenecía a Billy. La guardé todos estos años. Las otras las compré en la tienda de tu amigo Russel. Él mismo me las cobró y jamás fue capaz de reconocerme.

—Si las dejaste en el jardín para llamar mi atención, funcionó.

—Quería más que eso —responde—. Justo como en este momento, necesitas hacer más que solo hablar. Necesitas recordar.

Por lo menos tuve la razón en cuanto a eso. Quizá estuve equivocado acerca de quién fue el responsable de todo lo que sucedió, pero la meta fue que recordara lo que pasó esa noche. Incluso sé por qué. Pienso en esa mañana, en la que la Sra. Barringer entró a mi jardín mientras arrastraba a Andy tras de sí, rogándome que recordara. Jamás dejé de preguntarme qué tanto lo habría afectado a esa tierna edad. Cómo debe haber quedado grabado como con fuego en su recuerdo. Cómo envenenó su cerebro.

—Pero no necesitamos a Henry para que eso suceda.

—Al parecer, sí. Dado que arrojar pelotas a tu jardín como lo hacía Billy no funcionó y que entrar en tu maldita casa con la llave extra que tenía mi mamá tampoco sirvió, me quedó claro que necesitaba hacer algo más drástico.

Andy jala a Henry más cerca de él, como si fueran viejos amigos. Sin embargo, el brillo en sus ojos es todo menos amistoso.

—Claro que recordé —respondo—. Me sorprende que no lo sepas ya, en especial porque me has estado siguiendo.

Y de la nada, Andy suelta a Henry, que se bambolea por el repentino movimiento. Se acerca más a las cataratas antes de enderezarse y de tomar un paso inseguro hacia adelante para alejarse de la orilla de la saliente. Andy actúa de inmediato y agarra a Henry por el cuello de su camisa para arrastrarlo a su lado de nuevo.

—Dime —dice Andy.

—Lo haré —hago un movimiento en dirección a Henry—. Una vez que sepa que está a salvo.

Andy vuelve a rodear los hombros de Henry con su brazo, esta vez con todavía más fuerza.

—No. Ahora.

—Fue Russ Chen —balbuceo—. Él rasgó la tienda de campaña y después, lastimó a Billy.

Detrás de mí, Ashley emite un grito sordo y me doy cuenta de que ella tampoco lo sabía. Estoy seguro de que la presencia de la policía en casa de Russ la hizo sospecharlo, pero es diferente a escuchar la confirmación del hecho en voz alta.

Pero el hermano de Billy no parece sorprendido en lo más mínimo. Más bien, parece confundido.

—No, no lo hizo. Es posible que Russ Chen rasgara la tienda, pero creo que alguien más mató a Billy.

Doy un paso hacia él, movido por la curiosidad.

—¿Por qué?

—Porque estuve allí, afuera de la tienda —Andy me lanza una mirada, retándome a que lo dude—. Y oí lo que le dijiste a mi hermano.

Sábado, 16 de julio, 1994
12:47 a. m.

Andy se despierta de un sueño intranquilo y apesadumbrado, con la sensación de que no ha dormido en absoluto. Los sucesos de más temprano esa misma noche no dejan de dar vueltas por su mente, un recordatorio tan potente como las hojas de pasto que siguen pegadas a las plantas de sus pies.

El pasto se sintió fresco entre los dedos de sus pies mientras caminaba hacia los setos que se levantaban entre el jardín de su casa y el de los Marsh.

El jardín que empezó a vigilar después de que su mamá lo mandó a la cama.

El jardín que visitó una vez que ella se fue a dormir esa misma noche.

Andy tiene permiso de quedarse despierto después de su hora habitual de dormir porque su mamá sabe que se ha sentido excluido todo el verano. No hay niños de la edad de Andy en la privada, lo que lo obliga a pasar los inacabables días de vacaciones jugando a solas mientras Billy se pasea por donde quiera con Ethan.

Pero una hora extra de televisión no le basta a Andy. Quiere estar en mitad de la acción, como su hermano. Le parece de lo más injusto que Billy jamás lo deje acompañarlo y que ni siquiera le cuente lo que ha estado haciendo. Él también quiere experimentar las cosas, aunque sea de manera vicaria. Así que, si no podía ir a acampar, por lo menos podría disfrutar viendo a Billy hacerlo.

Gracias a la localización de su cuarto, en la esquina del segundo piso, con una ventana viendo hacia el bosque y la otra ofreciéndole una vista lateral del jardín de los Marsh, podía ver la tienda de campaña color naranja de Ethan y la forma en que brillaba como si fuera una llama abierta cuando estaba prendida la linterna en su interior. Incluso, podía ver la silueta de los dos chicos dentro de ella, borrosa e indistinta.

Al verlos, Andy podía imaginar lo que estaban haciendo, lo que platicaban y cómo se sentiría ser mayor y tener un mejor amigo. Siguió pensando acerca de esas cosas mucho tiempo después de que la tienda quedara a oscuras y, cuando empezó a brillar de nuevo, un triángulo inesperado de luz en mitad de la noche de julio, su curiosidad fue demasiada como para resistirla.

Así que se escabulló hacia afuera y cruzó los setos de uno de los jardines hacia el otro. Andy no planeaba quedarse mucho tiempo. Aunque su papá y su mamá estaban dormidos, sabía que se metería en serios problemas si lo atrapaban afuera a esas horas. Solo quería echar un vistazo a la vida de Billy. Y también a la de Ethan. La vida de cualquier chico mayor que le parecía tanto impactante como ilimitada.

Pero mientras se acercaba a la tienda, Andy empezó a sospechar que estaba equivocado al respecto, porque Billy y Ethan se estaban peleando, y sus voces sonaban inmaduras y asustadas. En especial la de Ethan, mientras decía cosas que sorprendieron a Andy.

Estupideces.

Raro.

Extraño.

Lo que lo impactó no fueron las palabras en sí. Incluso a su edad, Andy había escuchado muchos insultos. Lo que lo desconcertó fue la manera en que las dijo Ethan. Había un trasfondo de vileza que Andy jamás asoció con Ethan antes. Y no le gustó para nada. En especial lo último que dijo.

«Si tanto te gustan los fantasmas, ¿por qué no simplemente te mueres y te conviertes en uno de ellos?».

Cuando se dio la vuelta para alejarse de la tienda y correr de vuelta a la casa, Andy escuchó la voz de su hermano, sin saber que sería por última vez.

«Hakuna matata, amigo», dijo Billy.

Nada de qué preocuparse.

Pero Andy no puede evitar preocuparse mientras da vueltas en su cama. ¿Así es ser mayor? ¿Esa es la manera en que se hablan los mejores amigos? Y sobre todo, ¿lo que dijo Ethan, lo dijo en serio?

Esa última pregunta es la que sigue con él cuando se queda dormido y permanecerá con él durante mucho tiempo. Estará allí por la mañana, cuando sus padres lo sienten para informarle que alguien se llevó a Billy; estará allí cuando los detectives con nombres y rostros y placas intercambiables le pregunten si vio algo sospechoso la noche anterior, cualquier cosa.

Andy se mantendrá en silencio acerca de lo que oyó que dijo Ethan porque todo el mundo le dice que se llevaron a Billy y que lo más probable es que haya sido un desconocido que lo secuestró después de rasgar la tienda.

Pasan años antes de que Andy empiece a dudar de esa teoría y más años todavía antes de que genere una propia. Para ese momento, su padre estará muerto, su madre estará internada y Andy Barringer, mucho mayor de lo que su hermano llegó a ser, no tendrá a nadie a quien contársela.

TREINTA Y CUATRO

Me tambaleo hacia atrás cuando escucho las palabras de Andy. Me golpean sin piedad, con mayor fuerza de la que me golpeó Russ. El que siga de pie es un pequeño milagro. Cuando hablo, mi voz ofuscada me parece extraña.

—¿Oíste lo que le dije?

—Cada palabra —me confirma Andy—. Y he pasado la mayor parte de mi vida preguntándome si se lo dijiste en serio... y creo que sí. Creo que fue tan en serio que trataste de hacer que se convirtiera en realidad, aunque no puedas recordar que lo hiciste.

Estiro una mano y no toco más que aire, deseando que hubiera algo tangible contra lo que pudiera detenerme. Porque ahora lo comprendo todo. Andy quiere que recuerde, sí; pero hay algo más que está buscando.

Quiere que confiese.

—¿Piensas que yo soy quien mató a Billy?

—Eres la única persona que pudo haberlo hecho —responde.

—Jamás lastimaría a Billy; lo quería.

—¡Pero te oí! —grita Andy, la saliva volando de sus labios—. Esa noche estuve en tu jardín. Justo afuera de la tienda. Escuché las cosas que le dijiste. Que era raro; que se muriera. Eso no sonó como si lo quisieras, Ethan. Era odio, simple y sencillo.

—No... fue...

Frustración, inmadurez, crueldad.

Eso es lo que le quiero decir, pero no tiene caso, porque las cosas que le dije a Billy esa noche fueron terribles. Y aún peor, fueron imperdonables. Saber que alguien más las escuchó hace que la culpa se agolpe en mi pecho con tal fuerza que pienso que mis costillas se colapsarán por el esfuerzo.

—No debí decirle esas cosas, lo sé, y he pasado los últimos treinta años deseando no haberlas dicho. —Me acerco más a Andy, mi mano estirada con la esperanza de que la tome, con la esperanza aún mayor de que me crea—. Pero nada de lo que le dije fue en serio. Y, lo que es todavía más importante, yo no maté a Billy.

Andy lo medita, los engranes de su mente dando vueltas detrás de esos ojos enormes y fantasmagóricos. Después, asiente y dice:

—Quizá esto te obligue a decirme la verdad.

Pasa uno de sus brazos alrededor de la cintura de Henry y en un movimiento fluido y escandalosamente rápido, lo levanta en vilo y lo sostiene más allá de la orilla de la saliente.

—¡No! —grita Ashley mientras corre en su dirección. Me doy la vuelta y la detengo por los hombros, obligándola a darse la vuelta para que no vea a Henry, que cuelga impotente de los brazos de Andy.

Sus lentes se deslizan por su nariz y desaparecen hacia la oscuridad debajo de él.

—¡Mamá! — chilla—. ¡Ayúdame!

Doy dos pasos más hacia Andy y le ruego.

—Déjalo ir. Por favor. Si quieres que confiese, eso haré.

—¡Fui yo! —grita Ashley, las palabras haciendo eco a lo largo y ancho del oscuro bosque.

Andy se congela.

Y Henry también lo hace.

Solo yo me muevo y volteo lentamente para enfrentarla.

—Ashley, no. No necesitas mentir para salvar a Henry.

—No es mentira, Ethan —Ashley me mira a los ojos, su rostro exhibiendo miles de emociones encontradas—. Todo es verdad. Fui yo. Yo maté a Billy.

Sábado, 16 de julio de 1994
12:48 a. m.

Billy necesita toda su fuerza de voluntad para no llorar hasta quedarse dormido y, aunque lo logra, está llorando por dentro. Una cascada de lágrimas que brota de su roto corazón y fluye por sus costillas.

Todo a causa de lo que Ethan le dijo.

No importó que su mejor amigo se disculpara de inmediato, o que Billy aceptara su disculpa con un casual «Hakuna matata, amigo». Los dos sabían que algo terrible se había pronunciado en la tienda de campaña esa noche y que ninguna cantidad de disculpas podría revertirlo. No significaba que Ethan y él no siguieran siendo mejores amigos; pero algo cambió de manera irrevocable, un hecho que a Billy le hace sentirse más triste y solo de lo que jamás se ha sentido en toda su vida.

Y, sin embargo, se queda dormido. Al menos por un momento. Durante la noche, despierta de vez en cuando y ve al otro lado de la tienda la figura de Ethan, que está dormido, consumido por la necesidad desesperada de sacudirlo para despertarlo y hacerle jurar una y otra vez que no quiso decir las cosas que le dijo. Al igual que sus lágrimas, Billy lucha en contra de su impulso y se duerme de nuevo, solo para despertarse unos minutos después, con el mismo deseo ardiente en su corazón.

La última vez que se despierta, sus ojos permanecen cerrados. En la bolsa para dormir junto a él, Ethan se mueve, lo que hace pensar a Billy que está despierto. Considera decir algo, las dos sílabas de su nombre formándose sobre sus labios, a punto de pronunciarlas.

Pero entonces escucha algo.

Un sonido en el pasto justo afuera de la tienda.

Se sigue de un ruido que Billy no logra reconocer. Un sonido tan extraño que lo congela de terror, sus ojos cerrándose con fuerza.

Crrrrrrrc.

Junto a él, Ethan vuelve a moverse. ¿Lo habrá oído también? Billy quiere verificar si Ethan está despierto, pero tiene demasiado miedo de abrir los ojos.

Minutos después, siguen cerrados, aunque ahora Billy siente aire contra su rostro. Un asomo de frescura que atraviesa el aire estancado dentro de la tienda. La sensación supera su miedo y siente la curiosidad suficiente como para abrir los ojos al fin.

Y es cuando la ve: una larga rasgadura a lo largo del costado de la tienda.

Billy se le queda viendo, pasmado y confuso y cerca de mil otras emociones. Pero la que más destaca es asombro.

En su mente, hay una sola cosa que pudo haberla hecho.

Un fantasma.

Uno que le era desconocido hasta ese momento; uno que no está mencionado en su libro gigante. No le sorprende nada a Billy que un espíritu misterioso y extraño esté rondando estos bosques. Claro que tendría que haberlo. Se acuerda de lo que le dijo el Sr. Hawthorne.

«Hay fantasmas por todas partes, si sabes justo dónde buscarlos».

Y Billy sabe. Están precisamente aquí.

Mientras se asoma por la rasgadura de la tienda en busca de alguna señal del espíritu que la ocasionó, se da cuenta de que no tiene miedo; y que no debería tenerlo. Si el fantasma, sea lo que sea, quisiera lastimarlo, sin duda ya lo habría hecho. Más bien, Billy sospecha que la visita tiene algún otro propósito, cosa que despierta su curiosidad por saber más al respecto.

Se desliza fuera de la bolsa para dormir y con la misma velocidad, sale a través de la rasgadura de la tienda. Pasar a través de ella se siente especial de alguna manera. Monumental; como si estuviera naciendo de nuevo.

Billy da algunos pasos hacia el bosque antes de detenerse. No siente tristeza alguna. Ya olvidó la mayoría de lo que Ethan le dijo. Solo recuerda algunas palabras esenciales.

Raro. Extraño.

No culpa a Ethan por llamarlo así. Después de todo, son la verdad. Es un bicho raro; es por completo extraño. Razón por la cual piensa que el fantasma vino por él. Intuyó que Billy era un alma afín y vino hasta acá para anunciarle que no está solo; que hay otras personas idénticas a él.

Y Billy sabe justo dónde buscarlas.

En el Instituto Hawthorne.

Un lugar al que puede regresar siempre que lo desee.

Que es la razón por la que Billy sigue caminando hasta la orilla del bosque en absoluto silencio. No quiso ponerse sus zapatos cuando salió de la tienda y ahora es demasiado tarde como para que regrese por ellos. Podría despertar a Ethan y entonces, Billy le tendría que explicar lo que pasó y el lugar al que se dirige. No es una buena idea. Aunque la caminata a las cataratas y al Instituto Hawthorne no es corta, es manejable, incluso descalzo.

Antes de adentrarse aún más en el bosque, Billy se permite una rápida mirada hacia la tienda de Ethan y, después, hacia su propia casa. No está seguro de cuándo regresará a cualquiera de los dos lugares o, incluso, si regresará en absoluto. No tiene idea de lo que los fantasmas tengan planeado para él.

Cuando Billy al fin se aleja de su casa y de su mejor amigo, no lo hace con tristeza ni con arrepentimiento, sino con cariño. Se siente agradecido por cada momento que pasó con su familia y sus amigos porque lo condujeron hasta esto.

Billy empieza a atravesar el bosque, ansioso por averiguar qué lo espera al otro lado. Está tan entusiasmado que cuando llega al camino que atraviesa el bosque, no se percata de la luz de los faros que asoman a la distancia.

Ni del carro que se abalanza a través de la oscuridad.

Ni de la adolescente que va detrás del volante, nerviosa porque ya es tarde y porque no debería estar conduciendo en absoluto. No sin una licencia y no con varios tragos que hacen que su cerebro no se sienta del todo claro.

A medida que el carro se acerca, Billy sale al camino, sus ojos enfocados solo en su destino y en cómo, cuando llegue a él, al fin se sentirá aceptado.

TREINTA Y CINCO

—Fue un accidente.

Una mirada de confusión cruza el rostro de Ashley; como si no hubiera sido su intención decirlo. Como si ella no fuera la que está hablando, sino otra persona que la obliga a hablar. Un ventrílocuo. Un demonio. Pero ahora que está hablando, y ahora que Andy vuelve a colocar a Henry sobre el piso de la saliente, sigue adelante, aunque no quiero escuchar nada de lo que tiene que decir.

—Necesito que me creas —dice, mirándome a mí, pero dirigiéndose a todos nosotros—. Jamás habría lastimado a Billy a propósito. Simplemente sucedió y lo siento. Lo siento muchísimo.

Ahora, sus palabras brotan con mayor velocidad, espoleadas por su confesión.

Cómo fue a una fiesta con su amiga Tara y cómo condujo hasta allá en el coche de su madre, a pesar de que aún no tenía la licencia de manejo.

Cómo Tara se enredó con un tipo de nombre Steve Ebberts y cómo Ashley se enojó y se marchó sin ella.

Cómo estaba algo mareada, pero no borracha, porque una persona borracha no tendría la precaución de evitar a la policía usando solo los caminos secundarios para llegar a casa.

Cómo uno de esos caminos atravesaba el bosque.

Cómo conducía por él a exceso de velocidad, preocupada de que sus padres no la cacharan, prestando más atención al reloj del tablero que al camino.

Cómo tal vez sí estaba intoxicada y esa fue la razón por la que no vio al venado en mitad del camino y se estrelló directamente contra él.

Cómo de inmediato pisó los frenos para detenerse con un chirrido de llantas para ver el camino en su espejo retrovisor, el camino detrás del auto teñido de rojo por las luces del coche.

Cómo se desabrochó el cinturón de seguridad con toda lentitud y vio que no le había pegado a un venado.

—Atropellé a Billy —dice, su voz convirtiéndose en un sollozo.

Mientras más habla Ashley, peor es su historia. Cada palabra entierra un pico de dolor en mi pecho. Como si alguien estuviera martillando una serie de clavos en mi corazón.

Nos cuenta que vio a Billy en unos arbustos al lado del camino y que de inmediato, supo que estaba muerto. Nos dice que gritó y que lloró y que después se arrastró hasta donde estaba y que lo tomó entre sus brazos para decirle que lo sentía, lo mucho que lo sentía.

—Me quedé así cerca de una hora —nos dice Ashley, que ahora está llorando, las lágrimas cayendo por su rostro sin control—. Y todo ese tiempo, estuve esperando que apareciera otro coche para detenerse a ver lo que había hecho. Deseé que sucediera. Recé por que sucediera. Pero no apareció nadie. Solo estábamos Billy y yo.

Sigue adelante. Esperó todavía más tiempo. Sacó una cobija de la cajuela. Envolvió a Billy con ella. Espero todavía más. Penso en todas las opciones que le quedaban, todas malas.

—Tenía quince años, estaba intoxicada, manejando sin licencia y acababa de atropellar a alguien —dice, en un tono amargo que deja en claro que se odia a sí misma por cada uno de esos pecados—. Supe que mi vida se acabaría y que la de Billy ya estaba acabada. Y aunque ya no podía salvarlo a él, comprendí que había una oportunidad mñinima de salvarme a mí misma.

La historia de Ashley termina con ella ya sobria, cargando a Billy hasta las cataratas. No fue fácil, pero era fuerte y el cuerpo de Billy parecía de lo más ligero. El amanecer se extendía por el bosque para cuando llegó a las cataratas, donde colocó algunas piedras dentro de la cobija para que no flotara y empujó a Billy al agua desde el punto en el que nos encontramos todos en este preciso momento.

—Y después, me fui a casa y les dije a mis padres que me había llevado el coche y que había golpeado a un venado —nos cuenta—. Me gritaron y me castigaron, y no me importó porque sabía que la policía encontraría a Billy y que entonces vendrían a arrestarme. Solo sería cuestión de tiempo antes de que todo el mundo supiera lo que había hecho y la terrible persona que era. Pero jamás encontraron a Billy y la policía nunca llegó. Y eso fue lo peor. Saber que me había salido con la mía después de matar a un niño dulce e inocente. Porque es fácil que te pesquen… lo difícil es vivir a solas con tu culpa. Eso es peor que cualquier prisión. No tienes una idea de la cantidad de veces que estuve a punto de confesar. Lo mucho que quería deshacerme de mi culpa; pero cuando llegó Henry, supe que tendría que vivir con ella. Por él.

Ahora, Andy suelta a Henry, el chico casi olvidado. En lugar de correr hasta su madre, Henry se queda parado allí, sus ojos viendo hacia sus zapatos. Andy se aleja de su lado y se acerca a Ashley como si tuviera la intención de golpearla… o peor. Ashley se prepara por lo que sea que venga; cierra sus ojos y se arma de valor.

—Haz lo que quieras conmigo —dice—, pero por favor, no lastimes a mi hijo. Es lo único bueno que hice jamás.

Andy coloca una mano sobre su hombro, y la sorpresa la hace emitir un grito ahogado.

—Gracias —dice Andy.

Y entonces, cae al piso y empieza a llorar.

Me acerco a él, rodeo sus hombros con mi brazo y sollozo, ambos llorando lo que perdimos y al mismo tiempo, librándonos del enorme peso que hemos llevado durante tanto, tanto tiempo.

—Perdónenme —vuelve a decir Ashley—. No quise causarles tanto dolor a todos.

A diferencia de Andy, no logro ni reconocerla ni darle las gracias, porque muchísimas personas terminaron lastimadas por lo que hizo. Todo Hemlock Circle, empezando por Billy y terminando con su propio hijo.

Al fin, Henry levanta la cabeza y de inmediato me doy cuenta de que, sin importar lo mucho que me lastimara la confesión de Ashley, es lo doble de terrible para él. Sus ojos parecen vidriosos, como si alguien acabara de golpearlo. Pensaría que está en shock si no fuera por la tristeza que refleja el resto de su rostro.

Verlo hiere mi alma misma.

Pienso que ningún niño debería soportar lo que le está pasando en este momento.

—Henry —susurra Ashley, sosteniendo sus brazos abiertos hacia él.

Henry no responde.

Ashley se acerca más a él.

—Cariño, por favor.

Henry sacude la cabeza, toma un paso hacia atrás y pierde el equilibrio.

Experimento un momento en el que todo se hace más lento, los sonidos adquieren más fuerza, y la realidad se torna más nítida. El sonido de piedras que se desgajan bajo los pies de Henry, el movimiento de sus brazos mientras trata de mantenerse en pie, el sonido que Ashley empieza a hacer junto a mí, parte jadeo, parte grito. La forma en que mi corazón, que ya palpita con fuerza, empieza a galopar en mi pecho. Y entonces, mi cuerpo, congelado junto con todo lo demás, entra en acción. Mis músculos se tensan. Mis extremidades se estiran. Y corro a toda velocidad.

A lo largo de la saliente.

Hacia Henry.

Estiro mi mano hacia él al tiempo que él estira las suyas hacia mí.

Pero es demasiado tarde.

Vuelve a levantar sus brazos un momento más antes de

resbalarse, de alejarse de mí y de caer hacia atrás por la orilla de la saliente, antes de desaparecer de nuestra vista.

Sigo a Henry por el precipicio, ignoro cualquier titubeo, cualquier pensamiento adicional, cualquier impulso de autoconservación. Lo único de lo que estoy consciente mientras me lanzo hacia adelante es que mis pies están despegando de la saliente y que Ashley está gritando junto a mí al tiempo que escucho un pequeño ruido que casi desaparece bajo el rugido de las cataratas.

Es Henry que cae al agua.

Después, todo se desvanece en la nada mientras vuelo por la oscuridad tras él.

TREINTA Y SEIS

Golpeo el agua con fuerza.

Mi cuerpo entero se azota de lleno contra el agua y después, se hunde bajo la superficie en una especie de caída repentina en espiral. Es como si una mano invisible me arrastrara hasta el fondo.

El agua está más oscura que la muerte. Una negrura ilimitada que me deja desorientado durante varios segundos. Me agito en la turbiedad, no del todo seguro de la dirección en la que debería nadar en busca de luz, de aire y de seguridad. No es sino hasta que toco el fondo, una lenta inmersión quimérica entre sedimentos y lodo, que sé hacia dónde dirigirme.

Directo hacia arriba.

Me impulso y subo con velocidad, pataleando con furia, mi pecho oprimido por el esfuerzo y la falta de oxígeno. Atravieso la superficie, la boca abierta, jalando aire y gritando el nombre de Henry a un mismo tiempo. El eco atraviesa el aire de la noche como si fuera una piedra que se patina contra la superficie del agua.

Henry. Henry. Henry.

Cuando el eco se apaga, escucho algo más; una especie de quejido acuoso que se desvanece con rapidez acompañado del sonido de algo que salpica.

Me sumerjo en dirección al sonido y de inmediato vuelvo a perderme en la oscuridad del agua. No puedo ver nada más allá de mis manos, que se estiran ciegamente hacia las profundidades y, de todas maneras, parecen distorsionadas y confusas, el agua oscura deslizándose como seda entre mis dedos.

Sigo así, dando vueltas y tratando de asirme de algo de manera desesperada, durante otro minuto.

Y después durante otro más.

Cuando regresa la sensación de opresión en mi pecho, tan repentina e intensa que pienso que mis pulmones estallarán, vuelvo a salir a la superficie.

Jalo algo más de aire y me sumerjo de nuevo.

Me hundo con tal rapidez y a tal profundidad que no puedo determinar de manera inmediata dónde está la superficie y dónde el fondo. Nado hacia donde creo que encontraré aire y me sorprendo cuando choco con el lodoso fondo del lago. Doy vuelta y vuelvo a patalear hacia la superficie, solo para darme cuenta de que vuelvo a chocar contra el lodo y la acumulación de sedimentos.

Lo único en que puedo pensar es en que Henry se encuentra en la misma situación. Desorientado, aterrado y atrapado bajo el agua a medida que su pecho se siente igual de oprimido de lo que el mío se siente en este momento, una presión tan agonizante que temo que mis pulmones exploten.

Sé lo que significa esa sensación.

Se me está acabando el aire, lo que significa que le está pasando lo mismo a Henry; si no es que ya le sucedió. La idea de que se hunda hasta el fondo, con sus muñecas todavía atadas y a punto de morir me hace patear y agitarme de manera enloquecida en el agua oscura.

Súbitamente, algo toma mi mano.

Lo hace con una fuerza equivalente a la de una pluma, casi tranquilizadora. La sensación me calma de inmediato y encuentro que me está jalando hacia adelante. Dejo que me conduzca a través del agua y pienso que debe tratarse de Henry. Que él me encontró en lugar de que sucediera lo contrario.

Pero cuando estiro el brazo que está libre, cuando trato de tocar lo que se encuentra en el agua turbia delante de mí, no siento nada. En un sentido absoluto y real, no hay nada allí.

Y, sin embargo, sigo sintiendo ese toque insistente. La mano de un desconocido que se aferra a la mía.

Me doy cuenta de que se trata de la mano de un niño.

Y que no se trata de un desconocido.

Es Billy.

Sé que es él porque su presencia está por doquier. Se siente igual que cuando estaba vivo: tranquilo, feliz y amoroso.

Este no es Andy.

Y no se trata de una alucinación.

Es Billy Barringer, mi viejo amigo, reuniéndose conmigo al fin.

Dejo que me siga guiando, sin saber la dirección en la que vamos, pero confiado en que es la correcta. Quizá está aquí para guiarme hacia la superficie y a la seguridad; quizá esté aquí para llevarme a las profundidades y a la vida que sigue después de esta.

Sea lo que sea, lo acepto.

Billy sigue jalándome. Ahora con mayor rapidez. Nuestro destino está apenas adelante y entonces, salgo a la superficie, el frío aire de la noche alertándome de inmediato. Pataleo donde me encuentro, jadeo y jalo aire, y sigo aferrándome a la mano invisible que me trajo hasta acá.

Solo que ya no está.

Saco la mano del agua de inmediato y me le quedo viendo, flexionando mis dedos en la pálida iluminación.

Billy se fue.

Pero, de repente, Henry está allí, consciente de mi presencia y luchando por mantenerse a flote. Lo tomo entre mis brazos y busco cualquier señal de que esté herido.

—¿Te lastimaste?

Henry, demasiado impactado como para hablar, no puede hacer nada más que sacudir la cabeza.

—Estás bien —le aseguro—. Los dos estamos bien.

Vuelvo a hundirme en el agua, esta vez para maniobrar y colocarme en el espacio entre sus manos atadas. Cuando vuelvo a la superficie, está sobre mi espalda, con sus manos alrededor de mi cuello. Una vez que nos encontramos en esa posición segura, aunque incómoda, nado hacia la orilla del agua y no me detengo hasta que nos arrastro a los dos a tierra.

Mientras me ocupo desatándole las manos a Henry, volteo a escudriñar las oscuras sombras que rodean las cataratas con la esperanza de ver a Billy.

No lo hago, por supuesto, porque no pude verlo cuando me estaba rescatando. Solo sentí su mano en la mía y supe que se trataba de él. Es solo ahora, mientras esperamos que terminen de rescatarnos, que empiezo a tener dudas.

Ya antes pensé que había visto el fantasma de Billy y resultó que estaba equivocado. Ahora, podría estar pasando lo mismo. Es más que probable que tan solo haya sido una manera de afrontar lo que supuse que sería mi muerte. Sé que pasan ese tipo de cosas. La gente afirma ver a familiares que murieron hace mucho y que les dan la bienvenida a la vida más allá de esta justo antes de verse arrastrados de nuevo a la tierra de los vivos.

Y en el momento mismo en que estoy convenciéndome de que solo se trató de una alucinación, Henry me pregunta:

—¿Sr. Marsh, ese niño lo ayudó a usted también?

Mi corazón da un brinco en mi pecho.

—¿Qué niño?

—El que me sacó del agua.

Aunque es más que posible que los dos hayamos experimentado alucinaciones semejantes de cercanía con la muerte, también es muy poco probable; en especial cuando todavía no existe explicación alguna de la razón por la que pude encontrar a Henry en las vastas y negras aguas del lago.

Es por eso que elijo creer que aquí obró una fuerza diferente. Una mano benévola que me guio desde las profundidades hasta él.

—Sí —le respondo—. Pero no fue un niño cualquiera. Fue mi amigo. Se llama Billy.

Miércoles, 31 de diciembre, 2025
11:55 p. m.

Enormes y mojados copos de nieve golpean contra la ventana mientras Ethan espera a que dé la medianoche. Se estira sobre el sofá, medio dormido, y apenas ve a la muchedumbre de celebrantes que se están divirtiendo como locos en Times Square. Sobre la mesa de centro frente a él hay una botella de cerveza a medio terminar, la mitad de un refresco y los restos de una pizza.

«De veras que sé cómo divertirme», piensa con una soñolienta sonrisa.

En su defensa, fue un día muy ocupado. Los padres de Ethan vinieron desde Florida para pasar la Navidad y no se marcharon sino hasta esta mañana. Después, por la tarde, fue a visitar a Vance Wallace, quien estaba más que lúcido, gracias a Dios; algo que no siempre sucede. Después, ya más tarde, Ragesh y su esposo vinieron a cenar, aunque se fueron temprano en cuanto empezó a caer la nieve.

Si los pronósticos están en lo correcto, para mañana en la mañana habrá casi treinta centímetros de nieve sobre el piso. Ethan se hace un recordatorio mental de que tiene que preparar café adicional para mañana a fin de repartirlo a medida que todos los habitantes de Hemlock Circle salgan a despejar las entradas de sus casas. Cuando nieva, la privada parece ser invadida por una atmósfera de celebración. Algo muy lejano a la pesadumbre que descendió sobre el vecindario una vez que se reveló la verdad acerca de la muerte de Billy.

Por un tiempo, las cosas se pusieron bastante caóticas, con

los reporteros dando vueltas alrededor de la privada como un enjambre de avispas. Había tantas personas que intentaban colarse al jardín de Ethan, que tuvo que quitar la cámara trampa porque no dejaba de enviarle alertas a todas horas.

Por fortuna, toda esa atención no duró mucho una vez que la gente se percató de que no había nada sensacional acerca de lo que en realidad había sucedido. En algunas áreas bastante desagradables del internet a las que Ethan ya no se molesta en visitar, incluso hubo personas que se mostraron decepcionadas de que la verdad fuera tan trivial; tan aburridamente humana.

No hubo ningún villano en la historia.

Ni tampoco ningún héroe.

Solo una comunidad de personas imperfectas, algunas un poco más que otras.

De modo que los medios terminaron por seguir su camino; al igual que Hemlock Circle. A Ethan le parece increíble lo mucho que cambió el vecindario en solo dieciocho meses, lleno de rostros nuevos ahora que se marcharon tantos de los viejos.

Vance Wallace fue el primero en irse. Con ayuda de Ethan, puso su casa en venta y utilizó los fondos para pagarse un centro de asistencia. Gracias al alza intempestiva del mercado inmobiliario, podrá estar cuidado el resto de su vida.

Los siguientes fueron Fritz y Alice Van de Veer, seguidos, tristemente, de los Chen. Russ afirmó que se debió a que necesitarían más espacio ahora que había nacido su segunda bebé, una niña. Él y Jennifer le pusieron Hannah. Quizá era cierto, pero Ethan sospecha que él tuvo algo que ver con la mudanza. Una vez que se volvió evidente que Ethan no iba a irse a ninguna parte, Russ decidió hacerlo en su lugar.

Ethan y Russ ya no son amigos; tampoco enemigos. Existen en ese espacio peculiar en el que se han dicho y hecho demasiadas cosas como para que su distanciamiento pueda sanar del todo. De todas maneras, Ethan le desea lo mejor y espera que Russ también lo haga.

En cuanto a Andy Barringer, Ethan lo ha visto un gran total de dos veces desde esa noche en las cataratas. Una vez, cuando al fin enterraron a Billy junto a su padre y seis meses después, cuando Mary Ellen Barringer se unió a ellos. Después de salvarse de milagro de una acusación de secuestro, gracias a la intercesión de Ashley y porque la detective Palmer decidió hacerse de la vista gorda por una vez en su vida, Andy está desaparecido de nuevo.

Pero su vieja casa se vendió al fin, lo que la convirtió en la cuarta de Hemlock Circle en cambiar de manos. Pronto serán cinco, porque Ragesh le contó a Ethan que sus padres venderán su propiedad cuando llegue la primavera. Cuando eso suceda, Ethan Marsh será el último residente original de todo Hemlock Circle; algo que nunca jamás pensó que sucedería.

De todas maneras, es de lo más agradable ver a las familias nuevas que han llegado y llenado el lugar de vida. Todas ellas tienen hijos con edades que varían entre los seis y los dieciséis años. Incluso, hay un chico de la misma edad de Henry, que vive en la casa de junto y que, milagro de milagros, es igual de curioso en términos intelectuales. Pasaron la mayor parte del verano juntos, coleccionando insectos y devorándose una cantidad impactante de los libros de la serie de Pesadillas.

Para Ethan, contemplar el florecimiento de Henry es el mejor cambio de todos. Asiste a la misma escuela particular en la que Ethan da clases y allí también tiene amigos, además de ser la adoración de la bibliotecaria de la escuela, la Srta. Quinn, que también es posible que esté un poquitín enamorada de Ethan. Antes de las vacaciones, le preguntó si estaría interesado en salir a tomar un café en algún momento. Ethan le dijo que sí, aunque Henry le informó que «salir a tomar un café» era idioma en clave para tener una cita. Ethan no está seguro de dónde se habrá enterado de eso y tampoco está seguro de que lo quiera saber.

—¿Cómo está? —pregunta Ashley cuando le habla a Ethan cada jueves por la tarde sin falta. Una llamada por cobrar desde el Centro Correccional Femenil Edna Mahan.

—Le está yendo de maravilla —le responde Ethan en cada ocasión, cosa que siempre dice en serio.

Le llevó a Ethan algo de tiempo hacerse a la idea de lo que hizo Ashley. Algunos días, sigue batallando con ello y la furia que experimenta lo acosa con tal fuerza que le quita el aliento. Le fue sorprendentemente fácil perdonarla por matar a Billy, se trató de un accidente, Ashley no tenía intención alguna de lastimarlo y desde entonces, su arrepentimiento ha sido más que evidente. Lo que Ethan no alcanza a dejar pasar es el ocultamiento del hecho. Les hubiera ahorrado un mundo de dolor a todos que Ashley se hubiera decidido a confesar en ese momento en lugar de esperar treinta largos años.

Claro que, por otro lado, no estaría Henry, y Ethan no puede imaginar su vida sin el chico.

Acostado sobre el sofá, mientras la medianoche se acerca cada vez más, Ethan piensa en esa noche en las cataratas. Es frecuente que lo haga. La manera en que Henry y él terminaron agotados junto al agua mientras la policía y los equipos de rescate inundaban el área, entre ellos los detectives Casandra Palmer y Ragesh Patel.

Ashley también seguía allí, bajo custodia de la policía, aunque Ragesh había evitado esposarla hasta después de que abrazara a su hijo. Él le regresó el abrazo de manera algo dudosa, como si no estuviera del todo seguro de que siguiera siendo su madre y no una total desconocida.

—Voy a tener que irme durante un tiempo —le dijo—. Solo necesito que sepas que te amo más que nada en este mundo.

Después, Ashley sujetó a Ethan con fiereza y lo envolvió en un abrazo desesperado para susurrarle algo en el oído.

—Quiero que tú cuides a Henry —le dijo—. Sé que estoy pidiéndotelo todo, pero mi papá no puede hacerlo solo. Henry te necesita y yo te necesito. Prométeme que cuidarás a mi niño.

Ethan se lo prometió.

Y es lo que ha hecho.

Y quiere seguir haciéndolo el mayor tiempo posible.

Después de declararse culpable, Ashley recibió dos sentencias: diez años por el homicidio vehicular de Billy Barringer y diez años más por el ocultamiento de su cadáver. Debido a que era menor de edad en el momento y porque exhibió un profundo arrepentimiento, el juez le está permitiendo que curse ambas sentencias de manera concurrente, con posibilidad de libertad bajo palabra a los ocho años.

—Henry tendrá al menos dieciocho años para cuando logre salir de la cárcel —le dijo Ashley a Ethan después de cumplir algunos meses de condena—. Hasta ese momento, se merece tener una familia.

—Tú eres su familia —dijo Ethan.

—Estoy hablando de una familia legal; de una familia verdadera. En este momento, lo único que tiene es a una asesina convicta como madre y eso es algo con lo que tendrá que cargar el resto de su vida. —Ashley pausó y, a través de su silencio, Ethan se dio cuenta de que estaba llorando—. Por eso pienso que deberías adoptarlo.

Ethan no se negó a hacerlo y con el consentimiento oficial de Ashley, se convirtió en el padre legal de Henry. Una decisión que Ethan supo que era la correcta cuando, justo a la medianoche, sube a lo que alguna vez fue su recámara de infancia. Ahora, es el cuarto de Henry y refleja los intereses y gustos del muchacho. Animales, planetas y dinosauros. Se asoma al interior y Ethan apenas y puede recodar el aspecto que tenía cuando era suyo.

Henry está en la cama, leyendo bajo la tenue luz que arroja su lámpara de noche. No es ninguna sorpresa; es frecuente que se quede leyendo más allá de su hora de dormir.

Durante un tiempo, a Ethan le preocupó que los sucesos de las cataratas empañaran el brillo especial de Henry; que terminara por endurecer su corazón para que jamás pudieran volver a lastimarlo. Hasta este momento, eso no ha sucedido y Ethan está haciendo su máximo esfuerzo para que las cosas sigan igual.

Después de observarlo sin que se percate de ello durante unos momentos, dice:

—Feliz Año, campeón.

Ethan dejó de decirle Sr. Wallace hace mucho tiempo, como Henry dejó de decirle Sr. Marsh dos noches después de que arrestaran a su madre. Desde entonces, lo llama Ethan; pero esta noche, Henry levanta la vista del libro que está leyendo y le dice:

—Feliz año, papá.

Ethan tarda un poco en recuperarse. Jamás esperó que lo llamaran así; ni tampoco lo quiso nunca. Pero ahora que se lo dice, jamás quiere que Henry lo llame de una forma diferente.

—¿Qué lees? —dice, tratando de controlar sus emociones.

Henry se empuja los lentes hacia arriba sobre la nariz.

—Es un libro viejo. Lo encontré en el estante de hasta arriba.

Levanta el libro para revelar un título conocido: *El libro gigante de fantasmas, espíritus y otros espectros*.

Le ofrece a Ethan una agradable sorpresa. Aunque había olvidado que el libro estaba allí, se siente feliz de que Henry lo descubriera.

—¿Lo habías visto antes?

—No —responde Henry—. Pero me resulta muy intrigante. Se parece a los de Pesadillas.

Ethan se sienta en la orilla de la cama.

—Es como miles de libros de Pesadillas. Solía pertenecerle a un amigo mío; a alguien muy especial.

No le cuenta a Henry que solía pertenecerle a Billy por la misma razón por la que no hablan acerca de esa fatídica noche en las cataratas. Considerando todo lo que pasó, Ethan no está del todo seguro de cómo reaccionaría Henry. Sospecha que lo sabe de todas maneras, porque maneja el libro con un cuidado que no les ofrece a sus maltratados libros de bolsillo.

—Entonces, tú deberías tenerlo.

—No —responde Ethan—. Lo he leído las veces suficientes. Ahora te pertenece a ti; pero ya deberías dormirte. Es tarde.

—¿Cinco minutos más?

Ethan sonríe antes de darle permiso. Sabe que cinco minutos

significa al menos treinta.

—Está bien, pero solo cinco.

Henry toca la portada del libro como si pudiera percibir lo valioso que les resultaba tanto a Ethan como al chico al que alguna vez le perteneció. Entonces, Ethan coloca su mano sobre la de Henry y juntos, le dan vuelta a la página.

AGRADECIMIENTOS

Tengo que agradecer a todas las personas de Dutton y de Penguin Random House, pero especialmente a mi increíble editora, Maya Ziv, y al equipo de ensueño de publicidad y mercadotecnia compuesto por Emily Canders, Lauren Morrow, Stephanie Cooper y Caroline Payne. Gracias adicionales a Christopher Lin por el maravilloso diseño de portada y a Alberto Ortega por permitirnos utilizar uno de sus fantásticos cuadros para la misma. ¡Todos ustedes son lo máximo!

Lo mismo tendría que decir de mi agente, Michelle Brower y de todos los demás en Trellis Literary Management.

También agradezco a Hillary Zasitz Michael, a Carolina Beltrán y a todos los que forman parte de WME por mantener las cosas en movimiento perpetuo del lado de la televisión y el cine.

Le debo una enorme deuda de gratitud a Michael Livio, que me acompañó de la mano a través de las alegrías, la frustración y todas las dudas propias por las que pasé mientras escribía este libro. Gracias adicionales por mantener mi patio trasero atestado de animales y por comprar una cámara trampa, años atrás, que a la larga, inspiró tantísimas escenas divertidas dentro del libro.